岛

The Island

[英] 维多利亚·希斯洛普 著
陈新宇 译

中信出版集团 | 北京

图书在版编目（CIP）数据

岛 /（英）维多利亚·希斯洛普著；陈新宇译. --
北京：中信出版社, 2025.1
书名原文：The Island
ISBN 978-7-5217-6523-6

Ⅰ.①岛… Ⅱ.①维…②陈… Ⅲ.①长篇小说－英
国－现代 Ⅳ.①I561.45

中国国家版本馆 CIP 数据核字 (2024) 第 080864 号

THE ISLAND by VICTORIA HISLOP
Copyright © 2005 by Victoria Hislop
This edition arranged with Curtis Brown Group Limited
through Big Apple Agency, Inc., Labuan, Malaysia.
Simplified Chinese translation copyright © 2025 by CITIC Press Corporation
ALL RIGHTS RESERVED
本书仅限中国大陆地区发行销售

岛
著者：　　［英］维多利亚·希斯洛普
译者：　　陈新宇
出版发行：中信出版集团股份有限公司
　　　　　（北京市朝阳区东三环北路 27 号嘉铭中心　邮编　100020）
承印者：　嘉业印刷（天津）有限公司

开本：787mm×1092mm 1/32　　印张：13.5　　字数：288 千字
版次：2025 年 1 月第 1 版　　　　印次：2025 年 1 月第 1 次印刷
京权图字：01-2024-3519　　　　　书号：ISBN 978-7-5217-6523-6
　　　　　　　　　　　　　定价：59.80 元

版权所有·侵权必究
如有印刷、装订问题，本公司负责调换。
服务热线：400-600-8099
投稿邮箱：author@citicpub.com

献给我的母亲玛丽

特别感谢：
斯皮纳龙格格岛博物馆
帝国理工学院皮肤病学系理查德·格罗夫斯教授
伦敦卫生与热带医学院黛安娜·洛克伍德博士
国际基督教组织麻风病使团
麻风病医疗慈善机构

目 录

3　　第一部　踏上旅程

51　　第二部　一次别离

165　　第三部　岛的秘密

399　　第四部　走出孤岛

1903 年至 1957 年间，
克里特岛海岸以北的斯皮纳龙格岛是希腊主要的
麻风病隔离区。

1953,布拉卡

　　寒风扫过布拉卡狭窄的街道,秋日的凉意裹挟着这个女人,令她四肢瘫软、头脑麻痹,几乎失去知觉,可仍然无法减轻她的哀伤。她重重地倚在父亲身上,跌跌撞撞地走过防波堤的最后几米,步态有如老妪,每走一步仿佛都给她带来刺痛。可痛苦并非来自肉体。她的身体和那些终生呼吸着克里特纯净空气的年轻姑娘一样强壮,她的肌肤和她们的一样年轻,眼睛和她们的一样黑亮。

　　小船在海上颠簸摇晃,船上的货物用细绳捆起,形状怪异。有个上了年纪的男人慢慢猫腰下船,一只手尽量稳住小船,另一只手伸出去帮他的女儿。待她安全上船后,他用毯子将她裹住,佑护她不受风吹雨打。她与货物唯一可辨的区别,是在风中恣意飘飞的一缕缕乌黑长发。他小心地解开缆绳——无话可说,亦无事可做——他们的旅程开始了。这不是运送物资的短暂旅程的出发，而是新生活的开始，是在麻风病隔离区的生活、在斯皮纳龙格岛的生活的开始。是一去不回的旅程的开始。

第一部

踏上旅程

一

2001，布拉卡

　　缆绳解开后，绳索在空中飞起，绳上的水珠溅落在女子赤裸的手臂上。烈日当空，万里无云，水珠不久就干了。阿丽克西斯注意到皮肤上盐的结晶闪烁着复杂的图案，好像钻石文身。她是这艘破旧小船上唯一的乘客，当小船发动马达，突突突地驶离码头，朝着前方那无人的孤独小岛前进时，她想起那些在她之前去往那里的男男女女，不禁战栗了。

　　斯皮纳龙格。她玩味着这个词，像含着颗橄榄核似的在嘴里滚动。那座岛就在前面，雄伟的威尼斯要塞迎向大海。小船靠近时，她既感受到要塞昔日那强大的吸引力，也为它如今仍具有的压倒性的气势所震慑。这个地方，她沉思着，它的过去还是温热的，并非如石头般冰凉，那里的居民也曾真实存在过，而非神话。这与过去几周、几个月，甚至几年来，她参观过的那些古老宫殿、遗址有多大的不同啊。

阿丽克西斯本可以再花一天时间登上克诺索斯宫废墟，去看那些厚实的小碎片，在心里揣摩四千年前的生活情形。可是，近来，她开始觉得这种过去太遥远了，远得超出了她的想象，当然也超出了她的关心。虽然她取得了考古学的学位，在博物馆工作，可她觉得自己对这门学科的兴趣在一天天消退。父亲马库斯·菲尔丁是大学教师，酷爱他的专业，从小到大，阿丽克西斯天真地相信自己会追随父亲风尘仆仆的足迹。对马库斯·菲尔丁这样的人来说，古代文明，不管有多久远，总能引发他的兴趣。可是对现年二十五岁的阿丽克西斯而言，与传说中克里特迷宫中心的牛头怪相比，那天稍早时她在路上碰到的小公牛更现实，与她的生活联系得更紧密些。

她的职业方向，目前来说，还不是她生活中最紧迫的问题。更为迫切的是她与埃德相处上面临的困境。在希腊岛的假期里，他们一直沐浴在夏末阳光中，那儿气候温暖，但一度充满希望的恋情慢慢出现了裂痕。他们的关系在大学这样的象牙塔里绽放盛开，可一到外面的大世界里就枯萎了。三年来，这恋情有如从温室里剪下的枝条，无法在路边花坛里存活。

埃德很英俊。这是事实而非个人的看法。可是有时候正是他的这副好皮囊令她十分烦恼，她深信是它加剧了他的傲慢自大，加剧了他那令人妒忌的自信。他们走到一起，从某种意义上说是"异性相吸"的结果：阿丽克西斯肤色白皙、头发和眼睛乌黑，而埃德呢，金发碧眼，几乎一副雅利安人的面孔。然而，有时候，她觉得自己的不羁性情被埃德对纪律与秩序的要求给过滤掉了，她知道这不是她想要的；她展露出的丝毫冲动都会让他深恶痛绝。

他的其他一些优点也开始令她发疯，虽然世人都会将它们当作宝贵财富。首先便是那不可动摇的自信。这种自信坚不可摧，打他出生那一刻起就摆在他面前，并将一直摆在他确定无疑的生活面前。埃德在律师事务所有一份稳定的工作，岁月在他面前铺就了一条按部就班的晋升路线，今后会坐到哪个位置都能想象得到。阿丽克西斯唯一确定的只是她和埃德越来越不合拍。随着假期一天天过去，她常常在想自己的未来，可是埃德根本不在其中，甚至他们的日常生活也充满着摩擦，比如他们总是从不同的一头挤牙膏。而被指责的总是她，而非埃德。他讨厌她的散漫，他要求一切井井有条，这是他一贯的生活态度，而阿丽克西斯却觉得那是种令人讨厌的控制欲。他要求整洁，她尽量注意，可是他对她生活中些微凌乱的无言批评还是很让她烦躁。她常常觉得只有在父亲昏暗凌乱的书房里，才感到自在，而父母的卧室——母亲挑选的白色墙漆、整洁的外观，却让她战栗。

一切总依着埃德。他是生活的宠儿：年复一年，他不费吹灰之力，在班级排名中总是名列前茅，是无人能挑战的冠军、完美的尖子生。如果他的泡沫破灭，人人都会痛心。他从小就认为世界是自己的舞台，可是阿丽克西斯逐渐明白她并没在其中。难道她真要放弃自己的独立去跟他生活在一起，即使答案显而易见？是住蹲尾区租来的破旧小平房，还是住肯辛顿漂亮的公寓套间——难道她疯了吗，竟然拒绝后者？尽管埃德要她秋天时搬过来和他一起住，她还是有很多问题要问自己：如果他们不打算结婚，那跟他同居还有什么意义？不管怎样，她想跟他结婚生子吗？这些不确定因素在她头脑里盘旋了好几周，甚至好几个月了。她迟早得大胆地为此做点什么。埃德还在不停地说，这次度假的各种事宜由他一手打理。他似乎没有注意到阿丽克西斯的沉默一天长过一天。

这次旅行与以往她学生时代的希腊岛内环游完全不同。那时她和一大帮无拘无束的朋友一起，从不会提前安排什么，全靠一时兴起来决定如何打发阳光灿烂的漫长日子：去哪家酒吧，在哪个海滩晒太阳，去哪座岛屿，待上多长时间，全靠掷一个二十德拉克马[1]的硬币来决定。很难相信生活曾是那般无忧无虑。而这次旅行却充满争吵、冲突、自我怀疑；早在她踏上克里特之前，争斗就已开始了。

我二十五岁了，未来怎么还是这样无望而不定呢？她一边收拾行囊，一边问自己。我在这里，住在一间不属于自己的公寓里，有一份我不喜欢的工作，正要与一个我几乎一点儿也不在乎的男人去度假。我这是怎么啦？

阿丽克西斯的母亲索菲娅，在她这个年龄时，早已结婚几年，有两个孩子了。是什么环境让她在那般年轻时就如此洗练呢？怎么在同样的年龄，当阿丽克西斯觉得自己还是个孩子，她就这样安顿好了呢？如果阿丽克西斯对母亲如何处理自己的生活了解得更多些，也许能帮她做出自己的决定。

但是索菲娅总是非常过分地守着自己的来历。这么多年来，

---

[1] 希腊货币名称。——译者注（本书除特殊标注，均为译者注）

她的秘密已成为她自己和女儿之间的一道屏障。阿丽克西斯觉得，家里积极鼓励她研究和了解过去的事情，却禁止她一窥自己来历的究竟，实在是一种讽刺。索菲娅在孩子们面前瞒着什么东西，给他们投下了一丝不信任的阴影。看上去，索菲娅·菲尔丁不仅掩埋了自己的根，还把上面的泥土踩得严严实实。

关于母亲的过去，阿丽克西斯只有一条线索：自从阿丽克西斯记事起，一张褪了色的结婚照就一直立在索菲娅的床头柜上，装饰用的银质相框在多次擦拭后变得很薄了。很小的时候，当阿丽克西斯把父母凹凸不平的大床当作蹦蹦床时，照片中那对姿势有点儿僵硬的夫妇微笑着在她面前上下晃荡。有时候她会问母亲一些关于这位身穿蕾丝长裙的美丽妇人和她身旁五官清晰、头发灰白的男人的问题：他们叫什么名字？为什么他的头发是灰白的？他们现今在哪里？索菲娅的答案异常简洁：他们是她的姨妈玛丽亚和姨父尼古劳斯，他们曾住在克里特岛，现在都已过世。这些信息那时能让阿丽克西斯满意，可现在她想了解更多。主要是这幅照片的地位——整个家里除了她和弟弟尼克的照片，只有这一幅照片，这更大大激起了她的兴趣。这对夫妇显然对母亲意义重大，然而索菲娅似乎总是吞吞吐吐，不想谈论他们。实际上，岂止是勉强，简直是顽固地拒绝！阿丽克西斯进入青春期后，懂得了尊重母亲保护隐私的愿望——这有点像她十几岁时想把自己封闭起来，不愿与人交流的本能，它们都一样热切，可她现在过了那个阶段。

在她出门度假前的那个晚上，她回到父母家。这是位于宁静的巴特西街上的一幢维多利亚式联排别墅。每逢阿丽克西斯和尼克大学开学或出国度假,家人总要外出去当地的希腊餐馆搓上一顿。可这次,阿丽克西斯回来另有目的。在埃德这个问题上,她想听听母亲的建议,同样重要的,还有她打算问母亲几个关于她过去的问题。阿丽克西斯早到了一个多小时,她决定试试,让母亲敞开心扉,哪怕透出一丝光亮也行。

阿丽克西斯走进家门,脱下重重的帆布背包,往瓷砖地上一扔,把钥匙抛到厅架上没有光泽的铜盘里。钥匙掉进盘里发出好大的哐当声。阿丽克西斯知道母亲最讨厌的就是被吓一大跳。

"嗨,妈!"她朝寂静的过道里喊道。

想到母亲可能在楼上,阿丽克西斯一步两级跨上楼梯,走进父母房间。房间里过分的整洁还是像往常一样令她吃惊。一小串珠子挂在镜子一角,三瓶香水整齐地排在索菲娅的梳妆台上。房间里没有一丝零乱。这里没有关于索菲娅性格或过去的任何线索,墙上没有一幅画,床边没有一本书,只有那相框紧挨着床边。虽然马库斯与索菲娅共有这间房,但这里就是索菲娅的天地,索菲娅对整洁的要求统治着这里。这个家庭的每位成员都有各自的天地,而且彼此迥异。

如果说主卧的极简风格让它成为索菲娅的天地,那么马库斯的天地则是书房,在那里书从地板上一摞摞往上码,这些超重的塔有时会倒掉,书册散满房间;只有用精装皮面的大部头书当垫脚石才能走到书桌前。马库斯在这间由坍塌的书构成的殿堂里工作,觉得十分享受;这让他想起考古挖掘的半道中,每一块石头都被小心地做好标记,纵使在外行人眼里它们不过与无数被丢弃的碎石一样。这间房里总是那么温暖,甚至在阿丽克西斯还是个孩子时,她就经常溜进来读书,蜷缩在柔软的皮椅上。不知为何,尽管这张皮椅的填充料一直往外冒,它仍是整个家里最安逸、最舒服的椅子。

阿丽克西斯和弟弟离家很久了,但他们的房间还维持着原样。她的房间还是相当压抑的紫色涂漆,是她在阴郁的十五岁时自己挑的。床单、小地毯、衣柜都是配套的淡紫色,那种颜色让人头疼、容易发火——虽然阿丽克西斯现在这样认为,但当时可是执意地喜欢。也许有一天父母能腾出时间来重刷一次,可是在一个不太重视室内设计和软装饰物的家庭里,这可能要再等上十年。尼克房间墙壁的色彩早已无关她痛痒——墙上贴满了阿森纳球员、重金属乐队和胸脯大得吓人的金发妹的海报,看不到一寸墙壁。起居室是阿丽克西斯和尼克共同的空间,他们这二十年来一定花了一百万零一个小时在半昏暗中默默地看电视。可厨房是大家的。二十世纪七十年代的松木圆桌——索菲娅和马库斯一起购买的第一件家具——是全家的核心,大家围坐在那里,聊天、玩游戏、吃饭,尽管激烈的争论与吵闹也常常席卷此处,可这里才是家。

"嗨!"索菲娅说,冲着镜子里的女儿打招呼。她一边梳着挑染成金黄色的头发,一边在小小首饰盒里翻拣着,"我差不多准备好了。"她加上一句,把与上衣相配的珊瑚耳环固定好。

阿丽克西斯从来不知道,索菲娅在准备这类家庭聚会时有多紧张、恐惧。这一刻让她想起女儿大学开学前的那些夜晚,她假装高兴，实际上女儿的离去让她痛苦不已。似乎情感越需要压抑，她反而越能掩饰。索菲娅望着镜中女儿的身影和女儿身旁自己的脸，悚然一惊。那不是她心目中少女的脸庞，那是一张成人的脸，充满疑问的眼睛正全神贯注地盯着她的眼睛。

"你好，妈。"阿丽克西斯平静地说，"爸什么时候回来？"

"快了，我相信。他知道你明天要早起，答应过不迟到的。"

阿丽克西斯拿起那张熟悉的照片，深吸了一口气。即使二十多岁了，她仍觉得需要鼓足勇气，才能强迫自己踏入母亲过去经历的禁区，她仿佛正弯下腰，要从犯罪现场的警戒线下钻过似的。她需要知道母亲的想法。索菲娅不到二十岁就结婚了，所以，她——阿丽克西斯，难道不可以同样早点儿成家，难道愚蠢到要放弃与埃德这样的人结婚的机会吗？或许母亲可能与她想的一样，或许她现在就有这样的考虑，那便说明他确实不是合适的人选呢？她在内心演练着自己的问题。母亲怎么能在那么年轻时就那样肯定，她要嫁的人就会是"合适的"呢？她怎么能知道自己在以后的五十年、六十年，甚至七十年里都会幸福呢？或许她根本就没有这样想过？就在所有问题都要脱口而出时，她犹豫了，突然害怕被拒绝。然而，还是有一个问题她必须问。

"我能……"阿丽克西斯问，"我能去看看你长大的地方吗？"除了教名能说明她的希腊血统，她还继承了母亲的黑色眼睛，那是她的外在标志。那晚，她的眼睛充分发挥了作用，它们一直锁定母亲，长久地注视着她，"我们打算在假期结束时去克里特，大老远地去一次希腊，如果错过了这次机会，真是可惜。"

索菲娅是个很难开口一笑的女人，她极少流露自己的情感，更难与人拥抱。沉默寡言是她的自然状态，此刻她的第一反应便是找个借口拒绝。然而，有什么阻止了她，是马库斯时常对她重复的话：阿丽克西斯永远是他们的女儿，不过不会永远是她记忆中的那个孩子。即使索菲娅努力抵制这个念头，她也知道这是事实，尤其是看到面前这个独立的年轻女子，她更深信不疑。因此，索菲娅不像以前每次谈到这个话题时总是拒不开口，这次她的反应意想不到地温暖，第一次承认女儿想更多地了解她的过去，这种好奇心不仅很自然，甚至是一种权利。

"是的……"她犹豫了一下，"我想你可以。"

阿丽克西斯拼命抑制自己的惊喜，连大气也不敢出，唯恐母亲改变主意。

接着，索菲娅更肯定地说："是的，这是次好机会。我会写封信给你，带给佛提妮·达瓦拉斯。她熟悉我娘家，现在岁数一定很大了。她一辈子都生活在我出生的村庄里，嫁给了一家当地餐厅的主人——所以你甚至可以在那里美美地吃上一顿。"

阿丽克西斯兴奋得容光焕发。"谢谢，妈……那个村子到底在哪儿？"她加上一句，"靠近哈里阿吗？"

"它在伊拉克里翁东边，距离伊拉克里翁有两小时车程。"索菲娅说，"所以，从哈里阿出发的话，可能要四到五个小时——对于一天的行程来说相当远。你爸爸随时就会回来，等晚饭后我会写封信给佛提妮，在地图上指给你看布拉卡的位置。"

前门传来莽撞的巨响，马库斯从大学图书馆回来了。他破旧的真皮公文包立在门道中间，胀鼓鼓的，纸片从皮包的各个裂缝处伸出来。他像一头戴眼镜的熊，头发银灰，体重可能和妻子女儿加在一起差不多。阿丽克西斯从母亲房间里跑下来——三岁开始就是这样——从最后一级楼梯上直扑进马库斯的怀里。马库斯大笑着。

"爸爸！"阿丽克西斯简单地叫了声。

"我的漂亮姑娘！"马库斯说着把她拥进怀里，只有这样大块头的父亲才有这样温暖舒适的怀抱。

过了不久，他们动身去餐厅，步行不过五分钟距离。卢卡基斯餐厅坐落在一排华丽的酒吧、高价法式面包店和时髦的融合式餐厅[1]之间，多年恒久如一。菲尔丁一家买下这所房子后不久，它就开业了，之后目睹了一百多家店铺和餐厅的开张关门。餐厅主人，格雷戈里奥把他们三人像老朋友一样迎了进去。他们是老主顾了，甚至不等他们坐下，他就知道他们会点些什么菜。与以往一样，他们礼貌地听着当天的特别推荐，接着，格雷戈里奥指着他们仨，依次背诵道："当天的餐前开胃菜——茄子千层卷、洋葱番茄炖肉、油炸章鱼、一瓶松香酒和一大瓶气泡水。"他们点点头。格雷戈里奥转身离开时，装出一副讨厌他们竟然拒绝了厨师最新菜式的样子，惹得他们都笑了。

阿丽克西斯（点了茄子千层卷）话最多。她详细说了这次与埃德一起去的旅行，马库斯（点了油炸章鱼）偶尔插上几句，就

---

[1] 有自助餐和客人点餐、厨师烹制两种就餐选择的餐厅。

他们可以参观的考古遗址提了些建议。

"可是爸爸,"阿丽克西斯绝望地嘟囔一声,"你知道埃德对那些遗迹一点儿也不感兴趣。"

"我知道,我知道,"他耐心地回答,"可只有腓力斯人才会去克里特而不参观克诺索斯宫,就像去巴黎而不去骚扰一下卢浮宫一样。就算是埃德也应该明白这一点。"

他们都很清楚,对任何哪怕只有一丝高雅文化的东西,埃德总有本事视而不见。像往常一样,每当谈话中出现埃德,马库斯的语气里总会有一丝不屑。马库斯倒不是不喜欢他,更不是不同意他与女儿交往。埃德正是马库斯想要的那种女婿,可他一想到这个出身优秀的男孩将成为女儿的未来,不禁有点儿失望。索菲娅呢,正好相反,她非常喜欢埃德。他正是她想为女儿寻找的那种对象:受人尊敬、行事笃定,家族背景让他拥有那种曾经的英国贵族才有的自信(尽管现在他们家和旧时贵族之间的关系已隔了十万八千里)。

这是个轻松的夜晚。他们三人已有几个月没聚首了。阿丽克西斯有很多东西要问,不只是弟弟的爱情生活。弟弟尼克在曼彻斯特读研究生,一点儿也不急着长大,他复杂的情感生活总是令家人吃惊。

阿丽克西斯开始和父亲相互谈起工作中的逸事,索菲娅发现自己的思绪回到了他们第一次来这家餐馆时的情形,那时阿丽克西斯得加一叠坐垫才够得着餐桌。尼克出生后,餐馆出资添置了高脚椅,后来孩子们爱上侍者用小碟给他们端上来的希腊鱼子泥沙拉和酸奶黄瓜的浓烈风味。大约二十年来，他们生活中的每件大事几乎都在这里庆祝，背景音乐还是那一盘希腊流行音乐磁带上的曲目，始终在室内循环播放。阿丽克西斯不再是个孩子了，这让索菲娅深受触动，她开始想布拉卡和那封待会儿要写的信。多年来，她与佛提妮通信频繁，二十五年前她写信告诉佛提妮她第一个孩子的出生；几周后，一件绣得极精致的小衣服寄来了，在孩子的洗礼仪式上，索菲娅给她穿上了这件衣服，只缺根传统的绳子。不久前，两个女人停止了书信往来，可是索菲娅相信如果佛提妮出了什么事，她丈夫肯定会告诉她的。索菲娅想，现在的布拉卡会是什么样呢，小村庄里到处是卖英国啤酒的喧闹酒吧？她竭力不去想象这番光景。她真希望阿丽克西斯看到的还是她离开时的布拉卡。

夜越来越深，阿丽克西斯越来越兴奋，她终于要深入挖掘家族历史了。尽管她知道在度假中将面临种种紧张关系，但拜访母亲的出生地令她期待不已。阿丽克西斯和索菲娅相视而笑，马库斯想，他在母女之间充当和事佬的日子结束了吗？一想到有世界上他最爱的两个女人相伴左右，他就觉得非常温暖。

吃完饭，他们礼貌性地喝了半瓶赠送的梅子酒，然后回家。阿丽克西斯今晚想睡在自己以前的房间里，在一大早起床、搭地铁去希思罗机场前，她渴望在儿时的床上躺几个小时。尽管没能征得母亲的什么建议，她还是异常满足。她在母亲的全力配合下，即将去拜访母亲的出生地，此刻这似乎更为重要。有那么一刻，阿丽克西斯把对更遥远的未来的焦虑，放到了一边。

从餐厅回来后，阿丽克西斯给母亲冲咖啡，索菲娅坐在厨房桌前写信给佛提妮，扔掉三封后，信终于装进了信封。她把信推过桌子，摆到阿丽克西斯面前。整个过程很安静，索菲娅完全沉浸其中。阿丽克西斯想，如果现在开口说话，可能会惊扰这气氛，母亲也许会改变主意。

两个多星期了，索菲娅的信一直在阿丽克西斯背包的安全内袋里，她把这封信看得如同护照一样珍贵。实际上，它本身就是一本护照，是她通往母亲过去的护照。它跟着她从雅典坐渡船到了帕罗斯岛、圣托里尼，一路上渡船周围云雾缭绕，不时在风雨中颠簸，终于到了克里特。阿丽克西斯和埃德提前几天到了这里，在哈里阿租了一间面朝大海的房子——这个季节，大部分游客已经离去，租房十分容易。

这是假期的最后几天，埃德很勉强地参观了克诺索斯宫以及伊拉克里翁的其他考古博物馆，现在只想在沙滩上好好过完这最后几天，再回比雷埃夫斯，那要坐好长时间的船。可是，阿丽克西斯另有计划。

"我打算明天去看我妈的一位老朋友。"当他们坐在港口边的餐馆等着他们点的食物时，她说，"她住在伊拉克里翁的另一边，所以我会离开大半天。"

这是阿丽克西斯第一次向埃德提到她的圣地，她做好准备应付他的反应。

"那好极了！"他语气嘲讽，然后不满地说，"你大概会开车去吧?"

"是的，如果没问题，我会开车走。那儿离这里大约一百五十多英里呢。如果我搭当地的公共汽车去，没准得花上几天时间。"

"好吧，我想我别无选择，是不是？当然我也不想跟你一起去。"

埃德蓝宝石般的眼睛向她闪烁着愤怒的目光，他把头埋在餐牌后。这天晚上剩下的时间里他一直闷闷不乐。鉴于这是阿丽克西斯惹起来的，她忍下了。可令人更难接受的是，他对她的计划毫无兴趣。他甚至不问问她要去看的人叫什么名字——其实他差不多从来如此。

第二天清晨，太阳升起来照到小山上没多久，她就爬出被窝，离开酒店。

当她在旅游手册上查找布拉卡时，有件事让她非常震惊：母亲居然从未提起过，在这个村庄对面，有个小岛与它隔海相望。手册上这个条目虽然非常小，容易被人遗漏，但还是令她充满想象：

　　斯皮纳龙格岛：威尼斯人曾在该岛建立坚固要塞，十八世纪该岛被土耳其人占领。一八九八年克里特岛宣布自治，大部分土耳其人离开了克里特，但斯皮纳龙格的居民拒绝离开他们的家，不愿放弃有利可图的走私交易。直到一九〇三年该岛成为麻风病隔离区后，他们才离开。一九四一年，德国人入侵克里特岛，占领到一九四五年，斯皮纳龙格因麻风病人的存在而幸免。一九五七年该岛被废弃。

看起来，布拉卡主要是作为麻风病隔离区的补给中心而存在，这让阿丽克西斯觉得很有意思，而她母亲竟压根儿没提过。她坐上租来的菲亚特500，希望自己有时间可以去参观一下这座小岛。她在旁边的空座上铺开克里特地图，首次发现，这座小岛的形状像一只仰面而卧的慵懒的动物。

旅程中她一路向东经过伊拉克里翁，沿着平坦笔直的滨海公路，穿过开发过度的赫索尼索斯和马利亚地带。偶尔，她会看到褐色的指示牌，显示某座古老遗迹不协调地藏身于那些零散分布的酒店当中。阿丽克西斯没有理会任何这种指示牌。今天，她的目的地不是公元前二十世纪繁荣兴旺的定居点，而是公元二十世纪的某座村庄。

经过绵延数里的橄榄林后，海岸平原上的土地变得更平坦了，种植园里红红的番茄、熟透的葡萄一望无际。最后，她驶离主干道，开始前往布拉卡的最后一段行程。从这里开始，路变窄了，她只得小心地开车，避开从山上滚落下来、横在路中间的一堆堆石头。时不时还有只山羊在她前面缓缓而行，经过它时，它用那邪恶的、隔得很近的眼睛盯着她看。过了一会儿，路开始变陡，一个突然的U形急弯后，她只能靠着路边行驶，汽车轮胎在碎石路面上噼啪直响。下面是米拉贝洛海湾那炫目的蓝色海水，她可以看到几乎像一个圆圈一样的弧形天然海港，在臂弯相拥处，似乎有一小块看似圆形山包的土地。从远处看，这片土地似乎与

The Island

大陆相连，可实际上，从地图上看，她知道这就是斯皮纳龙格岛，越过中间一带的海水才能到达。周围的地形让它显得很矮小，可这座岛因水而自豪。岛的另一边，威尼斯要塞的遗址仍清晰可见，一系列线条纵横交错，这些是它的街道。这就是了：空空的小岛。几千年来它一直有人居住，可不到五十年前，由于某种原因，它被废弃了。

阿丽克西斯开了最后几英里路，慢慢来到布拉卡。她把租来的廉价车的车窗全摇下来，温暖的海风、百里香的香味扑面而来。这是午后两点钟，她终于把嘎吱作响的车停在了寂静的村庄广场上。她的两只手一直握着硬硬的塑料方向盘，出了很多汗，汗水亮晶晶的。她发现左手臂已经被午后的太阳晒伤了。这个时候来到希腊村庄真是可怕。狗儿们躺在阴凉里，死了一般，几只猫四处找残羹冷炙吃。此外再无其他生命征兆，只有些含糊的迹象说明不久前还有人在这里——无主的轻便摩托车靠树停着，长椅上搁着半包香烟，旁边摊着一副双陆棋。知了不停歇地唱着，要到黄昏凉爽下来时才会止住。这个小村庄可能和二十世纪七十年代她母亲离开时没有两样。它没有理由改变。

阿丽克西斯打算在找佛提妮·达瓦拉斯之前，先去斯皮纳龙格岛。她很喜欢这种完全的自由独立。一旦找到那个老妇人，如果再坐船旅行似乎不太礼貌。显然，阿丽克西斯当晚得赶回哈里阿，可是现在，她要享受这个下午，打电话给埃德、找地方安顿下来都不是现在要考虑的。

阿丽克西斯决定照旅游手册上的做——"在布拉卡这个小渔

村的酒馆里，只需花上几千德拉克马，通常就有渔夫愿意带你渡海。"她目标明确地穿过广场，撩开乡村酒馆门前黏糊糊、五颜六色的塑料彩带。这些肮脏的塑料带本来用于阻止苍蝇飞入，并保持酒馆的凉爽，可实际上只起到集聚灰尘、让酒馆永远昏暗模糊的作用。阿丽克西斯在昏暗里看了好久，才隐约看见有个女人坐在一张桌边，她摸索着朝那里走去。那个身影站起来，移到吧台后面去了。一路灰尘厚重，直到现在，阿丽克西斯的嗓子都是沙哑的。

"请给我点儿水。"她犹豫着说。

那女人的手从许多装满橄榄的大玻璃缸和几瓶空了一半的清冽醇厚的茴香酒旁移过，打开冰箱，拿出一些冰镇矿泉水。她小心地往一只直边高玻璃杯里倒满水，在杯边卡上一片厚厚的粗皮柠檬后，递给了阿丽克西斯。最后，她在花围裙上擦了擦刚才握冰瓶子弄湿的手，那围裙大得正好围住她的粗腰。"英国人？"她问。

阿丽克西斯点点头，毕竟说对了一半。她只说了一个词就表达了自己的下一个愿望。"斯皮纳龙格？"她说。

那女人扭身向后，消失在吧台后的小门里。阿丽克西斯听到她压低嗓子叫着："耶拉西莫！耶拉西莫！"没多久，木板楼梯上传来脚步声。一个上了年纪的、午睡刚被吵醒的男人眯缝着双眼出来了。那女人急促而含混地冲他说话，阿丽克西斯唯一能听懂的词只有"德拉克马"，那个词重复了好几次。很显然，他被肯定地告知今天有一大笔钱可挣。男人站在那里，眯着眼，听着这一连串指令,一言不发。

女人转身向着阿丽克西斯,从吧台上抓起点菜单,草草写下几个数字、画了一张图。即使阿丽克西斯能说流利的希腊语,也没有这个来得明白。通过大量的比画,以及纸上的种种记号,她推断往返行程以及在岛上停留的两小时,一共要花两万德拉克马,约三十五英镑。这一趟并不便宜,可绝不容她讨价还价。再说,她现在一心想去参观那个岛,比开始时更坚决。她点点头,朝那个船夫笑笑,他也庄重地朝她回笑。她恍然大悟,船夫的沉默没有她起初想象中的那样简单。即使他想说话也说不了——他是哑巴。

他们很快就来到停着耶拉西莫的旧船的码头区,两人沉默着走过熟睡的狗和关门闭户的房子,什么都没有惊扰。唯一听到的是知了的叫声和他们橡胶鞋底走在路上的啪嗒声,海上则是风平浪静。

好了,现在她将随一个除了偶尔一笑,再无其他表情的男子渡过这五百米的海域。他与克里特岛上所有渔夫一样,有一张满是皱纹的脸,他们在大海上过了几十年,夜晚与狂风暴雨搏斗,白天则在炽热的阳光下修补渔网。他可能有六十多岁了,可是如果皱纹能跟橡树年轮一样用来计算年龄,粗略估计他也快八十了。从他的外表什么也看不出来。没有痛苦,没有苦难,也没有特别的快乐。它们只是听天由命的安静晚年的特写,是他经历过的一切反映。虽然游客是继威尼斯人、土耳其人,以及他有生之年亲身经历过的纳粹之后克里特最新的入侵者,可他们很少学希腊语。阿丽克西斯现在暗自责备自己,没有让母亲教她些有用的单词——索菲娅能说一口流利的希腊语,阿丽克西斯却从未听她用它咕哝过一个字。现在,当他帮她上甲板时,她唯一能向这个船夫说的只有一句礼貌的"谢谢你",他举手碰了碰破草帽的帽檐,算是回礼。

现在,船开始靠近斯皮纳龙格,阿丽克西斯收拾好相机和塑料瓶装的两升水——这是酒馆里的那个女人硬塞给她的,嘱咐她一定要多喝水。船碰到防波堤时,老耶拉西莫伸出手,拉她跨过木头座位,跳上废弃码头那不平整的地面。她这才发现引擎还在转动。看起来,老人并不打算在此停留。他们设法交流,原来两小时后他会再回来。阿丽克西斯看着他慢慢掉转船头,朝着布拉卡方向去了。

阿丽克西斯现在被独自留在了斯皮纳龙格。一阵恐惧袭上心来,要是耶拉西莫忘了她怎么办?要过多久埃德才会来找她?她能游过这片海域返回大陆吗?她从未如此彻底孤独过,除了睡觉,她很少跟另一个人相隔几米远,从未与他人失去联系一个小时以上。她的依赖心突然像个沉重的负担。她决心要鼓起勇气愉快地度过这段独处时光——这难得的与世隔绝的几个小时,与斯皮纳龙格居民终生孤独的判决相比,简直不值一提。

威尼斯要塞那巨大的石头墙赫然耸立在她面前。如何才能进入这固若金汤的堡垒呢?就在此时,她发现墙的圆边上,有一个小小的入口,大概就跟她的个头那么高。那是整个灰色石头墙上一个小小的、阴暗的开口。凑近看,才发现是长长地道的入口。地道蜿蜒曲折,看不到尽头。身后是大海、面前是高墙,只有这条路可走——向前走入黑暗幽闭的地道中。大概走了几米,当她从半黑暗中再次出现在午后耀眼的阳光下时,周围的一切全不同了。她停下脚步,呆住。

阿丽克西斯站在长街低处,街两边全是矮矮的两层楼房。这有点儿像克里特的村庄,可是这些建筑已破败到半废弃状态。窗户的合页全坏了,窗框七扭八歪地挂在那里,百叶窗在海风的微微吹拂下抽动着,吱吱作响。她犹豫着走下满是灰尘的街道,吸收看到的一切信息:右边是有着坚固雕花大门的教堂,还有一栋房子,根据它的落地窗架来判断,这里显然曾是一个商店。有些庄严的带木质阳台的独立房子,有着拱形门廊和围起来的花园。深深的、怪异的寂静笼罩四下。

楼下的房间里,一丛丛野花争奇斗艳;楼上,桂竹香从灰泥墙的缝隙里偷偷张望。许多房屋的门牌号码还清晰可辨,是一个个褪了色的数字:11、18、29,这让阿丽克西斯想到每扇这样的正门后都曾有真实的生命在此生活过。她继续信步走着,被这一切迷住了,好像梦游一般。这不是梦,然而,里面确有某种完全虚幻的东西。

她走过一座房子——那以前一定是家小饭馆;走过一座更大的大厅,还有一幢房子——有成排的水泥池子,她断定那曾是洗衣房。在它们边上立着一座丑陋的三层大楼,有着实用的镂花铸铁阳台栏杆。这座房子的规模与其他房屋相比很是奇怪,一想到这是七十年前的人建造的,而且肯定是当时最时髦的,就觉着奇怪。现在它巨大的窗户像张大的嘴,迎着海风,电线从天花板上吊下来,像一簇簇纠结的意大利面条。它几乎是所有房屋中最悲

岛

伤的一幢。

阿丽克西斯出了小镇,走上一条杂草丛生的小路,顺着这条路来到远离一切文明的地方。这是个天然海岬,只要纵身一跃,就能跳入几百英尺[1]下的大海。她让自己想象麻风病人的痛苦,在绝望的时候,他们可能来到这里沉思,想要彻底了断。阿丽克西斯凝望前方曲折的海岸线。直到现在,她一直被周遭的环境吸引,完全沉浸于这种浓厚的氛围之中,关于自己处境的种种念头完全消失无踪。她是整个岛上唯一的人,这让她面对一个事实:孤单并不意味着孤独。即使你身处人群里,却也可能非常孤独。这个想法给了她勇气,回去后她可能会独自开始下一阶段的新生活。

沿着自己的足迹回到寂静的小镇,阿丽克西斯坐在石头门槛上休息了一会儿,喝了几大口水。屋里腐朽的地板铺满枯叶,除了偶有蜥蜴仓促爬过,一切沉寂不动。从对面弃置房屋的间隙里,她看到了大海,以及大海那边的陆地。每天麻风病人肯定隔海望着布拉卡,看得到那边的每一幢房子、每一艘船——也许连人们在那里做着的日常琐事也看得清。她只能试着想象,这么近的距离,麻风病人一定心痒痒地急着想回去。

这小镇的墙能讲述什么样的故事呢?它们一定见证了大苦难。不用说,麻风病人站在这块岩石上,肯定感觉自己像生活打出的最差的一张牌。然而,阿丽克西斯善于依据考古碎片进行推断,从这些地方残留的东西中,她看得出这里居民的生活情形一定不

---

[1] 1英尺约合 0.3048 米。——编者注

仅仅是痛苦和绝望的,而是更加复杂。如果他们完全只是卑贱的存在,那么这里为什么还会有饭馆?为什么还有一幢只可能是市镇厅的建筑呢?她感受到忧伤的气息,可也看到正常的迹象。正是这些令她吃惊。这座小小的岛屿是个小社会,而不只是个等死的地方——从那些废弃的房屋便可看出。

  时间过得很快。阿丽克西斯瞟了一眼手表,已经五点钟了。太阳还很高,还是那么炎热,她完全没了时间概念。她一跃而起,心也怦怦直跳。虽然她很享受这儿的寂静与安宁,但不希望耶拉西莫把她扔在这里。她赶紧从长长的黑暗地道中走出来,来到外面码头上。老渔夫正坐在船上等着,阿丽克西斯一现身,他就转动钥匙,发动马达。显然,若无必要,他绝不想在此耽搁。

  回布拉卡很快,几分钟就到了。阿丽克西斯看到之前的那家酒馆,租来的车停在对面,看着让人备感熟悉安慰,她舒了口气。现在村子开始有点儿活力了。门廊外女人们站着聊天,酒馆周围的空地上,男人们聚在树下打牌,他们吞云吐雾,四周烟雾弥漫。她习惯了和耶拉西莫沉默地一路走回酒馆,那个女人迎着他们,阿丽克西斯断定她是耶拉西莫的妻子。阿丽克西斯数出一把脏兮兮的钞票,递给她。"你想喝一杯吗?"女人用蹩脚的英语问。阿丽克西斯才发现她不仅需要喝上一杯,更需要吃点儿东西。她一整天没吃东西了,炎热与海上航行让她现在觉得很难受。

  想起母亲说有朋友在当地开着一家餐馆,阿丽克西斯立即在背包里翻找那个皱巴巴的信封,里面是索菲娅的信。她把地址给那女人看,那女人立即认了出来,她拉着阿丽克西斯的胳膊,带她出了酒馆，来到街上。顺着这条路，朝着大海的方向走约五十米，有个小型桥墩伸向海中，这便是那家餐馆。刷成蓝色的椅子、纯白和靛蓝相间的方格桌布，有如一片绿洲召唤着阿丽克西斯。餐馆老板出来迎接她，老板与餐馆同名，都叫斯特凡诺斯。阿丽克西斯知道自己会很快乐地坐在那里看太阳下山。

与阿丽克西斯遇到的每位小饭馆老板一样，斯特凡诺斯唇上留着厚厚的、修剪有型的胡须。然而，与大部分小饭馆老板不同的是，他看起来吃得没他做得多。现在时间还早，当地人还没来吃饭，所以阿丽克西斯独自坐在一张临海的桌前。

"佛提妮·达瓦拉斯今天在这里吗？"阿丽克西斯试探性地问，"我母亲认识她，我有封信要交给她。"

斯特凡诺斯的英语要比酒馆里那对夫妇的好得多，他温和地回答说自己的妻子确实在这里，她准备完今天的菜后，就会出来看她。同时，他建议给她拿些当地精华特产，这样她就不必费心看菜单了。阿丽克西斯手持一大杯冰镇松香酒，面前桌上摆上了粗粮面包，她的辘辘饥肠立刻得到满足。她只觉得一阵畅快掠过全身。这一天的孤独让她快乐，此刻她又品尝到自由与独立。她看向对岸的斯皮纳龙格。自由可不是任何一个麻风病人曾经享受过的，她想，可是他们有没有因此而获得别的什么呢？

斯特凡诺斯端着一堆白色小碟回来了，每个小碟里都盛满了厨房里刚做好的新鲜美食——大虾、油炸节瓜花、酸奶黄瓜、迷你奶酪派。阿丽克西斯觉得自己从没这样饥饿过，也从没见过这般美味的食物。

斯特凡诺斯走到阿丽克西斯桌前,看到她凝视着前方的岛屿。这个只身一人的英国女子让他生起了兴趣。耶拉西莫的妻子安德里亚娜说,这个女孩一个人在斯皮纳龙格待了整整一个下午。在炎热的夏季,每天只有几艘船的游客到对岸去——可大部分人最多只能在那儿待上半小时,然后就乘大巴到海岸线其他大景点去了。大多数人对此只有残忍的好奇。如果他们在布拉卡停下来吃顿饭,斯特凡诺斯有时能听到他们谈话的片言只语,得知他们对游览这个岛感到很失望。他们想看的似乎不只是几间被遗弃的房屋和用木板钉起来的教堂。他们想看什么?他总想上前问问。尸体?丢弃的拐杖?他们的冷漠总让他怒火直冒。可是这个女孩跟他们不一样。

"你怎么看这个岛?"他问。

"它让我很吃惊。"她说,"我本以为它会让人十分忧伤——实际上它也真让我忧郁——可除此之外,它还有很多东西。显然,生活在那里的人并不是坐在那儿自怨自艾。至少我是这样看的。"

这可不是去斯皮纳龙格的游客常有的反应,这个年轻女子在那里花的时间显然比他们要多得多。阿丽克西斯很高兴有人可以说说话,而斯特凡诺斯总是热衷于练习英语,他不打算扫她的兴。

"我真不知道自己为什么会这么想——可我这样想对不对?"她问。

"我能坐下吗?"斯特凡诺斯问。没等她回答,他就拖了把椅子过来,坐下了。他凭直觉感到这个女子体会到了斯皮纳龙格的神奇魅力,"我妻子有个朋友曾经生活在那里,"他说,"她是这周围仅有的几个还与这个岛有关联的人之一。其他人一旦治愈后，都尽可能远离这里。当然，耶拉西莫除外。"

"耶拉西莫……得过麻风病？"阿丽克西斯惊呆了。怪不得他把她一放下就急急地走了。她的好奇心完全给吊起来了，"你妻子，她去过那个岛吗？"

"去过许多许多次。"斯特凡诺斯答道，"她是这周围最了解那个岛的人。"

陆续有客人来吃饭了，斯特凡诺斯从柳条椅上起身，领客人们到桌前坐下，递上菜单。太阳已落到地平线下，天空成了绛红色，天一下子就凉了。燕子俯冲而下，向虫子直扑过去。仿佛过了几个世纪。阿丽克西斯吃光了斯特凡诺斯摆在她面前的所有东西，还是觉得很饿。

就在她想着要不要进厨房再找点儿什么吃时（在克里特岛，顾客常常这样做），她的主菜到了。

"这是今天刚打捞上来的，"女招待放下一个鱼形大浅盘，"胭脂鱼。在英国，我想，你们叫它红鲣。希望你喜欢我的烹饪方式——撒上香草、抹点儿橄榄油后在烧烤架上烤的。"

阿丽克西斯很惊奇。不仅因为如此精美的菜肴，也不仅因为这个女人柔和、几乎没有口音的英语。最让人吃惊的是她的美丽。阿丽克西斯在想是什么样的脸才能发动千艘战舰[1]呢，一定就是这

---

[1] 此处套用1588年英国诗人兼剧作家克里斯托弗·马洛在《浮士德博士的悲剧》一剧中以诗赞美的海伦的美丽。在希腊神话中，海伦之美使特洛伊千艘战舰齐发，血战十年。

样的容颜。

"谢谢你,"末了阿丽克西斯说,"看上去很棒。"

这个梦一般的女人准备转身离去,可又站住了,说:"我丈夫说你在找我。"

阿丽克西斯吃惊地抬起头。母亲告诉过她,佛提妮已经七十多岁了,可这个女人这样苗条,脸上几乎没有皱纹,头发是深栗色,高高盘在头顶。她怎会是自己一直想着要见的那个女人?

"你不会是……佛提妮·达瓦拉斯?"她站了起来,不太确定地说。

"我就是她。"女人温和但肯定地说。

"我有封信要给你,"阿丽克西斯回过神来,"是我妈妈写的,她叫索菲娅·菲尔丁。"

佛提妮·达瓦拉斯的脸庞顿时亮了。"你是索菲娅的女儿!我的天,太棒了!"她说,"她还好吗?她还好吗?"

佛提妮异常兴奋地接过阿丽克西斯递给她的信,紧紧捂在胸口,好像索菲娅本人就在面前一样。"我太开心了。自从她姨妈前几年去世后,我就没有她的消息了。那以前,她总是每个月都写信给我,后来就停了。我最后几封信她也没回,让我很担心。"

这一切阿丽克西斯听都没听过。她从没想过母亲过去会这样频繁地往克里特岛写信,当然更不知道她也收到过信。多奇怪啊,这么多年来,阿丽克西斯从没见过盖着克里特岛邮戳的信。她觉得如果有,她肯定会记得,因为她总是起得很早,门垫上的信总是她来收拾。看来母亲在竭力隐瞒这种通信。

佛提妮抱着阿丽克西斯的肩膀，一双杏眼仔细端详着她。"让我看看——是的，是的，你看起来真的有点儿像她，你更像可怜的安娜。"

安娜？在一切可能的场合下，她极力从母亲那里搜罗她的姨妈、姨父那些泛黄的信息，是他们把母亲抚养大的，可是她从未听说过"安娜"这个名字。

"你母亲的母亲。"佛提妮立即发现这女孩脸上困惑的表情，飞快地加上一句。阿丽克西斯一阵战栗。她站在黄昏中，身后是墨黑的大海，她被母亲惊人的秘密、被面前这个女人可能知道的某些真相吓得直往后退。

"来吧，坐下，坐下。你一定要吃点儿胭脂鱼。"佛提妮说。阿丽克西斯一下子没了胃口，可她想客随主便才有礼貌。于是，两个女人坐下了。

尽管阿丽克西斯急切地想知道所有问题的答案，她还是让佛提妮先问。佛提妮的问话看起来更像盘查：你母亲怎么样？快乐吗？你父亲是什么样的人？你为什么来克里特？

佛提妮很热情，像那个晚上的天空一样温暖。阿丽克西斯发现自己回答她的问题时毫无保留。这个女人的年纪足够当她的奶奶了，然而一点儿也不像她心中的奶奶模样。母亲交给她这封信时，她想象中的佛提妮·达瓦拉斯是位黑衣驼背的老太太，可佛提妮实际的样子完全相反。她对阿丽克西斯的兴趣似乎完全出自真心。阿丽克西斯好久没有与人这样聊过天了——如果她以前曾经这样聊过的话。大学导师偶尔听她说说话，仿佛她说的话真的很重要，可是她心里知道那只是因为导师挣的就是这份钱而已。没多久，阿丽克西斯就向佛提妮敞开了心扉。

"我妈妈一直对自己早年的生活守口如瓶，"她说，"我唯一知道的是她出生在这附近，由姨妈、姨父养大——她十八岁时离开他们，再也没回来。"

"你真的就知道这些吗？"佛提妮问，"除此之外她再没告诉你别的？"

"对，什么也没说。这也是我来这儿的一个原因。我想多了解些。我想知道是什么让她这样想摆脱从前的生活。"

"可为什么是现在呢？"佛提妮问。

"噢，有许多原因，"阿丽克西斯低头看着自己的盘子说，"但主要和男朋友有关。我最近才发现妈妈找到爸爸有多么幸运——我总觉得他们是模范夫妻。"

"他们快乐，我很高兴。当时是有点儿仓促，可是我们都看好他们，因为他们看起来心满意足。"

"有点儿怪，我对妈妈了解得太少。她从不谈自己的童年，从不谈在这里的生活——"

"哦？"佛提妮插了一句。

"我觉得，"阿丽克西斯说，"对妈妈了解得越多，就越能帮助我自己。她很幸运地遇到了自己如此在乎的人，可是她怎么知道他就永远是那个合适的人呢？我和埃德在一起有五年了，可该不该在一起，我还没有把握。"

说这番话的阿丽克西斯与通常注重实际的她相比简直判若两

人。她也意识到自己的话听起来可能有点儿云里雾里，几乎不太真实，她居然对一个才认识两小时的人说这些。再说，她偏离了正题，她怎能指望这个希腊妇人——尽管她很和蔼——会对她感兴趣呢？

这时斯特凡诺斯过来收拾餐碟，几分钟后他端着几杯咖啡和两大杯冒着泡的蜜糖色白兰地过来。晚上这个时候，客人已经散去，阿丽克西斯再一次成了店里唯一的客人。

热咖啡让阿丽克西斯感觉好多了，浓烈的迈塔克瑟白兰地更让她觉得温暖。她问佛提妮认识她母亲有多久了。

"实际上，打她出生第一天起我就认识她了。"老妇人回答。可是她停住不往下说，似乎觉得责任重大。她在想自己是否有资格告诉这个女孩她家人的过去、她母亲竭力隐瞒不让她知道的从前？佛提妮这时想起那封信，它还塞在围裙里。她把信翻出来，从旁边桌上拿起刀，很快裁开信封。

亲爱的佛提妮：

请原谅我这么长时间没跟您联系。我知道自己无须向您解释，可是，当我告诉您我常常想您时，请相信我。这是我女儿，阿丽克西斯。您待她能像待我那样好吗——我其实用不着问，是吧？

阿丽克西斯对她的来历很好奇——完全可以理解，可我发现自己几乎无法告诉她任何事情。时间的流逝让公开一切变得比任何时候都要难。很奇怪，是吗？

The Island

  我知道她会问您许多问题——她天生是个历史学家。您能回答吗？您目睹了整个故事——我想，比起我来，您讲给她听会更加真实。

  给她原原本本描绘一下整桩事情，佛提妮，她会感激不尽。没准儿她回英国后，还能告诉我一些我从不知道的事情。您能带她去我出生的地方看看吗？我知道她会很有兴趣的。带她去圣尼古劳斯吧？

  随信附上我对您和斯特凡诺斯的爱。也向您的儿子们送上我最好的祝愿。

  谢谢您，佛提妮。

您永远的
索菲娅

  读完信，佛提妮仔细折好它，装回信封。她望向阿丽克西斯，在她匆匆阅读这封被揉皱的信时，阿丽克西斯一直在好奇地研究她的每一个表情。

  "你母亲让我告诉你关于你家的一切，"佛提妮说，"可这真不是个睡前小故事。这个季节快过去了，我们餐厅星期天和星期一不开门，我有时间告诉你。你何不留下和我们住上几天？如果你愿意，我会很高兴。"佛提妮的眼睛在黑暗中闪耀着，水汪汪的。是泪水还是兴奋？阿丽克西斯分不清。

  她凭直觉感到这可能是自己花得最值得的一段时间。无疑，母亲的故事比参观其他博物馆在今后对她更有帮助。如果她能让自己的来历鲜活起来，何必再去查看冷冰冰的古代文明遗迹？什么也阻止不了她留下来。她只需给埃德发条短信，说自己打算在这里待上一两天。虽然她知道这太冷落他了，可她觉得这种难得的机会也能让她小小的自私说得过去。本来她就是自由的，爱做什么就做什么。大海安静了片刻，墨黑平静，看上去好似屏住了呼吸。在清澈的天空中，最明亮的猎户星座——被天神杀死又放置在天上的俄里翁[1]，似乎在等待她的决定。

在自己的来历消散在微风中之前，这可能是阿丽克西斯一生中遇到的唯一机会，让她能抓住关于它的碎片。她知道对于这个邀请只有一种回应。"谢谢你。"她静静地说，疲劳突然袭来，"我很高兴留下来。"

---

[1] 巨人猎手，因爱上月神阿尔忒弥斯而使阿波罗不满。阿波罗设计让阿尔忒弥斯杀死了俄里翁，俄里翁死后被阿尔忒弥斯放在天上星宿中间，成为猎户星座。

二

阿丽克西斯那晚睡得很沉。她和佛提妮上床时,已过半夜一点。来布拉卡的长途旅行、在斯皮纳龙格待的整个下午、让人餍足的各色小吃和迈塔克瑟白兰地,合在一起带给她一场深沉无梦的睡眠。

明亮的阳光从厚重的粗麻布窗帘的缝隙中透进来,在阿丽克西斯枕头上洒落,已快十点钟了。阳光让她醒了过来,她本能地滑进被子,把脸埋住。过去两周,她在几间陌生的房间里睡过,每次醒来,总有片刻的迷茫,待适应了周遭环境,才能把自己带回当时当下。在她和埃德住过的那几间便宜膳宿旅馆里,床垫不是中间凹下去,就是被金属弹簧戳透。早上从那些床上起来时总是很容易。可是这张床完全不一样。实际上,整个房间也不同。铺着蕾丝桌布的圆桌、褪了色的木头矮凳、墙上一组带框的水彩画、门背后挂的一把香气四溢的薰衣草,淡蓝色的墙正好配上亚麻床单:这一切让这间房比家还像家。

阿丽克西斯拉开窗帘,耀眼的大海和斯皮纳龙格岛扑面而来,热气蒸腾中，岛仿佛很遥远，比昨天看起来远得多。

她前一天从哈里阿出发时，压根儿没想到会在布拉卡停留。她想着与母亲儿时相处过的老太太简单见个面，然后在村庄里小游一番，就回到埃德身边。因此，除了地图和相机，她随身什么也没带——当然没想到会需要换洗衣物和牙刷。可是，佛提妮很快就来搭救她，借给她需要的一切——一件当睡衣的斯特凡诺斯的衬衣和用旧了但很干净的毛巾。清晨，在她床头，她发现了一件花上衣——完全不是她的风格，但经过前一天的炎热与灰尘后，她很欣慰可以换件衣服。她无法忽视这种母亲般的慈祥——尽管衣服上的浅红、淡蓝与她的卡其布短裤很不协调，但那又有什么关系？她在房间角落的水池里用冷水浇浇脸，从镜子里打量了一下晒黑了的脸。她很兴奋，像就要听到小说最关键一章的孩子一般。今天，佛提妮将是她的山鲁佐德[1]。

熨过的干爽棉布衣服带给阿丽克西斯一种新奇的感觉，她沿着后面昏暗的楼梯走下来，发现自己到了餐馆厨房，被新煮咖啡的浓烈香味吸引住了。佛提妮坐在中间一张巨大的满是树结的桌前。虽然桌子擦得很干净，但还是看得出这上头剁过肉泥、碾过香草的种种痕迹。它一定见证过几千次紧张情绪在厨房的炽热中被慢火炖、大火煮。佛提妮站起身，向她打招呼。

"早上好，阿丽克西斯。"她温和地说。

她穿着一件跟借给阿丽克西斯的衣服很像的上衣，不过她的

---

[1] 《一千零一夜》中宰相的女儿，她通过讲故事让国王不杀人。

是暗红色的，正好配上她的裙子。裙子长及脚踝，裹着她苗条的腰身飘扬着。昨晚在昏暗中给阿丽克西斯留下的美丽印象没有错。克里特女子雕像般的身材，大大的眼睛，让人想起克诺索斯宫里的米诺斯壁画，那些逼真的肖像经过几千年的岁月存活下来，但仍有种奇异的简洁使它们更具现代感。

"你睡得好吗？"佛提妮问。

阿丽克西斯压抑着打了个哈欠，点点头，朝佛提妮笑，佛提妮正忙着把咖啡壶、几个大杯子、茶碟、一块刚刚出炉的面包摆上托盘。

"我很抱歉——这是刚加热的。星期天唯一糟糕的就是这个了——面包师不起床。所以只有干面包皮和新鲜空气可吃。"佛提妮大笑着说。

"新鲜空气会让我更开心些，只要能就着新鲜咖啡吃下去。"阿丽克西斯说着，跟着佛提妮穿过无处不在的塑料带子，来到露台上。所有桌子上昨晚铺着的纸桌布全给剥下来，只剩下红色富美家防火面板，看上去有点儿怪。

两个女人坐在那里眺望着大海，波涛拍打着下面的岩石。佛提妮倒咖啡，浓黑的液体涌出，一道黑色细流冲进白色瓷杯里。以前阿丽克西斯喝过无数杯雀巢咖啡，端上来的速溶咖啡看上去好像很美味，其实品尝之后令人失望。阿丽克西斯觉得没什么咖啡比得上现在这杯这样醇厚美味。似乎没人有心告诉希腊人雀巢咖啡不再是新玩意儿了——每个人，包括她自己，需要的正是这种老式醇厚甜蜜的液体。九月的阳光清澈灿烂、温和宜人，经过酷热的八月之后，九月成了克里特最受欢迎的季节。仲夏火炉般的温度降下来了，愤怒的热风也走了。两个女人面对面，各坐在一个遮阳棚的阴影下，佛提妮把自己黝黑的、青筋暴露的手放在阿丽克西斯的手上。

"我很高兴你来了。"她说，"你想不到我有多开心。你妈妈停止写信时，我很难过。我完全能理解她，可是那毕竟割断了与过去这样重要的联结。"

"我压根儿也不知道她过去曾写信给你。"阿丽克西斯说，仿佛她应该为母亲的行为道歉。

"她早年的生活很困难。"佛提妮继续说，"可是我们都试着，我们真的试着，尽量让她快乐，尽我们最大力量去帮助她。"

看着阿丽克西斯有点儿迷惑的表情，佛提妮意识到自己得放慢速度。她给她们俩又倒了一杯咖啡，给自己一点儿时间想想从何开始。似乎她得从更早的时候讲起，比开始想的时候还要早。

"我得说，'我要从最开始讲起'，可其实并没有一个真正的开始。"她说，"你母亲的故事就是你外婆的故事，是你曾外婆的故事，也是你姨外婆的故事。她们的生活纠缠在一起，我们希腊人谈到命运时，就是这个意思。所谓宿命主要是由我们的先辈而非星宿决定的。当我们谈到古代历史，我们常常说命中注定——可是我们并不是指不可控制的事情。当然事件可能突如其来地改变我们生活的轨迹，但真正决定什么会降临在我们身上的，是我们周遭那些人的行为，以及那些生活在我们之前的人的行为。"

阿丽克西斯不安起来。那装着母亲的过去、固若金汤的保险柜，那曾毅然决然地把母亲整个生活锁在里面的保险柜就要被打开了。所有的秘密将全部倾倒出来，她发现自己有点儿怀疑：难道真的想这样吗？她凝视着大海对面斯皮纳龙格灰色的轮廓，想起了那个孤独的下午，她已经有点儿怀念那里了。潘多拉后悔打开了她的盒子，难道她也会吗？

佛提妮注意到阿丽克西斯一直凝视的方向。

"你曾外婆在那个岛上生活过，"她说，"她是麻风病人。"她没料到自己的话听上去那么直率、那样无情，她一眼就看出它们让阿丽克西斯退缩了。

"麻风病人？！"阿丽克西斯吃惊得结结巴巴。这让她不快，尽管她明白这种反应或许有点儿不礼貌，可她实在难以掩饰自己的感情。她已经知道那个老渔夫曾得过麻风病，自己还曾亲眼见过他，但他身上并没有肉眼可见的畸形。不过，听到与自己这样亲的人曾患过麻风病，她还是觉得十分震惊。这是完全不同的感受，很奇怪，她觉得恶心。

对于佛提妮来说，她从小就在隔离区的阴影下长大，麻风病一直是严酷的生活现实。她见过数不清的麻风病人来到布拉卡，渡海而过，去往斯皮纳龙格。她也见过不同样子的麻风病人：有的变形扭曲，严重的甚至残疾；有的外表没有明显变化。实际上，他们最后的样子都让人不敢触碰。她理解阿丽克西斯的感受。那些人对麻风病的了解仅来自《圣经·旧约》故事和画有手摇铃铛、叫着"不洁净！不洁净！"的受难者的图片，对他们而言，这是最自然的反应。

"我再来解释一下,"她说,"我知道你想象中的麻风病是什么样的,但你最好知道真相,否则你永远不了解真实的斯皮纳龙格。斯皮纳龙格是许多好人的家。"

阿丽克西斯继续凝视着波光粼粼的海那边的小岛。她昨天去那里的参观似乎充满了许多相互矛盾的画面:优雅的意大利风格的别墅遗迹、花园和整齐的商店,而疾病萦绕在心头的恐惧却让它们黯然失色,她曾在史诗般的电影里见过活死人一样的麻风病人。她咽下一大口浓咖啡。

"我知道不是每个得了麻风病的人都会死,"她说,几乎是在辩解,"可是总是会变得很丑,不是吗?"

"根本不是你想象中的那样,"佛提妮回答道,"它并不会像瘟疫那样迅速蔓延。有时候很长时间后才会发病——你看到的那些有着可怕残疾的人都受了多年疾病折磨,也许是几十年。麻风病有两种,有一种病情发展得比较慢。不过现在两种都可以治愈了。可是,你的曾外婆很不幸,她得的是发病很快的那种,时间和幸运都没有站在她这一边。"

阿丽克西斯为她先前的反应有点儿难为情,为自己的无知感到惭愧,可是家族中有人得过麻风病的真相对她来说无异于晴天霹雳。

"你的曾外婆伊莲妮·佩特基斯得了这个病,可是你的曾外公,吉奥吉斯,也备受伤害。在你曾外婆被逐到斯皮纳龙格之前,他就一直用自己的渔船为这个小岛运送物资,你曾外婆去那里之后,他继续运送。就是说,他几乎眼睁睁地看着她的病情一天天恶化。伊莲妮刚去斯皮纳龙格的时候,卫生条件还很差,虽然后来改善了许多，可她年轻时某种无法挽回的损伤已造成了。我无法告诉你具体情况。吉奥吉斯也没有详细告诉过安娜和玛丽亚。可是你确实知道麻风病是怎么回事，是不是？麻风病会影响神经末梢，即使你烧伤或砍伤自己，你都感觉不到。这就是为什么得麻风病的人那样脆弱，容易令自己遭受永久性的损害，其后果是灾难性的。"

佛提妮停下来。她很担心，不想刺激这个年轻女子的敏感神经，可是她也意识到这个故事中有些内容少不了会让人震惊，她得小心翼翼地一步一步来。

"我不想让你觉得你妈妈全家都被麻风病控制了。不是那样。"她匆忙加上一句，"看，我这里有些他们的照片。"

紧挨着咖啡壶有个木质托盘，上面有个破旧的牛皮纸信封。佛提妮打开信封，里面的照片全滑到桌上。有些照片像火车票一样大，另外有些跟明信片大小相仿，有些是光面的，还带一圈白边，其他的是亚光的。所有照片都是黑白照，有些褪了色，看不太清了。许多都是在还没有快照的年代里去照相馆照的，照片里人们僵硬的姿势让他们看起来遥远得有如米诺斯国王。

阿丽克西斯注意到自己认识第一张照片里的人。照片上是母亲和那位穿蕾丝衣服的女士，一位银灰色头发的男子站在床边。她把这张照片拿起来。

"那是你姨外婆玛丽亚和姨外公尼古劳斯。"佛提妮的语气中有一丝明显的骄傲，"这张，"她说着从那一堆照片底下抽出一张很残破的照片，"是你曾外婆、曾外公和他们的两个女儿的最后一张合影。"

她把那张照片递给阿丽克西斯。照片里一男一女一样高，只是男人的肩膀要宽些。他一头光滑发亮的黑色头发，唇上的胡须修剪得整整齐齐，鼻子长而挺，尽管因为照相的缘故做出很严肃的表情，眼里还是盈满笑意。他的手与身体比起来，似乎大得有些不合比例。身旁的女人很苗条，长长的脖颈，异常美丽；她的头发编成辫子盘在头上，笑得那样灿烂、那样自然。坐在他们前面的是两个穿着棉布裙的女孩。一个很结实，浓密的头发披在肩上，眼睛斜瞟着如猫一般。她眼神顽皮，嘴唇丰满，没有笑意。另一个女孩编着整齐的辫子，容貌更精致，当她冲着照相机笑时，鼻子微微皱起。她瘦得差不多像根竹竿，在两姐妹中长得更像母亲些。这个女孩双手温柔地放在膝上，一副娴静姿态，而她的姐姐两手交叉抱在胸前，盯着照相的人，好像蔑视着他。

"那是玛丽亚。"佛提妮指着那个微笑的女孩说，"这个是安娜，你的外婆。"她又指着另外两人说，"这是她们的父母——伊莲妮和吉奥吉斯。"

她把相片摊在桌上，偶尔有风吹过，相片轻轻舞动，好似有了生命。阿丽克西斯看着这两姐妹的照片，从她们还是被抱在怀中的婴儿，到小学生，然后到年轻姑娘——那时候只有父亲陪伴她们。还有一张是安娜和一个身穿全套克里特传统服装的男子手挽手照的。那是一张结婚照。

"这一定是我外公吧。"阿丽克西斯说，"安娜看起来真的好美啊，"她羡慕地说，"真的很快乐。"

"嗯……散发着年轻的爱。"佛提妮的声音里有一丝挖苦之意，让阿丽克西斯很吃惊。她正要继续问下去，另一张照片冒出来，吸引了她。

"看起来真像我妈妈！"她嚷道。照片中的小女孩有着与众不同的鹰钩鼻，笑容甜蜜羞涩。

"确实是你母亲。她那时应该才五岁。"

就像任何家庭影集一样，随意拿起的一张照片只能讲述一些零碎片段。真正的故事只有那些不见了的相片才能讲出来，也许照片根本就不能讲述，生活中的故事绝不是这些仔细框起来或整齐地保存在信封里的照片能诉说的。阿丽克西斯明白这一点，但至少她看到了这些家族成员，这些母亲长期保密的家族成员。

"故事要从布拉卡开始，"佛提妮说，"就在我们身后，那边。那是你曾外公佩特基斯一家住的地方。"

她指着远处角落里的一所小房子，离她们坐着喝咖啡的地方仅有一箭之遥。那是座破旧的房子，刷着白灰。在整体摇摇欲坠的村庄里，那房子和其他房子一样破败不堪，却又十分迷人。墙上的涂料在剥落，百叶窗上的也是。阿丽克西斯的曾外祖父母住在这里时，会不时地重新粉刷，用的是明亮的淡绿色。墙皮在炎热里剥落、开裂。阳台就建在门道上方，阳台上放着几口大瓮，里面种着火焰般鲜红的天竺葵，瀑布一样垂下，仿佛想从雕花栏杆中逃离。大瓮的重量压得阳台往下陷。这是典型的克里特民居，过去几百年来，这种房子建了又建。像那些没受到大量游客踩躏的幸运村庄一样，布拉卡是永恒的。

岛

"你外婆和她妹妹就在那里长大。玛丽亚是我最好的朋友,她只比安娜小两岁。她们的父亲——吉奥吉斯,像许多当地人一样,是个渔夫。而他的妻子伊莲妮,是位老师。实际上她真的远不止是位老师——她还管理着当地的小学。学校就在通往伊罗达的路上,那个小镇你一定经过了,是来这里的必经之路。她爱孩子,不光爱自己的女儿,也爱班上所有的孩子。我猜安娜肯定觉得很难接受。她是个占有欲很强的孩子,讨厌与别人分享,特别是她母亲的爱。可是伊莲妮慷慨无私,无论是对自己的血肉,还是对学生们,全都倾注了足够的时间。

"过去我总假装是吉奥吉斯和伊莲妮的另一个女儿。我老是住在他们家;我有两个哥哥,所以你可以想象我家与他们家有多大不同。我母亲萨维娜对此并不介意。她和伊莲妮从小就是好朋友,从很小的时候起每样东西总是两个人合着用,所以我想她并不怕失去我,也不会为此着急。实际上,我相信她总幻想着,希望安娜或玛丽亚最后能嫁给我的哪个哥哥。

"我小时候,可能在佩特基斯家的时间比在自己家的时间还多。可是后来情况变了,不久,玛丽亚和安娜经常住到我们家。

"那个时候我们的游乐场就是沙滩,小时候,我们都在沙滩上度过。沙滩是变化无穷的地方,我们从不会觉得闷。从五月开始,到十月初,我们每天都会去游泳,晚上睡觉时,沙子从我们脚趾缝里漏到床单上,让人难受得坐卧不宁。晚上我们自己钓黑棒鲈,一种小鱼。清早,我们去看渔夫们打到的鱼。冬天潮水涨得很高,总有些东西给冲到沙滩上,让我们查看拣拾:海蜇、鳗鲡、八爪鱼,有几次还看见乌龟一动不动地躺在岸上。不管什么季节,天快黑时,我们就回安娜和玛丽亚的家。一进门,热乎乎的糕饼香味就扑面而来——伊莲妮已经为我们做好了新鲜的奶酪饼。到睡觉时,我常常是一边慢慢啃着奶酪饼,一边爬山走回自己家……"

"这种成长经历听起来像田园诗般美好。"阿丽克西斯陶醉于佛提妮描述的美好的、仙境般的童年。但是她更想知道这一切是怎么结束的,"伊莲妮怎么得上麻风病的?"她突然问,"得麻风病可以离开这座小岛吗?"

"不行,他们当然不能离开。正是这一点让这座岛如此恐怖。20世纪初,政府宣布将克里特的所有麻风病人隔离在斯皮纳龙格。一旦医生确诊他们得了麻风病,他们就得永远离开自己的家,去那座岛。那里被称作'活死人之地',没有比这更恰当的描述了。

"那时,人们想尽一切办法隐藏自己的症状,主要是因为确诊的后果太可怕了。伊莲妮对被学生传染麻风病的危险毫不在意——要她别跟学生们坐在一起去教他们,她做不到。如果一个孩子摔倒在满是灰尘的操场上,总是她第一个把他扶起来。后来她的一个学生得了麻风病……"佛提妮停下了。

"所以你觉得身为父母的,肯定知道他们的孩子染上了麻风病?"阿丽克西斯不敢相信地问。

"几乎可以肯定,"佛提妮回答,"他们知道,一旦有人发现,他们将再也见不到这个孩子。伊莲妮得知自己感染上麻风病后,只有一种负责的做法——她也这么做了。她要求学校里的每个孩子做检查,这样可以确定感染者。果然,一个名叫迪米特里的九岁小男孩感染上了。他可怜的父母只好忍受着儿子被带走的恐惧。但是不带走的话更可怕。想想孩子们玩起来时的情形吧!他们不像成人,可以保持一定距离。他们扭打在一起,互相往对方身上扑,一齐压在别人身上。我们现在知道这个病通常只通过持续密切的接触传播,可是当时人们担心,如果他们不尽快把受感染的学生找出来隔离的话,伊罗达学校本身就会成为麻风病隔离区。不久他们就找出来了。"

"对伊莲妮来说,那样做一定很困难——特别是她与学生们的关系那般密切。"阿丽克西斯若有所思地说。

"是啊。很糟糕。对每个与此有关的人来说,都很糟糕。"佛提妮回答道。

阿丽克西斯的嘴唇很干,她几乎不再说话,以防张口却说不出什么。为打发时间,她把自己的空杯子往佛提妮面前推了推,佛提妮添满杯子,再推回来。当阿丽克西斯小心地把糖倒入旋转的黑色液体中时,她觉得自己也被卷入伊莲妮悲伤而痛苦的旋涡中去了。

那是种什么感觉?在家人的注视下离家远行,实际上是被投入监狱,你最宝贵的一切都给剥夺了。她不但想着那个是自己曾外婆的女人,也想着那个男孩,他们都一样,没犯任何罪,却被判了刑。

佛提妮伸出手,放在阿丽克西斯手上。也许她太急切了,还没真正了解这个年轻女子就讲了这个故事。这可不是童话,她不可能选某些章节讲,而忽略掉另一些。如果她太过小心,真实的故事可能永远也讲不出来。她注意到阿丽克西斯脸上飘过的云朵，不像早晨蓝天上的丝丝淡云，现在它们是阴沉的、若隐若现的。直到现在，佛提妮猜，阿丽克西斯生命里唯一的阴暗不过是母亲隐藏过去带来的模糊阴影。它只不过是个问号，让她晚上睡不着觉而已。她从没见过疾病，更不要说死亡。可现在，这两样她都得马上了解。

"我们去走走吧，阿丽克西斯。"佛提妮站起来，"等会儿我们让耶拉西莫带我们出海。当我们到那边时，一切都会更合情合理的。"

阿丽克西斯正需要散步。母亲过往的这些碎片，加上过量的咖啡因，让她有点儿头晕。她们从木头台阶上走下来，来到布满小石子的海滩上，阿丽克西斯大口呼吸着带咸味的空气。

"为什么妈妈从不跟我说这些？"她问。

"我相信，她有自己的理由，"佛提妮说，"也许当你回到英国，她会跟你解释为什么要这样保密。"

她们漫步到海岸尽头，开始走上石子小路，路边是起绒草和薰衣草。这条路远离村庄，风也大多了，佛提妮的脚步慢下来。她虽然很健康，可毕竟已年逾七旬，不可能总是保持以前的体力。当小路开始陡峭起来时，她走路越来越小心，越来越蹒跚。

她偶尔会停下来，时不时指着进入视线的斯皮纳龙格岛上的某些地方。最后，她们来到一块巨大的岩石旁。这块岩石长年经受风吹雨打，加之被人用作长椅，已磨得很光滑了。她们坐下来，望着海面，风把她们身边浓密的野生百里香吹得沙沙直响。佛提妮坐下，开始讲述索菲娅的故事。

　　接下来的几天里，佛提妮知无不言，告诉了阿丽克西斯她所知道的关于阿丽克西斯家的一切——小到童年琐事，大到克里特岛的历史。两个女人一起沿着海岸边的小路漫步，在午餐桌前坐上几个小时，或坐着阿丽克西斯租来的车去当地小镇和村庄小游，佛提妮把佩特基斯一家的往事像七巧板似的在面前一块一块摊开。这些天来，阿丽克西斯觉得自己越来越成熟，越来越睿智；佛提妮呢，在重述这么多她的过去时，觉得自己又年轻了。阻隔这两个女人半个世纪的鸿沟消失不见了，当她们手挽手散步时，有人还以为她们是姐妹呢。

第二部　　一次别离

三

1939

五月初的克里特岛有着最美好的、天赐般的日子。这样的日子里，繁花满树，高山上最后的积雪也化成清澈的细流，伊莲妮要离开这里前往斯皮纳龙格。与这最黑暗、最残酷的事实不搭调的，是那万里无云的湛蓝天空。人群聚在一起，相看，流泪，挥手做最后的道别。虽然学校并没有宣布今天休息，但出于对离去老师的尊敬，教室里空荡荡的。学生和老师都没去上课。没人愿意错过这个机会跟他们最爱的"佩特基斯夫人"道别。

伊莲妮·佩特基斯在布拉卡和周围小村庄里深受大家爱戴。她有某种磁力把孩子和成年人都吸引到她身边，并为他们所钦佩和尊敬。其实原因很简单。对伊莲妮来说，教学就像她的天职，她的热情像火把一样感动了学生。"如果他们爱它，他们就会去了解它。"这是她的曼陀罗[1]，虽然这并不是她自己的原话，而是二十年前，她踏入知识殿堂前，一位充满抱负的老师说的。

在她将永远离家的前一晚，她往花瓶里插满了春天的鲜花。她把花瓶摆在桌子中央，花枝上苍白的小花神奇地改变了整个房间。她知道简单的效果、细节的力量。比如，她知道，记住每个学生的生日或他喜爱的颜色是赢得他们的心，甚至他们灵魂的关键。孩子们在课堂上学习知识，主要是想讨好她，让她高兴，并非因为他们被迫学习。她把理论和数字写在卡片上，用绳子从天花板上吊下来，看上去好似一群飞进来的小鸟永远盘旋在头顶，这种方法对学习过程也很有帮助。

然而，那天除了受人爱戴的老师要渡海去斯皮纳龙格外，他们还要和一个朋友——九岁的迪米特里道别，他的父母一年多来竭尽全力地隐瞒他的麻风病。每个月他们都要想新办法掩饰他的症状——不穿齐膝的短裤，改穿长裤，凉鞋换成靴子，夏天禁止他和小朋友们一起去海里游泳，以免背上的斑点被人发现。"就说你害怕波浪！"母亲求他这样说，这当然很可笑。这些孩子们一起长大，一起享受大海那振奋人心的力量，实际上孩子们都盼望着梅尔特姆风把平静的地中海变成狂野的大洋。只有胆小鬼才会害怕浪涛。这孩子好多个月一直生活在害怕被人发现的恐惧中，但心中总是明白，这只是暂时的，早晚会被人发现。

任何不知情的人，在这样的夏天清晨，在这样异常的环境里，

---

[1] 一种神圣的语言形式，在祈祷、冥想或咒语中重复出现。

都会以为这群人是在参加葬礼。几乎有一百来人,大部分是妇女、儿童,全都伤心地沉默着。他们站在村庄广场上,一大群人,默默地等候着,连呼吸的节奏都一致。在广场附近,邻近的小巷里,伊莲妮·佩特基斯打开前门,平时的空地上,此刻站着一大群人,看到眼前这么多人不寻常地聚在一起,伊莲妮本能地想退回去,可是别无选择。吉奥吉斯在防波堤上等着她,他的小船已装好了她的一些物品。她带的东西不多,因为吉奥吉斯在今后几周里可以再给她带些过去,再说除非有必要,她不想从家里拿走任何东西。安娜和玛丽亚仍然躲在门后。和她们在一起的最后几分钟是伊莲妮一生中最痛苦的时刻。她太想把她们紧紧地搂在怀里,感受她们滴在她皮肤上的滚烫眼泪,抚慰她们发抖的身体。可是她什么也不能做,这样做还是有风险的。她们的脸难过得扭曲了,眼睛也哭肿了,说不出话来,仿佛失去知觉了一般。母亲就要离去。那天傍晚她不会再回来,不会放下重重的书本,不会尽管累得脸色发黄,却因为回家跟她们在一起而开心快乐了。再也不会那样了。

孩子们的表现不出伊莲妮所料:安娜,大的那个,总是情绪多变,喜怒哀乐一眼就看得出来;玛丽亚呢,正好相反,非常安静,是个内敛的孩子,很少发脾气。在母亲即将离去的那些日子里,安娜比妹妹表现得更为哀伤,她从没有像今天这样无法控制自己的感情。她求母亲不要走,苦苦哀求她留下来,她大喊大叫、咆哮,甚至撕扯自己的头发。相比之下,玛丽亚开始只是静静地流泪,接下来开始抽泣,后来哭声大得都传到街上去了。然而,到最后，她们俩都一样：她们都顺服了，精疲力竭，疲惫不堪。

伊莲妮决心克制悲哀，以免被它吞没，更不能让它像火山般爆发。一旦她离开布拉卡，她可能会完全发泄出来。可是此刻所有人唯一的希望便是她保持沉着不变。如果她崩溃，他们就全完了。孩子们会待在家里。她们不会看到母亲逐渐模糊的身影，否则那景象可能会一辈子烙进她们记忆里。

这是伊莲妮一生中最艰难的时刻，而且没有一点儿隐私。一行行悲伤的目光注视着她。她知道他们来这里是为了和她道别，可她从没有像现在这般渴望独处。人群中每张脸她都那样熟悉，每个人她都爱。"再见，"她柔声说，"再见。"她与他们保持距离。她以前热衷于拥抱别人的本能也在十天前突然死掉了。那个不祥的早上，她注意到腿后面有些奇怪的斑。绝不会弄错的，特别是她拿宣传手册上的图片与它们进行比较后，她几乎不用看专家就知道可怕的真相。到处都在派发手册警告人们注意这些症状。去医院之前她就知道，自己不知怎么已感染上这最可怕的疾病了。《利未记》中的语句，虽然全无必要，当地牧师却频频诵读，现在一遍遍地在她耳边响起：

皮肉上长有麻风的，他是麻风病人，他是不洁净的，牧师将定他为完全不洁净。得麻风病的人，他的衣服要撕裂，头发也要剃光，蒙着上唇，喊叫说："不洁净了！不洁净了！"

许多人仍然相信应该遵循《旧约》中对待麻风病人的残酷指

示。几百年来,在教堂里一直听得到这段话。麻风病人,无论是男人、女人,还是小孩,都应该与社会隔离,这种印象早已根深蒂固。

她穿过人群,走向吉奥吉斯。吉奥吉斯可以通过伊莲妮的头顶辨认出她来,他知道他一直害怕的那一刻到了。多年来,他去过斯皮纳龙格上千次,运送物资到麻风病隔离区,赚点儿钱弥补一下自己做渔夫的微薄收入,可他从来没想到会有这样一次行程。船已准备好了,他站在那里看着她走过来,双臂紧抱胸前,垂着头。他以为自己这样站着,身体绷紧、僵硬,便能克服激动的情绪,不让它们像痛苦的吼声那样情不自禁地迸发出来。妻子的自制力就是他的榜样,让他隐藏自己情感的内在能力增强了。然而实际上,在内心里,他还是被悲伤给击倒了。我一定得这样做,他对自己说,把这当成又一个普通的运送日。他已经成百上千次地横渡海峡,现在只不过又多了一次,以后还会再有上千次。

伊莲妮走近防波堤时,人群仍然沉默。一个孩子哭出声来,被他母亲哄住了。哪怕一点儿不当的情感变化,都会令这些悲哀的人失去镇静。节制、礼节都会抛到一边,送别的尊严也将不再。尽管这几百米似乎永远走不到头,伊莲妮到防波堤的行程还是结束了,她最后一次转身面向人群。她看不到家了,可她知道百叶窗仍关着,女儿们还在黑暗中哭泣。

突然,有哭声传来。声音那么大,是令人心碎的成年女子的啜泣声。这种悲痛是如此不加掩饰,仿佛是伊莲妮牢牢抑制在心底的无尽哀伤的外放。她停了片刻。这哭声是她自己情感的回声,正好宣泄了她内心的感觉,可是她清楚这不是她自己的哭声。人群骚动起来,目光也从她身上移开,顺着声音找到广场远处的一个角落——一头骡子系在那儿的树上,旁边站着一男一女,带着个孩子。孩子的大半个身子都被女人搂在怀里,差一点儿就看不到,这就是那个男孩。他的头顶还不到那女人的胸,她弯下腰来,双手环抱着他的身子,仿佛永远不愿松开。"我的儿子啊!"她绝望地叫着,"我的儿,我亲爱的儿啊!"她丈夫站在他们身旁。"凯瑟琳娜,"他耐心地哄着,"迪米特里一定得走。我们没有选择。船在等着。"他轻轻地把母亲抱着男孩的手掰开。她最后一次微弱地呼唤儿子的名字:"迪米特里……"可是孩子没有抬起头来看,只是盯着灰蒙蒙的路面。"走吧,迪米特里。"父亲坚定地说。孩子跟上他。

他的眼睛只盯着父亲的旧皮靴。他能做的只是把自己的脚嵌进尘土中爸爸的皮靴印里。这是一种机械的反应——他们玩过多次这样的游戏。那时父亲迈着大步,迪米特里跳起来,往前蹦,直到腿伸得不能再长而摔倒在地,放声大笑。然而,这次父亲的步伐很慢,歪歪斜斜。迪米特里毫无困难就能跟上。父亲从那头满脸哀伤的骡子身上卸下担子,把装着男孩所有物品的小小柳条箱搁在肩上,放平,这个肩膀,儿子曾经多少次骑过。他们穿过人群走向水边的路似乎漫长得没有尽头。

父亲与儿子间最后的道别很简单,几乎像男人间的道别。伊莲妮意识到这种尴尬,招呼着迪米特里。从现在开始,她只关注这个男孩,他的人生将是她最大的责任。"来吧,"她鼓励他,"我们走吧,去看我们的新家。"她牵着孩子的手,帮他上了船,仿佛他们是去探险,身边的篮子里装着野餐食物。

人群目送着他们离去,一直沉默着。这一刻没有礼仪。他们该挥挥手吗?该说再见吗?人们面色苍白,胃里翻腾,心情沉重。有些人对男孩的态度矛盾,为伊莲妮而怪罪他,为自己孩子的健康担忧也责怪他。不过,就在他们离去的那一刻,母亲们、父亲们却只为这两个永远离开家人的不幸者难过。吉奥吉斯把船推离防波堤,不久,船桨与水流开始了搏斗。似乎大海也不想让他们走。人群观望了一阵儿,当船上的人影模糊难辨后,他们陆续散去。

最后转身离开广场的是一个年纪与伊莲妮相仿的女人和一个女孩。那女人便是萨维娜·安哲罗普洛斯,她与伊莲妮从小一同长大,女孩是她女儿佛提妮,在小村庄里,她是伊莲妮小女儿玛丽亚最好的朋友。萨维娜裹着头巾,头巾遮住了浓密的头发,那双大大的、慈祥的眼睛更加突出了;生孩子让她身材走了样,现在的她胖了,双腿粗壮。相比之下,佛提妮苗条得像棵橄榄树苗,她继承了母亲美丽的眼睛。小船终于消失在视线中,两人转过身,飞快地穿过广场,向着那扇褪了色的绿门走去,不久前,伊莲妮刚从那房子里出来。窗子全关上了,可是前门没锁,母女俩跨了进去。不久,萨维娜就搂着女孩们,给她们即使她们自己的母亲用尽心力也无法给到的拥抱。

船靠近小岛,伊莲妮把迪米特里的手握得更紧了。她很高兴这个可怜的孩子有人照顾，此时她并没多想这种局面的讽刺意味。她会教育他、抚养他，把他当作自己的儿子，尽最大努力保证他的学业不会被这可怕的变故给耽误。现在离岸边很近了，她看得到有几个人站在要塞围墙的外面，意识到他们一定是在等她。不然还有什么别的事情能让他们出现在那里呢？他们不可能正等着离开这座岛。

吉奥吉斯很专业地把小船靠向码头，帮助妻子和迪米特里上到岸上。他发现在帮男孩下船时，自己几乎是下意识地避免接触到男孩裸露的皮肤，他扶着男孩的胳膊肘，而不是牵着他的手。然后他极其专心地把船系紧，这样好安全地把箱子卸下来。他努力不去想过会儿妻子不能和自己一起离开的事。小柳条箱是男孩的，大一点儿的那个是伊莲妮的，不久它们都被卸到了岸上。

现在他们到了斯皮纳龙格，伊莲妮和迪米特里跨越了宽阔的大洋，他们的旧生命仿佛已被抛在万里之外。

在伊莲妮想回头再看一眼时，吉奥吉斯已经走了。他们昨天晚上就已说好，不说再见，两人都真诚地按商量好的办。吉奥吉斯已经起航，小船一下子就在百米之外了。他把帽子压得低低的，视线中只有小船黑黑的木头桨。

四

伊莲妮刚才看到的那几个人现在朝他们走来。迪米特里一声不吭,低头看着脚下,而伊莲妮向那个前来迎接他们的人伸出手。这是一种姿态,说明她已认可这里就是她的新家。她发现自己握着的是一只弯曲得犹如牧羊人曲柄手杖般的手,麻风病让这只手变形扭曲得如此厉害,这个上了年纪的男子几乎抓不住伊莲妮的手。可是他的笑容把要说的一切都说了。伊莲妮礼貌地回了一句"早上好"。迪米特里沉默地往后退了一步,此后几天他一直是这副受惊的神色。

斯皮纳龙格已形成一种惯例,每当新成员到来,必会受到相当正式的接待。伊莲妮和迪米特里受到了相当热情的欢迎,仿佛他们最终踏上的是遥远的、长久梦想抵达的目的地。对某些麻风病人来说,这是事实。这座小岛热情接待这些流浪不定的生命,给他们提供庇护所;许多麻风病人在来此之前好几个月甚至常年生活在社会之外,睡在窝棚里,靠小偷小摸生活。对这些麻风病的受害者而言,斯皮纳龙格就是救济所,把他们从被社会抛弃的卑贱苦难中解救出来。

迎接他们的那人叫佩特罗斯·肯图马里斯,这个小岛的领袖。他,以及几位上了年纪的人,在一年一度的大选中,由三百多位居民选举出来。斯皮纳龙格是民主的典范,岛上定期选举,以保证人们的不满不会被忽视。迎接新来的人是肯图马里斯的职责,只有他和少数几个指定的人被允许穿过地道,来到围墙外面。

伊莲妮和迪米特里跟着佩特罗斯·肯图马里斯穿过地道,他们的手紧紧握在一起。由于吉奥吉斯有第一手资料,伊莲妮对斯皮纳龙格的了解可能比克里特岛上的大多数居民要多一些。即使这样,迎接她的场面还是让她吃了一惊。在他们面前,狭窄的街道上挤满了人。看起来就像布拉卡赶集的日子。人们挎着篮子来来往往,篮子里装着农产品,一位牧师现身于教堂门口,两个上了年纪的女人坐在驴背上,驴子看似十分疲劳,费劲儿地走在街上。有人转身看着新来的他们,还有人向他们点点头,以示欢迎。伊莲妮四处看着,担心这样太无礼,可是又无法克制自己的好奇。一直以来的谣传是真的。许多麻风病人看起来跟她自己一样:外表丝毫看不出来任何症状。

有个女人给他们让路,她用头巾遮着头,看不清面容。伊莲妮扫了一眼,却看到她满脸胡桃大小的肿块,整张脸已变形。伊莲妮吓得哆嗦了。她从未见过这般吓人的东西,她只希望迪米特里没有看到那个女人。

三人跟在一个老人身后,沿着街道继续往前走。佩特罗斯·肯图马里斯牵着两头驴,驴驮着他们的行李。他对伊莲妮说:

"我们会给你一间房子。"他解释道,"这是上周才空出来的。"

在斯皮纳龙格,只有死亡才会有空位。人们不断被遣送来,根本没考虑这里有没有空间,这座岛已十分拥挤。既然政府鼓励麻风病人到斯皮纳龙格来生活,减少这座岛上的不安因素就完全符合政府利益,所以政府偶尔会提供资金建造新房或修复旧房。前年,就在现有的房屋差不多全都住满之时,一幢难看却实用的公寓楼建好了。房屋危机解决了,每个居民又重新有了自己的隐私。肯图马里斯决定新来的人住在哪里。他觉得伊莲妮和迪米特里情况特殊:他们被视为母子。出于这个原因,他认为他们住在新公寓楼里不合适,便把大街上刚刚空出来的房子给了他们。迪米特里可能要在这里住上许多年。

"佩特基斯夫人,"他说,"这就是你的家。"

中央大街的尽头,商店都没有了,离街道不远处,立着一幢房屋。伊莲妮觉得它非常像她自己的家。可她立即告诉自己不能再这样想了——别提什么自己的家了,现在她面前这座石头房子才是她的家。肯图马里斯打开锁,开门让她进来。即使在这样阳光明媚的日子里,屋子里也很暗,她的心沉了下去。这一天,她那有限的勇气几乎受到一百次考验。毫无疑问,这是她能得到的最好的房子了。她必须装得很开心。她最好的表演技巧、以前全都贡献在崇高教育事业上的表演能力现在很重要。

"我让你们先搬进来,"肯图马里斯说,"我妻子过会儿会来看你,她会带你到整个隔离区走走。"

"您妻子?"伊莲妮惊奇地叫道。她并不想声音听上去那么大,可是他早习惯了这种反应。

"是的，我妻子。我们在这里相遇、结婚。你知道，这很平常。"

"是的，是的，我当然知道。"伊莲妮窘迫地说，意识到自己还有很多东西需要了解。肯图马里斯轻轻点头致意，退了出来。现在剩下伊莲妮和迪米特里单独在一起，他们站在白天的黑暗中环顾四周。除了一块磨破了的地毯，房间里所有的家具就是一个木箱子、一张小桌子和两把细长的木头椅。那对脆弱的椅子像昏暗中的两个灵魂，似乎轻轻一碰，它们就会碎掉，更别说承担一个人的重量了。她、迪米特里和那些脆弱的家具有什么区别？又一次，她强迫自己假装快乐。

"来吧，迪米特里，我们上楼去看看？"

他们穿过没有点儿灯的房间，爬上楼梯。楼上有两间房。伊莲妮打开左手边的一间，进去，拉开百叶窗。阳光照进来。窗户正对着街道，从这里可以看到远处闪闪发光的海水。一张金属床，加上又一把旧椅子，便是这间空荡荡的小房间的全部家具了。伊莲妮留下迪米特里，走进另一间卧室，那间更小、更灰暗。她回到第一间小房间，迪米特里还站在那里。

"这间房就是你的了。"她说。

"我的房间？"他难以置信地问，"我一个人的？"以前他一直跟两个弟弟、两个妹妹挤一间房。他的小脸上有了一点儿表情，这是第一次。他完全出乎意料，发现生活中至少有一件事比以前好。

他们下楼来，一只蟑螂穿过房间急速逃走，消失在角落里的木柜后面。伊莲妮等会儿会去把它找出来,现在她要点燃三盏油灯,让这昏暗的居所亮一点儿。然后她打开箱子——里面是一些书和其他教迪米特里用得上的东西。她找出纸和笔,开始列清单:三块棉布,做窗帘用;两幅画、几个坐垫、五张毛毯、一口大平底锅和几件她最喜欢的瓷器。她知道家人会喜欢这个想法:他们用相同的花枝盘吃饭。另外,重要的是她需要一些种子。虽然房间里阴沉昏暗,可是屋前有个院子,伊莲妮看到院子非常开心,已经开始计划要种些什么了。吉奥吉斯几天后会再来,所以一两周内她就能按自己的想法布置这个地方了。这是给吉奥吉斯的第一张清单,以后还会再有。伊莲妮知道他会满足她的所有要求。

迪米特里坐在那儿,看着伊莲妮列必需品清单。他有点儿敬畏地看着这个女人。昨天她还是他的老师,现在她不仅在上午八点钟到下午两点钟内照顾他,其他所有时间也会这样做。她将是他的母亲,是他的妈妈。可是他除了"佩特基斯夫人",从没用别的什么词儿称呼过她。他想自己的妈妈此刻在做什么呢。她可能在搅着那口大大的煮菜锅,准备晚饭。在迪米特里的眼中,妈妈大部分时候都在做饭,而他和弟弟妹妹们总在街上玩。他想自己能不能再见到他们呢,他多希望自己现在就能在那里,在尘土中玩耍。可如果才过这几个小时就这么想念他们,那以后每天、每周、每月他会有多思念?想到这里,迪米特里嗓子眼儿一阵发紧,眼泪顺着脸颊流下来。佩特基斯夫人站在他身边,紧紧地抱着他,低声说:"好了,好了,迪米特里。一切都会好的……一切会好的。"要是他信就好了。

那天下午，他们打开箱子，把东西全拿出来。周围有几件熟悉的物品应该能让他们情绪高昂些，可每次拿出一样新东西，都令他们想到过去的生活，让他们无法忘记过去。每一件新的小饰品、每一本书和每一样玩具都让他们更强烈地想到已被抛在身后的往昔。

伊莲妮的一件宝贝是台小闹钟，那是父母送给她的结婚礼物。她把它放在壁炉中央，轻轻的嘀嗒声立刻就填满了漫长的寂静。它整点报时，此刻正好三点。报时声还没有彻底消失，就传来了敲门声。

伊莲妮把门开得大大的，让客人进来。来者是个矮小的圆脸女人，头发花白。

"下午好。"伊莲妮说，"肯图马里斯先生让我等您来。请进。"

"这一定是迪米特里了。"那女人立即说，走到男孩身边。孩子用手支着头，坐在那儿没动，"来，"她说，手伸向他，"我打算带你们到处走走。我叫娥必达·肯图马里斯，不过请叫我娥必达。"

她的声音里有一种勉强的快活，那种热情只有你带一个吓得要命的孩子去拔牙，努力振作精神时才有。他们从阴暗的房间来到了下午明媚的阳光中，往右转，迈开了步。

"最重要的是水的供应。"她开口说，语调平淡，显然在这之前她已多次带新人参观过。无论何时只要有新来的女人，她丈夫都会派她来迎接。不过这是第一次她说话时有孩子在场，所以她知道自己得修饰一下通常透露的某些信息。在描述岛上的设施时，她一定得控制自己，不要让内心的刻薄话随口冒出来。

"这个，"她指着山脚下一个很大的蓄水池开朗地说，"就是我们蓄水的地方，也是社交场所，我们大家在这里待上很久，聊天、交流彼此的消息。"

其实，他们得跋涉好几百米到山下取水，然后又带着水一路走回去。这件事带给她的愤怒已让她无法用言语表达。即使她对此还能应付过来，可有些比她残疾得更厉害的人，几乎连一个空罐子都扛不动，更别说装满水了。娥必达来斯皮纳龙格之前，没端过一杯水，现在挑满满一桶水可以说是每日的折磨，她用了几年时间才习惯。她出生于哈里阿的一个富裕家庭，十年前，她还没来斯皮纳龙格时，对手工劳作完全陌生，那时她做过的最难的活儿不过是绣一床床单。

像往常一样，娥必达介绍这座岛时摆出一副勇敢的姿态，只展示积极的一面。她带伊莲妮参观了几家商店，仿佛它们是伊拉克里翁最好的商店。她告诉她两周一次的集市在哪里开，他们在哪里洗衣服。她带她去药店，对大多数人来说，那是所有建筑中最重要的。她告诉她面包师的炉子哪几天开，小酒馆就隐藏在某条小巷里，还告诉她牧师稍后会来拜访，不过同时，她也向他们指出牧师住的地方，还领他们去了教堂。她对迪米特里很热心，告诉他市政厅每周一次为孩子们演出木偶戏。最后，她指出学校在哪里，今天那里空无一人，不过每周有三个上午，岛上为数不多的孩子们会来上课。

娥必达告诉迪米特里与他年龄相仿的孩子的情况，描述孩子们一起玩的游戏和乐趣，试图从他那里得到微笑的奖赏，可是无

The Island

论她多努力，他的脸上仍然毫无表情。

然而娥必达也有所保留，尤其是有孩子在跟前时，娥必达并没有提起笼罩在斯皮纳龙格岛上的不安情绪。尽管许多麻风病人起初对这个小岛提供的庇护很是感激，但不久他们就清醒过来，认为他们被遗弃了，觉得他们的需要中仅有很小一部分得到满足。娥必达看得出伊莲妮不久就会意识到苦难吞噬了许多麻风病人。苦难弥漫在空气中。

作为岛主的妻子，她处境为难。佩特罗斯·肯图马里斯已经被斯皮纳龙格的居民选为领袖，可他最重要的任务是作为调停人或中间人同政府沟通。他很理智，知道克里特岛的权限，可是娥必达看到他不停地与隔离区里少数较为激进的人争斗。这些人觉得他们受到了虐待，还不断煽动闹事，要求改善岛上设施。在肯图马里斯上任以来的这些年内，即使他已做了力所能及的一切，还是有人觉得他们只是土耳其废墟上的占据者。在他的协商下，政府按月发给岛上每位居民二十五德拉克马，同意建造新的公寓楼，开设像样的药店和诊所，定期从克里特派医生探访。肯图马里斯还制定方案，将土地分配给岛上每位居民，因为他们希望能自己种植水果和蔬菜，既可以自己吃，也可以在每周的集市上出售。一句话，他在力所能及的范围内已经做了自己所能做的一切，可斯皮纳龙格人总是要求更多。娥必达对丈夫能否达到他们的期望没有把握。她天天为他担忧，他们已经五十多岁了，可健康状况欠佳。在这场疾病和健康的战役中，麻风病开始占上风。

娥必达来这里后目睹了这里的巨变，大部分变化都是丈夫努力的结果。然而不满之声仍甚嚣尘上。水的问题最令人不安,到夏天尤甚。威尼斯人的供水系统还是几百年前建的,他们架设管道将雨水引下来,储存在地下的水箱中,以防蒸发。虽然此举巧妙又简单,不过现在管道开始破裂。目前克里特岛会每周送来淡水,但不够两百多人饮用洗濯。对大家来说,即使有驴子的帮助,这也是每天一次的挣扎,尤其是那些上了年纪或跛脚的人。到冬天,电是他们最需要的。岛上几年前就安装了发电机,从严寒的十一月到来年的二月间,大家都盼望着温暖带来的惬意和黑暗中的光明。可事实并非如此。发电机才用了不到三周,就坏了无法再用,更换新部件的要求总被忽视,机器遗弃在那里,差一点儿被茂密的野草给全部盖住。

水和电不是奢侈品,而是必需品,大家都明白,特别是水的供应不足,可能会缩短他们的生命。娥必达知道,尽管政府不得不保障他们的基本生活,但改善的承诺不过是敷衍了事。斯皮纳龙格居民怒不可遏,她也一样愤怒。为什么在一个高山高耸入云、冬天雪峰清晰可见的国家,他们要限量用水?他们想要稳定的淡水供应,他们马上就要,结果是无止境的争吵。男男女女,有些人还是瘸子,大家就应该如何做吵得一塌糊涂。娥必达记得有一次,一组人说要炸掉克里特岛,另一组人建议绑架人质。最后,他们认识到他们会是一个多么可怜散漫的作案团伙,没有船、没有武器,最要命的是,几乎没有力气。

他们能做的便是尽量让世界听到他们的声音。佩特罗斯的辩才和外交能力成了他们最有价值的武器。娥必达尽量让自己和其余的人之间保持一定距离，可是仍有人喋喋不休地在她耳边诉说，大多数是女人，她们把她当作传话筒。她厌倦极了，私底下向佩特罗斯施压，下次竞选时不能再参选了。他付出的还不够多吗？

当她领着伊莲妮和迪米特里绕着岛上的街道漫步时，娥必达把这千头万绪放在心里。她看到迪米特里紧紧揪着伊莲妮被风掀开的裙裾，好像那样会舒服些，她暗暗叹了口气。这个男孩将来在岛上的命运会是什么样的？她甚至希望他的人生不要太长才好。

伊莲妮发现迪米特里轻轻地拉着她的裙子能让她很安心。这让她想起自己不是一个人，还有人需要她的照顾。就在昨天，她还有丈夫和女儿；前天，在学校里，还有一百张饥渴的脸抬头看着她。他们全都需要她，她为此神采奕奕。而这个新的现实令她难以掌握。有一刻，她在想自己是不是已经死了。这个女人是喀迈拉[1]，领着她在冥府里参观，告诉她哪里是亡魂洗濯裹尸布之处，哪里是他们购买虚幻的限量食物之处。然而，她的理智告诉自己这全是现实。并不是卡戎[2]，而是自己的丈夫将她送到地狱，把她留在这里等死。她停下脚步，迪米特里也停了下来。她的头垂到胸口，只感到大颗大颗的眼泪从眼眶里涌出。这是她第一次失去控制。她的嗓子紧得好像不能再呼吸，最后，她不顾一切地大口喘气，将空气吸进肺里。娥必达此时是这般实际、这般公事公办地转身向她，抓着她的胳膊。迪米特里抬头看着两个女人。他今天第一次见到妈妈哭泣，现在又轮到他的老师。眼泪顺着她的脸颊

---

[1] 希腊神话中牛头人身的怪物。
[2] 希腊神话中冥界的船夫，负责把亡灵摆渡过冥河。

肆意流淌。

"别不好意思哭,"娥必达温和地说,"这孩子在这里会见到大量的眼泪。相信我,眼泪在斯皮纳龙格可以自由洒落。"

伊莲妮把头埋在娥必达的肩上。两个路人停下来看着她们。倒不是奇怪看到一个女人哭泣,只是对新来的人好奇罢了。迪米特里眼望他处,伊莲妮的哭泣和路人的围观都让他备感难堪。他希望脚下的土地就像他在学校里学到的地震那样突然裂开,把自己吞下去。他知道克里特经常有地震,可今天为什么没有呢?

娥必达看出了迪米特里的感受。伊莲妮的抽泣已影响到了她,她非常同情,可是她想让伊莲妮别哭了。还好,他们刚才正好停在她家外面,她毫不犹豫地把伊莲妮带了进去。进门的那一刻,她意识到自己家的面积与伊莲妮和迪米特里刚搬进去的地方差别有多大。肯图马里斯的家,岛主官邸,是当年威尼斯人侵占这座岛时建的,它的阳台可以用"宏伟"来形容,前门处还有柱廊。

娥必达夫妇住在这里有六年了,她确信丈夫在每年大选中都能赢得多数票,也从没想过住在别处会是什么样。当然,现在是她不想让丈夫继续连任,如果佩特罗斯决定不再连任岛主,这座房子便是他们要放弃的东西。"可是谁来接任呢?"他问。这倒真的是一个问题。仅有的那几个听说想自荐的人没什么支持者。他们当中有一个是带头煽动者,叫塞奥佐罗斯·马基里达基斯,尽管他的几点目标听上去很合理,可如果他真掌权的话,对整座岛而言将是灾难。他缺乏外交手腕,那意味着政府许诺的一些东西可能会撤销,有些利益很可能会被政府悄悄收回而不是增加。还有一个竞选者叫斯皮罗斯·卡扎基斯，一个和蔼但软弱的人，他对这个职位唯一的兴趣只在于斯皮纳龙格岛上这座人人都觊觎的房子。

岛上其他家庭的布置与这座房屋里面的天差地远。从地板到天花板的落地窗让阳光全洒进来，照在三面墙上。天花板上一根灰蒙蒙的链子垂下华美的水晶吊灯，五彩水晶那不规则的小图案投射在浅色墙上，像万花筒的图案。

家具很旧了，不过还很舒适，娥必达做手势让伊莲妮坐下。迪米特里在房间里走来走去，看看相框里的照片，又盯着有玻璃门的橱柜，橱柜里摆着代表肯图马里斯一家大事记的东西：蚀刻的银水壶、一排蕾丝线轴、几件珍贵的瓷器、更多的相框，最最迷人的，是一排排的小锡兵。他站在那里，盯着橱柜有好几分钟，不是透过玻璃看这些物品，而是被自己的倒影给迷住了。对迪米特里来说，他的脸和他站的这间屋子一样奇怪，他略为不安地与自己的目光对视，仿佛不认识那回视他的黑色眼睛。这个男孩，他的整个世界不过是圣尼古劳斯、伊罗达以及几个小村庄，他的表兄、姑姑、叔父住在那里，他觉得自己有如被送到了另一个星系。他的脸映在擦得纤尘不染的玻璃上，在他身后，他可以看到肯图马里斯夫人、被肯图马里斯夫人拥抱着的佩特基斯夫人，佩特基斯夫人在哭泣，肯图马里斯夫人在安慰她。他看了片刻，又看着自己的眼睛，再度研究那些整齐列队的锡兵。

当迪米特里转过身来对着这两个女人时，佩特基斯夫人已恢复了镇静，向他伸开双手。"迪米特里，"她说，"我很抱歉。"她的哭令他既震惊又羞愧，他突然间想到，她可能是想念自己的孩子们了，就像他想念妈妈一样。他尽量想象如果是他妈妈而不是他被送来斯皮纳龙格，妈妈会有什么样的感受。他牵起佩特基斯夫人的手，紧紧攥着它们。"不用抱歉。"他说。

娥必达消失在厨房里，为伊莲妮煮咖啡，用糖水和几滴柠檬汁为迪米特里做柠檬汽水。娥必达回到客厅时，发现客人们坐了下来，正在安静地说话。男孩看到他的饮料，顿时两眼放光，一口气把它喝得见了底。而伊莲妮，连咖啡是浓还是淡也辨不出来，可是她觉得自己给裹在了娥必达温暖的关心中。以前她总是向别人表示同情，此刻她发现接受同情比付出更难。她得接受这种转变的挑战。

午后的光线慢慢变暗。有几分钟，他们坐在那里各想各的心事，只有杯子的叮当声打破这沉静。迪米特里慢慢喝着第二杯柠檬汽水。他从没进过这样的房间，这里灯光照耀得如同彩虹图案，椅子比他睡过的床还要软，一点儿也不像他自己家。在自己家里，每张长凳都是睡觉的地方，每张地毯一卷就是毛毯。他还以为人人的家都是这样的。而这里不是。

等他们喝完饮料，娥必达开口了。

"我们还要不要再走走？"她问，从椅子上站起来，"有人等着见你。"

伊莲妮和迪米特里跟着她出来。迪米特里很不想离去。他喜欢这里，希望有一天能再来，慢慢喝着柠檬汽水，也许还能鼓足勇气请肯图马里斯夫人打开橱柜，让他仔细看看那些锡兵，也许还能拿起几个。

街那头有幢建筑比岛主官邸要新几百年。明晰笔直的线条让它少了分他们刚刚离开的官邸的古典美。这座实用建筑便是医院,他们的下一站。

伊莲妮和迪米特里来的这天正好是医生从克里特过来的日子。佩特罗斯·肯图马里斯为提高麻风病人的医疗条件与政府斗争,其成果便是医院改革和这幢建筑。他先是劝说政府为这个计划拨款,其次是说服政府派一名细心的医生,在不感染他自己的情况下过来帮助他们。最后,政府发了慈悲,同意了所有要求,每周一、三、五,医生会从圣尼古劳斯过来。赫里斯托斯·拉帕基斯医生自告奋勇,接下了这项许多同事都认为危险而莽撞的任务。他是个快活的红脸膛家伙,刚三十出头。医院皮肤科里的同事都喜欢他,斯皮纳龙格的病人们也都很爱戴他。庞大身躯便是他享乐主义的表现,也是他信念的写照,他认为此时此刻便是你拥有的全部,所以你最好还是及时享乐。拉帕基斯医生还是个单身汉,他家在圣尼古劳斯颇有地位,他单身的状况令家人十分失望。他自己也明白,在麻风病隔离区工作对他的婚姻前景毫无帮助。可他不会为此太过烦恼。他的工作能给这些可怜人的生命带来点儿改变,哪怕有限,也已让他十分享受。在他看来,一切都没有重生的机会。

拉帕基斯医生在岛上主要是治疗伤口,建议病人要做好特别的预防措施,告诉他们如何锻炼才能有益健康。每当有新的病人来时,他总会挨个做全面检查。随着医生日的开展,随着整个社区对这个病的逐渐了解，岛上士气大大提高，大部分病人的健康状况得到了改善。他强调干净、卫生和物理疗法，叫他们早起，让他们觉得从床上起来并不是为了让病情继续恶化。他刚来斯皮纳龙格时，许多麻风病人的生活条件令他震惊。他知道要保持良好的健康状态，最重要的是保持伤口清洁干净，可当他第一次来时，他发现有种类似冷漠的情绪弥漫在大伙中间。他们感觉被抛弃，这是很要命的，这座岛给他们带来的心理伤害远比疾病造成的身体损害更为严重。许多人已经放弃了求生的欲望。还有什么可忙活的呢？生命已停止骚扰他们了。

赫里斯托斯·拉帕基斯医生像照料病人的身体一样悉心照料他们的心灵。他告诉他们，一定会有希望，他们不应该放弃。他武断又直率地说："如果你不清洗伤口，你会死。"他很务实，心平气和地告诉他们真相，满怀感情地表达自己的关心。他很有经验，准确地告诉他们，自己照顾好自己有多重要。"你要这样清洗伤口，"他会说，"如果你不想失去你的手指和脚趾，你就得这样锻炼你的手和腿。"当他告诉他们这些事情时，还示范动作。他让所有人比之前任何时候都认识到干净水的绝对重要性。水就是生命。对他们而言，是生存与死亡之间的界限。拉帕基斯是肯图马里斯的热心支持者，在为淡水供应游说政府时，他全力支持，因为那可以改变整个小岛，让今后生活在这里的人有望痊愈。

"这就是医院。"娥必达说，"拉帕基斯医生在等着你，他刚刚看完门诊病人。"

伊莲妮和迪米特里发现他们身处坟墓一般冰凉洁白的空间里。

靠着房间的一面墙摆着一长溜椅子，他们坐了下来。没多久，拉帕基斯医生出来接待他们。伊莲妮和迪米特里轮流接受了检查，给医生看他们的斑痕。拉帕基斯仔细研究它们，亲自检查了他们裸露的皮肤，寻找甚至连他们自己也没注意到的病情恶化迹象。脸色苍白的迪米特里背上、腿上有几块大而干的斑痕，说明在这个阶段他的结节样损伤危险不大。而伊莲妮·佩特基斯的腿上和脚上发亮的小块感染更让拉帕基斯医生担心。毫无疑问，她得的是那种致命的结节型麻风病。出现这些症状，说明她得这病可能有一段时间了。

这男孩还有可能痊愈，拉帕基斯沉思，而这个可怜的女人，她在这个岛上的时间不多了。不过，他的脸上丝毫没有流露出他的想法。

五

伊莲妮动身去斯皮纳龙格时,安娜十二岁,玛丽亚十岁。吉奥吉斯要单枪匹马对付家务,更重要的是,要在孩子们没有母亲的情况下把她们抚养成人。两个孩子中,安娜一直比较难带,甚至在她会走路之前,就很任性,任性到有点儿难以控制,从她妹妹出生之日起,生活似乎就让她十分狂躁。所以吉奥吉斯丝毫不觉奇怪,自从伊莲妮离开家后,安娜愈发狂暴地反叛,只因她长女的职责。她拒绝操持家务,拒绝继承母亲的衣钵。她让父亲和妹妹清楚地明白了这点。

玛丽亚性格娴静。如果姐妹俩都是火暴脾气,是不可能生活在同一个屋檐下的。即使玛丽亚出于本能不得不反抗安娜的压迫,她还是成了家里的和事佬。她不像安娜,她从不轻视家务活儿,很自然就熟练了,有时甚至很喜欢帮父亲搞卫生和做饭,这种脾性让吉奥吉斯默默地感谢上帝。像那个年代的大部分男性一样,让吉奥吉斯织补袜子,其难度无异于让他飞上月球。

总的说来,吉奥吉斯是个言语不多的人。就算在大海上漂泊了几小时,当他踏上陆地时,也没有与人交谈的渴望。他爱沉默,晚上他在小酒吧的桌边消磨时间时——这是男人们的惯常消遣而非他自己选择的社交活动——他也一声不吭,听周围的人说话,仿佛出海时听波涛拍打船舷。

虽然家人知道他有颗温热的心,有着深情的拥抱,可刚认识他的人会觉得他沉默寡言,不爱说话,有时候几乎到了不合群的地步。那些和他很熟的人却把这当作宁静淡泊的表现,这种性格在他的处境发生如此戏剧性的变化后,对他很有用。

对吉奥吉斯来说,生活只有苦难,少有其他。祖上都是渔夫,像长辈们一样,长期的海上漂泊练就了他的坚强。漫长的海上生活通常在单调乏味、寒冷静止中消磨掉了,可是有时,整个漫长黑暗的深夜都用来与狂涛巨浪搏斗,那种夜晚,危险显而易见,大海可能为所欲为,一口将他吞噬。生活就是低身蜷伏在木划艇里,但一个克里特渔夫从不会质疑命运。对他来说,这是宿命,别无选择。

在伊莲妮被驱逐前的几年里,吉奥吉斯靠着往斯皮纳龙格运送物资赚点儿钱补贴家用。现在他有一艘带马达的小船,一周两次载着装满生活必需品的柳条箱,去斯皮纳龙格,将箱子卸在防波堤上,让麻风病人自行收取。

在伊莲妮走后的头几天,吉奥吉斯片刻也不敢离开女儿们。母亲离去的时间越长,她们的悲痛似乎越强烈,可他知道她们早晚得找到新的生活方式。虽然好心的邻居送来了食物,吉奥吉斯仍要确保孩子们把饭吃到了肚子里。一天晚上,他需要亲自动手烹饪，当他面对着炉子不知如何是好时，玛丽亚唇边几乎露出一丝微笑。而安娜，只会嘲笑。

"我不吃这东西！"安娜叫道，把叉子扔到炖羊肉的盘子里，"就连快饿死的牲口也不会吃它！"说着，她眼里迸出泪水，这是她那一天第十次流泪了。她气急败坏地冲出房间，连着三天除了面包，什么也不吃。

"用不了多久，饥饿就会摧毁她的固执。"吉奥吉斯轻声对玛丽亚说。玛丽亚正耐心地嚼着一块煮得太老的肉。他们坐在桌子两端，没有太多交谈，沉默偶尔被他们刀叉碰在瓷器上的叮当声和安娜愤怒的抽泣声打断。

她们得回学校上课的日子终于到了。回学校上课颇有魔力。一旦她们的头脑里除了母亲还有其他东西可想，她们的悲哀便能慢慢减轻。这也是吉奥吉斯能再次掉转船头，朝斯皮纳龙格前进的日子。好奇中夹杂着恐惧、兴奋，他一路向前，越过这片狭窄的海域。伊莲妮不会知道他来，得送个消息去通知她。消息在斯皮纳龙格岛上总是传得飞快，吉奥吉斯还没把船拴在系缆柱上，伊莲妮就出现在那堵巨墙的墙角，站在阴影里。

他们能说什么呢？他们能做何反应呢？不能接触，虽然他们不顾一切地想要抚摸对方。他们只能叫着对方的名字，那是之前已说过上千遍的台词，可是今天，它们的音节听上去像噪声，毫无意味。那一刻，吉奥吉斯希望他没有来。上周他为妻子悲痛不已。然而现在，她在这里，还是以前的样子，一样生动，一样可爱。这种见面只为即将到来的分别添上难以忍受的痛苦而已。等会儿他只得再次离开小岛,驾着小船返回布拉卡。每次他来这里,总会有这样痛苦的离别。他的灵魂阴沉忧伤,一个念头突然一闪——他甚至希望他们俩都死了才好。

来岛上后的第一周,伊莲妮有许多事情要办,时间过得很快,比吉奥吉斯感觉得更快。可当她听到有人看到他的船从布拉卡出发了,她心中马上掀起了狂澜。她来这里之后,有很多事情让她分心,事情几乎多到让她忽视曾经发生的巨变。可是现在,吉奥吉斯就站在她面前,他墨绿色的双眼凝视着她,她脑海里只有一个念头:她多爱这个肩膀宽厚的坚强男人啊!与他分离又令她多么柔肠寸断!

他们很客气地问候对方身体好不好,伊莲妮问了女儿们的情况。真实情况除了一带而过,他能怎么说呢?她们迟早会习惯的,这他明白,到那时他就能如实告诉她孩子们的情况。今天唯一真实的是伊莲妮对吉奥吉斯的回答。

"那里怎么样?"他冲大石头墙那个方向点了点头。

"没有你想象中的那么可怕,情况还行。"她回答说,这种肯定与坚决让吉奥吉斯对她的担忧立刻减轻了不少。

"我和迪米特里有一所完全属于我们的房子,"她告诉他,"跟我们在布拉卡的家不一样。它要更简陋些,可是我们把它收拾得很好。我们自己还有个院子,如果你能给我带些种子来,到明年春天,我们就会有一个香草花园了。我们门前的玫瑰已经开花了,蜀葵不久也会开花。这里真的不算太糟。"

吉奥吉斯听到这样的话,心里很宽慰。伊莲妮从衣兜里掏出那张叠好的纸,递给他。

"这是给孩子们的吗?"吉奥吉斯问。

"不,不是。"她抱歉地说,"我想写信可能太早了点儿,可是下次你来时,我会写封信带给她们。这是我们这边的房子里需要的东西。"

吉奥吉斯注意到她说话时用的是"我们",一阵儿嫉妒袭来。他想,从前的"我们"包括安娜、玛丽亚和他。接着更痛苦的想法钻进他的心里,让他不禁十分惭愧:现在的"我们"却包括那个可恶的孩子,是他把伊莲妮从他们身边带走的。他家的"我们"不再有了,"我们"被分开、被重新定义,坚如磐石的家被这种他几乎不敢想的脆弱取代了。吉奥吉斯发现自己难以相信上帝没有抛弃他们。前一刻他还是一家之主,转眼间成了带着两个女儿生活的单亲父亲。这两种状态相差十万八千里。

吉奥吉斯该走了。孩子们快放学了,他想赶在她们到家之前回去。

"我不久还会来的,"他保证,"我会把你要的东西全部带来。"

"我们说好,"伊莲妮说,"我们能不能不说再见?这个词没什么真正的含义。"

"你说得对,"吉奥吉斯回应说,"我们不说再见。"

他们笑着同时转身,伊莲妮向着阴暗的威尼斯城墙入口走去,吉奥吉斯回到自己的船上。两个人都没有回头。

吉奥吉斯再来时,伊莲妮写了封信,让他带给孩子们。可是吉奥吉斯掏出信时,安娜极不耐烦,她一把将信夺过,信也被撕成了两半。

"那是写给我们俩的!"玛丽亚抗议,"我也要看!"

但安娜已跑到前门门口。

"我才不管。我是老大,我要先看!"说着,她一扭身,跑到街上去了,留下玛丽亚沮丧而愤怒地直抹眼泪。

离她们家几百码远的只有两所房子的一条小巷里,安娜躲在暗处,把撕成两半的信拼起来,开始读妈妈写来的第一封信:

亲爱的安娜和玛丽亚:

我想你们都还好吧?我希望你们乖、听话、在学校里认真学习。你们的爸爸告诉我,他第一次试着煮饭不太成功,可是我相信他会做得越来越好,不久他就会分清黄瓜和小胡瓜的不同!希望用不了多久,你们也能进厨房帮他。可是在他学着做饭时,对他要耐心些。

我来告诉你们斯皮纳龙格的情况吧。我住在主街上一所摇摇欲坠的小房子里,楼下是一间房,楼上两间,有点儿像我们自己的家。房子里很黑,我打算用石灰浆把墙刷白点儿,等我把画贴上去,再摆上几件瓷器,我想房间看起来会很漂亮。迪米特里很高兴有自己的房间——他以前一直与弟弟妹妹们住在一起,所以这对他来说可是很新鲜的。

我交了个新朋友。她叫娥必达,是管理斯皮纳龙格的人的妻子。他们都是好心人,我们在他们家吃过几顿饭了。他们家的房子是整个岛上最大、最宏伟的,有大吊灯,每张桌椅上都铺着蕾丝。安娜肯定会特别喜欢。

我已经把一些天竺葵插条种了下去,和家里的一样。我会写信的,在每封信里都会告诉你们这边的很多事情。同时,要做个乖孩子。我每天都想念你们。

爱你们,吻你们。

爱你们的妈妈

又及:我希望蜜蜂在努力工作——别忘了采蜜。

安娜把信读了一遍又一遍,然后才慢慢走回家。她知道自己会有麻烦……

为避免争抢,从那次以后,伊莲妮会分别给两姐妹写信。

吉奥吉斯比以前更加频繁地往海那边去,与伊莲妮的会面就是他的氧气。他活着就是为了等待伊莲妮从城墙门洞里出来。有时候,他们会坐在系缆柱的石头上;有时候,他们会站在松树的阴影里,那树仿佛是为此才从干涸的土地上生长出来的。吉奥吉斯告诉她孩子们怎么样了,她们最近在做什么,向她描述安娜的表现。

"有时候仿佛有魔鬼在她心中。"有一天他们坐着说话时,吉奥吉斯说,"这么久了,她似乎仍没放松下来。"

"呃,要是玛丽亚也和以前不一样倒好了。"伊莲妮回答说。

"安娜经常不听话的原因,可能是因为玛丽亚似乎没长反骨。"吉奥吉斯又想了想,"我想坏脾气意味着孩子就这样慢慢长大了吧。"

"我很抱歉把这样的重担留给你,吉奥吉斯,我真的很抱歉。"伊莲妮叹了口气,她宁愿付出一切来面对抚养安娜时每日的意志较量,也不愿被束缚在这里。

伊莲妮离开时,吉奥吉斯还不到四十岁,可是因为焦虑,他的背已有点儿驼,接下来几个月他老得快认不出来了。他的头发从前黑得像橄榄,现在却成了与桉树一样的银灰,人们一提起他,都叫他"可怜的吉奥吉斯"——那成了他的新名字。

萨维娜·安哲罗普洛斯有余力时,会尽可能地帮他们。在没有月光的静谧晚上,吉奥吉斯知道鱼可能会很多,他想去捕鱼。现在玛丽亚和佛提妮经常一起睡,玛丽亚睡在佛提妮的小床上,安娜睡在地板上,紧挨着她们,用两床毛毯当床垫。玛丽亚和安娜发现她们在佛提妮家吃饭比在自己家还多,佛提妮家好像突然多了好多人,她总算有一直想要的姐妹了。晚上吃饭时桌上总有八个人:佛提妮和两个哥哥——安东尼斯和安哲罗斯、她父母、吉奥吉斯、安娜和玛丽亚。有时候,如果有时间,萨维娜会慢慢教安娜和玛丽亚如何收拾房间,如何拍打地毯,如何整理床铺,不过大部分时候她都代她们做了。她们还是孩子,安娜对做任何家务都没有兴趣。她为什么要学习缝床单、剖鱼或烤面包?她认定自己永远不会需要这些手艺,从很小的时候起,她就有一种强烈的冲动,想要逃离,逃离她认为毫无用处的家务苦工。

就是龙卷风抓住她们,把她们抛到圣托里尼,她们的生活变化也不会像现在这样大。她们每天过得都一样,每天早上起来只有一些死板的事情做。安娜与一切斗争，永远在抱怨、质疑，为什么事情会是这个样子；玛丽亚只是接受。她知道抱怨根本得不到什么东西，只可能把事情弄得更糟。她姐姐没有这样明智。安娜总是想与现状斗争。

"为什么我得每天早上去取面包？"一天她抱怨说。

"你不是每天去，"她爸爸耐心地回答，"玛丽亚也会每隔一天去取一次。"

"那为什么她不能天天去？我比她大，我为什么要帮她去拿。"

"如果每个人都问为什么他该为别人干活儿，这个世界就该停止运转了，安娜。现在去吧，把面包取回来。马上！"

吉奥吉斯砰的一拳打在桌上。他厌倦了安娜把要求她做的每件小家务活儿变成一场争论，现在安娜也知道她把父亲逼到墙角了。

而同时，在斯皮纳龙格，伊莲妮也在努力适应。有些在克里特岛上根本无法接受的东西，在隔离区却习以为常，然而她做不到，她发现自己想改变她能改变的一切。就如吉奥吉斯没能让伊莲妮不为他着急一样，反过来，她也把她在斯皮纳龙格的生活和未来拿来与他分享。

她在岛上碰到的第一次真正的不愉快，是与克里斯蒂娜·克罗斯塔拉基斯——那个管学校的人发生的不愉快。

"我没指望她喜欢我，"她向吉奥吉斯诉说，"可是她的表现好像被逼到角落里的野兽一样。"

"她为什么要那样做？"吉奥吉斯问，他其实已经知道了答案。

"她是个无用的老师，对学生一点儿也不关心——她知道我是这么看她的。"伊莲妮说。

吉奥吉斯叹了口气。伊莲妮从来不会把自己的看法埋在心里。

就在他们刚来那会儿,伊莲妮就看出来学校教不了迪米特里什么东西。他第一天上学回来,一声不吭,闷闷不乐。伊莲妮问他上课做些什么,他回答没什么。

"你说什么?没什么?你一定做了什么。"

"老师写了满满一黑板字母和数字,因为我说我已经全认识了,我就被罚站在教室后面。后来她让班上最大的几个学生做几道真的非常简单的加法题,我说出答案,结果老师罚我一整天都站在教室外面。"

这之后,伊莲妮开始自己教迪米特里,他的朋友们也开始来她这里上课。不久,本来几乎不认识字母和数字的孩子们,现在全能流利地读出来,也会做加法题了,几个月后,一周内有五个上午,她的小房间里挤满了孩子。他们的年龄从六岁到十六岁不等,除了一个在岛上出生的孩子,都是在显露出麻风病症状后,从克里特来到这个岛上的。许多孩子在来之前已接受过一些基本教育,可是大部分孩子,即使那些年龄大一点儿的,都把大量时间花在教室里同克里斯蒂娜·克罗斯塔拉基斯在一起,他们没什么进步。她把他们当傻子,他们也成了傻子。

克里斯蒂娜·克罗斯塔拉基斯和伊莲妮之间的紧张关系初露端倪。大家全明白,伊莲妮应该接管这个学校,受人钦羡的教师津贴应该归她。克里斯蒂娜·克罗斯塔拉基斯困兽犹斗,拒绝屈服,甚至连分出一半职责都不愿意。但伊莲妮很执着,她让事情有了定论：不是为了她自己的收入，而是为了岛上十七个孩子的利益，他们学到的东西应该比他们从懒惰的克罗斯塔拉基斯那里学到的要多。教育是对未来的投资，克里斯蒂娜·克罗斯塔拉基斯觉得花那么多精力去教那些可能活不了多久的孩子毫无意义。

终于有一天，伊莲妮获邀带着她的教案面见长者们。她带上孩子们在她来岛之前和之后做的作业。"可是这只说明了自然的进步。"一个长者断言，他是克罗斯塔拉基斯的亲密朋友，这一点尽人皆知。然而，对大部分长者而言，证据不言自明。伊莲妮对工作的热情和奉献带来了效果。她的动力源于这样一种信念：教育不是达到某种含糊结果的手段，而有内在价值——教育能让孩子们成为有用的人。他们当中有些人很有可能活不到二十一岁生日那天，但这并不会影响伊莲妮的教学。

当然也有不满之声，可是大多数长者支持有争议性的决定，即把现有的老师从她的职位上撤下来，换上伊莲妮。从那之后，岛上有人觉得伊莲妮是个篡夺者，可她对这种看法毫不介意。她只关心孩子们。

学校提供了迪米特里需要的一切：安排好他的一天，开发他的大脑，还给了他友谊。他交了新朋友——尼科斯，他是唯一在岛上出生而未被送到克里特让人收养的孩子。因为他还是婴儿时，就已显现出麻风病症状。如果他是个健康的孩子，就会被立即从父母身边送走，他的父母虽然对孩子受了他们传染极度内疚，可也因为能把孩子留在身边而万分高兴。

迪米特里生活中的每一刻都很充实，他不再去想过去如何。

在某种程度上，他的生活比以前还好。这个黑眼睛小男孩从前是有着五个孩子的普通农民家庭中的长子，生活担子很重，现在反而没有以前那样辛苦、那样焦虑、那样着急了。然而，每天下午，当他放学回自己那半黑的新家时，他都能感受到大人们不安情绪的暗流。经过小酒馆时，可以听到谈话的片段，走在路上也能听到街上人们的悄声议论。

有时候，新流言和老谣传混在一起。关于是否该有一台新的发电机已讨论过多次，还有就水的供应的争论也长年不断。过去几个月，有人私底下在传说会建新住处，并为隔离区的每位成员增加"年金"。迪米特里听到许多成年人的谈话，察觉到大人们就同一件事翻来覆去地谈个不休，像狗啃着早就没有肉的骨头一样。最琐碎的事情，和疾病与死亡等大事一样，都被期待、思考着。一天，在人们毫无准备、毫无预防之下，发生了一件事情，对这个岛上的生活产生了巨大影响。

在迪米特里和伊莲妮来到岛上几个月后的一个晚上，他们正在吃晚饭，却被一阵砰砰砰的敲门声给打断了。来者是娥必达。这个老妇人气喘吁吁，兴奋得满脸通红。

"伊莲妮，快来，"她上气不接下气，"船上装满了人——一船一船的——他们需要帮助。快来！"

伊莲妮现在很了解娥必达，知道如果她说需要帮助，那就无须多问。迪米特里好奇心大发，他扔下刀叉，跟着她们，急匆匆地走到夕阳下的街道上，听着肯图马里斯夫人脱口而出的故事，她的话一串一串地倒出来。

"他们是从雅典来的。"她喘着气说,"吉奥吉斯已经运了两船人过来了,他正在运第三趟。大部分是男人,但我发现也有几个女人。他们看上去像犯人,得了病的犯人。"

现在他们来到通向码头的长长地道的入口处,伊莲妮转身对迪米特里说:"你得留在这边。"她坚定地说,"回家去,把晚饭吃完。"

在地道这头,迪米特里听得到男人压低了嗓子的说话声,他更好奇了,是什么惹出这样大的喧哗?两个女人急急忙忙地走了,没多久就走得看不见了。迪米特里漫无目标地朝地道入口踢着石子,然后偷偷看了一下身后,猛地冲进地道,让自己很靠近墙边。转过这个墙角,他可以很清楚地看到外面的混乱状况。

通常,新来的居民是一个一个被送来的,在佩特罗斯·肯图马里斯的平静欢迎之后,尽可能谨慎地融入这个社区。起初,大家最希望的是在这里谁也不认识自己,大部分人在接受欢迎时仍保持沉默。然而今晚的码头没有这样平静。新来的人从吉奥吉斯的小船上滚出来,重重地落到石头地上时,许多人都没站稳。他们尖叫、扭动挣扎、怒吼,有些人显然很疼。从迪米特里所处的阴影位置,看得到他们为什么会摔倒。新来的人似乎没有手,至少身体两边看不到灵活自如的胳膊。当他凑近点儿看时,才发现他们全穿着奇怪的外套,手被捆到了背后。

迪米特里看着伊莲妮和娥必达弯下腰,一个一个松开那些被捆得像包裹的人,将他们从浸了沥青的粗麻绳中解放出来。这些人一伙伙躺在灰土地上,看起来都不像人。有个人摇摇晃晃地走到水边，弯下腰对着大海大呕特呕起来。另一个也这样，然后是第三个。

迪米特里看着他们，既迷惑又害怕，吓得就像挡在他前面的岩石墙一般一动不动。随着新来者松开绳索，慢慢站直，他们恢复了一点点尊严。即使距他们有一百米远，迪米特里也能感到他们身上散发出来的愤怒和挑衅。大家聚成一圈，有个特别的男人似乎想让大家平静下来，几个人立即说起话来，还提高了嗓门。

迪米特里数了数，一共十八人。

吉奥吉斯又掉转小船，返回布拉卡，还有一船人等着送过来。

离布拉卡码头不远的地方，一群人聚在广场上研究这群奇怪的人。几天前，吉奥吉斯带了一封雅典的来信，交给佩特罗斯·肯图马里斯，信上告知他马上会有一批麻风病人来。他们俩决定保守这个秘密。二十多名新病人同时来到斯皮纳龙格，必会让岛上的居民陷入恐慌。肯图马里斯知道的只是这些麻风病人在雅典的医院里惹了麻烦——结果被发配到斯皮纳龙格来。

他们经过两天艰辛的航程，像牲口似的从比雷埃夫斯被运到伊拉克里翁。他们一路上中暑、晕船，再被转到一艘更小的船上给运到了布拉卡。从布拉卡，吉奥吉斯再六人一批，运他们最后一趟。看到这样一群肮脏的暴徒受辱骂、遭虐待，不被当人看，大家都很清楚，他们活不了多久。

布拉卡村里的孩子们一点儿也不害怕，全围过来看。佛提妮、安娜、玛丽亚也在中间，安娜在爸爸开始最后一趟渡海行程前的休息时问他:"他们为什么来这里?他们做了什么?他们为什么不能待在雅典?"吉奥吉斯对她连珠炮般的问题没法回答。可是他肯定地告诉她一件事。当他送第一批乘客到岛上去时,他专心听过他们说话,除了他们的愤怒和清醒,从他们的谈话中听得出他们是受过良好教育、表达清晰的人。

"我也不知道,安娜。"他对她说,"可是斯皮纳龙格会有地方给他们的,那才重要。"

"妈妈怎么办?"她追问,"她的生活会比以前更糟。"

"我想你可能错了,"凭着对大女儿的极度耐心,吉奥吉斯说,"这些人的到来对这个岛来说可能是件大好事。"

"那怎么可能呢?"安娜难以置信地嚷道,"你什么意思?他们看起来像牲口!"她说得没错。他们的确像牲口,像牛一样被胡乱塞进箱子,受到的待遇也比牛好不了多少。

吉奥吉斯转过身,回到他的小船上。还剩下最后五个人。当他们到达斯皮纳龙格时,其他新来的人已开始四处走动。这是三十六小时来他们第一次站起来。当中还有四个女人,她们还是一声不吭地挤在一起。佩特罗斯·肯图马里斯挨个问着他们的名字、年龄、职业、发病时长。

肯图马里斯一边问,脑子一边飞快地转着。他拖拖拉拉地公事公办,把他们拖延在此每多一分钟,他就能多点儿时间来思考,找点儿灵感。以上帝的名义,这些人能住哪儿呢?每拖延多一秒钟,就能让他们被晚一点儿领进地道,晚一点儿知道自己没地方住这个坏消息。很可能,他们比在雅典医院时更糟。每个短暂的会见都用上几分钟，到结束时，有件事他已很清楚了。过去，他询问新来者的情况时，大部分人不过是渔夫、小佃农或小店主。可这次，他遇到的是一批训练有素的专业人士：律师、教师、医生、石匠、编辑、工程师……名单还可继续列下去。显然这是一群与斯皮纳龙格岛上现有居民完全不同的人。有那么一刻，肯图马里斯对这群披着乞丐外衣的雅典市民感到恐惧。

现在该领他们进入新世界了。肯图马里斯带着队伍穿过地道。来了新人的消息已经传开，人们都从各自的家里出来观看。在广场上，雅典人在岛主身后停了下来。肯图马里斯转身面对着他们，等大家都注意听时，他才开口："暂时先这样：女人们住到山顶上的一间空房子里，其余人先在市政厅里住下来。"

人群已经把他们围起来，围观的人也都听着这一宣布，不安地嘀咕着。然而，肯图马里斯对有人反对这个计划早有准备，他马上接着说："我向你们保证，这只不过是权宜之计。你们的到来使斯皮纳龙格的人口几乎增加了百分之十，我们现在盼着政府拨款建造新的住所，这是他们早就许诺过的。"

人们反对将市政厅用作宿舍，因为这里过去一直是斯皮纳龙格社会生活的场所。在很大程度上，它代表着斯皮纳龙格正常的社会和政治生活。征用它，就剥夺了岛上居民的一项重要资源。可还有什么地方可住呢？整个"街区"，只有那没有灵魂的新公寓楼里有间空房子，让雅典来的女人们住了。肯图马里斯让娥必达带她们去那里，他则安顿男人们在临时住所里住下。当他想到妻子的任务时，心情沉重。新公寓楼与监狱的唯一区别，是那里的门从里面而非从外面锁上。可是男人们只能住在市政厅。

那个晚上，斯皮纳龙格成了二十三名雅典新来者的家。没过多久，有些岛民就吃惊地意识到，要造更多的房子，提供更多的食物、水和住处才行。虽然从他们本已贫瘠的储备中捐赠哪怕一点点也意味着重要的牺牲，但是大部分人，除了极个别的，都极力做出了一点儿姿态。

头几天很紧张。大家等着看这些新来者会带来什么影响，可是都四十八小时了，他们几乎没露面，有些人麻木地躺在他们的临时铺位上。拉帕基斯医生来看了他们，发现他们的痛苦不仅是麻风病造成的，缺乏足够的食物、水，一路烈日暴晒的残酷旅程也是导致痛苦的原因。他们每人都得要好几个星期才能从自雅典起程前几个月，甚至几年来受到的虐待中恢复。拉帕基斯以前就听说，雅典麻风病医院的条件和市郊几百米之外的监狱并无明显区别，还听说给麻风病人吃的都是来自监狱的残羹剩饭，他们的病服是从市里大医院死人身上剥下来不要了的衣服。不久，他知道这并非荒诞不经之言。

所有病人都受到野蛮对待，来克里特岛的这群人是一次叛乱的领头者。大部分都是受过教育的专业人士，他们领导了一场绝食抗议，起草了一封信，偷偷送给朋友和政府官员，在整个医院里激起不满情绪。可是医院院长非但不承诺任何改善，还决定驱逐他们；或者，按他愿意使用的措辞："将他们转到更适合的地方去。"结果他们被赶到斯皮纳龙格，这对他们意味着结束，对这座岛来说却标志着新的开始。

娥必达每天都去看看那几个女人,她们不久就恢复过来,可以在岛上四处参观,在肯图马里斯家喝咖啡,甚至开始盘算如何利用为她们清理出来的一小块地种植蔬菜。她们很快就意识到,这里的生活比以前好很多。至少,这算一种生活。雅典医院里的条件太可怕了。夏季,他们狭小密闭的病房里让人窒息的酷热比地狱之火更可怕,加之晚上老鼠在地板上四处抓挠,刮擦之声不断,在那里他们觉得自己还不如寄生虫有价值。

相形之下,斯皮纳龙格就是天堂。它给人难以想象的自由,空气新鲜,鸟儿鸣唱,还有条街道可以悠闲漫步;在这里,他们重新感到自己是个人。从雅典来的那些漫长日子里,有些人想过要结束自己的生命,以为他们会被送到一个比他们挣扎着活下来的严酷地狱更残酷的地方去。在斯皮纳龙格,从二楼的窗户望出去,女人们可以看到日出,在岛上的头几天,她们就被缓缓下山的落日给迷住了。

就像伊莲妮从前做过的一样,她们把分给她们的地方变成了自己的家。晚上绣花棉布挂在窗户上,编织的地毯铺在床上,整个房间和任何简单的克里特民居别无二致。

对于男人们而言,又是另一种情况。几天来,他们憔悴地躺在床上,经过在雅典的绝食抗议后,许多人还是很虚弱。肯图马里斯组织人把食物送到市政厅去,留在门廊里,可是第一天当盘子收回来时,岛民发现他们提供的食物几乎都没动,一大铁锅的焖羊肉还是满到锅沿。送到市政厅去的五块面包,好歹有两块被吃掉了——只有这才显出大楼里还有生命存在。

可第二天所有面包全吃光了，第三天一砂锅兔肉吃得一点儿不剩，锅壁刮得干干净净。胃口在一天天恢复，意味着这些可怜的生命在复苏。第四天，尼科斯·帕帕季米特里乌出现了，眯着眼站到了阳光下。四十五岁的帕帕季米特里乌律师曾经是雅典的风云人物。现在他是这群麻风病人的领头人和发言人，他把当年投入律师职业生涯中的精力全投入领头人的角色中去了。尼科斯天生是个麻烦制造者，如果他没有进入司法界，他可能会去犯罪。他在医院里组织反对雅典当局的抗议活动，虽然没有完全取得成功，可是他比任何时候都更坚定地要为他的麻风病同伴在斯皮纳龙格争取更好的条件。

帕帕季米特里乌尽管言辞犀利，却很有魅力，身边总是围着一大帮支持者。他最坚定的盟友和朋友是工程师米哈利斯·库里斯，他和帕帕季米特里乌一样，在雅典医院待了五年。那天，肯图马里斯带他们在斯皮纳龙格参观，与大多数第一次参观这座岛的新来者一样，一系列问题浮现在这两人的脑海："水源在哪里？""你们等发电机等了多久？""医生多久来一次？""死亡率是多少？""目前有什么建造计划？"

肯图马里斯尽可能回答他们的问题，可是从他们的咕哝声、叹息声，他可以看出他们的不满。这位岛主完全知道斯皮纳龙格资源不够。他不辞劳苦地工作了六年，努力改善环境，虽然在很多方面他成功了，但远远没有达到大家想要的程度。这是份费力不讨好的活儿，当他缓缓走出小镇，朝着墓地走去时，他在想自己为什么要这样不辞辛劳呢？不管他多努力想把事情做好，这都是他们所有人最后的去处。他们三人最终都会躺在一块石碑下的水泥坑里,到时候他们的尸骨会给挪到一边,为下一个到来者腾出地方。一切都是徒劳,帕帕季米特里乌喋喋不休的发问显得那样空洞,肯图马里斯只想坐下来痛哭。他决定告诉雅典人不加虚饰的实情。如果他们对现实更感兴趣,而不仅仅是体验受人欢迎的感觉,那他就该以实相告。

"我来告诉你们,"他停在路当中,转过脸来对着他们俩说,"告诉你们想知道的一切。但是如果我这样做,重担也要你们承担。你们明白吗?"

他们点点头。肯图马里斯开始详细说明岛上的种种不足,诉说自己为了一些改善经受的种种磨难,告诉他们目前在协商中的所有问题。接着,他们三人往回走,回到他家,帕帕季米特里乌和科里斯对这座小岛的设施提出新鲜见解,设计了新的计划,包括进展中的工程、来年打算开始和要完成的事情,以及接下来五年中待办事项的提纲。这些计划给他们一种向前进的感觉,他们多么需要这种感觉啊。

从那天起,帕帕季米特里乌和科里斯成了肯图马里斯最大的支持者。他们不再觉得像是被判了刑,而是仿佛有了新的开始。很久以来,生活都没有这样值得憧憬过了。几周内,计划递交给政府的方案,包括新建和改造计划书等就都准备好了。帕帕季米特里乌知道如何依靠政客,他还将自己在雅典的一家颇具影响的家庭案件事务所也牵扯进来。"这岛上的每个人都是希腊公民,"他坚持说,"他们拥有权利,要是我不为他们战斗,我愿受诅咒。"

政府在一个月内便同意按他们要求的数目拨款。除了帕帕季米特里乌自己，所有人都十分吃惊。

其他雅典人，一旦从麻痹状态中站起来，也立刻投身到建设新项目中来。他们不再是被抛弃的病人，而是社区的一分子，每个人都应当出一份力。现在已是九月末，虽然气温还算温暖，水的问题却甚是紧迫——增加了二十三个新居民，对来自克里特岛的淡水供应、对破裂供水管的修复要求更高了。得做些事情了，米哈利斯·库里斯便是做这件事的人。

水管修好后，大家都盼着天公下雨。十一月初的一个晚上，他们的祷告得到了回应。雷电交加，场面壮观，雨神醒了，一股脑儿地把雨水全倾泻在小岛、克里特岛以及大海里。鹅卵石大小的冰雹砸下来，打碎了窗户，让山羊在山坡上四处奔逃躲避，闪电启示般的光芒照射在大地上。第二天早上，岛民醒来后发现他们集水区里满溢着冰凉、清澈的水。解决了最紧迫的淡水问题之后，雅典人又将注意力转移到为自己建设住房上来。在主街和大海之间有一块荒地，土耳其人曾在那里建过他们的第一批房子。那些只剩下个空架子的住所紧挨着要塞城墙而建，是所有飞地中住的人数最多的。岛民的勤奋与效率在克里特岛上都难得一见：高超的砖瓦匠和木匠技艺让老房子从碎石堆里又站了起来。在第一场雪笼罩到迪克提山头之前，新房子就可以投入使用，市政厅也可恢复原来的面貌。人们最初对雅典来的麻风病人多有憎恨，可只不过几周时间，斯皮纳龙格的居民就见识了新邻居的能力，认识到雅典人付出的远比他们得到的多。

冬天来了，关于发电机的战役又急切地打响了。在微弱的午后阳光中，当寒风开始扫过家家户户的门板和墙壁，吹进有缝隙的家时，光和热成了最值钱的商品。政府发现斯皮纳龙格有了更坚定且不容忽视的声音，没多久就来了封信，承诺了岛民们要求的一切。许多岛民冷言冷语。"我打赌他们不会遵守诺言，"有些人会说，"直到我能在自己家里打开电灯，我才相信他们会遵守诺言。"其他人也附和。在斯皮纳龙格生活了几年的人对政府的普遍看法是：政府的承诺就跟写承诺的薄纸一样没有价值，不足信。

可是所有部件都运到了，贴好标签分好类，完整无损。对发电机的盼望还是伊莲妮十天前写给安娜和玛丽亚的两封一模一样的信中的主要话题：

> 发电机可能会让我们的生活发生很大变化。以前这里就有一台，所以有些电子部件已经就绪了。两个从雅典来的专家懂得怎么让发电机工作（谢天谢地）。每家至少可以点一盏灯，有一台取暖器，这些东西预计会和发电机的其他部件一同运到。

安娜就着冬日午后微弱的光线读她的信，壁炉里有点儿微火，可她还是看得到嘴里呼出的热气。烛光在信纸上投下闪烁的光影，她悠闲地用信纸一角捅了捅火焰。慢慢地，火舌舔过信纸，信烧着了，直到她手里只剩下指尖大小的纸片。为什么母亲写信写得这样频繁？难道她真的以为他们全都想听她和那个男孩现在温暖、满足、充满光明的生活吗？爸爸要求她们回复每封信，安娜挣扎着写每个字。她不高兴，她也不打算假装高兴。

玛丽亚读着她的信，拿着给爸爸看。

"好消息，是不是？"吉奥吉斯说，"这一切都亏了那些雅典人。谁想到像破麻袋一样被捆起来的人能制造出这样大的变化呢。"

到冬天来的时候，在十二月刺骨的寒风到来之前，小岛上已经有了温暖。夜幕降临后，那些愿意读书的人可以在那最昏暗的灯光下读书了。

降临节到了，吉奥吉斯和伊莲妮需要商量这个圣诞节怎么过。这是十五年来他们第一次分开过的圣诞节。这个节日虽没有复活节重要，可也是一种家庭成员聚餐的机会，伊莲妮不在，整个家缺了一大块。

圣诞节前后的几天内，吉奥吉斯没有跨过波浪滔天的海水去看伊莲妮。倒不是因为怕邪风会蚀到他的手和脸，而是因为女儿们需要他留下来。同样，伊莲妮的精力也都放在了迪米特里身上，大人们都被古老习俗弄得筋疲力尽。就像往年一样，女孩们挨家挨户地唱起悦耳的卡兰达，得到糖果和风干水果的奖赏，圣诞节那天早上的弥撒后，她们与安哲罗普洛斯一家人吃起圣诞大餐、猪肉和萨维娜烘烤的克拉比瑟[1]，味道好极了。斯皮纳龙格的情况也差不多。孩子们在广场上唱歌，帮忙烘焙装饰华丽的基督面包，快活得好像以前从没吃过似的。对迪米特里来说，这是他生平第

---

[1] 一种甜味的坚果曲奇。

一次吃到这么充足丰富的食物，亲身体会这样的快乐。

　　整整十二天圣诞节假期，吉奥吉斯和伊莲妮在他们各自家里的每间房中洒上圣水，防止卡比坎兹拉利[1]出没，据说这些妖精会把家里弄得一塌糊涂。一月一日是圣徒巴兹尔日，吉奥吉斯又见了伊莲妮一次，给她带来孩子们和萨维娜送给她的礼物。一年又安然度过了，旧的一年结束，新的一年开始，这是一个分水岭、里程碑，将把佩特基斯一家带到完全不同的另一年。尽管安娜和玛丽亚还是怀念她们的母亲，可她们现在知道，没有她，她们也能生活下去。

---

1 传说中圣诞节期间出没的妖精。

六

1940

斯皮纳龙格多年来最好的一个冬天过去了,最灿烂的春天来了。野花不仅给小岛北面山坡铺上一层花毯,也从岩石的每个缝隙中探出来,裹住石头,整个岛都已把这种新生之感吸了进去。

斯皮纳龙格的主街上,几个月前还只有些破败的房屋,现在成了一排排漂亮的商店,门和窗重新粉刷成深蓝色和墨绿色。它们现在成了店主骄傲地展示商品的地方,居民逛街不仅出于需要,也为了快乐。小岛第一次有了自己的经济。人们创造财富:以物易物,买和卖,有时赚,有时赔。

小酒馆现在十分兴旺,一家新饭馆也开张了,专卖卡卡维亚[1],每天新鲜出锅。理发师成了主街最忙的人之一。斯泰利奥斯·范蒂斯曾是雷西姆农的顶尖发型师,可是在他被驱逐到斯皮纳龙格

---

[1] 一种鱼汤。

来后，他放弃了这门手艺。帕帕季米特里乌知道他们中间有这样一个人物时，便力邀他重操旧业。雅典男人全是爱虚荣的孔雀，他们有着城里时髦虚荣的一套，在以前，他们全都喜欢每两周修剪一次头发和胡须，头发的好坏和形状几乎是他们男子气概的表现。现在生活转好，他们发现竟有人可以让他们又英俊潇洒起来。他们渴求的并不是个人风格，而是一模一样的、精致的、梳理得一丝不乱的头发。

"斯泰里奥斯，"帕帕季米特里乌说，"给我做个你最拿手的韦尼泽洛斯发型。"韦尼泽洛斯是克里特的律师——他后来当上了希腊总理——被认为拥有基督世界里最漂亮的胡须。男人们在谈笑中，觉得帕帕季米特里乌效仿他应该很合适，因为显然他很渴望登上小岛的领导宝座。

随着肯图马里斯力量的衰落，这位岛主愈发依靠帕帕季米特里乌，而帕帕季米特里乌这个雅典人在岛民中的名望也越来越大。男人因为他短短时间内取得的成就而心生敬意，女人对他也感激不尽；不久，他享受到一种英雄般的顶礼膜拜。毫无疑问，大家被他那银幕人物般的外表迷住了。像大部分雅典人一样，他一直生活在城市里，这样的结果就是他不会像长年在户外、野外或大海上讨生活的普通克里特男人那样，弯腰驼背、头发灰白。在这几个月的体力活儿之前，他很少晒太阳，甚至很少吹风。

虽然帕帕季米特里乌很有抱负，但他不是无情之人，他不会出来竞选，除非肯图马里斯准备退休。

"帕帕季米特里乌，我早就打算放弃这个位置了。"三月初的一个晚上,在下完一盘双陆棋后,老人说,"我告诉过你几千次了。这工作需要新鲜血液——看看你为这个岛所做的!我的支持者都会支持你的,毋庸置疑。相信我,我现在只是觉得太累了。"

帕帕季米特里乌对最后这番话不以为意。来岛上后的这六个月里,他看到肯图马里斯的病情在恶化。两个男人这段时间很亲密,他明白老岛主是在推荐他做接班人。

"如果你真的打算放手,我就接过来。"他平静地说,"可是我觉得你应该再多考虑几天。"

"我已经考虑过几个月了,"肯图马里斯粗暴地说,"我知道自己做不下去了。"

两个人继续在沉默中下棋,只有棋子移动碰撞时的响声敲破这寂静。

"还有一件事,我想要你知道。"下完棋,帕帕季米特里乌临走时说,"如果我赢了选举,我不会住进你家。"

"可这不是我家,"肯图马里斯反驳道,"这是岛主的家。它随职位而定,一直以来就是这样。"

帕帕季米特里乌吸了一口烟,吐出来时停了片刻。他决定先把这事放下不提。无论如何这个话题还只是个假设,选举还不是既成事实。可能会有另外两人出来竞争,塞奥佐罗斯·马基里达基斯在岛上已经六七年了,也有一大批追随者;至少帕帕季米特里乌觉得,最终他似乎很有可能当选。有一大批人对马基里达基斯表现出的不满做出回应,尽管他们贪婪地接受了帕帕季米特里乌做的所有艰苦工作,以及六个月来的巨大变化,他们还是觉得如果有个受愤怒驱使的人来为他们服务，他们可能得到更多好处。人们很愿意相信推动马基里达基斯的怒火可能帮助他获得理智和外交所得不到的东西。

这年三月底的年度选举是岛上有史以来最激烈的一次，选举结果真的很重要，斯皮纳龙格成了值得管理的地方，领导权也不再是有毒的圣杯。有三人参选：帕帕季米特里乌、斯皮罗斯·卡扎基斯和塞奥佐罗斯·马基里达基斯。选举的那天，所有人，不分男女，全都有投票权，即使是那些关在医院里出不来、可能不会再有机会离开病床的麻风病人，也都有选票，填完后封在密封的信封里按期交回去。

斯皮罗斯·卡扎基斯只得到了几张选票。让帕帕季米特里乌宽慰和吃惊的是，马基里达基斯得票不到一百张。这就留下了最大的一份——明显的多数票给他这个雅典人。人们是用自己的心，也是用自己的智慧在投票。马基里达基斯摆出的姿态是很不错，可结果更说明问题，帕帕季米特里乌终于知道自己被接受了。这是让这座岛变得文明开化的关键时刻。

"斯皮纳龙格的伙伴们，"他说，"我对本岛的希望也是你们的希望。"选举结束后的第二天晚上，在市政厅外的小广场上，他对聚集在那里的人群说。得票数业已复核，结果刚刚公布。

"我们已经让斯皮纳龙格成了一个更加文明的地方，从某种程度上来说，如今生活在这里甚至比生活在为我们服务的城市和村庄更好。"他朝布拉卡挥挥手，"布拉卡没有电，可我们有。我们还有勤奋的医生和最敬业的老师。在克里特，很多人还生活在贫困线上下,忍饥挨饿,可我们不会。上周,有人从伊罗达筋疲力尽地划船过来,我们的繁荣富强已让他们有所耳闻,他们来向我们乞求食物。难道这不是个巨大转变吗?"人群里一片赞同之声,"我们不再是手持讨饭碗、被社会抛弃的人,不会再被人叫着'不洁净!不洁净!'。"他继续说,"现在是其他人来我们这里乞求施舍。"

他停了片刻,人群中有人喊道:"为帕帕季米特里乌三呼!"当欢呼声小下去时,他给自己的讲话补充了最后一条。"有一件事把我们联系到一起——麻风病。当我们有不和时,请我们不要忘记,我们彼此之间无法逃避。在我们的有生之年,让我们尽己所能地把生活变得更美好吧——这一定是我们共同的目标。"他举起手,食指指向天空,这是庆祝和胜利的姿势,"为了斯皮纳龙格!"他大声说。

两百多人学他做出这个手势,齐声高呼:"为了斯皮纳龙格!"声音之大连海对面的布拉卡也能听到。

没人注意塞奥佐罗斯·马基里达基斯,他慢慢走下坡,走到阴影里。他长期渴望着当这个领袖,失望的苦涩堪比未熟的橄榄。

第二天下午,娥必达·肯图马里斯开始收拾东西。一两天内她和丈夫就要搬出这幢房子,搬进帕帕季米特里乌现在的宿舍。她盼着这一天很久了,但这一天的到来并没有减少她的恐惧。在恐惧的重压之下,她几乎无法积攒力量挪动脚步。她胡乱打着包,沉重的身体似乎不愿干这个差事,变了形的脚比以前更疼。她站起来、思索着要清理玻璃柜里的宝贝——列队站立的锡兵、小件瓷器和家传了好几代的雕刻银器。她问自己，当她和佩特罗斯都不在了后，这些东西该交给谁。他们俩的日子都不多了。

轻轻的敲门声打断了她的思绪。那一定是伊莲妮，她想。虽然学校里很忙，照顾迪米特里的责任也很重，伊莲妮还是答应那天下午过来帮她的忙，她总是恪守诺言。当娥必达打开门，满以为是她苗条纤细、面容姣好的朋友，门口出现的却是个着深色衣服的男子身影。来人是帕帕季米特里乌。

"下午好，肯图马里斯夫人。我能进来吗？"他察觉出她的吃惊，温和地问。

"当然……请进。"她从门口让开，好让他进来。

"我只有一件事要说。"当他们面对面时，他对她说。他们周围是几个装了一半书、瓷器、相片的柳条箱，"你们不必从这里搬出去。我无意从你们手里夺走房子。没有必要。佩特罗斯为本岛贡献了他的整个生命，我决定把这所房子赠送给他——如果你愿意，就把这叫作退休金吧。"

"可这是岛主住的。现在是你的了，而且，佩特罗斯不愿听到你这样说。"

"我对过去是怎么样的不感兴趣。"帕帕季米特里乌说，"我希望你们留在这里，无论如何，我想住在我正在翻修的房子里。求求你。"他坚持道，"这样做，对我们大家都好。"

娥必达的眼里闪着泪光。"你真是太好了，"她一边说着，一边向他伸开双臂，"太好了。我看得出你是说真的，可是我不知道怎么才能说服佩特罗斯。"

"他别无选择,"帕帕季米特里乌坚决地说,"现在由我说了算。我要你把所有东西从箱子里拿出来,放回原处。过一会儿我会再回来,看看你们有没有照我说的做。"

娥必达看出这不是随意的姿态。这位男士是当真的,他习惯言出必行。这便是他能当选为岛主的原因。她一边重新把锡兵按队列摆回去,一边试着分析是什么使帕帕季米特里乌这样难以违抗。不仅仅是他的身高,那只会让他成为打手。他有别的更微妙的技巧。有时候,他只需要改变音调就可打动人们,让人们同意他的观点。在另外一些场合下,他运用逻辑的力量制伏他们,效果也同样。在斯皮纳龙格,他的律师技巧一如既往的犀利。

在帕帕季米特里乌出门之前,娥必达请他晚上再过来和他们一起吃饭。她的厨艺一流,在斯皮纳龙格无人能及,只有傻瓜才会拒绝这种邀请。他一走,她便开始准备晚餐,做了自己最拿手的鸡蛋柠檬肉球,量出各种配料准备做拉瓦尼——一种用精制麦麸做的甜味蛋糕。

肯图马里斯的领导职责终于卸下了,那晚回家时他走起路来备感轻松。回到家里,烘烤蛋糕的香味扑面而来,娥必达身系围裙向他起身,伸开双手欢迎他。他们拥抱在一起,他把头靠在她的肩膀上。

"全结束了,"他嘟囔着,"终于、终于结束了。"

他抬起头四处看了下,发现房间还跟他离开时一样。早上他走时,房间里还有些柳条箱放在那里,装了东西,可现在无影无踪了。

"你为什么没有打包?"他的声音里不光是愤怒,还有疲劳。他太累了,他是如此希望接下来的几天能够快点儿结束,希望他们已经搬进他们的新房子里。而家里没有一丝搬家的迹象令他十分生气,让他觉得比以前更累。

"我打包过,可又把它们全都拿出来了,"娥必达神秘地说,"我们留在这里,不走了。"

就在这时,传来重重的敲门声。帕帕季米特里乌来了。

"肯图马里斯夫人请我与你们共进晚餐。"他简单地说。

三人落座后,每人都倒了一大杯茴香酒,肯图马里斯恢复了平静。

"我想这里面有阴谋,"他说,"我应该生气,可是我对你们俩都十分了解,所以我想我在这事上没有选择权。"

在严厉的语气和正式的措辞之下,肯图马里斯的微笑出卖了他。他私底下对帕帕季米特里乌的慷慨十分高兴,尤其是他知道这对妻子来说意味着什么。他们三人一起干杯,就这样说定了。岛主房子的话题在他们之间再没被提起过。委员会成员间倒是有了一些不同意见,并就如果下一任岛主想收回那幢豪华的房子该怎么办展开了热烈的讨论,但是很快就达成一致:房子由谁住每五年评估一次。

竞选后,岛上的工作与革新齐头并进。帕帕季米特里乌的努力并不只是为赢得竞选的策略。修复和重建继续进行,直到人人都有像样的地方住,有自己的炉子,房屋前面有自己的院子,更重要的是,让大家感觉自豪的是,有了隐蔽的户外公共厕所。

现在水被有效地收集起来,大家有足够的水用,洗衣房也扩大了,有一长排光滑的水泥洗衣池。对女人而言,这绝不亚于一种奢侈品,她们可以慢慢洗衣服,把那里变成了活跃的社交中心。

人们的社交生活也有很大提高,不过不是在工作场合下。雅典人帕诺思·斯科拉沃尼斯曾是个演员,当其他人的工作结束后,他才开始上班。竞选后没多久,他把帕帕季米特里乌拉到一边。他为人处世采用的是男人典型的行事之道,咄咄逼人。他喜欢与人作对,以前在雅典当演员时,他就总是风风火火。

"这里无聊像真菌一样在蔓延,"他说,"人们需要娱乐。许多人可能活不到明年,可是他们最好还是对接下来的一个星期有点儿盼头才好。"

"我明白你的意思,我完全同意。"帕帕季米特里乌回应道,"可是你打算怎么做?"

"娱乐。大范围的娱乐。"斯科拉沃尼斯坦然地回答。

"什么意思?"帕帕季米特里乌问。

"电影。"斯科拉沃尼斯说。

六个月前,这种建议会被视为言语无法形容的狂妄,这就像告诉麻风病人要他们游过大海,到伊罗达的电影院看电影一样可笑。可现在,这并非妄言。

"好,我们有发电机,"帕帕季米特里乌说,"这不过是个好的开始而已,可是还不够,不是吗?"

让岛民快乐,让他们每天晚上有事干,可能有助于打消仍然不散的不满。当人们一排排坐在黑暗中,帕帕季米特里乌想,他们不可能饮酒过量,也不可能在小酒馆搞阴谋了。

"你还想要什么?"他问。

斯科拉沃尼斯回答得很快。他已经计算好了市政厅能容纳多少人,他从哪里可以得到放映机、银幕、胶片夹。最重要的是,他也盘算了一下:在委员会同意之前,缺的就是钱,但是如果想想现在这么多麻风病人都能挣点儿钱,新电影院可以收取门票,最终应该能做到收支相抵。

在他提出要求的几周后,一些海报出现在了小镇各处:

> 4月13日,星期六
> 晚上7点
> 市政厅
> 放映《雅典暴徒》
> 票价:2德拉克马

那天晚上,到六点钟时,已有约一百人在市政厅外排起了队。到六点半门打开时,至少又有八十人到了,接下来的星期六放映也出现了同样的盛况。

伊莲妮兴高采烈,她写信给她的女儿们,告诉她们这个新娱乐:

> 我们全都很喜欢看电影——它们成了每周的亮点,虽然事情并不总是按计划进行。上周六胶片没能从圣尼古劳斯运

到,当大家意识到电影被取消后,失望得几乎引发一场暴乱,一连好几天人们四处活动时都拉长着脸,就像庄稼歉收似的!不管怎样,当这周一天天过去时,大家都很开心,尤其是看到你父亲把胶卷卸到岸上,我们全都长舒一口气。

几个礼拜内,吉奥吉斯带来了更多雅典最新的故事片,也有新闻纪录片,给观众带来了外面世界正在发生的可怕事件的最新消息。虽然岛上也能看到克里特岛周报,收音机偶尔也会叽叽喳喳地播报最新公告,可大家对纳粹德国横扫整个欧洲的这场浩劫毫不知情。此时,这些暴行似乎太遥远,还有许多更迫切的事牵动他们的心。竞选已被抛到身后,复活节快到了。

早些年,复活节——这个最伟大的基督教节日的庆祝活动,曾受到压制。布拉卡的欢庆活动发出很大的喧闹声,尽管在斯皮纳龙格的圣潘塔雷蒙小教堂也会举行同样令人激动的庆祝仪式,可规模小得多,人们总是觉得没有一水之隔的布拉卡的庆祝活动那样声势浩大。

今年,一切都将不同。帕帕季米特里乌对此很肯定。在斯皮纳龙格,基督复活的纪念活动在奢华程度上绝不能比克里特岛或希腊大陆上的逊色。

四旬斋被严格遵守。许多人连续四十天没有吃鱼吃肉,到最后一周,酒和橄榄油都被移到最隐蔽的角落里去了。到受难周(复活节前第二周)的礼拜四,教堂里的木头十字架绕满了柠檬花,这个十字架大得可以容纳一百个灵魂(只要它们像麦穗上的颗颗谷粒一样紧紧粘在一起）。长长的队伍一直排到街上，他们哀悼基督，亲吻他的脚。教堂里里外外站满了静默的膜拜者。此时气氛低沉，当他们看着圣徒潘塔雷蒙的塑像时，忧郁之情更浓了。这位被那些爱挖苦人的麻风病人称为治病圣人的圣徒，许多人早已不再信仰他，可是他的生平事迹使他成为这样一座教堂的最佳选择。潘塔雷蒙是罗马时代的年轻医生，他听从母亲的教导，成了基督徒，此举几乎可以肯定会受到宗教迫害。潘塔雷蒙治好许多病人，引起怀疑，结果被抓起来，缚在轮式刑车上，最后被活活煮死了。

不论岛民对圣徒的治疗能力有多少责备讽刺，第二天他们全都加入了基督的伟大葬礼行列。一大早，棺材就装饰好了，到傍晚时，路上撒满了鲜花。这是一场庄严的游行。

"我们已练习过多次了，不是吗？"当娥必达和伊莲妮沿着街道缓缓地前行时，娥必达嘲笑道。两百多人的蛇形队伍蜿蜒穿过小镇，走上通往小岛北部的小路。

"是的。"伊莲妮表示同意，"不过这次不同，因为这个人又活了……"

"我们从没练过这么多次。"塞奥佐罗斯·马基里达基斯插进来，他正好走在她们身后。他从来只会冷言冷语。尸体的复苏似乎是不可能的，可是他们当中虔诚的信徒知道许诺的就是这个：一个全新的、没有斑点的、复苏的身体[1]。这是整个故事的关键所

---

[1] 在英语中，"尸体"与"身体"是用同一个词"body"来表示。

在,是这场仪式的意义所在。信徒们信赖这个。

礼拜六是安静的一天。按理,男人、女人和孩子们全要哀悼。可是,大家都很忙。伊莲妮把孩子们组成工作小组画鸡蛋,然后用小小的树叶模板做装饰。同时,其他女人忙着烘烤传统蛋糕。与这些柔和的活动不同,男人们全忙着宰杀几周前运送来的羊羔,做着准备工作。所有这些杂务做完后,人们又聚集到教堂里,用迷迭香枝叶、月桂叶、桃金娘树枝装饰教堂。天刚刚黑,又苦又甜的味道从教堂里飘出来,空气中弥漫着期望与赞美。

伊莲妮站在拥挤的教堂门口。人们沉默着、克制着、期待着,竖起耳朵听着《求主怜悯》最开始的低吟。起初,声音十分轻柔,像微风吹动树叶,可是不久就变得几乎可以触摸,声音充塞了整座教堂,向教堂外的世界爆发。教堂里点燃的蜡烛现在全熄了,在没有星星、没有月亮的天空下,世界沉入黑暗之中。有好长一段时间,除了弥漫在空气中的浓浓的牛油味,伊莲妮什么也感觉不到。

午夜,布拉卡教堂的钟声敲响了,钟声隔着寂静的海域传过来时,牧师点燃了一根蜡烛。

"来吧,接受光明。"他命令道。卡扎科斯主教敬畏地念着圣词,这般直率,岛民毫不怀疑这是命令他们向他靠拢。人们一个接一个,那些靠得最近的人伸出细细的蜡烛,从这些光开始,光明传递开来,直到教堂里外成了一片闪烁的火焰之林。不到一分钟,黑暗就变成了光明。

卡扎科斯主教是个性情温和、胡须浓密、生活讲究的人——

他曾对在四旬斋中是否能看到任何形式的戒酒表示怀疑——现在他开始读《福音书》。这是大家十分熟悉的一段，许多上了年纪的岛民嚅动着嘴唇跟着他一同念着。

"基督复活了！"他读到最后宣布说。

"基督复活了！基督复活了！"人们众口同声地欢呼起来。

好长一段时间，欢呼之声传遍整个街道，人们一遍遍互相祝愿新年快乐，或热情地回应："同乐。"

接着，是小心地举着蜡烛回家的时候了。

"来吧，迪米特里。"伊莲妮鼓励着男孩，"我们看看蜡烛能不能到家还不熄灭。"

如果他们到家时蜡烛还不灭，那就会为接下来的一整年带来好运，在四月的这个静谧夜晚，这很容易做到。几分钟内，岛上的家家户户都有烛光在窗前闪烁。

仪式的最后一步是点燃篝火，象征焚烧叛徒加略人犹大。白天时人们把他们多余的引火物全拿来了，还从灌木丛上扯下干树枝。现在牧师点燃了柴堆，柴火噼啪燃烧起来，火箭式的焰火呼啸着蹿上天空，人们更加欢欣了。真正的庆祝开始了。在每个遥远的村庄、城镇，从布拉卡到雅典，人们纵情欢乐，而今年斯皮纳龙格的欢声吵闹不亚于任何地方。当然，在布拉卡上空，他们能听到欢乐的布祖基琴声响彻云霄，小岛上人们跳起舞来。

许多麻风病人多年都没跳过舞，可是今天，除非他们瘸得无法走动，全被鼓励着站起来，加入跳舞圈当中，人们开始慢慢旋转起来。大家从满是灰尘的箱子里翻出一件件传统服装，人群中有几个男人裹着流苏头巾,蹬着长筒靴,穿着灯笼裤;有些女人穿上绣花马甲,戴上鲜艳的头巾。

有些舞蹈很庄重,可当跳起那些不那么庄重的舞蹈时,健康活跃的人就上场了,他们转啊转啊,仿佛这是他们最后一次跳舞。跳完舞后,他们开始唱起马提那[1]。有些歌谣甜蜜,有些歌谣忧伤;有些讲述着长长的故事,哄得老人和孩子几乎睡着。

天快亮时,许多人陆续上床睡觉,还有些人就在小饭馆里的一排排椅子上昏昏睡去,带着一肚子梅子酒和以前从未享受过的美味羊羔肉。自从土耳其人占领斯皮纳龙格以来,这座岛从未见过这样高昂的情绪,这般快乐。他们是以上帝之名庆祝,基督复活了。在某些方面他们也死而复生了。他们的心灵复活了。

四月余下的日子里,是一系列紧张的活动。三月从雅典又来了几个麻风病人,而冬季的几个月间,从克里特岛的不同地方也送来六个病人。这意味着需要做更多的重建工作,大家都意识到,一旦气温上升,许多工作将被搁置到秋天。土耳其居住区的重建工作最终完成了,威尼斯人的水箱也修好了。房屋的前门和百叶窗重刷了一遍油漆,教堂屋顶上的瓦片全又加固了一遍。

斯皮纳龙格从灰烬中再生时,伊莲妮开始衰弱。她看着重建工作在一点儿一点儿进行,禁不住拿它和自己身体的逐渐恶化相比。一连几个月,她自欺欺人地告诉自己,疾病遭到身体的抵抗,

---

[1] 克里特岛的一种民歌,只有两行,每行三个音节。

没有继续恶化，可是她几乎每天都能发现变化，脚上光滑的肿块成倍地增加，好几周走路时脚已没有感觉。

"医生能帮点儿什么忙吗？"吉奥吉斯平静地问。

"不能。"她说，"我想我们得承认这点。"

"迪米特里怎么样？"他想换个话题。

"他很好。我发现自己走路很困难，他现在能帮很多忙。最近几个月，他长大了好多，能帮我把食物、日用品拿回家。我不禁想他比以前快乐多了，虽然我相信他还想念自己的父母。"

"他提起过他们吗？"

"好多个星期他没提到过他们一个字了。你知道点儿什么吗？自从来到这里，他从没收到过他们的一封信。可怜的孩子。"

到了五月末，生活进入了夏季模式，长长的午睡、闷热的夜晚，苍蝇嗡嗡四处乱飞，热气从中午到黄昏一直笼罩全岛。在一天中最炎热的那几个小时里，所有东西几乎都一动不动。现在这里有种永恒感，大多数人都觉得生活值得过下去，尽管没有说出口。一个普通的早晨，伊莲妮艰难地往学校走，她闻到街上浓浓的咖啡味中混合着含羞草的香味；看到有人赶着驴子下山，驴背上驮着橙子；听到象牙色的双陆棋在棋盘上移动时砰砰有声，掷骰子的咔嗒声不时打断小酒馆里的谈话声。像克里特岛上的村庄一样，老妇人们面朝大街坐在门口，伊莲妮经过时冲她们点点头。这些女人们聊天时从不会看着对方，就怕自己会错过来来往往的人和事。

斯皮纳龙格发生了很多事情，甚至还举行过一次婚礼。类似这种重要事件让岛上的社交生活开始萌芽，人们对其他重大信息的了解需求不久就催生了一份报纸。扬尼斯·所罗门尼季斯曾是雅典的新闻记者，他负责主持这项工作。印刷机一到，他开印了五十份单张周报《斯皮纳龙格星报》。报纸在居民中间传阅，他们饶有兴趣，如饥似渴地阅读着。一开始，报纸上登的只是岛上教区事务、本周电影预告、药房营业时间、遗失启事、寻物启事、拍卖启事，当然，还有结婚启事和讣告。慢慢地，大陆上的事件摘要、各种意见，甚至漫画全都有了。

十一月的一天，有个重大事件报纸没有报道。没有一句话、一个字提到某位神秘的黑发男子来访。他漂亮的外表混在伊拉克里翁的人群里并不突出，可是在布拉卡，有几个人注意到他，因为村里除了婚葬仪式，很少有人穿西装，而那天布拉卡既无婚礼，也无葬礼。

七

拉帕基斯医生通知吉奥吉斯,他在等一位客人,客人要过海到斯皮纳龙格去,几个小时后再回去。他叫尼古劳斯·克里提斯。克里提斯刚过三十岁,头发浓密乌黑,与大多数克里特人相比略显瘦小,剪裁合身的西装更显出他修长的身形;高高的颧骨上,皮肤绷得紧紧的。有人认为他容貌出众,有人觉得他营养不良,其实谁都没说错。

克里提斯看上去与布拉卡码头很不相称。与吉奥吉斯渡过岸的大多数人不同,他没有行李、没有箱子、没有眼泪汪汪的家人,只有一个最纤薄的皮质公文包抱在胸口。随吉奥吉斯去斯皮纳龙格的人平常只有拉帕基斯医生,以及偶尔去斯皮纳龙格评估财务要求的政府代表。此人是吉奥吉斯带过去的第一位真正的客人,吉奥吉斯克服了自己平常面对陌生人时的拘谨,跟他攀谈起来。

"你去岛上办什么事?"

"我是个医生。"那人回答。

"可是那里已经有了医生,"吉奥吉斯说,"我今早上送他过去了。"

"是的,我知道。是拉帕基斯医生,我正打算去见他。他是我多年的朋友和同事。"

"你不是麻风病人,对吧?"吉奥吉斯问。

"对,"陌生人的脸笑得几乎皱起来了,"终有一天,这个岛上的人们也都会不是的。"

这是一句大胆的声明,吉奥吉斯想到这里,心跳加速。这是可靠消息,还是只是谣传呢?偶尔传来谁谁谁的叔叔或朋友听说在治疗麻风病上有了重大进展的小道消息。比如,一种说法是注射黄金、砒霜和毒蛇的唾液,可是这种疗法有点儿疯狂,即使买得起这些材料,它们真的管用吗?只有雅典人,人们风传,只有雅典人可能考虑出钱买江湖术士的药。当吉奥吉斯解开缆绳,准备带客人过海的那一刻,他做起白日梦来。过去几个月来,伊莲妮的病情明显恶化,他开始对发现新药、治好她的病、带她回家不抱希望了。可是,这是他送她到斯皮纳龙格的十八个月来,心中第一次燃起一点儿希望。就一点儿。

帕帕季米特里乌等在码头上迎接医生。那衣冠楚楚的人以及他的薄皮公文包,被岛主高大的身影笼罩住了,吉奥吉斯看着他们一起消失在地道那里。

冰冷的风裹着雪花掠过海面,打在吉奥吉斯的船上。可是尽管这样,他发现自己还哼着小曲。恶劣天气丝毫没有影响到他。

当两人一起走上主街,帕帕季米特里乌开始询问克里提斯。

他对很多事情了如指掌，知道该问什么。

"他们的最新研究进展如何？他们打算什么时候开始临床测试？还要多久才能到我们这里？你参与了多少？"这种盘问出乎克里提斯的意料，先前他没想到会遇见帕帕季米特里乌这样的人。

"还处于早期，"他谨慎地说，"我参与了巴斯德基金会资助的一个广泛开展的研究项目，可是我们的目的不仅仅是治愈。几年前开罗会议上就制定了治疗和预防的方针步骤，这也是我来这里的目的。我想说我们正在尽力而为——我不希望，等最终找到治愈方案时，对这里的每个人来说已太晚了。"

帕帕季米特里乌，这位完美的演员，掩饰起略微的失望之情。他渴望已久的治愈方案还是如此遥不可及，对此他一笑了之："那太糟了。我向家人保证圣诞节要回雅典，所以我正等着你的一剂魔药呢。"

克里提斯是位现实主义者。他知道，这些人可能还有几年才能被成功治愈，他不会燃起他们的希望。麻风病几乎和大山一样古老，它不可能一夜之间消失。

两人朝医院走去，克里提斯的所见所闻让他不禁生疑。这里看起来就像个正常的村庄，可是没有克里特其他地方的村庄那样破旧。除了偶尔有几个居民的耳垂很大，或有点儿跛足——大部分人可能都不会注意到——这里的人们过着普通人的生活，来来往往在办自己的事。一年中的这个时候，没有几个人的脸会全部露出来，男人把帽子压得低低的，领子竖起来；女人披着羊毛围巾，把头和肩一起紧紧地裹起来，抵御恶劣天气。风一天比一天猛烈，雨流如注，街道成了小溪。

两个人经过有玻璃前门和鲜艳百叶窗的商店，面包师把一大块淡黄色面包从炉子里取出来时，碰上了克里提斯的目光，他点了点头。克里提斯碰了碰帽檐算是回礼。从教堂前，他们拐出主街，面前便是高高在上的医院，特别是从低处望上去，它给人一种气势恢宏的感觉。医院是岛上最庄严的建筑。

拉帕基斯站在医院大门口等着克里提斯，他们情不自禁地拥抱在一起。好一会儿，两人才互相问候，重逢的喜悦溢于言表，他们有太多问题要问对方！"你好吗？""你来这儿多久了？""雅典怎么样？""跟我说说你的消息！"最后，他们把相见的兴奋让给了实际问题。时间过得飞快。拉帕基斯带着克里提斯很快地在医院走了一圈，领他看了门诊部、治疗室，最后带他去了病房。

"我们目前资源太少，许多人应该进来住几天，可是大部分病人，我们只能治疗一下，就打发他们回家。"拉帕基斯疲惫地说。

病房里，十张床挤在一起，床与床之间相隔不到半米。十张床全躺着病人，有些是男病人，有些是女病人，但是很难分清男女，因为百叶窗关上了，只有一丝微弱的光线透进来。大部分病人活不了多久。克里提斯在雅典麻风病院里待过一段时间，对此毫不吃惊。那里过度的拥挤和难闻的气味，比这儿糟上几百倍。这里至少还注意一下卫生，对那些感染溃烂的病人来说，这可意味着生与死的差别。

"这些病人全处于发病期。"拉帕基斯倚着门框平静地说。这是麻风病症状的加强阶段，有时候只有几天，有时候几周。在发病的这段时间内，病人们要经受可怕的痛苦，持续高烧，剧烈疼痛，比之前痛苦得多。麻风病的反应可能让他们比以前病得更厉害，但有时候，它也说明身体正在与疾病做斗争，当痛苦消失后，他们可能发现自己痊愈了。

两人站在那里看着病房时，大部分病人很安静。有个人时断时续地哼哼，另一个人，克里提斯以为是个女人，但又不太肯定，也在呻吟。拉帕基斯和克里提斯从门口退回来，站在那里仿佛很冒昧。

"到我办公室来，"拉帕基斯说，"我们去那里谈会儿。"

他领着克里提斯沿黑暗的走廊往前走，进了左边最后一间房。这间房与病房不一样，可以看得到风景。巨大的窗户从墙面齐腰的高度几乎延伸到天花板上，往外看，可以看到对岸的布拉卡，以及它后面的高山。墙上钉着一幅大大的建筑图，显示的正是现在的医院，上面还用红笔勾画出另外一栋建筑的轮廓。

拉帕基斯看到这幅图吸引了克里提斯的注意。

"这些是我的计划。"他说，"我们需要更多病房，还要几间治疗室。男女病人应该分开——如果他们无法掌握自己的生命，我们至少要给他们尊严。"

克里提斯慢慢踱过来，看着这个计划。他知道政府有多不重视医疗保健，特别是对于他们认为已到了晚期的病症。

"那可能要花很多钱。"他不禁挖苦道。

"我知道，我知道。"拉帕基斯疲惫地回答，"可是现在我们的病人不但来自克里特岛，还有从希腊大陆上来的，政府有义务拨出一定的资金。如果你碰到我们这里的几个麻风病人，你就知道他们可不是那种轻易让人拒绝的人。是什么把你带回克里特的？我很高兴接到你的信，但你并没真的说出来这里的原因。"

两人之间的交谈很快显示出同学间才有的轻松亲密来。他们曾在雅典的同一所医学院就读，虽然最后一次见面已是六年前的事了，他们还是能重拾友谊，仿佛并未分开过。

"很简单，真的。"克里提斯说，"我对雅典厌烦了，看到一则告示说伊拉克里翁医院皮肤科在招聘，我便去应聘了。我知道自己还是能继续研究，特别是你这里有这么多麻风病人。斯皮纳龙格是病例研究的绝佳地方。我偶尔来拜访一下，你高兴吗——而且，重要的是，你认为病人能容许吗？"

"我当然不反对，我敢肯定他们也不会反对。"

"到那时，可能会尝试使用一些新的治疗手段——虽然我无法保证什么东西会有明显效果。老实讲，最新的药没什么疗效。可是我们不能止步不前，对吗？"

拉帕基斯坐在桌前，专注地听着，他的心随着克里提斯的每句话起伏。五年来，他是唯一愿意拜访斯皮纳龙格岛的医生。这段时间里，他应付的是疾病与死亡的残酷洪流。每晚他脱衣上床时，都要检查自己厚实的身体，看有无染病的症状。他知道这很可笑，病菌可能在他身体里潜伏几个月甚至几年，他方能察觉到它们的存在，可内心深处畏惧染病的担忧让他一周只能渡海来斯皮纳龙格三天。他不得不给自己一个搏斗的机会。他在这里的事业成了一种召唤，他觉得有义务响应，可是他担心自己免遭病袭的概率和长期玩俄罗斯轮盘赌的家伙长寿的概率也差不到哪里去。

拉帕基斯现在确实有了帮手。病人们每天一瘸一拐地上山来看病,有些只是来换绷带纱布,有些一来就待上好些天,他实在应付不过来了。正好在这个时候,阿西娜·玛娜基斯来了。她在雅典曾是医生,发现自己得了麻风病后,主动进了麻风病院,然后与雅典的"反叛分子"一同被送到了斯皮纳龙格。在这里,她有了新责任。拉帕基斯想不到自己运气竟这么好:不仅有人愿意生活在医院里,而且还有着全科医学知识。斯皮纳龙格的居民并不会因为是麻风病人,就不会得上其他疾病——流行性腮腺炎、麻疹或一些简单的耳痛,这些病症通常无人问津。阿西娜·玛娜基斯有二十五年的工作经验。除了睡觉时间,她愿意每小时都工作,这令她的价值无法估量。她把拉帕基斯当成小弟弟,觉得他还要继续培养才能成材,对此拉帕基斯毫不介怀。如果他信上帝,他愿意诚心诚意地感谢上帝。

而现在,在十一月的晴空中——不,更准确地说,应该是在大海和天空竞相乏味的十一月的阴霾中,突然传来了一个好消息——尼古劳斯·克里提斯来了,还问能不能让他经常来。拉帕基斯欣慰得几乎潸然泪下。他长期孤军奋战,费力不讨好,现在这种孤独状况要结束了。每天他最后离开医院,在威尼斯人的兵器库(现在用作消毒室)中清洗自己时,不再抱怨力不从心了。这里有阿西娜·玛娜基斯,现在克里提斯偶尔也会来。

"来吧,"他说,"想来就来。我无法告诉你听到这个消息我有多开心。跟我具体地说说你正在做什么吧。"

岛

"好。"克里提斯脱去外套,小心地搭在椅背上,"在麻风病研究领域,有专家肯定很快便能治愈麻风病。我仍在雅典的巴斯德研究机构工作,我们的项目总指挥急于尽快推进进度。想象一下这意味着什么吧,不只是为了这里的几百人,而是为了这世间成千上万的人——在印度、南非甚至有上百万麻风病人。治愈的影响将会是巨大的。我保守地估计,我们还有很长的路要走,可是每项进展,每个病例研究,都描绘出一幅我们有能力阻止此病蔓延的蓝图。"

"我想你错了,路不会太长了。"拉帕基斯回应说,"这些天,在用不用江湖术士的药方这个问题上,我压力很大。这些病人已经十分脆弱,他们想抓住任何一根救命稻草,特别是那些付得起钱的人。所以,你在这里的计划到底是怎么样的?"

"我需要几十个病人,如果可行,接下来几个月,甚至几年,我都要密切监控他们。我在伊拉克里翁的研究卡在了诊断阶段,我失去了确诊的病人,因为他们全被送到这里来了!照我看来,这样当然对他们更好,可是我需要做一些追踪调查。"

拉帕基斯笑了。这种安排对他们俩都公平。沿着他办公室的一面墙,从地板到天花板,一排排全是档案柜。有些柜子装着所有仍然活着的居民的医疗病例。逝者的病例在另一些柜子里。拉帕基斯志愿上此岛工作之前,没有任何文件保存下来,也几乎没有治疗措施值得记录,唯一的"进展"便是疾病的持续恶化。唯一记录隔离区头几十年里的麻风病人资料的,是一个黑色的大登记册,上面记有姓名、到达日期和死亡日期。他们的生命缩减为死神生死簿上的一条记录，现在他们的骨头被乱七八糟、不加区分地堆在小岛最边缘公共墓地的石板之下。

"自从我一九三四年来这里之后，我为这里的每位病人做了记录。"拉帕基斯说，"我详细记录了他们来时的状态，以及之后发生的一切变化。病例是按年龄排序的——这样似乎更有逻辑。为什么不去抽调一些你感兴趣的看呢？你下次来时，我可以提前跟病人们约好，让他们来见你。"

拉帕基斯用力拉开离他最近的柜子的顶层抽屉，抽屉很重，里面装满了文件。他挥挥手，邀请克里提斯过来随便翻翻。

"我把它留给你了，我最好还是回病房去，有些病人还需要照料。"

一个半小时后，拉帕基斯回到办公室时，地上一堆文件，最上面的档案封皮上写着"伊莲妮·佩特基斯"。

"你今天早上遇见过她丈夫，"拉帕基斯说，"就是那个船夫。"

他们把所有选出来的病人做了记录，对每个病例进行讨论，然后，克里提斯看了一眼墙上的钟，该走了。当他进入消毒室给自己喷洒消毒液前——虽然他知道这种限制病菌扩散的手段多是徒劳——两个人紧紧地握手。拉帕基斯送他下山，到了地道入口处，克里提斯独自继续走到码头，吉奥吉斯正在那里等着，准备送他走上回伊拉克里翁的漫长旅行中的第一程。

他们在回克里特岛的途中没讲几句话，似乎在来路上已把话说尽。不过，当他们到布拉卡时，克里提斯问吉奥吉斯下周同一时候能不能还在这里，再送他去斯皮纳龙格。吉奥吉斯不知为何，感到很开心，不完全是因为路费。吉奥吉斯一想到自己以为的这位新医生还会回来，就觉得很高兴。

刺骨的十二月、严寒的一二月，以及大风怒号的三月，尼古劳斯·克里提斯每周三都来斯皮纳龙格。他和吉奥吉斯都不是健谈的人，可他们过海去斯皮纳龙格时，开始了简单的对话。

"佩特基斯先生，你今天怎样？"克里提斯问。

"如无意外，我可以说很好。"吉奥吉斯会谨慎地回答。

"你妻子怎么样？"医生会问，这问题让吉奥吉斯觉得他也过着正常的已婚生活。他们俩都没多想这有多可笑，提问的人比谁都知道答案。

吉奥吉斯盼望着克里提斯的来访，十二岁的玛丽亚也一样，因为他的来访带来一丝希望，也能让她看到父亲微笑。虽然父亲什么也没说，但有些东西她能感觉到。傍晚，她会去码头，等他们回来。她裹紧羊毛大衣，坐在那里，看着小船在灰蒙蒙的黄昏中逾海而来。她接住父亲抛过来的绳子，很专业地把绳子绑在系缆桩上，把船固定在那里过夜。

四月，大风不再刺骨，空气中有了微妙的变化。大地暖和过来，紫色的春银莲、淡粉的兰花绽开了花朵。候鸟过完冬天，一路从非洲飞回，飞过克里特岛。每个人都在迎接季节的变化，热切期盼的温暖现在要来了，可是空气中还没什么明显的征兆。

战争席卷欧洲有一段时间了，就在四月，希腊被侵占。克里特岛的人现在生活在达摩克利斯之剑下，隔离区的报纸《斯皮纳龙格星报》定期刊登当前局势的公告，随着每周电影一起播放的新闻短片也让人们焦虑。他们最恐惧的终究发生了：德国人的目光投向了克里特岛。

八

"玛丽亚，玛丽亚！"安娜站在街上冲着妹妹的窗户喊道，"他们来了！德国人来了！"她的声音里满含惊惶，玛丽亚三步并作两步地飞奔下来，她满心以为会听到钢钉靴子在布拉卡主街上行军的声音。

"在哪里？"玛丽亚冲到街上撞上姐姐，气喘吁吁地说，"他们在哪儿，我怎么看不到？"

"他们不在这里，你这个白痴！"安娜说，"还没来，可是他们到了克里特，他们可能会来这里。"

了解安娜的人从她声音里能听到一丝兴奋。她的看法是，只要能打破一年四季按部就班的单调生活，改变她今后生活的前景，不管什么，她都欢迎。

安娜从佛提妮家一路跑回来，佛提妮家里一群人正围在一台噼啪作响的收音机旁。他们刚刚听到德国伞兵降落在克里特岛西部的消息。姐妹俩跑到村里广场上，这种时刻，大家都会聚到这里。此时正是下午四五点钟，酒吧里挤满了男人，与以往不同的是，还有女人，他们全都闹哄哄地听广播，尽管他们自己的吵闹声盖过了收音机的声音。

广播里的消息直截了当但信息有限："大约凌晨六时，一小队伞兵在克里特岛马里门机场附近降落。据称他们目前已全部死亡。"

看来到底是安娜弄错了。德国人根本没有来。玛丽亚想，像往常一样，她姐姐总是反应过度。

然而，气氛还是很紧张。雅典四周前就已失守，从那以后，德国国旗飘扬在卫城上空。这已让人足够不安了。可是对玛丽亚来说，她从未去过那里，雅典似乎远在天边。为什么那里的事情要让布拉卡的人们烦恼呢？而且，成千上万的盟军部队正从大陆来到克里特岛，当然会保证他们的安全！玛丽亚听着她身边的大人争吵、辩论，就战争发表看法，他们的话让她更觉安全。

"他们没有机会！"酒吧老板万杰利斯·里达基轻蔑地说，"大陆是大陆，可不是克里特。一百万年后也不是！看看我们的地形！他们不可能一开始就开着坦克来跨过我们的大山！"

"可我们并未能把土耳其人拒之门外。"帕夫罗思·安哲罗普洛斯悲观地反驳。

"威尼斯人也没挡住！"人群中有个声音尖叫。

"好吧，如果这种命运来到我们这里，他们得到的会比他们想要的多得多！"另一个人咆哮道，一拳砸在自己另一只张开的手掌里。

这不是凭空威胁，房间里所有人都明白，虽然克里特在过去曾遭侵略，居民们却一直没放弃激烈的抵抗。克里特岛的历史，是由一串长长的斗争、复仇、民族独立串起来的，没有哪所房子里找不到斜挂的子弹带、来复枪和手枪。生活节奏可能看似柔和，可背后通常是家族、村庄之间热火朝天的争斗，超过十四岁的男子中几乎没有人没学过致命武器的使用方法。

萨维娜·安哲罗普洛斯带着佛提妮、佩特基斯家的两个女儿站在门口，她很清楚这次的危险不容小觑。一个简单的原因就是飞行速度。空投伞兵的德国飞机从他们在雅典的基地飞到克里特，所花的时间不会比孩子走路去伊罗达的学校长。可是她沉默着，成千上万的盟军队伍从大陆撤退到克里特让她感到更脆弱而非更安全。她没有男人们那么自信。他们愿意相信杀死几百个降落的德国伞兵就是故事的结尾。萨维娜的本能告诉她，一切远未结束。

一周内，真实画面越来越清晰。每天大家聚在酒吧里，然后又涌到广场上。五月末的黄昏，白天的温热不会随着太阳落山而消散，一年中这种天气才刚刚开始。这里距离战争中心不过一百多英里，布拉卡的人们靠着传闻、零碎小道消息过日子，每天更多故事从四下里传来，就像蒲公英种子飘散在空中。从他们现在所处的战略形势来看，尽管空投下来的许多人死了，可还是有人奇迹般地活下来，并潜伏其中。早期故事的版本里只有德国人的鲜血喷溅，德国士兵被竹枝戳死，在橄榄树林里被他们自己的降落伞缠绕窒息而死，或摔死在岩石上。可现在真相大白：机场上降落了几千人，活下来的人数多得令人恐惧。现在局势大变，转而对德国人有利。空降后的第一周，德国人宣布克里特岛归其所有。

那晚，大家再一次全都聚集在酒吧里。玛丽亚和佛提妮在外面，用细树枝在灰土地上画着玩，可是里面的说话声越来越大，她们竖起耳朵。

"为什么我们不做准备？"安东尼斯·安哲罗普洛斯问，把他的玻璃杯重重地往金属台面上一放，"显然，他们是从空中来的。"安东尼斯对自己、对兄弟都怀有热切的感情，这种激情常常不加修饰地被表露出来。在黑色睫毛的掩映下，他绿色的眼睛闪烁着愤怒。两个男孩完全不同，安哲罗斯在身体和思想上都要软弱一些，而安东尼斯有张瘦长的脸，强横而好斗。

"不，不是这样，"安哲罗斯轻蔑地挥着他的胖手，"这一点谁也没想到。"

帕夫罗思并不奇怪，两个儿子在任何事情上看法从来不一致，这也不是第一次了。他点燃一根烟，发表了自己的看法。

"我同意安哲罗斯，"他说，"没人想到空袭。从这里入侵就是自杀行为——从空中降落？！降一个杀一个！"

帕夫罗思是对的。对他们大部分人来说，这无异于自杀，可是德国人为了达到他们的目的，不惜牺牲几千人。在盟军组织反击之前，离哈里阿不远的关键之地马里门机场已落入德国人手中。

最初几天，布拉卡一切如常。没有人知道克里特岛上有德国人对他们究竟意味着什么。一连几天，他们都震惊于这种事竟然发生了。走漏出来的消息描绘出一幅比他们想象中更灰暗的画面。一周内克里特岛上四万名希腊和盟军部队被击溃，成千上万的盟军不得不疏散，伤亡惨重。酒吧里的争论更加白热化。当德国人向东打过来时，村子该如何自卫，人们就此议论开了。拿起武器的愿望此刻像宗教狂热般蔓延，村民们不惧怕流血，许多人盼望着拿起武器。

对布拉卡的人们来说，当一支德国部队进入圣尼古拉斯，并派遣了一支小分队到伊罗达时，这成了现实。佩特基斯家的女孩们正走在放学回家的路上，安娜停下来，用力扯了扯妹妹的袖子。

"看，玛丽亚！"她催促着说，"快看！从街上过来了。"

玛丽亚的心都停止了跳动。这次安娜说对了，德国人真的来了。两名士兵故意朝她们走来。一旦占领部队入侵后，他们会做什么？她猜他们会杀光所有人。不然为什么来？玛丽亚的腿直发软。

"我们该怎么办？"她小声问。

"继续走。"安娜冲玛丽亚嘘了一声。

"我们要不要转个弯，走别的路？"玛丽亚恳求地问。

"别傻了，继续走就好了。我想走近看看他们长什么样儿。"她抓着妹妹的胳膊，推着她往前走。

士兵让人不可捉摸，他们蓝色的眼睛凝视着前方，身穿着厚厚的灰色羊毛军装，鞋头包着钢片的军靴走在鹅卵石路面上，发出有节奏的咔嗒声。当他们经过时，连看都没看两姐妹一眼，仿佛她们不存在似的。

"他们甚至都没看我们一眼！"他们刚走远，安娜就嚷起来。她现在快十五岁了，如果异性没有注意到她，她觉得那是一种侮辱。

没过几天，布拉卡有了德国士兵的小军营。在村里最偏僻的一角，一户人家大清早就被粗暴地吵醒了。

"开门!"德国兵叫着,用步枪枪托砰砰地砸门。

尽管听不懂一句德语,这家人还是明白了命令,以及他们后面说的话。他们要在中午前腾出房子,否则后果自负。那天开始,安娜兴奋地预测驻军就要生活在他们中间了,村里的气氛暗淡下来。

日复一日。克里特岛的其他地方怎么样,没有什么实质性的消息,可是传闻倒不少。比如,盟军的小股部队正在朝东边的锡提亚移动。一天晚上,天刚擦黑,四个伪装得根本分辨不出的英国士兵从山上下来,他们一直睡在废弃的牧羊人窝棚里,不经意间晃到了这个村庄。如果他们是在自己祖国的小村庄里,肯定不会受到如此热情的欢迎。村民们不仅仅是因为渴望了解更多一手消息,他们天生就好客,认为每一位陌生人都是上帝送来的。这几个士兵受到最好的款待。他们吃呀,喝呀,可是四个人中只有一人希腊语说得不错,他带来了上周西北部海湾形势进展的第一手资料。

"我们万万没想到他们会实行空降——当然也没想到来那么多。"他说,"大家都以为他们会从海上过来。很多人当场就死了,可是还有大部分人安全着陆,然后集结成队。"年轻的英国士兵犹豫了一下。明知不智,他还是加上一句,"然而,也有几个是被人为'送走'的。"

他的话听起来很人道,可是当他继续解释时,一些村民的脸色变得灰白。

"一些受伤的德国士兵被乱刀砍死。"他盯着自己的啤酒杯说,

"是当地村民干的。"

另一名士兵从胸前的口袋里掏出一张折起来的纸,小心地摊开来,摆在面前的桌上。在印刷体的德语下面,潦草地写着翻译过来的希腊语和英语。

"我认为你们都应该看看这个。这是德国空军首领斯图登特将军几天前发布的命令。"

村民们围在桌前,看着纸上写的东西。

> 有证据表明,克里特岛的民众应当为残害、谋杀我们的伤员负责。我们将立即开始报复与惩罚。
> 在此我特别授权曾遭受暴行的所有部队执行如下命令:
> 一、射杀凶手;
> 二、毁灭整个村庄;
> 三、如有村庄窝藏罪犯,消灭该村全部男性村民。
> 上述指令无须经过军事法庭判决即可执行。

"消灭全部男性村民",这句话从纸上跳出来,村民们死一般寂静,只听得到他们的呼吸声,可是他们还能自由地呼吸多久呢?

英国人打破了沉默:"德国人以前从未遇到过像克里特岛人这样顽强的抵抗。这让他们太吃惊了。抵抗不仅来自男人,还有妇女、儿童,甚至有牧师。他们期望的是完全而彻底的投降,你们的、盟军的。可是提前警告你们,对你们才公平。他们已经残酷地处置了西边的几个村庄，把那些村庄夷为平地——甚至连教堂和学校也没放过。"

整个房间立刻闹腾起来，他说不下去了。

"我们能抵抗他们吗？"帕夫罗思·安哲罗普洛斯的吼声盖过了大家的吵闹声。

"能！"四十多个男人喊道。

"战斗到死！"安哲罗普洛斯吼道。

"战斗到死！"人群回应道。

虽然德国人很少在天黑后冒险出门活动，男人们还是轮流在酒吧外值班。他们一直聊到午夜凌晨，直聊到空气中全是浓烟，梅子酒的空瓶子竖成了森林。英国士兵知道，如果在白天被发现，那就死定了。他们打算在黎明前动身离去。从现在起，他们要藏起来。几天前，几万盟军已撤到亚历山大，那些留下来的，如果想从事重要情报活动，必须避免被德国人捉住。这队人上路去锡提亚，意大利人已经在那里登陆，占领了那里。

在英国人看来，告别与拥抱对这样短暂的见面来说太长、太热情了，可克里特人没觉得流露这般奔放的情感有什么不妥。男人们还在喝酒时，有些人的妻子给士兵们送来一包包食物，重得士兵们几乎提不动，丰富得够他们吃两周，令他们感激不已。"谢谢，谢谢。"一个士兵一遍又一遍地说，这是他唯一会说的希腊语。

"没什么，"村民们说，"你们在帮助我们。应该由我们说谢谢。"

英国士兵还在酒吧时，安东尼斯·安哲罗普洛斯——佛提妮的大哥，偷偷溜走了。他回家收拾了一点儿东西：一把锋利的刀、一条羊毛毯、一件换洗的衬衣和他的枪——父亲在他十八岁时给他的一把小手枪。最后一分钟，他抓起一支木笛，它一直和父亲最心爱、最漂亮的七弦琴放在同一个架子上。这是希亚波利[1]，他还是个孩子时就吹它，既然他不知道何时才能回家，他可不能把它抛下。

安东尼斯正要扣紧皮囊，萨维娜出现在门口。布拉卡的每个人最近几天都难以入眠，大家全都很警惕，不时从床上起身，焦虑让他们不安，天空中明亮的闪光告诉他们，敌人的炸弹在轰炸他们的村庄和城市。自己的家被轰炸震得摇摇欲坠，住在街那头的德国士兵发出刺耳的声音，他们怎么睡得着呢？萨维娜一直没怎么睡着，踏在坚硬地板上的脚步声、手枪从粗糙墙壁钩子上取下时的刮擦声，很容易把她吵醒。最重要的是，安东尼斯不想让母亲撞到，母亲可能会阻止他。

"你在做什么？"她问。

"我打算去帮助他们。我想给那些士兵带路——没有熟悉地形的人带路，他们在山上连一天都活不过。"安东尼斯为自己的举动热情辩护，他以为会遭到母亲的强烈反对。然而，让他惊奇的是，母亲点了点头。虽然她的本能还是那么想保护他，但是她知道自己不得不这样做。

"你是对的。"她很平静地说，"尽我们所能去支援他们，这是

---

[1] 一种笛子。

我们应尽的义务。"

萨维娜拥抱了儿子一下,他就走了。他急着赶过去,怕那四人已经上路离开了村子。

"注意安全。"萨维娜朝他的影子嘀咕了一声,即使他已经听不见了,"答应我,你要保证安全。"

安东尼斯跑回酒吧。现在士兵们站在广场上,正在做最后的告别。他加快步伐,赶上他们。

"我打算做你们的向导,"他告诉他们,"你们得知道哪里是山洞,哪里有罅隙,哪里有峡谷。因为单靠你们自己,你们只有死路一条。我能告诉你们怎么活下来——在你们意想不到的地方,找到鸟蛋、能吃的浆果,还有水。"

士兵们又说了一通感谢话,那个能说希腊语的士兵走上前一步,"外面十分危险,好多次,我们付出了沉重的代价才明白。我们太感谢你了。"

帕夫罗思退后站在那里,他像妻子一样,对大儿子的献身感到恐惧,可也钦佩。他把两个儿子抚养长大,让他们了解这片土地,他知道安东尼斯懂得这些知识,能帮助士兵们活下来,就像山羊能在光秃秃的土地上活下来一样。安东尼斯知道什么有毒、什么有营养;甚至知道什么样的灌木丛里的烟草最好。帕夫罗思为儿子的勇气自豪,被他近乎天真的热情打动,他拥抱着儿子。然后,在五个人走得快看不见了时,他才转过身,他知道萨维娜在家里等他。

吉奥吉斯在第二天去看伊莲妮时,向她讲了这一切。

"可怜的萨维娜!"她沙哑地说,"她会急死的。"

"总得有人做——那个年轻人准备好了冒险。"吉奥吉斯轻描淡写地回答,尽量让安东尼斯的离开显得轻松点儿。

"可是他要去多久?"

"没人知道。这就像问这场战争要打多久一样。"

他们看着海峡对岸的布拉卡。有几个人影在码头区的水边移动,做着天天做的事情。从这么远望过去,一切看似平常。没人知道克里特是一座被敌人占领的孤岛。

"德国人有没有惹麻烦?"伊莲妮问。

"你根本感觉不到他们的存在。"吉奥吉斯回答,"他们白天来来回回地巡逻,可一到晚上,哪里都看不到他们。然而,我们还是随时随地感到受人监视。"

吉奥吉斯最不想让伊莲妮感觉受威胁。他换了个话题。

"可是你怎么样,伊莲妮?"

伊莲妮的健康开始恶化,脸上的伤疤已开始扩散,声音也变得沙哑。

"我的喉咙有点儿疼,"她承认,"可我相信只是感冒了。跟我说说孩子们的情况。"

吉奥吉斯看得出她想换话题。他明白不要再盘问她的健康了。

"安娜看起来快乐一点儿了。她学习很用功,就是不太喜欢做家务。事实上她比以前更懒了。她只洗自己的盘子,让她去洗玛丽亚的?做梦也别想!我几乎不想再唠唠叨叨地责骂她了——"

"你不该放过她,你知道,"伊莲妮打断他的话,"这样她的习惯会越来越坏,给玛丽亚的压力太大了。"

"这我知道。玛丽亚现在看起来很平静。我想她比安娜更担忧被占领的事情。"

"她生活中的变化已够大的了,可怜的孩子。"伊莲妮说。在这种时刻,想到女儿们在没有她的陪伴下长大,她内疚不已。

"很奇怪,"她说,"战争对我们这里几乎完全没有影响。我觉得比以前更孤独了。我甚至无法与你共担危险。"她平静的声音颤抖了,她努力控制自己不在丈夫面前崩溃。可是没有用。一点儿用也没有。

"我们不危险,伊莲妮。"

当然,他在说谎。安东尼斯不是当地唯一一个加入抵抗组织的年轻人,对于哪怕略有间谍嫌疑的人,德国人的手段都十分凶残,简直是骇人听闻,布拉卡的村民们恐惧不已。可是不管怎样,日子该怎么过还怎么过,每日要干的活儿还得干,此外,还有那些随季节而来的活儿。夏季快结束时,得捣碎葡萄;秋天来时,该摘橄榄;一年到头,得给山羊挤奶,要搅奶酪,还要织布。太阳升起来;月亮悬挂在夜空中,洒下银色的光辉;星星眨着眼睛,对人间发生的一切无动于衷。

然而,空气中始终弥漫着紧张的气氛,以及对于暴行的担心。克里特岛的抵抗变得越来越有组织,村里又有几个人不见了,投身到这场逐渐展开的战争中去了。这更让人们觉得,生活迟早会发生剧变。有些这样的村庄,因为有人成了抵抗运动的成员,被

岛

德国人知道后,成了最残酷报复的目标。

一九四二年初的一天,一队孩子放学回家。安娜和玛丽亚也在其中,他们沿着水边走,还有很长一段路才能到家。

"看!"玛丽亚喊道,"看啊——下雪了!"

几周前雪就没下了,山顶的雪早晚也会融化。他们身边飘飞的白色东西又是什么呢?

玛丽亚第一个发现真相。那不是从天而降的雪,那是纸片,就在刚才,一架小飞机轰隆隆从头顶飞过,可他们头抬都没抬,因为德国飞机经常沿着这一带海岸线低空飞行,从天上散布大量宣传单。当一张宣传单朝安娜飘落时,她一把抓起。

"看这个,"她说,"是德国人的。"他们围在一起看宣传单。

致克里特岛居民的警告

若有居民为盟军或抵抗运动成员提供掩护或食物,必将受到严厉惩罚。若发现你们犯有此罪,将对你们所在的整个村庄采取严厉且迅速的惩罚行动。

传单继续飘下来,地面仿佛铺上了一层白色地毯。传单在他们脚下旋转,掉进大海,融进满是泡沫的浪花中。孩子们静静地站在那里。

"我们得带些回去给爸爸妈妈看。"有个孩子提议说,他在传单飞走之前,抓起一把,"我们要提醒他们。"他们费劲儿地继续往前走，口袋里满是宣传单，心也害怕得怦怦直跳。

还有些村庄也同样被当作目标，受到了警告，效果却不是德国人希望的那样。

"你们疯了吗？"安娜说。而吉奥吉斯读着传单，耸了耸肩膀，"你们怎能这么不当回事？这些抵抗运动的成员只是为了他们自己的一点儿冒险，根本没把我们所有人的生命当回事！"

玛丽亚退到房间的角落里。她感觉到火山即将爆发。吉奥吉斯深深吸了一口气，他努力控制自己，忍着想把女儿撕成碎片的愤怒。

"你真的以为他们只是为自己吗？在山洞里冻得要死，像动物一样靠吃草活着！你怎么能这样说！"

安娜畏缩了。她喜欢挑起事端，可是很少看见父亲如此大动肝火。

"你没有听说过他们的故事，"父亲继续说，"你没有看到他们在死一般寂静的晚上蹒跚着走进酒吧，几乎饿死。他们鞋底磨坏了，薄得像洋葱皮，他们瘦成了皮包骨，脸上的骨头几乎要戳穿面皮！他们是为了你，安娜，为我和玛丽亚。"

"还有我们的母亲。"玛丽亚在角落里平静地说。

吉奥吉斯说的一切都是真的。冬天，当高高的山巅被积雪覆盖，寒风绕着扭曲的冬青低号时，抵抗组织的成员们几乎冻死；他们退缩到远离村庄的高山山洞里，那里唯一可喝的是钟乳石上滴下的水，有些人几乎到了忍耐的极限。夏天，天气热得不行时，他们忍受着酷热，一旦小溪干涸，他们还得忍受难以抑制的饥渴。

岛

  这种传单只会加强克里特人民抵抗的决心。毫无疑问，这里没人投降，他们宁愿承受危险。德国人越来越有规律地出现在布拉卡，挨家挨户搜查诸如收音机装置等与抵抗运动有关的东西，审问酒吧老板万杰利斯·里达基，因为在白天，他是村里唯一的男性。其他干活儿的男子，要么在山上，要么在海里。德国人晚上不出来，这引起了克里特人的重视；天黑后德国人很害怕，不敢四处活动，他们对岛上复杂的岩石地形很是困惑，也知道天黑后很容易受到攻击。

  九月的一个夜晚，吉奥吉斯和帕夫罗思坐在酒吧他们常坐的角落里，三个陌生人进来了。两人抬头随便扫了一眼，很快又接着聊天，手持念珠有节奏地敲着。在占领和抵抗运动开始以前，村里很少看到外人，现在却屡见不鲜。一个陌生人走到他们面前。

  "父亲。"他平静地说。

  帕夫罗思抬起头，惊讶地张开嘴。是安东尼斯，他几乎认不出来了，不再是一年前那个怀着理想参军的孩子气的年轻人了。他的衣服挂在身上，皮带在腰上绕了两圈，好让裤子不掉下来。

  当萨维娜、佛提妮和安哲罗斯赶到时，帕夫罗思脸上还湿湿的。里达基的儿子被急急忙忙派去叫他们来酒吧。这是那种相亲相爱的家庭，那些一生中从没分开过一天的家庭才有的团聚。当他们看到安东尼斯时，既快乐又难过，他看上去快饿死了，憔悴不堪，比走时似乎大了不止一岁，像是老了十岁。

  安东尼斯是和两个英国人一起进来的。然而，从外表根本看不出他们的身份。黝黑的肤色、夸张的胡须——这是他们学着当地式样卷起来的,现在他们希腊语学得很好,能与当地人交流了。他们讲起遇到敌军的故事,他们化装成牧羊人捉弄敌军,让敌军相信他们就是克里特人。过去的一年里,他们多次横穿克里特。他们有个任务便是观察意大利军队的行动。意大利军队的司令部就设在拿波里,拉西锡敌占区里最大的镇,那里的军队除了吃喝,特别是与当地的妓女寻欢作乐,似乎无事可干。不过其他军队驻扎在小岛西部,他们的布防难以监视。

当三人变小了的胃里填满了炖羊肉、奇科迪亚[1],酒喝得头晕乎乎的时候,他们开始讲起长长的故事,直讲到深夜。

"你儿子算个优秀的厨师了,"一个英国人告诉萨维娜,"没人能做出他那种橡果面包来。"

"还有百里香炖蜗牛!"另一个开玩笑说。

"怪不得你们全都这么瘦。"萨维娜回答道,"安东尼斯走之前,除了土豆什么也不会做。"

"安东尼斯,告诉他们那次我们戏弄德国佬的事,他们还以为我们是兄弟呢。"一个人说。这个晚上就这样过去了,他们当初的恐惧与焦虑现在成了娱乐大家的趣事。他从酒吧后面取出七弦琴,唱起歌。他唱的是马提那,英国人专注地听着这些讲述爱与死亡、斗争与自由的歌曲,心和歌声完全融合在一起,他们亏欠克里特东道主太多了。

安东尼斯整晚和家人待在一起,两个英国人住在那些愿担风

---

[1] 一种白兰地酒,克里特的烈酒之一。

险的人家里。这是他们一年来第一次没有睡在坚硬的地面上。天亮前他们得离去,稻草床垫的奢侈享受实在短暂,他们套上长靴、裹好黑色流苏头巾后,出了村庄。即使本地人也不会怀疑他们是土生土长的克里特人。没什么能泄露他们的身份。任何东西都不可能,除非有人出卖告密。

到现在,克里特岛上的饥荒已愈演愈烈,以致时不时能听到有当地人为了所谓的"德国德拉克马"去告密,告诉德国人抵抗组织成员的下落。极度的饥饿可以击溃诚实的人们,这种出卖能够引发出最凶残的战争、大屠杀和整个村庄的毁灭。老弱病残被活活烧死在床上,男人被迫交出武器后被射杀在血泊里。背叛的危险真的存在,对安东尼斯一行而言,只能偶尔看望一下家人,因为他们的出现可能危及他们最爱的人。

整个战争中,唯一真正没受到德国人影响的就是斯皮纳龙格,那里的麻风病人免受了最可怕的疾病:占领。麻风病可能扰乱家人和朋友,可是德国人能更有效地摧毁他们遇见的一切。

占领的一个后果是,尼古劳斯·克里提斯立即停止了布拉卡之旅,因为不必要的往返会引起占领部队的怀疑。不得已,他只好暂时放下研究。在伊拉克里翁,他身边有许多死伤人员需要照料,不容忽视。德国人疯狂入侵的后果便是只要有医学知识的人都会发现自己忙得团团转,护理那些伤残人员,包扎、上夹板,治疗痢疾、肺结核和疟疾,这些病症在医院里很普遍。当尼古劳斯·克里提斯晚上从医院回来时已精疲力竭,他几乎想不起麻风病人曾是他为之努力的目标。

克里提斯医生无法过来，这可能是战争对斯皮纳龙格居民最大的负面影响。在他每周来的那几个月里，他们对未来燃起了一丝希望。现在，再一次，他们唯一能确定的只有现在。

吉奥吉斯来往这小岛比以往更规律了。不久，他就发现雅典人和战争爆发前一样，尽管物价飞速上涨，他们买起奢侈品来还是毫不费力。

"瞧，"一天晚上，吉奥吉斯和朋友们坐在码头边修补渔网时说，"我的问题太多了，有点儿傻。他们既然付得起给我的钱，对于他们怎么付得起黑市价格买东西，我还怀疑什么呢？"

"可是这周围很多人只剩一把面粉了。"一个渔夫抗议说。

酒吧里谈的都是对雅典人财富的嫉妒。

"为什么他们就该吃得比我们好？"帕夫罗思问，"他们怎么能买得起巧克力和上等烟草？"

"他们有钱，这就是为什么，"吉奥吉斯说，"即使他们没有自由。"

"自由！"里达基嘲笑说，"你把这也叫自由？自由指的是我们的国家被残暴的德国人给占领，我们的年轻人受到血腥镇压，老人被烧死在床上？他们才是自由的！"他说着，指着斯皮纳龙格那边。

吉奥吉斯知道跟他们再吵也没用，便不再说什么。即使是跟伊莲妮很熟的朋友们有时也会忘了她也在岛上。有时候，他会得到他们笨拙的道歉。只有他和拉帕基斯医生知道真相，其实他也明白自己只知道一半。他看到的不过是地道入口和高耸的围墙，可是他从伊莲妮那里听到了很多故事。

他上次去那里时，伊莲妮的病情更严重了。首先，难看的肿块扩散到胸前背后，最吓人的是，脸上也长了。现在她的声音越来越含混不清，虽然他认为这有时候是情绪所致，但他知道并非完全因为这个。她说觉得自己喉咙变窄了，计划去看拉帕基斯医生，拿点儿药。同时，她和吉奥吉斯在一起时尽量高兴些，免得他苦着脸回家见孩子们。

吉奥吉斯知道疾病正在吞噬她，而她，像岛上大多数麻风病人一样，无论是一贫如洗，还是坐拥金山，都在绝望。

这些跟吉奥吉斯一起补渔网的人，一起在酒吧里玩双陆棋、打牌消磨时间的人，是他从小一起长大的朋友。要不是他与亲人分开，他也会像他们一样偏执和短见。生命中的这些因素使得他有着那些人永远不可能有的同情心。他会控制自己的情绪，原谅他们的无知，那便是了。

吉奥吉斯继续运送包裹去小岛。即便包裹里的东西是非法所获，他又有什么好关心的？如果他们也像雅典人那样有钱，难道他们不会去买最好的东西？他也渴望能为女儿们买上一些只有斯皮纳龙格岛上的雅典人才买得起的好东西。拿他来说，他有意把自己打到的最好的鱼——只要安娜和玛丽亚吃饱后——送到麻风病隔离区去。为什么他们就不该吃到这些最好的喜鲷或鲈鱼呢？这些人生着病，被赶出了社会，可是他们不是罪犯。布拉卡的人们很容易忘记这一点。

德国人害怕仅一水之隔的斯皮纳龙格，他们批准继续往那里送补给品，因为有几百名麻风病人生活在那里，而他们最不愿看到的是麻风病人离开斯皮纳龙格到克里特岛来找吃的。然而，岛上还是有人寻找机会逃跑。那是一九四三年夏末的事，意大利休战让大批德国人出现在拉西锡。

一天傍晚，佛提妮、安娜、玛丽亚和五六个孩子像平时一样在海滩上玩。他们已习惯了周围德国士兵的存在，士兵在海边巡逻根本不会引起他们的注意。

"我们来打水漂吧。"一个男孩子提议道。

"好，从一数到二十！"另一个人回答。

岸上很多光滑扁平的石子，不久，他们的石头就轻轻弹过平静的水面，他们全试图达到那些可以用来炫耀的目标。

突然一个男孩冲大家叫道："住手！住手！那里有人！"

他没说错。从岛那边游过来一个人影。德国士兵也看到了，他轻蔑地抱着双手注视着。孩子们上下跳着，朝游泳者叫着，让他回去，他们预料到了可怕的后果。

"他在做什么？"玛丽亚叫道，"难道他不知道他会被杀死吗？"

那个麻风病人的前进速度很慢，可并没有放弃。他要么是没有发现士兵的存在，要么就打算冒险——无论怎样，这意味着自杀——因为他无法再忍受隔离区的生活。孩子们继续扯着嗓子喊，可是在德国士兵举枪开火的那一刻，他们全害怕得不吭声了。德国兵等着那人游到离岸边只有五十米的时候才开枪。这是一场冷血的处决。一次打靶练习。战争时期，关于流血或枪决的故事到处流传，可孩子们从来没亲眼见过。那一刻他们看到了故事与现实的不同。一颗子弹飞过水面,后面大山里传来子弹呼啸而过的回声。一片殷红在平静的大海上慢慢洇开。

安娜在孩子们中年龄最大,她尖叫着咒骂那个士兵:"你这个畜生!你这个德国畜生!"

几个小一点儿的孩子惊恐得哭了。这会儿,有几十人从家里冲出来,看到孩子们挤在一起,抽泣流泪。正好在那个礼拜,布拉卡收到传闻,敌人采取了新策略:无论什么时候,一旦怀疑有游击队员的袭击,他们就会把村子里所有小女孩抓走当作人质。知道孩子们的安全没有保障,村民们起初以为,沙滩上几米开外的那个孤单的士兵向某个孩子实行了某种暴行。虽然没有武器,他们却准备把他撕成碎片。可是德国兵极力保持沉着,面向大海,朝着小岛做了个挑战性的手势。尸体早就看不见了,可一大片殷红还漂在水面上,像一层浮油。

一直领头的安娜从痛哭的伙伴中分身出来,冲着焦虑的大人们喊道:"一个麻风病人!"

村民们立即明白了,转身从德国士兵身边离开。现在他们的态度变了,有些人根本不会为麻风病人的死活操心,有些人还是留了下来。在家长们查看他们的孩子有没有受伤的时候,士兵不见了。受害者和他的一切痕迹也都不见了。

然而,吉奥吉斯轻松不起来。他对斯皮纳龙格居民绝没有那么淡漠。那晚,当他驾着那艘破旧的小划艇过海时,伊莲妮告诉他被残酷杀害的麻风病人是个名叫尼科斯的年轻人。

吉奥吉斯才知道他经常趁着天黑得伸手不见五指时,冒险从岛上溜走，去看望妻子和孩子。据说他死的那天是他孩子三岁的生日，他只想在傍晚前见孩子一次。

布拉卡岸上的孩子们不是尼科斯仅有的观众，对岸斯皮纳龙格岛上也有一群人在看着他。没有什么规定或制度能阻止人们产生这种傻念头，当他们心血来潮，一时冲动做出这种疯狂的举动时，也很少会有丈夫、妻子或恋人在身边阻止他们。尼科斯像一个饥饿的人，他的饥饿控制着他的每一个想法，占据着他清醒时的分分秒秒。他渴望妻子的陪伴，更想看看自己的儿子，他的血肉，那没有伤疤、没有斑痕的少年形象，是他小时候的翻版。他用生命为这个愿望付出了代价。

那晚，小岛上悼念了尼科斯。人们在教堂为他祈祷，即使没有尸体可以安葬，还是为他举办了守灵夜。在斯皮纳龙格，死亡从来不会被忽略。这儿与克里特岛上的其他地方一样庄严地对待死亡。

经过这场事故，佛提妮、安娜和玛丽亚，以及那天一起玩耍的其他孩子便生活在焦虑的乌云之下。在那片温暖的鹅卵石滩上，他们曾度过了那么多无忧无虑又幸福的童年和少年时光，然而在那一刻，一切都变了。

九

尽管麻风病人被枪杀在离布拉卡岸边不过几十米远的地方,可这件事对布拉卡的大多数人没什么影响。不过,他们更加仇恨德国人了。这件事把战争的现实带到了家门口,大家终于意识到现在他们的村子与这场战争的任何地方一样不堪一击。人们反应各有不同。对许多人来说,只有上帝才能带来真正的和平,所以有时候教堂里挤满了弯腰祷告的人们。一些上了年纪的人,比如佛提妮的奶奶,很多时候都陪着牧师,以至于身上总是带着一股甜蜜的熏香味道。"奶奶闻起来像蜡烛!"佛提妮会围着奶奶跳来跳去。奶奶溺爱地朝她唯一的孙女笑着。即使上帝没有现身,没有做些事情帮助他们赢得这场战争,她的信仰也告诉她,上帝在这场战争中是站在他们这边的。当破坏教堂、毁灭教堂的消息传到她耳朵里时,她的信念更加坚定了。

圣徒日还是进行了庆祝。圣像被从它们的安放处取下来,由一个个牧师列队拿着,镇上的乐队跟着他们,黄铜管乐和鼓奏出一点儿也不虔诚的刺耳音调。虽然没有丰盛的宴会和焰火的声音,可是当圣像安全回到教堂后，人们还是狂热地跳起舞，唱起难以忘怀的歌，热情比和平时期更甚。占领时期的愤怒与沮丧被上好的葡萄酒冲刷掉了。可是黎明时分，大家恢复了冷静，一切还和从前一样。此刻，那些没有岩石般坚定信仰的人开始怀疑起来，为什么上帝不回应他们的祈祷？

无疑，德国人对这些神圣又奇怪的世俗活动感到很迷惑，但知道最好不要加以禁止。即使如此，他们还是尽量干涉，牧师正要开始一项仪式时，他们去盘问他，而且在大家跳舞跳得正酣时搜查房屋。

在斯皮纳龙格，蜡烛每天都燃着，为大陆上的苦难祈祷。岛民们很清楚，克里特人正生活在德国人的恐怖阴影之下，他们祈祷占领马上结束。

拉帕基斯医生相信医学的力量，不相信神的干预。他开始感到心灰意冷，知道研究和临床试验或多或少地被放弃了。他写信给伊拉克里翁的克里提斯，可一连几个月没有回音。他得出结论，克里提斯一定在处理更加紧急的事务，于是只好听之任之，在跟他见面前再等上一段时间。拉帕基斯增加了去斯皮纳龙格的次数，从一周三天增加到一周六天。有些麻风病人需要持续关注，阿西娜·玛娜基斯一个人根本应付不过来。伊莲妮就是这样一位病人。

吉奥吉斯忘不了那一天他到岛上，看到的不是妻子苗条的身影，而是她的朋友，矮墩墩的娥必达。他心跳得很快。伊莲妮出什么事了？这是第一次她没来这里接他。娥必达先开口了。

"别着急，吉奥吉斯，"她尽量用让人放心的语气说，"伊莲妮很好。"

"那她在哪儿？"他的声音里明明白白有种惊慌。

"她得在医院里住上几天。拉帕基斯医生要观察她几天，等她的喉咙好了才行。"

"会好吗？"他问。

"我希望如此，"娥必达说，"我肯定医生们会尽力。"

她的语气很含糊。对伊莲妮活下来的机会有多大，娥必达知道的不会比吉奥吉斯更多。

吉奥吉斯把他带来的包裹放下后，很快就回布拉卡去了。那是星期六，玛丽亚发现父亲比平时回来得早。

"这次的见面时间很短，"她说，"妈妈怎么样？您有没有带信回来？"

"恐怕没有信，"他回答说，"这周她没时间写信。"

这全是实话，可他很快又出了门，生怕玛丽亚再问问题。

"我四点钟前会回来，"他说，"我要去补渔网。"

玛丽亚觉得不对劲儿，那种感觉一整天都萦绕心头。

接下来的四个月，伊莲妮都躺在医院里，她病得太厉害了，实在无法挣扎着穿过地道来见吉奥吉斯。每天当他带着拉帕基斯上斯皮纳龙格时，他都徒劳地盼着能看到她站在松树下等他。每个晚上拉帕基斯会向他报告，起初还有点儿希望的气味。

"她的身体还在与疾病搏斗。"或者，"我想今天她的体温略有些下降。"

可是医生不久就认识到，他这是在编造虚假的希望，这些希望越强,当最后日子来临时,就越困难。他从内心里知道,这个日子终会到来。当他说伊莲妮的身体在搏斗时,他并非在撒谎。她的身体确实在进行着一场狂怒的战斗,每个组织都在与企图控制它们的病菌做斗争。麻风病有两种可能的结果:恶化或好转。伊莲妮的两条腿、背部、脖子和脸上的感染正在成倍扩大,她痛苦地躺在那里,无论朝哪边翻身都痛苦不堪,身体成了一大团溃疡。拉帕基斯尽一切可能来治疗,坚持最基本的原则:如果溃疡能保持清洁、不感染,也许能减少致命的细胞繁殖。

在这个时候,娥必达领着迪米特里来看伊莲妮。他现在住在肯图马里斯家里,他们当初全都希望这种安排只是临时的,可是现在看来好像会是永远的了。

"你好,迪米特里。"伊莲妮虚弱地说。然后,她扭过头朝着娥必达,用了好大力气才又说:"谢谢您。"

她的声音非常小,可娥必达知道她话里的意思:这个十三岁的男孩现在交到娥必达能干的手里了。这至少让她获得了一点儿安宁。

伊莲妮已经被挪进一间小病房,她可以单独待着,离开其他病人的目光。当夜深人静,她因发热出汗而被单潮湿,饱受痛苦折磨,疼得直呻吟时,既不受他人打扰,也不会打扰他人。阿西娜·玛娜基斯在漆黑的夜里照料她,用勺子给她喂汤水,放到两唇中间,用海绵擦拭她烧得通红的脸颊。然而,她吃下去的汤水的量越来越少,一天晚上,她的喉咙连水也咽不下去了。

第二天早晨,拉帕基斯发现他的病人张着大嘴直喘粗气,已无法回答他的任何问题。他明白,伊莲妮已进入一个新阶段,可能是最后阶段。

"佩特基斯夫人,我需要看看您的喉咙。"他轻声地说。随着她唇边新添的疼痛,他知道连让她张大嘴检查口腔,也会令她非常不舒服。检查只证实了他的忧虑。他瞟了玛娜基斯医生一眼,此刻她正站在床的另一边。

"我们一会儿就回来。"他握着伊莲妮的手说。

两名医生离开了病房,轻轻地关上身后的门。拉帕基斯医生悄声而急促地说:"她喉咙里至少有六处感染,会厌软骨在发炎。由于肿大,我连咽头的背面都看不到。我们得让她舒服点儿——我觉得她支撑不了多久了。"

他回到病房,坐在伊莲妮身边,握住她的手。就在他们离开的这片刻,她呼吸似乎更困难了。以前那么多病人让他明白了一点,他知道现在自己无法为他们再做什么,除了在最后时刻陪伴他们。医院较高的地形让医生可以看到斯皮纳龙格绝佳的风景。拉帕基斯医生坐在伊莲妮的床边,听着她越来越费力的呼吸,他透过大窗户望着外面,凝视着海那边的布拉卡。他想起了吉奥吉斯,过一会儿,他就会出发来斯皮纳龙格,飞快地穿过滔天大浪,渡海而来。

伊莲妮的呼吸现在变成短促的喘气,她的眼睛睁得大大的,眼里噙着泪水,充满恐惧。拉帕基斯看得出生命在最后时分一点儿也不平静,他紧紧握住她的手,仿佛尽力让她安心。最后时刻最终到来时,他已这样坐了两三个小时。伊莲妮最后的呼吸是徒劳的搏斗,接下来的呼吸再也没能到来。

医生给失去亲人的家庭最好的安慰,便是告诉他们深爱的人走得宁静。拉帕基斯以前说过很多次同样的谎言,可他宁愿再说一次。他冲出医院。想在码头上等着吉奥吉斯的到来。

离岸边不远,小船在早春的大浪中颠簸。吉奥吉斯疑惑为什么拉帕基斯医生竟会在等候。他的乘客先在那里候着,这很少见,而且他的举止里还有什么东西让他紧张。

"我们在这里停一会儿,好吗?"拉帕基斯问,他必须此刻在这里告诉吉奥吉斯这个消息,好让他有时间冷静下来,然后再回布拉卡面对他的女儿们。拉帕基斯医生把手伸向吉奥吉斯,帮他下了船,然后抱着双臂,望着地面,右脚脚尖神经质地拨弄着一粒石子。

医生还没开口,吉奥吉斯就知道自己的希望即将破灭。

绕着松树林有一圈矮矮的石头墙,他们在那上面坐下来,两人眺望着大海。

"她死了吧。"吉奥吉斯平静地说。并不是拉帕基斯一脸的疲劳沮丧泄露了这个消息,一个男人能从空气中感觉得到他的妻子已不在人世。

"我很抱歉,"医生说,"最后我们什么也做不了。她走得很平静。"

他搂着吉奥吉斯的肩膀,这个老男人用手抱着脑袋,大颗大颗的眼泪洒下,溅在他的脏鞋子上,脚周围的沙子都湿成黑色的了。他们这样坐了一个多小时,当吉奥吉斯眼泪终于凝住时,已快七点，天色暗下来，空气清爽冷冽。吉奥吉斯像一块拧干了的布，随着第一阵强烈的悲伤如潮水般退去，他筋疲力尽，心里却不可思议地放松了。

"女儿们会奇怪我在哪儿，"他说，"我们得回去了。"

当他们在黑暗里向着布拉卡的灯光颠簸前行时，吉奥吉斯向拉帕基斯坦白，他一直没有把伊莲妮病情恶化的消息告诉女儿。

"您这样做是对的，"拉帕基斯安慰他说，"仅仅一个月前，我还相信她能赢得这场战斗。怀有希望总没错。"

吉奥吉斯回家比平时晚得多，孩子们正焦急地等着他。他进门的那一刻，她们便知道发生了可怕的事情。

"是妈妈，对不对？"安娜说，"她一定出了什么事！"

吉奥吉斯紧紧抓住椅子背，脸都扭曲了。玛丽亚走上前来，双手搂着他。

"坐下来，爸爸，"她说，"告诉我们出什么事了……告诉我们。"

吉奥吉斯坐在桌前，尽量让自己平静下来。几分钟后，他才能开口说话。

"你们的妈妈……死了。"他几乎哽咽着说出这句话。

"死了！"安娜尖叫着，"可是我们都不知道她会死！"

安娜永远也接受不了母亲的病可能只有一个真实的、无法避免的结局。吉奥吉斯不把伊莲妮病情恶化的消息告诉她们，对她们却意味着巨大的打击，似乎她们的母亲死了两次，五年前她们不得不经历的痛苦全又回来了。虽然年岁增长了，可是现在的安娜并不比十二岁时的她要成熟多少,她的第一反应还是愤怒,父亲竟然事先什么也没有告诉她们,这次巨变简直就是晴天霹雳。

五年来,挂在壁炉上方与吉奥吉斯合影的伊莲妮,便是安娜和玛丽亚脑海中的妈妈。她们只记得她大概的模样了,相片上的伊莲妮有着母性的慈祥,散发着幸福生活的芳香。她们早就忘了真正的伊莲妮,只有这幅理想化了的照片。照片上,伊莲妮身穿传统服装,长长的百褶裙,外面一条窄窄的围裙,上身是十分漂亮的索塔玛卡[1],袖子卷到手肘处,她微笑着,长长的黑发编成辫子盘到头上。她是典型的克里特美女,相机快门咔嚓一响捕捉了那一瞬间。可母亲最终还是去世了,安娜和玛丽亚实在太难接受,她们一直怀着希望,以为她会回来。听到麻风病有可能治愈的消息,更令她们满怀希望。而现在结果却是这样。

安娜在楼上的哭泣声传到了大街上,甚至远到村子广场上也听得到。玛丽亚的眼泪没那么轻易地下来。她看着父亲,这个男人由于悲伤整个儿缩小了一圈。当伊莲妮被驱逐到斯皮纳龙格后,他的生活就天翻地覆了,现在更是无法修复。

"她走得很平静。"那晚,当他和玛丽亚两人吃晚饭时,他告诉玛丽亚。餐桌旁给安娜留了位置,可她怎么哄也不下楼来,更别提吃饭了。

她们对伊莲妮去世带来的影响完全没有准备,他们的三人家庭组合只不过是暂时的,不是吗?他们家门窗紧闭,前屋里的油

---

[1] 希腊传统服饰,一种绣花上衣。

灯燃了四十天，以示悼念。伊莲妮被埋在斯皮纳龙格公墓的一块水泥板下，可是在布拉卡，村边的圣玛林娜教堂里也为她点燃了一支蜡烛。大海离教堂很近，波涛拍打着教堂的台阶。

几个月后，玛丽亚，甚至安娜都走出了哀恸。这一段时间，家庭的灾难蒙蔽了她们，让她们没有看到外面世界发生的大事，可是当她们从悲哀中破茧而出时，周围的一切还像从前那样在继续。

四月，克里特岛塞瓦斯托波尔部队的司令官科尔佩将军被绑架的事件加剧了整座岛的紧张气氛。在抵抗组织成员的协助下，科尔佩遭到乔装成德国士兵的盟军部队的伏击，尽管德军展开了大量的搜救行动，他还是从伊拉克里翁的司令部里被偷偷带走，越过高山，送到克里特岛南部，又从那里被引渡到埃及。科尔佩是战争中盟军最有价值的俘虏。人人都担心德国人对这般大胆绑架的报复将比以往更野蛮。然而，德国人明白无误地告诉人们，不管有没有发生这件事，他们这种恐怖行径只会变本加厉。最可怕的一次发生在五月，万杰利斯·里达基从拿波里回来时，看到可怕的、烧光了的村庄。

"他们毁灭了整个村庄，"他吼道，"把那里烧成了平地！"

酒吧里的人们难以置信地听着他描述拉西锡山南边的村庄被大火吞噬，浓烟从废墟上冒出来的景象，他们的心顿时凉了。

这件事发生几天后，安东尼斯把德国人的传单带到了布拉卡，安东尼斯短暂地回来了一下，让父母知道他还活着。传单上恐吓的语气依旧：

马加里卡里、罗克里亚、卡马雷斯、萨科图里亚,以及伊拉克里翁省的其他地区已被夷为平地,居民已遭处决。

这些村庄为共产主义分子提供保护,我们发现没有居民报告这种叛国行为。

土匪得到当地人的支持,在萨科图里亚地区自由出没,还受到他们掩护。在马加里卡里,叛国者佩特吉奥吉斯公开与居民庆祝复活节。

克里特人,给我们听好了。认清谁是你们真正的敌人,谁在保护你们免受他们带给你们的惩罚。我们一直在警告你们与英国人勾结的危险。我们现在失去耐心了,德国利剑将毁灭与土匪、英国人勾结的所有人。

这张传单被一再传阅,纸张都被磨薄了。可这并不能动摇村民们的决心。

"这正好说明他们在绝望。"里达基说。

"是的,可是我们也在绝望,"他妻子说,"我们还能忍多久?如果我们不再帮助抵抗组织的成员,我们也许能睡个安稳觉。"

谈话一直继续到深夜。屈服,甚至与德国人合作,有违大部分克里特人的本性。他们应该抵抗,他们应该战斗。况且,他们喜欢战斗。从家庭间的小争吵到世纪血仇,男人们渴望打仗。相反,大多数女人强烈祈祷和平。她们仔细体会,只要发现占领者士气低落,便以为是她们的祈祷得到了回应。

这些恐吓传单的印刷与散发可能是绝望之举。可是,无论其后的动机是什么，事实是一些村庄被夷为平地。村庄里每间房子都变成冒烟的废墟，周围一幅伤痕累累的景象，到处是焦黑、扭曲的树的剪影。安娜坚持对父亲说，他们应该把知道的一切全告诉德国人。

"我们为什么要让布拉卡冒被毁灭的危险？"她问。

"那不过是些宣传伎俩。"玛丽亚插嘴说。

"根本不是！"安娜反驳道。

不过，不仅德国人在发动宣传战，英国人也组织了自己的宣传战役，并发现这是有效的武器。他们大量派发传单，给人一种敌人已岌岌可危的印象，散播消息说英国人已登陆，夸大抵抗组织的胜利。"投降"是主题，德国人一觉醒来，看到巨大的字母K涂抹在他们的岗亭上、军营墙上和汽车上。即使在像布拉卡这样的小村庄，母亲们也在焦急地等着孩子搞完这种涂鸦后回来。当然，男孩们为能贡献自己的一分力量而激动，从来没想过他们可能将自己置于危险境地。

这种打击德国人的尝试本身可能作用微小，可是它们有助于改变大局。整个欧洲局势开始出现转机，纳粹铁腕控制下的大陆出现了裂缝。在克里特，德国军队士气低落，开始撤退，甚至出现了逃兵。

玛丽亚首先发现布拉卡那支小小的驻防军队撤出了。一般在六点整，主街上总会有一场武力秀，一场所谓的耀武扬威的行军，在回来的路上偶尔盘问一下路人。

"有点儿奇怪，"她对佛提妮说，"有点儿不同。"

没用多久，她们搞明白了。六点过十分了，还没听见熟悉的钢钉靴子走在路上的声音。

"你说得对，"佛提妮回答说，"很安静。"

空中的紧张情绪仿佛消除了。

"我们出去走走。"玛丽亚建议道。

两个女孩不像往常那样热衷于去海边玩，而是直走到主街尽头。那里就是德国驻防军的总部所在。前门和百叶窗都大开着。

"来吧，"佛提妮说，"我打算看看里面。"

她踮起脚尖，从正面的窗户往里张望。看得到一张桌子，上面除了堆满烟头的烟灰缸，什么也没有。四把椅子，其中两把倒在地上。

"看来他们走了，"她兴奋地说，"我到里面看看。"

"你肯定里面没人了吗？"玛丽亚问。

"绝对肯定。"佛提妮悄声说着，跨过了门槛。

除了一些垃圾、一份泛黄的德国报纸散落在地板上，房子里空空如也。两个女孩跑回家，把这消息报告给了帕夫罗思。他立即去了酒吧。不到一个小时，消息传遍了整个村子，那天晚上，广场上聚满了人，庆祝他们这小岛一隅的解放。

仅仅几天后，一九四四年十月十一日，伊拉克里翁解放了。让人惊异的是，虽然前几年这里发生了这么多屠杀，德国军队却被平静地护送出城，没有一点儿人员伤亡，暴力留给了那些与德国人勾结的叛徒。然而德国人仍继续占领着克里特岛西部的其他地方，几个月后情况才改变。

岛

第二年初夏的一个清晨,里达基把酒吧里的收音机开得大大的,他马马虎虎地洗着前天晚上的玻璃杯,用一盆颜色发灰的水冲洗一下,再用一块刚擦过地板上几摊水的布擦干杯子。音乐突然断了,开始插播新闻公告,他有点儿不高兴,可是当庄严的声音响起时,他竖起耳朵。

"今天,一九四五年五月八日,德国人正式宣布投降。几天内所有敌军将从哈里阿地区撤离,克里特岛将重获自由。"

音乐重新开始播放,里达基想刚才的公告是不是他自己头脑里的小把戏。他探出头看看酒吧外面,看到吉奥吉斯正匆匆忙忙地朝他走来。

"你听到了吗?"他问。

"听到了!"里达基说。

那是真的。暴政结束了。虽然克里特人一直相信他们会把敌人赶出他们的小岛,而当这个时刻终于到来时,他们欣喜若狂。一定得举行一次最盛大的庆祝活动。

第三部

岛的秘密

十

1945

仿佛以前呼吸的都是毒气,现在空气中又有氧气了。抵抗组织的成员回到他们的村庄,很多人是走了几百英里路才回来。一瓶瓶新鲜的梅子酒打开了,为每个回来的人干杯。占领结束后两周就是圣康斯坦丁诺斯节,庆祝这个圣徒日不过是借口,大家需要把所有警惕都抛到九霄云外。阴霾消散,狂欢降临,纵横整个克里特。到处都有肥肥的山羊、绵羊肉在烤肉叉上转动,焰火在克里特岛上空绽放,让人们联想到战争时期撕裂他们城市、照亮天空的爆炸。然而没人纠缠于这种比较,他们只想向前看,不想再回头。

为了圣康斯坦丁诺斯节,布拉卡的姑娘们穿上最漂亮的衣服。她们去教堂,脑子里想的却不是节日的神圣。这些青春期的姑娘们没什么拘束,因为她们还被当作孩子,她们的言行被看成天真之举。要不了多久,当她们身上的女人味慢慢显现出来,父母才开始醒悟过来，女儿已经长大了，才开始看紧她们，可有时已为时太晚。当然，到那时，很多这样的女孩们已偷吻了村里的男孩，在放学回家的路上，在橄榄林、田地里跟男孩子们偷偷幽会。

玛丽亚和佛提妮还从未与人接过吻，安娜却已经验丰富、风情万种了。她与男孩子们在一起时最快活，她甩动自己浓密的头发，闪现迷人的微笑，她知道自己的观众会目不转睛的。她像一只发情的猫。

"今晚将会很特别，"安娜说，"我从空气中就可以感觉得到。"

"为什么？"佛提妮问。

"许多男孩子都回来了，这就是为什么。"她回答。

村里现在有几十个年轻男子，占领之初他们离开家与抵抗组织一起战斗时，还是男孩。他们当中有人加入了共产党，加入反对右翼力量的战斗中去。希腊大陆上的右翼力量正在酝酿，这又是一场新的腥风血雨。

回布拉卡的年轻人中就有佛提妮的哥哥安东尼斯。他虽然支持左翼的理想和大陆上发生的新战斗，可离家四年后，他更想回来。他是为克里特而战，他想留在这里。在他离开的这段日子，他变得又瘦又高，臀部结实，与最开始几个月加入抵抗组织后蹒跚回来的那次相比，判若两人。现在他上下唇上都留着胡须，这让二十三岁的他看起来至少成熟了五岁。他靠高山植物、蜗牛，以及任何能捕到的动物为生，长期严寒与酷热的锻炼让他坚忍不拔。

正是安东尼斯的这种浪漫形象让那晚的安娜心动。虽说并非她一个人处于那种激情中，可是她有信心至少赢得他的一个吻。他的身影清瘦颀长，跳舞开始了，安娜决定让他注意到自己。如果他没有发现她，他将是整个村子里唯一一个没注意到她的人。人人都注意到安娜，不仅因为她比其他女孩高半个头，而且因为她的头发比其余所有女孩的头发更长、更波浪起伏、更光滑，即使编成辫子，都长及臀部。她的杏眼像姑娘们身上的棉衬衫一样闪亮；与朋友们谈笑时，她的贝齿晶晶亮。安娜十分清楚自己的美貌，她能感受到一群群站在广场上的年轻人向自己投来目光。她期待着音乐响起的那一刻，那将是欢庆的开始。在这个盛大节日的黄昏里，她显得光芒夺目，其他姑娘们全都黯然失色。

桌椅全绕着广场的三边摆，第四边上放着一条长台，上面摆着一打碟子，奶酪饼、辣味香肠、甜馅饼堆得高高的，打了蜡的橙子和熟透了的杏摆成了山。烤羊肉的香味飘散到广场上空，随之而来的是令人垂涎欲滴的快乐期待。节日活动也有严格的顺序。先是跳舞，吃吃喝喝在后面。

首先，小伙子们和男人们站在一起聊天，姑娘们分开站着，兴奋得咯咯直笑。分开并不会太久。乐队演奏起来，人们开始旋转、跺脚。人们从位子上站起来，姑娘小伙儿不再挤作一团。不久，满是灰尘的广场上全是人。安娜知道女人所在的内圈一旦转起来，她迟早会和安东尼斯碰面的，他们会一起跳上一会儿，然后继续旋转。我怎么才能让他注意到我不仅仅是他妹妹的朋友呢？她问自己。

她无须努力，安东尼斯就来到了她的面前。需要慢舞的开放圆舞曲给了她一段时间，从他那传统头巾垂下的黑色流苏下，她可以看到他那双深不可测的眼睛在望着她。许多年轻人都戴着萨里奇——一种勇士才戴的帽子，以示他们已成长为男人了——不光是由于岁月的流逝，还因为他们的手上沾上了别的男人的鲜血。而安东尼斯手上，却染上不止一个，而是好几个敌兵的鲜血。他祈祷不要再让他听到自己的利剑刺进敌人肩胛骨间软软的肉里时，敌人那清晰的惊叫，以及紧随而来的喘息。他从来没觉得这是胜利，但这确实让他有权把自己跟克里特岛过去身着马裤和长筒靴的无畏勇士帕里卡里亚们联系起来。

安娜朝这个已长成男人的男孩明朗地笑着，可是他没有对她回以微笑，只不过那双乌黑的眼睛紧盯着她不放，直到他该继续跳向下一个舞伴时，她才得到解脱。这支舞结束了，她的心却跳得异常激烈。她回到朋友们中间，她们正观看着几个男人的表演，安东尼斯也在其中，他们在她们面前旋转得有如陀螺。这是让人头晕目眩的表演。当他们跳到空中时，靴子离地面几英尺高，三弦琴、鲁特琴同时拨响，刺激着他们继续跳下去，给这段舞蹈一个扣人心弦、充满活力的结尾。

女人们看着这场特技表演，可这舞不是为已婚妇女而跳，而是为广场角落里注视着他们的妙龄少女们而跳。安东尼斯旋转时，音乐和鼓点声达到了高潮，安娜肯定这位英俊的战士只为她一个人而舞。舞蹈结束时，所有观众全都鼓掌欢呼，几乎没有片刻的停顿，乐队又奏响了另一支曲子。一些年纪稍大一点儿的男人占领了灰尘弥漫的中央舞台。

安娜很大胆，她离开了朋友们，走向安东尼斯，他正从一个大陶罐里往自己的玻璃杯里倒酒。虽然他以前在家里见过她无数次，可今晚之前他几乎没有留意过她。德国人占领前，她不过是个小女孩，现在，这小女孩却长成了身材苗条、性感动人的女人。

"你好，安东尼斯。"她大胆地说。

"你好，安娜。"

"你离开家的那段时间，一定学过跳舞吧，"她说，"能够跳那些步法。"

"在山上除了山羊，我们什么也看不到，"安东尼斯笑着回答，"可是它们的脚非常灵敏，也许我们从它们那里学了一两招儿。"

"等一会儿我们能再跳舞吗？"她问，四周是嘈杂的三弦琴和鼓点声。

"可以。"他的脸上绽开了笑容。

"好。我等着。就在那边。"说完，她回到了朋友们那里。

安东尼斯有种感觉，安娜邀请他，不只是为了一支开放圆舞曲。当又一支圆舞曲开始时，他站起来走向她，牵着她的手，把她领进了舞池。安东尼斯搂着安娜的腰，现在他能闻到她的汗香，那是一种难以形容的性感，是以前从未闻过的迷人甜香。揉碎了的薰衣草、玫瑰花瓣也比不上这种味道。这支舞结束时，他感到她热热的呼吸就在他耳边。

"在教堂后面等我。"她悄声说。

安娜知道，在圣徒日，即使在这样的狂欢庆祝中，去教堂散散步也是十分正常的，再说，圣康斯坦丁诺斯不也和他妻子圣伊莲妮共同享受这个日子吗？圣伊莲妮这个名字让她片刻之间想起了母亲。她快步走到教堂后面的小巷。一会儿工夫，安东尼斯也来了，摸黑找到她。她张开的唇立即找到了他的。

尽管安东尼斯花过大价钱寻欢，可他还从没这样接过吻。战争的最后几个月里，他是妓院的常客。那里的女人喜欢抵抗组织成员，给他们优惠的价格，特别是像安东尼斯这样英俊的男子。占领时期，只有妓院的生意最红火，身边长期没有妻子陪伴的男人们需要寻找安慰，小伙子们则抓住机会积累性经验，而这在自己家乡的社区里，是不被容许的。可是那种关系没有爱。而现在他臂弯里的这个女人，接起吻来像妓女，实际上可能还是处女，最重要的是，安东尼斯可以感觉到她真正的欲望。没错。他身体的每一部分都渴望着这个挑逗的吻继续下去。他的脑子飞快地转动，他回来了，哪里都不想再去了，正打算结婚安家。这里正好有个女人渴望着爱，像儿时那样在他家门口等着他。她只能是他的。命中注定。

他们松开了对方。"我们得回广场去，"安娜说，她知道如果离开得太久，父亲会察觉到她不在，"我们分开走。"

她溜出树荫，走进教堂。在里面待了几分钟，点燃圣母圣子像前的蜡烛。她双唇默默嚅动祈祷，那上头还湿润着，留着安东尼斯的痕迹。

安娜回到广场时，街上出现了小小的骚动。一辆大轿车停下来，这是岛上为数不多的几辆汽车之一，当时岛上人们的交通主要靠两条腿走路，或坐在四条腿的牲畜的背上。当车里的人走出来时，安娜也停下来观望。开车的人在当地颇有名望，大家马上认出来是亚历山德罗斯·范多拉基斯，他六十岁上下，是当地富有的大地主，在伊罗达附近有一大片土地。他受人欢迎，妻子埃莱夫塞里娅也为人们喜爱。范多拉基斯家雇着十几个村民——其中包括有几个刚回来的抵抗组织成员，安东尼斯也在其中——他们都得到了热情的接纳。他们给工人开的工资也很大方，虽然有人冷嘲热讽地说，反正他们付得起。他们家除了几千公顷的橄榄林，在肥沃的拉西锡高原上还拥有同样面积的土地，种植着大量的土豆、谷物和苹果，一年到头都有收入，而且收入稳定。八百米以上的高原气候清凉，极其适宜种植，环绕着田野的高山上融化的雪水则让绿色的土地青翠湿润。炎热的夏天里，亚历山德罗斯和埃莱夫塞里娅经常把伊罗达的土地交给儿子安德烈亚斯管理，然后前往二十公里开外的拿波里住上几个月，他们在那里有套房子。这家人可不是一般的富裕。

然而，这样富裕的家庭出现在这里，和渔夫、牧羊人以及在地里耕作的农夫们一起庆祝，也丝毫不奇怪。在克里特到处都一样。每个村民都会出来跳舞庆祝，住在附近农场或庄园上的富有地主家庭也会加入进来。不管他们多有钱，都举办不了一场更好的晚会，况且他们愿意共享喜悦。不管是富人还是穷人都受过苦，所有人都有同样的理由庆祝他们的解放。无论你家里有九十棵橄榄树，还是有九万棵，马提那都一样深情伤感，开放圆舞曲也一样兴奋热烈。

从轿车后座上下来的是范多拉基斯的两个女儿，最后出来的是大儿子安德烈亚斯。他们立即受到某些村民的热烈欢迎，村民给他们腾出来一张最好的桌子，有最佳的位置观看舞蹈。不过，安德烈亚斯没有坐多久。

"来吧，"他对姐姐们说，"我们也去跳舞吧。"

他抓住她们俩，把她们拖进跳舞圈，她们穿着跟村里姑娘们一样的民族服装，一下就混进跳舞的人群中。安娜注视着他们。她的一些朋友也在跳舞，她突然想起，如果她们有机会与安德烈亚斯手挽手跳舞，那她也要。她马上加入了紧接着的一支开放圆舞曲，目不转睛地盯着安德烈亚斯，就像刚刚对安东尼斯那样。

舞曲不久就结束了。羊腿烤熟了，被切成厚厚的大块，装在浅盘里，递给村民，盛宴开始了。安德烈亚斯回到家人身边，可是他心不在焉。

二十五岁时，父母给他施加压力，要他找个妻子。他拒绝了亚历山德罗斯和埃莱夫塞里娅每一个朋友、熟人的女儿，让父母十分沮丧。那些女孩子有的阴郁，有的讨厌，还有的有点儿傻，虽然她们肯定都会有丰盛的嫁妆，安德烈亚斯却拒绝与之交往。

"那个姑娘是谁，就是头发很惹眼的那个？"他指着安娜，问姐姐们。

"我们怎么知道？"她们齐声回答，"不过是一个本地姑娘罢了。"

"她很漂亮，"他说，"我希望我妻子长得像她那样。"

他站起来，埃莱夫塞里娅朝亚历山德罗斯会意地瞟了一眼。她的看法是，既然女方没有嫁妆这一点对安德烈亚斯的生活没有丝毫影响，他娶谁又有什么关系呢？与亚历山德罗斯相比，埃莱夫塞里娅自己的出身就相当贫寒，可是那对他们的生活并没什么影响。她只想儿子快乐，如果会违背习俗，那就违背吧。

安德烈亚斯径直走向姑娘们，她们坐成一圈，正捏着一片片鲜嫩的羊肉在吃。安德烈亚斯没什么与众不同之处，他长得很像父亲，轮廓分明，脸色却像母亲一样蜡黄，可是他的家庭背景让他自有一种与晚会上其他男人不同的风度。姑娘们发现安德烈亚斯过来了，都很羞涩，赶紧在裙子上揩干净手，舔掉嘴唇上油腻的肉汁。

"有人想要跳舞吗？"他随意地问，直勾勾地看着安娜。那种举止只有对自己高高在上的社会地位极其自信的男人才会有。只有一个人对此有回应。安娜从她的座位上起身，握住伸向她的手。

桌上的蜡烛闪烁不定，熄灭了，月亮升起来，洒下一片银光。梅子酒和葡萄酒肆意流淌，乐师们在这种气氛下，变得大胆，节奏越弹越快，直到跳舞的人又一次忘乎所以。安德烈亚斯紧紧地搂着安娜。现在已是深夜，跳舞中交换舞伴的传统可以不管了，他决定不把她交换出去，他不想与那些牙齿稀疏、动作笨拙的主妇们跳舞。安娜是最棒的。无人能及。

亚历山德罗斯和埃莱夫塞里娅看着他们的儿子在追求这个女子，可不是只有他们看见了。安东尼斯和朋友们一起坐在桌旁，喝得麻木了，他明白眼前这一切意味着什么。他为之打工的那个男人正在勾引他渴望的女人。他喝得越多，越痛苦。战争中，他睡在野外山坡上，风吹雨打都很少灰心过。可现在，他与一个将是拉西锡巨大财富继承人的男人竞争，他有什么希望能留住安娜呢？

广场远处一角，吉奥吉斯与一群老人坐在那里玩双陆棋。他的眼睛飞快地看看棋盘，又看看广场，安娜还在那里和圣尼古劳斯这一带最优雅的男人跳舞。

范多拉基斯一家最后站起来离开了。埃莱夫塞里娅凭本能知道儿子不想跟他们一起回家，可是考虑到自己的声望，以及这个乡村美人的名声，他应该回去。安德烈亚斯不是傻瓜。如果他要打破传统，自由地挑选妻子，而不是被迫接受父母的某个选择，他就需要他们的支持。

"瞧，"他对安娜说，"我得走了，可是我想再见到你。我明天会给你捎个信，告诉你我们什么时候再见面。"

这是一个惯于发布命令、等着命令被执行的男人在说话。安娜无法拒绝，因为沉默便是恰当的回应。毕竟，这可能是她离开布拉卡的途径。

十一

"嘿!安东尼斯!等一等!"

命令很冷漠,完全是主人对仆人的口气。安德烈亚斯在离安东尼斯不远的地方停下车,安东尼斯正在那边砍伐老死掉的橄榄树。安德烈亚斯冲他招手,叫他过来。

安东尼斯放下手中的活儿,倚在斧柄上。他还不习惯对年轻的主人唯命是从。过去几年的流浪生活,虽然十分艰苦,可是他们快乐自由、无拘无束。他发现自己很不习惯日复一日的单调生活,不习惯每次老板一发命令就得跳起来听着。如果这些还不够,他还有一个特别的理由憎恨这个从驾驶座上站起来冲他喊叫的男子。他真想把斧头砸进安德烈亚斯的脖子。

安东尼斯一身亮晶晶的汗,眉毛上也挂着一滴滴汗水,衬衣贴在背上。现在才是五月末,可是气温已经高得吓人了。他不会跳起来立正,不管怎样现在还不会。他淡然地拿起脚下的葫芦,拔出软木塞,喝了一大口水。

安娜……就在上周前,安东尼斯还没怎么注意她,可是那个圣徒日之夜，她燃起了他心底的欲望，让他无法入睡。他一遍又一遍地回味他们相拥的那一刻。短短的不到十分钟，也许更短，可是对安东尼斯来说，每一秒都像一整天那样长，那样回味无穷。然后，一切全完了。

就当着他的面，本来可能的爱情被抢走了。自安德烈亚斯·范多拉基斯来时起，安东尼斯就开始看着他，看着他和安娜跳舞。他那时就知道，战争还没开始，就已知道结局，知道谁会赢得这场战争。他根本没有胜算。

安东尼斯慢吞吞地走向安德烈亚斯，可安德烈亚斯对安东尼斯的微妙态度浑然不知。

"你住在布拉卡，是不是？"安德烈亚斯说，"我要你帮我把这个送去。今天就去。"

他递过一个信封。安东尼斯不用看就知道上面写的是谁的名字。

"我有空就去。"他假装无动于衷，把信折成两叠，塞进裤子后口袋里。

"我要它今天就送到。"安德烈亚斯严厉地说，"别忘了。"

卡车的引擎轰隆隆地发动了，安德烈亚斯匆匆倒车开出了田野，地上扬起的干尘，像一道乌云，飘浮在空中，填满了安东尼斯的肺。

"为什么我该为你送这封该死的信呢？"安东尼斯冲着安德烈亚斯消失的背影喊道，"见你的鬼！"

他知道这封信将封缄自己的痛苦，可他也知道除了确保它安全地送达,他别无选择。如果他没完成任务,安德烈亚斯·范多拉基斯不久便会发现,那他就要付出该死的代价。

一整天,这封簇新的信塞在他口袋里。无论什么时候,只要他坐下,信就沙沙作响,他想把信撕成碎片,把它揉成球,用力扔进溪谷里,或用这一天自己锯下的碎木屑点燃它,看着它慢慢烧掉。这些想法折磨着他。可他唯一不想的是拆开它。他不忍心去读它。其实不用读,也猜得出信里会说些什么。

那天黄昏,看到安东尼斯站在门口,安娜很吃惊。他敲了敲门,希望她不在家,可是她在,还是那样张着嘴灿烂地笑,不论是谁站在她面前,总是一视同仁,逢人就笑。

"我有封信给你,"安东尼斯不等她开口就说,"是安德烈亚斯·范多拉基斯给你的。"这些话一直卡在他的喉咙里,可是他发现自己说出来时竟克制得很好,没流露一丝情感,他异常满意。安娜的眼睛睁得大大的,毫不掩藏自己的兴奋。

"谢谢你。"她从他那里接过那个现在已软绵绵、皱巴巴的信封,小心地避开他的目光。她仿佛忘了他们拥抱的热情。那对她有什么意义吗?安东尼斯想。在那时,拥抱似乎是个开始,现在他明白,那个满怀期盼的吻,不过是她在及时行乐而已。

安娜将重心换到另一条腿上,看得出她迫不及待地想拆开信,想他快点儿走。安娜往后退了一步,说声再见,砰的一声把门关上了。关门声好似一巴掌打在他脸上。

回到屋里,安娜坐在矮桌前,颤抖着手拆开信,她想细细品味这一时刻。她会发现什么?激情流露?信纸上的情话像焰火般爆炸？愁思像流星划过清晰的夜空般感人？就像任何一个十八岁的怀春少女，她注定会对面前桌上这封信失望：

亲爱的安娜：

  我希望再次见到你。请你和你父亲下周六一道过来吃中饭。我的父母亲也盼望着见到你们。

你的
安德烈亚斯·范多拉基斯

  虽然信的内容令她兴奋，她离开布拉卡的愿望又进了一步，可信的形式化让她凉了半截。安娜以为安德烈亚斯受过高等教育，他能用词精湛，可这封草草而就的短笺像她放学回家就扔到一边的古希腊语法书一样，毫无情意可言。

  午餐如期举行，此后还有许多次。安娜每次都由父亲陪同前往，以符合不论贫富的家庭都严格遵守的礼节。前几次，到中午时，仆人会开着亚历山德罗斯·范多拉基斯的车准时来接这父女俩，把他们送到拿波里那幢有门廊的豪宅，三点半再准时送他们回家。形式总是一成不变。到了之后，他们被领进一间通风的会客室，那里每件家具上都罩着绣着白色蕾丝的精致布罩。一个巨大的橱柜，里面展示着上好的、几乎透明的瓷器。在这间房里，埃莱夫塞里娅·范多拉基斯给他们端上一小碟蜜饯，一小杯甜露酒，等他们吃完，收回那些空碟子和空杯子后，他们一起走进昏暗的餐厅。餐厅里有幅油画，画着一个胡髭浓密的男人，从板墙上俯视着他们。即使在这里，繁文缛节还得继续，亚历山德罗斯这时出现了，双手合十，在胸前画着十字，对父女俩说："欢迎。"这两位访客会异口同声说："我很高兴与你们在一起。"每次会见都一样，到后来安娜连每分钟会发生什么都猜得八九不离十。

一次又一次的拜访，他们坐在精美镂花的高背椅上，前面是黑亮的桌子，他们礼貌地接过仆人递上的每一道菜。埃莱夫塞里娅亲自下厨做菜，想让客人们放松点儿；多年前，她被范多拉基斯家的长辈们审查，看她是否会具有做亚历山德罗斯妻子的资格时，也曾经受同样的考验。她还记得整个会面令人难以忍受的尴尬，一切仿佛就在昨天。然而，尽管这个女人努力从中周旋，席间谈话仍是十分僵硬，吉奥吉斯和安娜痛苦地意识到，他们是在接受审查。这在意料之中。虽然还从没人把这算作求婚，如果这真是的话，还有许多订婚条件需要确立。

到第七次见面时，范多拉基斯家举家搬到伊罗达大庄园的大房子里去了，从九月到来年四月，他们会住在这里。安娜现在有点儿不耐烦了。她和安德烈亚斯自从五月那次跳舞以来，再也没独处过。一天晚上，她对佛提妮母女抱怨说："那好像不是我们自己的事，整个村子都在看着我们！为什么要拖这么长时间？"

"因为要对你们以及对两个家庭都好的话，就不能着急。"萨维娜睿智地说。

安娜、玛丽亚在佛提妮家里，本该学习女红。可实际上，她们在那儿反复讨论所谓的"范多拉基斯局势"。现在，安娜觉得自己像当地集市上的一头牲口，她是否合格要被人评估指点。也许她到底该把眼光放低点儿。可是她决心维持自己的热情。她十八岁了，学校生活早就成为过去，她唯一的抱负是——嫁个好人家。

"我会把接下来几个月当作一个等待的游戏。"她说，"再说，爸爸也需要照顾。"

她知道自己还会在家里待上好长一段时间，但真正照顾吉奥吉斯的自然是玛丽亚，玛丽亚为此把自己想做一名教师的想法放到一边，不过听到这话时，玛丽亚忍住没吭声。这个时候可不适合跟安娜对抗。

直到来年春天，亚历山德罗斯·范多拉基斯自己终于满意了，尽管他们两家财富差别巨大、社会地位悬殊，可如果他儿子能娶到安娜做新娘也不错。毕竟，她非常漂亮、十分聪明，毫无疑问，她把全副身心都给了安德烈亚斯。一天，他们又一次吃完中饭，两位父亲单独回到会客室。亚历山德罗斯·范多拉基斯直截了当地说："我们大家都明白可能这个结合并不门当户对，但我们觉得满意的是这对双方都不会有什么不好影响。我妻子劝我说，安德烈亚斯跟你女儿在一起会比跟他遇到过的任何女子在一起都要快乐，所以只要安娜履行她做妻子和母亲的义务，我们找不到什么反对理由。"

"我没什么嫁妆给你们。"吉奥吉斯说得很直接。

"这点我们完全意识到了。"亚历山德罗斯回答道，"安娜的嫁妆就是她做个好妻子的承诺，她尽全力帮助管理庄园的承诺。管理庄园意义重大，需要一个好女人在跟前。几年后我就会退休，安德烈亚斯肩上的担子会更重的。"

"我相信她会尽力。"吉奥吉斯简单地说。他感到力不从心。这个家庭巨大的权力与财富叫他恐惧,就像他们周围的一切东西一样:巨大的黑色家具、奢侈的地毯和织锦、墙上的昂贵圣像,无不表明了这个家庭的显赫。可是他告诉自己,他在这里有没有家的感觉并没有关系。重要的是安娜是否能真的习惯这种富丽堂皇。尽管吉奥吉斯在范多拉基斯家,好像身处异国他乡的外来客,可他看到安娜在这里没有一丝不自在。她可以优雅地从玻璃杯里抿一口酒,优雅地吃东西,说话大方得体,仿佛她天生就如此。当然,他知道她只是在演戏。

"最重要的是她有良好的教养,你妻子佩特基斯夫人教得很好。"

提到伊莲妮,吉奥吉斯沉默了。范多拉基斯一家只知道安娜的母亲几年前去世了,可是除此之外他不想让他们知道更多。

那天下午他们回家时,玛丽亚在等着他们。她仿佛知道这次见面很关键。

"嗯?"她问,"他向你求婚了吗?"

"还没有,"安娜回答说,"可是我知道很快了。我就是知道。"

玛丽亚知道姐姐最大的梦想就是成为安娜·范多拉基斯,她也希望如此。这样能让她摆脱布拉卡,进入一个她梦寐以求的世界,在那里她不用煮饭、打扫卫生、缝补或纺纱。

"他们知道得很清楚,"安娜说,"他们知道我们住在什么样的房子里,他们知道我没有财产可带过去,只有几件妈妈给的首饰,知道这就是全部嫁妆……"

"他们知道妈妈?"玛丽亚怀疑地打断了安娜的话。

"只知道父亲成了鳏夫,"安娜马上反驳,"他们只能知道这么多。"谈话结束了,仿佛谈话是个有弹簧盖的小盒子,啪的一声就盖上了。

"接下来会怎么样?"玛丽亚把话题带离了危险区。

"我等,"安娜说,"我等到他向我求婚。可这同时是一种折磨,如果他不赶快向我求婚的话,我真的要死了。"

"他会的,我肯定。显然他很爱你。人人都这么说。"

"人人指的是谁?"安娜尖刻地问。

"我真的不知道,可是佛提妮说,庄园上人人都这么认为的。"

"佛提妮怎么会知道?"

玛丽亚知道自己说得太多了。虽然这些姑娘们之间从来都没有什么秘密,可是这几个月,情况变了。佛提妮向玛丽亚吐露她哥哥对安娜的痴迷,庄园工人们的谈话除了少爷与村里来的姑娘正在进行的订婚,再无别的可聊。这更加重了他的痛苦。可怜的安东尼斯。

安娜逼着玛丽亚告诉她。

"是安东尼斯说的。他为你着迷,你一定知道。他告诉佛提妮庄园里的闲话,人人都在说安德烈亚斯就要向你求婚了。"

安娜知道自己成了讨论和揣测的焦点,很是满足。她乐于成为大家注目的焦点,还想知道更多。

"他们还说什么了?接着说,玛丽亚,告诉我!"

"他们说他娶了个地位比他低下的女人。"

安娜没有想到这点,当然她也不想听到这点。她反应激烈。

"我才不在乎他们想什么呢!为什么我就不能嫁给安德烈亚斯·范多拉基斯?我当然不会嫁给安东尼斯·安哲罗普洛斯。他除了身上穿的那件衬衣,一无所有!"

"不要这样说我们好朋友的哥哥——再说,他一无所有是因为他离开家为国家战斗去了,其他人却留在家里,赚钱装满他们的腰包。"

玛丽亚最后的回马枪尖锐刺耳,安娜不爱听。她猛地冲向妹妹,而玛丽亚,像以前卷入与无法无天的安娜的争吵时一样,只会飞快地逃出家门,她比安娜快得多,一口气在迷宫一样的小街上跑得看不见,直跑到村子尽头。

玛丽亚是个自制力强的女子,不像她那喜怒无常的姐姐。安娜的情感、思想和动作全是即兴表演,大家都看得出来,而玛丽亚则考虑周全。她常常看到有人为情绪激动、不假思索脱口而出的话而后悔,她总是把自己的感情和看法放在心中。过去几年来,她比以前能更好地控制自己的情感。这样她总是保持一副满意的神态,主要是为了保护父亲。不过,有时,她也会放任一下,尽情发泄自己的感情,那种时候就不亚于万里无云的天空里炸响了巨雷。

尽管庄园工人们有那种看法,亚历山德罗斯·范多拉基斯也还有些犹疑,订婚仪式还是定在了四月。吃过中饭后,一对新人被单独留在昏暗的会客厅里,这比平时更让人拘谨。安娜对订婚的期待如此之大,当这一刻终于来临时,当安德烈亚斯握住她的手时,安娜已没什么感觉了。这一幕她在脑海里上演过太多次,当它终于发生时,她仿佛是个站在舞台上的演员。她感到麻木,一切好像不真实。

"安娜,"安德烈亚斯说,"我有事跟你说。"

求婚一点儿也不浪漫,缺乏想象力,甚至没有一丝神秘,就像他们脚下踩着的地板一样实用。

"你愿意嫁给我吗?"

安娜达到了自己的目标,在与自己的打赌中,她赢了,她可以对那些以为她不可能嫁入地主家庭的人嗤之以鼻。这是她握着安德烈亚斯的手,第一次全心全意地热情亲吻他时,脑海中冒出的第一个想法。

按惯例,在订婚的这段时间内,未来婆家不断地给安娜送礼物:漂亮的衣服、丝质内衣、昂贵的小饰物,虽然她父亲不能给她买些什么,可是到她最终成为范多拉基斯家的人时,她什么都不缺了。

"好像每一天都是我的圣徒日。"安娜对佛提妮说。佛提妮过来看从伊拉克里翁最新送来的一批礼物。布拉卡的小房子里满溢着奢侈的香氛,在占领结束后的那段日子里,一双丝袜对寻常人家来说都极为难求,安娜的嫁妆壮观得吸引了所有姑娘排队来看。牡蛎色的绸缎内衣和睡衣,用一层层皱纹纸包着放在盒子里,好似只有好莱坞电影里才看得到的东西。安娜随手提起件衣服展示给朋友们看,布料在她指缝间像流水滑落到水池里那般光滑。它们实在超出了她最狂野的梦想。

婚礼前一周，布拉卡开始做传统的皇冠面包。面粉发酵七次后，成了一个大大的面包圈，上面装饰着由一百朵花和无数叶子组成的复杂图案，烘焙到最后还浇上糖浆成金黄色。完整的面包圈象征着新娘要与丈夫白头偕老。同时，在范多拉基斯家里，安德烈亚斯的姐姐们开始做婚礼装饰，用丝绸、常青藤、石榴和月桂叶在这对夫妇未来的房间里布置出婚礼区。

为庆祝订婚还举行了奢华的派对，婚礼则在第二年三月举行。婚礼当天极尽铺张之能事。在伊罗达举行仪式前，客人们来到范多拉基斯家。这是一群奇怪的客人——来自伊罗达、圣尼古劳斯和拿波里的富人和庄园里的工人及布拉卡的几十个村民混在一起。当安娜出现在客人们面前时，来自布拉卡的人们都深吸一口气。安娜胸前缀满金币，多得能装满银行金库，双耳坠着重重的珠宝耳环。春光明媚中她光彩夺目，穿着传统的大红新娘袍子，仿佛自《一千零一夜》中走出。

吉奥吉斯既自豪又茫然地看着她，惊奇于这竟是自己的女儿！几乎认不出她来了。此时他比任何时候都更希望伊莲妮也在这里，看到他们的大女儿这样漂亮。他想，不知伊莲妮对女儿嫁入这样的豪门有何感想。大女儿总让他想起妻子，可是她有些地方让他完全感觉陌生。看上去仿佛不可能，他，吉奥吉斯，这么卑微的渔夫，竟能与这种场面扯上关系。

那天早上，玛丽亚帮安娜做准备。安娜的手颤抖得很厉害，玛丽亚只好为她扣上每颗纽扣。她知道这正是安娜想要的，她达到了终极目标。玛丽亚敢肯定姐姐在她的白日梦里多次排练过如何当一名贵妇,她会毫无困难地适应真实生活的。

"跟我说,这是真的,"安娜说,"我无法相信自己真的要成为范多拉基斯夫人了!"

"真得不能再真了。"玛丽亚向她保证,边说边想着在这种豪门里生活会是什么情形。她希望那不只意味着更多名贵珠宝和漂亮衣服。即使对安娜而言,这些东西也有不足。

混杂的客人们让这个婚礼仪式变得非同一般,可是更不同寻常的是,婚前盛宴没有按传统习俗摆在新娘家,而是在新郎家举行的。大家完全懂得个中理由,无须明说。吉奥吉斯·佩特基斯家能摆出什么样的晚宴?拿波里的贵妇们一想到这里就哧哧笑个不停,就像当初她们听说范多拉基斯家的儿子要娶一个穷渔夫的女儿一样。"这个家庭到底在想什么?"她们对此嗤之以鼻。可是不管大家对这桩婚姻有何看法,来这里的人,个个都享受到范多拉基斯自家出产的美味烤羊肉、奶酪、美酒,当两百个胃酒足饭饱之后,婚礼仪式开始了。小轿车、卡车、驮着东西的驴子组成一条长长的行进队伍,朝着伊罗达方向迤逦而去。

对克里特人来说,不论贫富,婚礼庆祝仪式都是相同的。两顶斯黛芬娜,简单的婚礼花冠用干花草扎成,以彩带连接,由牧师将它们戴到新婚夫妇的头上,并交换三次以巩固他们的结合。稍后,这两个花冠会由安娜的婆婆埃莱夫塞里娅框起来,悬挂在新婚夫妇的婚床上方,就像俗语所说的那样,为的是没人能插足这桩婚姻。大部分时间,神圣的婚礼言辞淹没在人群的喋喋不休中,可是到最后,当牧师把新娘新郎的手握在一起时,教堂里响起了一片欢呼。新娘新郎绕着祭坛静静地跳起以赛亚舞,客人们知道不久他们就会走到外面的阳光中。

接下来,新娘新郎坐着马车,人们跟在后面,排着队返回范多拉基斯家,那里架好了长长一排桌子,摆出了另一顿盛宴。人们吃啊,喝啊,跳舞直跳到晚上。太阳升起来之前,数枪齐鸣,宣告庆祝结束。

婚礼结束后,安娜差不多从布拉卡的生活中消失了。开始她一周会来看望父亲一次,可是慢慢地,她只派辆车来接他过去,很少在布拉卡露面了。作为未来庄园主的妻子,她发现自己的社会地位大变。然而,这对她来说不是问题。这正是她想要的——与自己的过去一刀两断。

安娜投身于自己的新角色,不久就发现,她身为儿媳妇的责任与身为妻子的责任同样重大。她整天都陪着埃莱夫塞里娅及其朋友们,要么是去拜访她们,要么就在家里接待她们,正如她想的一样,她们全都很享受这种近乎无所事事的悠闲。安娜的主要职责是照料范多拉基斯家的家庭事务,最为实际的是确保男人们晚上回来时,仆人们能摆出一桌丰盛菜肴。

安娜想改造这个四口之家,把他们从深色窗帘和昏暗的家具中解放出来。她向安德烈亚斯念叨个不停,直到安德烈亚斯把母亲拉到一边,请求同意,而后由埃莱夫塞里娅征求真正的一家之主的意见。家里的所有事情都是这样决定的。

"我不想这个房子改动太大。"亚历山德罗斯·范多拉基斯对妻子说，"如果安娜愿意，她可以把拿波里的房子重新粉刷一遍。"

新娘立刻开始这项工作，不久就沉浸在对各类布料、墙纸的热情中。在圣尼古劳斯有家进口小商店，专卖法国和意大利货，她去过那家店无数次。装修让她忙碌、专注，安德烈亚斯的心情也因此愉悦不少，他发现每天回家，安娜都活泼轻快。

安娜的另一项职责是举办圣徒日庆祝活动，那是范多拉基斯为他们家的工人们举办的。安娜擅长作秀。在这些会餐中，她有时感到安东尼斯·安哲罗普洛斯的目光盯着她，她会抬起头来迎接他冷冷的目光。偶尔他也会对她说话。

"范多拉基斯夫人，"他会很夸张地做出温顺的样子，深深地鞠一躬，"你好吗？"

他的态度让安娜畏缩，她相当简短地回答："很好，谢谢你。"

这样说完，她就立马转过身背对着他。他的表情、他的态度都在向她挑战，仿佛她并不是他的主人。他真是好大的胆子！

安娜的婚姻不仅改变了她自己的地位，她的离去对玛丽亚也意味着变化。玛丽亚现在已成了家里的女主人。以前玛丽亚的许多精力都用在讨好和安抚安娜上，现在安娜走了，她的担子轻了好多。她把精力都投到经营佩特基斯这个家上来，还常常和父亲一道送东西去斯皮纳龙格。

对不能亲自在伊莲妮的坟上摆放鲜花的吉奥吉斯来说，每次去斯皮纳龙格都是纪念她的机会。他继续与拉帕基斯医生一起来往于小岛和布拉卡之间，不论阳光明媚，还是狂风暴雨。在这些航行中，医生会谈谈他的工作，向吉奥吉斯承认有多少麻风病人正在死去,他有多想念克里提斯来访的那些日子。

"他曾带来一丝希望。"拉帕基斯疲惫地说,"我不太相信自己,可是我看到有信念是多么好,它本身就是个目标。对某些麻风病人来说,相信克里提斯能治愈他们足以打消他们想死的念头。好些人已觉得活着没什么好留恋的了。"

拉帕基斯从他的老同事那里收到过几封信,解释没来的原因,并表示非常抱歉。克里提斯此刻还在伊拉克里翁忙于重建受毁的医院,暂时无法抽身继续他的研究。私下里,拉帕基斯开始向吉奥吉斯倾吐苦水,有些绝望。许多人会跪下来向上帝祈祷,可拉帕基斯没有信仰,只能倚靠这位忠诚的渔夫,吉奥吉斯的痛苦从来都比他的多得多。

虽然斯皮纳龙格岛上不断有人死于麻风病,但对那些病情不太严重的人来说,生活中到处都有意想不到的东西。战争结束以来,每周放映两场电影,集市比以前更好,报纸也越办越好。迪米特里现在十七岁了,已经开始教五到六岁的孩子,而同时另一个更有经验的老师负责教大一点儿的孩子。迪米特里继续住在肯图马里斯家,这样的安排给双方都带来快乐。基本来说,岛上人人心满意足。即使是塞奥佐罗斯·马基里达基斯也不再想惹麻烦。他喜欢在酒吧里争吵,但早就放弃了争夺最终说了算的控制地位。尼科斯·帕帕季米特里乌干得太漂亮了。

玛丽亚和佛提妮忙于每日家务,家务活儿像跳舞一样,总是重复着它们的步伐,她们就这样过了几年。萨维娜·安哲罗普洛斯有三个儿子,她需要健康能干的女儿来帮她,把家里的男人喂饱、照顾好,因此佛提妮像玛丽亚一样,被家务活儿缚在了布拉卡。

尽管伊莲妮本来希望自己的女儿能过得更好,不要留在这个村子里,可伊莲妮也没想到玛丽亚会如此尽责。在这个姑娘的头脑里,除了照顾父亲,她别无杂念,即使她曾经想象过自己像母亲一样手持粉笔,站在学生们面前。然而所有这些热望跟印在他们旧窗帘上的图案一样,都消退了。

几年来,两个姑娘分享生活中的快乐和不足,履行她们的义务,没觉得有什么好抱怨的。到村里的水泵处取水,为炉子拾柴,还有扫地、纺纱、煮饭、拍打地毯。铺满百里香的整个山坡面朝大海,蜂箱就摆在这里,玛丽亚定期到这里来收蜂蜜。蜂蜜如此浓稠,好几年她都无须买糖。在他们家后院里,旧橄榄油罐子里装满了罗勒、薄荷和小型储物罐,而曾用来储水或装油的大口陶瓷坛开裂不能再用后,现在正好成了需要小心照料的天竺葵、百合等植物的家。

姑娘们是千年来逐渐形成的民俗的传人。现在人们觉得她们到年纪学习那些代代相传、没有文字记录的手艺了。佛提妮的奶奶懂得很多这样的学问,告诉她们怎样从鸢尾花、芙蓉和菊花花瓣中提取染料,给羊毛染色;怎样把各色青草编成精美的篮子和垫子。还有妇人传授给她们当地药草的神奇功效,她们走进深山里寻找野鼠尾草、木槿花和甘菊,因为它们可以治病。运气好时,她们会采到满满一篮子最宝贵的药草岩爱草,据说它可以医治创伤，还可以治疗喉咙痛和胃病。吉奥吉斯生病时，玛丽亚总是调配适当剂量，让他服用，不久她会调配草药的名声就传遍了整个村子。

当她们一路向深山里走去时，也会采些霍塔——一种铁元素含量很高的高山绿色植物，这是她们每日饮食中的重要组成部分。小时候她们在沙滩上玩耍，用沙子做馅饼，现在用面皮和香草做馅饼成了成年人消磨时间的方法。

在深秋到早春之间，玛丽亚有项最重要的工作：让家里一直生着火，不熄灭。火不仅能在屋外狂风大作时为他们提供温暖，使他们心智健全，也能让房子的灵魂活着。"Spiti"——希腊人用这个词来表示"房子"和"家"——是和谐一致的神圣象征，而他们的家，比所有人的家都更需要持续的滋养。

不管玛丽亚的家务活儿在城里人看来有多繁重——至少在安娜看来如此，她现在生活得那样奢华——但姑娘们总有时间闲聊和八卦，佛提妮的家就是这样一个中心。既然无所事事被视为罪恶，那么说闲话的严肃工作只能与缝纫和刺绣等重要活动一同进行。这不仅能让姑娘们手不闲着，也给了她们为未来做准备的机会。结了婚的女人家中的每件枕套、坐垫、桌布和地毯都是由她们自己、她们的母亲或外婆织绣的。只有安娜是例外。好几年来，她和比她年龄大、比她睿智的女人们坐在一起缝纫，她只做完了枕套的一个小角。那是她不断反叛的表现。她偷懒不太容易看出来。其他姑娘和妇人们坐在那里边说边缝时，她的手指闲着。她会一圈圈挥着针，做样子，用线在空中比画图案，可就是很少缝过布。好在她嫁入了一个什么都不缺的人家。

姑娘们的手要随着季节变换活计，一年之中有时她们要走到户外，加入摘葡萄战斗，她们会争着第一个跳入木桶踩碎汁液丰富的葡萄。然后，入冬之前，她们还要加入人群一起敲打橄榄树，让橄榄如瀑布般落入下面的敞口篮子里。这样的日子里，到处一片欢笑、打情骂俏不断。每当这种集体劳动做完后，她们都要跳舞、狂欢来庆祝一番。

日子一天天过去，她们无忧无虑，可是身挑重担的年轻姑娘们陆续离开了这个圈子。她们找到了丈夫，或者更寻常的是，别人为她们找到了丈夫。总的来说，他们不是布拉卡的年轻小伙子，就是邻村的年轻人。他们的父母相识多年，在他们会数数但还不会写自己名字时就为他们选配好了。当佛提妮向玛丽亚宣布自己订婚的消息时，玛丽亚意识到自己的世界行将终结。她装作很开心的样子，私底下却责备自己的嫉妒之心，她预计自己今后的生活将了无生趣：傍晚太阳下山时，与老寡妇们一道坐在门槛上，用钩针编织蕾丝花边。

佛提妮跟玛丽亚一样大，现在二十二岁了。多年来，她父亲一直为海边的小饭馆供应鱼，而饭馆老板，斯塔夫罗斯·达瓦拉斯是他的好朋友，也是他可靠的客户。斯塔夫罗斯的儿子斯特凡诺斯早就跟父亲干活儿了，将来会接管这生意。这个小饭馆平时客人不多，而到了周末或圣徒日则人满为患。帕夫罗思·安哲罗普洛斯觉得斯特凡诺斯跟他女儿很般配，而两个家庭间早已建立起来的相互依靠的关系也为这场婚姻奠定了有利基础。这对年轻人打小就互相认识,也自信能建立起感情,给这个毕竟是包办的婚姻添加点儿火花。数目不大的嫁妆谈好了,一旦订婚的各项程序走完,就会举行婚礼。佛提妮婚后的住处不会比现在她家远多少,这让玛丽亚颇感安慰。虽然佛提妮现在有了不同的、更繁重的活计——在小饭馆干活儿,还要操持一个家,应付与婆家人一起生活出现的种种麻烦——两个女人还是每天能见上面。

玛丽亚发现这个逐渐消失的朋友圈中,自己成了剩下的最后一个,她决心不让人们看出自己的沮丧,她比以前更热情百倍地孝顺父亲,更频繁地陪他到斯皮纳龙格去,保证家里总是一尘不染。对一个年轻姑娘来说,这没有多少成就感。她对吉奥吉斯的奉献得到了村里人的敬佩,可是同时,她没有丈夫也让人瞧不起。老处女被视为一种诅咒,在像布拉卡这样的村子里,年纪大了没人要,就是每日公开的羞辱。如果她年纪再大一些还没有未婚夫,对她的孝顺的尊敬很快就会变成嘲笑。现在的问题是,布拉卡已没有几个合适的男人,而玛丽亚根本又不考虑嫁到别村去。不可想象吉奥吉斯会从布拉卡搬走,因此也不可能想象玛丽亚会离开布拉卡。她想,结婚的机会就像看见她亲爱的妈妈走进门来一样渺茫。

十二

1951

安娜现在结婚四年了,新身份让她如鱼得水。她尽职尽责地爱着丈夫,乐于回应他对她的激情。对她身边的所有人而言,她是个完美无缺的妻子。然而,她知道整个家庭盼着听到怀孕的消息。不过她根本不为没有孩子烦心,往后还有大把时间可以生孩子。她太喜欢现在这种无忧无虑的生活,不想因为当母亲而失去它。一天,埃莱夫塞里娅和她一起讨论位于拿波里的房子里一间闲置卧室的装饰时提到了这个话题。

"这儿以前是儿童室,"埃莱夫塞里娅说,"在我的两个女儿还小时。你觉得刷成哪种颜色好?"

埃莱夫塞里娅以为自己制造了绝佳机会,可以让儿媳妇说说她的计划,说说她对当母亲的渴望,可令埃莱夫塞里娅失望的是,安娜只说她喜欢淡绿色。"跟我订的用来盖家具的布料刚好相衬。"她说。

夏天时，安娜、安德烈亚斯和父母会在拿波里新古典主义风格的别墅里小住一段。安娜现在已将这别墅彻底翻修了一遍，埃莱夫塞里娅觉得那上等的窗帘和精致的家具根本不实用，可是看来她不能碍这个年轻女人的事。九月，全家动身搬回伊罗达的主屋里。这所房子也被安娜慢慢按自己的品位改造过了，尽管她公公偏爱他那一辈人喜欢的庄重风格。她经常光顾圣尼古劳斯的商店。深秋的一天，她去商店看她选的装饰，检查完窗帘最新的进展情况后回家。她冲进厨房，吻了一下坐在桌前的人的后脑勺。

"你好，亲爱的。"她说，"今天压榨机怎么样？"

这是压榨橄榄油的第一天，日历上一个重要的日子，这是几个月来第一次使用压榨机，机器是否正常运转总是非常关键。有无数篮橄榄等着压榨，从中可榨出几千升橄榄油，因此确保一切正常运作十分重要。从压榨机流入大口陶瓷坛里的金色液体，是这个家庭财富的基础。在安娜看来，每一坛油又是一米布料，又是一件为她度身定做、褶缝全符合她的曲线的服装。这些衣服，比任何东西更能说明她与村妇的不同，她们身上的裙子东一件、西一件全都没款没型，与一百年前老祖母身上的裙子无异。今天，为抵挡十一月从海湾吹来的刺骨的寒风，安娜穿着一件翡翠绿的大衣，大衣紧裹着她的胸和臀部，一圈圈铺张的布料差不多垂到地面。毛皮领竖起来护着她的脖子，温暖着她的耳朵，抚摩着她的脸颊。

安娜穿过房间，大衣的丝质衬里摩擦着她的腿，窸窸窣窣直响。她唠叨着这一天的琐事，烧水准备为自己冲咖啡。这时桌前的男人站起来，安娜转过身，吓得大叫一声。

"你是谁？"她上气不接下气地说，"我……我以为你是我丈夫。"

"我猜也是。"那男人笑道，觉得她迷惑的样子很好笑。

两人面对面站着时，安娜看着这个自己刚才那般亲切招呼的男人，显然他不是她丈夫，可是方方面面又十分相像。同样的宽肩、黑发，现在他站在那里，甚至身高和安德烈亚斯也差不多。范多拉基斯家轮廓分明的鼻子、微斜的眼睛，都惊人地如出一辙。他开口说话时，安娜觉得嘴都干了。这是在搞什么把戏？

"我是马诺利·范多拉基斯，"他边说边伸出他的手，"你一定是安娜。"

安娜知道安德烈亚斯有个堂弟，谈话中也听到过几次马诺利的名字，可是再没别的了。她从没想过他跟自己的丈夫长得这么像。

"马诺利。"她重复着这个名字，很可爱。现在她要重新控制局面，她犯了错，还粗心地拥抱了一个完全陌生的人，她觉得自己很傻。"安德烈亚斯知道你在这里吗？"她问。

"不，我才到一个小时，我要给大家一个惊喜。显然对你起了作用！你的表情好像看见了鬼。"

"我觉得差不多。"安娜回答说，"你们俩长得太像了，简直不可思议。"

"我有十年没见过安德烈亚斯了，可是我们长得很像。人们总是错把我们当成孪生兄弟。"

这点确实没错。不过安娜看得出，这个版本实际上与原版还是有很大不同。虽然马诺利跟安德烈亚斯一样有宽宽的肩膀，可他更瘦些，她能看到他衬衣下凸出的肩胛骨。他眼里溢满笑意，眼部周围纹路很深。他觉得安娜误把他当成他堂兄是个绝妙的笑话。安娜很快发现他是故意挑了这个时候回来。生活对他来说就是为了享受的，你从他的笑容里看得出来。

这时，安德烈亚斯和他父亲回来了，看见马诺利站在那里，他们开心又吃惊地大叫起来。不久，三个男人坐在一起，喝着一瓶梅子酒，安娜退出来，去安排晚餐。过了约一小时，埃莱夫塞里娅回来时，第二瓶梅子酒已经喝光了。两人拥抱在一起，流下了快乐的眼泪。他们马上派人捎信给安德烈亚斯的姐姐们，接下来的星期天，他们举行了大型的团圆晚会，庆祝离开十年的马诺利回来。

马诺利·范多拉基斯是个自由随性的年轻人，过去十年里，他基本上在希腊大陆度过，挥霍一笔数目可观的遗产。母亲在生他时死去了，五年后，父亲三十岁时，因心脏病突然发作也去世了。马诺利成长过程中总能听到人们窃窃私语，说他父亲如何死于心脏病发作，无论是不是真的，都让他决定过一天算一天，每天都是生命的最后一天。他觉得这种哲学很有道理，自从父亲扬尼斯·范多拉基斯去世后，叔叔亚历山德罗斯成了他的监护人，但即使他也无法约束马诺利。还是孩子时，马诺利就发现自己身边的每个人都有做不完的活儿，有无数责任，唯一可以享受的日子只有圣徒日和星期日。可他想要生命中的每一天都快乐。

尽管他对父母的记忆一天天模糊，但常常有人告诉他，他父母是好人，一生尽职尽责。可是他们这种模范行为对他们有什么好处吗？连死亡也阻挡不了，不是吗？命运像老鹰从光秃秃的岩石上抓起没有还手能力的猎物般捉住了他们。见鬼去吧，他想。即使无法战胜命运，他还是想看看，在入土之前，除了生活在克里特山区，还有没有其他活法。

十年前，他离开了家。偶尔写封信给叔叔婶婶——有些寄自意大利，有些寄自南斯拉夫，大部分都来自希腊——让他们放心，他还活着，除此之外，他与家人联系很少。亚历山德罗斯明白，如果他哥哥扬尼斯没有死得那么早，那现在会是马诺利继承范多拉基斯家的庄园，而不是安德烈亚斯。可是这种想法不过是假设。十八岁时，马诺利拿到了一小笔现金财产，而不是先前承诺的土地，他在罗马、贝尔格莱德和雅典大肆挥霍的就是这笔钱。

"上等生活要付出上等代价。"回来后，他向安德烈亚斯吐露，"最好的女人就像好酒，昂贵但值得花掉每一个德拉克马。"然而，现在，欧洲大陆的女人清光了他的一切，除了口袋里的几枚硬币，除了叔叔同意雇他在庄园里工作的承诺，他一无所有。

他的回归造成了不小的轰动，不只是对他的叔叔婶婶而言，而且对安德烈亚斯也一样。他们俩年龄只差六个月，像是孪生兄弟。小时候，彼此想什么他们几乎全知道，也感受得到彼此的痛苦。可是十八岁后，他们分道扬镳，走上完全不同的生活道路。很难想象马诺利回来后生活会是什么样。

然而，他回来得正是时候。亚历山德罗斯·范多拉基斯明年就要退休了，安德烈亚斯真的需要帮手来管理庄园。他们全都觉得马诺利来接管这个活儿比雇个外人来要好得多。尽管亚历山德罗斯有点儿怀疑自己的侄子能不能真的安心干起来，他还是把这些怀疑放到一边。毕竟，马诺利是自家人。

几个月来，马诺利住在伊罗达庄园的家里。家里有很多房间从没使用过，他的到来并没有给谁带来不便，可是十二月时，亚历山德罗斯给了马诺利一套房子。马诺利喜欢这种家庭生活氛围，很想重新成为这个十年前他坚决离开的王朝的一名成员。但是，他叔叔希望他将来能结婚成家，为此坚持主张他应该住在自己家里。

"除非你很幸运能找到一个愿意生活在已有两名女主人家庭里的姑娘，"他对侄子说，"否则再多一个女人就是在自找麻烦。"

以前亚历山德罗斯曾花钱雇外人管理庄园，马诺利的房子就是以前那位庄园总管住过的。房子就在短短的私家车道的尽头，离主家不过一公里远，有四间卧室和宽敞的起居室，对单身汉来说是不错的家。不过马诺利还是主家的常客。他想和亚历山德罗斯、安德烈亚斯一样享用美酒佳肴，这里有两个女人为他做这些。每个人都喜欢他那活泼的谈话，非常欢迎他的来访，可是不管再晚，亚历山德罗斯总是坚持请他回家过夜。

以前马诺利总是过着飘忽不定的生活，如蝴蝶般从一个地方飞到另一个地方。无论他到哪里，总是留下一个个破碎的承诺。还是孩子时，他总是挑战极限。只是为了一个挑衅，他曾把手放到火上烤，直烤到皮肤烧焦；还有一次，他从伊罗达海岸边最高的石头上跳下来，背部严重擦伤，连周围的海水都被血染红了。

在欧洲其他国家的首都,他赌博输到身上只剩一件衬衫,然后又惊心动魄地捞回本钱。这就是他的行事方式。他发现自己在伊罗达身不由己地开始玩起了同样的游戏,可是这里的不同在于他现在必须得安顿下来。即使他想走,也再没钱供他远走高飞。

让亚历山德罗斯吃惊的是,马诺利工作很卖命,虽然还是没有他堂兄那样敬业。安德烈亚斯总是把午饭带到田地里去吃,节约回家吃饭的时间,可是马诺利喜欢在范多拉基斯家厨房里宽大的饭桌上吃他的午餐,还能躲上几个小时的毒辣日头。安娜对此没有意见。她欢迎他来这里。

他们的交往与其说是交谈,不如说是调情。马诺利令安娜发笑,有时候她笑得眼泪都流出来了。她喜欢他的幽默,当她迎着他的凝视,放大的瞳孔里闪着光芒,这足以让马诺利整个下午都不去橄榄林,留在这里。

埃莱夫塞里娅担心自己的侄子没有真正把精力放在庄园上,有时候她就住在伊罗达,而不是拿波里。"男人不该白天在家里闲逛,"她曾对安娜说过一次,"这里是女人待的地方。他们的地盘在外面。"

安娜对婆婆的不满置之不理,比以前更热情地欢迎马诺利。在她看来,他们之间那么近的亲属关系容许他们的友谊存在。依据当地的风俗,女人婚后比婚前自由得多,所以,每天安娜与她"堂弟"一起待上一小时,有时更久,开始没人对此有什么怀疑。可是慢慢地,有些人觉得马诺利去得太勤了,闲言碎语流传开来。

那年春天,有一次吃午餐时,马诺利在那里逗留的时间比平时还要长。安娜感觉到他无所顾忌,想到自己把自己置于危险境地,破天荒地感到了害怕。现在他走时总是握着她的手,十分唐突又做作地吻一下。她对这手势原本可以不当回事地应付过去,可是他把中指紧紧挤进她的掌心,放在那里,这方式让她战栗。更富挑逗意味的是,他抚摸了她的头发。这些没有生命的东西,他大笑着说,不管怎样是她先开始的,他逗她说,是她先吻一个陌生人……的头发。他们就这样继续相处下来。那天他摘了些草地上的花送给她,一束罂粟花,虽然有点儿蔫了,却还鲜艳。这般罗曼蒂克,她被他迷住了,特别是当他从那束花中抽出一朵,仔细地别在她的胸前时。他的触摸那般微妙,有一刻,她无法肯定他粗糙的手触到她光滑的皮肤是意外,还是他故意用手指抚过她的胸前。过了一会儿,她感到他的手轻柔地抚过她的脖子,疑虑消失了。

安娜本是个十分冲动的女人,可是有什么东西把她拉了回来。我的上帝,她想,这简直疯了。我在做什么?她想象自己站在这间宽大的厨房里,与一个很像却不是她丈夫的人脸贴脸地站着。她明白很可能会有人从敞开的窗户外看到,然而,不论她有多努力说服自己,她都知道这绝不是暧昧。她还有一秒钟从他身边走开,不让他吻到。她还可以选择。

她嫁给安德烈亚斯后什么都不缺。他爱她、宠她,只要她愿意,她可以自由地改变他们的家;她与公婆也处得不错,只要她能稍微克制自己的脾气。然而,他们的生活很快就变得模式化,就像许多这种婚姻一样,生活可以一眼望到头,接下来五十年内都不可能出现什么真正的惊奇事件。当新生活之初的所有期盼和兴奋过去后，安娜发现这种生活跟她过去的生活一样乏味，它缺少幽会的战栗和偷情的颤抖。然而这种事情是否值得用一切来冒险，她还不太确定。

我应该阻止这件事，她想。否则我可能失去一切。她用自己一贯的高傲腔调对马诺利说话。她总是这样对他说话，这是他们之间的游戏。而他则相当轻浮，她对他的态度仿佛他低她一等。

"瞧，年轻人，"她说，"你知道，我是有丈夫的人了。你可以带着你的花儿到别处去。"

"我真的可以吗？"马诺利问，"再说，我该拿着它们去哪里呢？"

"嗯，我妹妹还没有婆家。你可以带着花儿去她那里。"仿佛真正的安娜站在远处某个地方，她听到一个声音在说，"下个礼拜日我会邀请她来吃中饭。你会喜欢她的。"

接下来的礼拜日是圣吉奥吉斯日，所以有充足的理由邀请玛丽亚和父亲过来。安娜见他们是种义务而没什么特别的快乐：她觉得与乏味的妹妹之间没有共同语言，与父亲也没什么话说。那一周余下的日子里，她梦到马诺利游移的抚摸，盼望着下次他们能单独在一起，可是，她沉思着，在那之前，还有个枯燥的家庭聚餐。

此时克里特岛上还有些食物供应不足，可是这从来不会影响到范多拉基斯的家庭生活，更别提在圣徒日了，在这个节日里举行盛宴是理所当然的宗教义务。吉奥吉斯很高兴地接受了邀请。

"玛丽亚，瞧！安娜请我们去吃中饭。"

"这可真有几分贵妇人气度啊，"玛丽亚挖苦道，"什么时候？"

"礼拜天。两天后。"

玛丽亚私下里很开心他们受到邀请。她渴望多与姐姐走动，因为她知道这是母亲想要看见的，可是随着日子的临近，她感到有点儿战战兢兢。而吉奥吉斯呢，终于从漫长的悲哀中解脱出来，一想起就要再看到大女儿便很高兴。

安娜听到车道上传来父亲新买的卡车声，先有点儿厌烦，只好强打精神慢慢走下大楼梯来迎接他们。马诺利早就来了，先她一步打开了门。

玛丽亚根本不是马诺利想象中的模样。她有着他从未见过的褐色大眼睛，它们圆睁着吃惊地看着他。

"我是马诺利。"他说着伸出手，大步朝她走来，加上一句，"安德烈亚斯的堂弟。"

安娜在信里压根儿没提到，玛丽亚和吉奥吉斯对长年不在的亲戚的到来完全不知情。

马诺利一向对漂亮姑娘很有一手，可是从未与玛丽亚这样的姑娘相处过，她甜美中带着纯真。马诺利仔细打量了玛丽亚一番：苗条的腰身，不大不小的胸脯，多年辛苦的体力劳动塑造的结实胳膊。她既纤弱又结实。

一点钟时，大家坐下来吃饭。亚历山德罗斯、埃莱夫塞里娅，他们两个女儿及各自的家人，至少有十二个人。谈话热闹嘈杂。

马诺利事先就想好了，他要挑逗安娜的妹妹。像他这样经验丰富的花花公子出于习惯也会这样做。可他没想到玛丽亚这样漂亮，这样容易逗弄。整个午饭期间，他用幽默的谈吐控制着她，虽然她很不习惯这种轻浮，回避着他诙谐的话语。率真的个性将她与马诺利遇到过的大部分女人区分开来，最后他只得放下自己嘻嘻哈哈的腔调，问一些关于她自己的问题。他发现她认识山上的草药，了解它们的疗效，他们认真讨论起在科学日新月异向前发展的时代，草药在这个世界上的地位。玛丽亚和安娜一点儿也不像，一个是天然的珍珠，一个是打磨过的钻石。一个有着天然的光泽，有着独特而不规则的形状；另一个被切割、打磨后，才得到光芒熠熠的美丽。这两种珠宝马诺利都爱，而这个柔情蜜意、眼神温柔，把一切都献给了她父亲的姑娘，强烈地打动了他。她毫不做作、天真纯洁，他发现自己出乎意料地迷上了她。

安娜意识到马诺利把玛丽亚吸引到他的魔力世界里去了，他给她讲故事，逗她发笑。她看着妹妹融化在他的温柔里。午餐结束前，安娜意识到眼前的这一切代表了什么。她把马诺利像个包装好的礼物一样送给了妹妹，现在却想把他夺回来。

十三

接下来的一周内,马诺利有点儿烦恼。这对他来说可不同寻常。他要用什么方法去追求玛丽亚呢?她与他在旅途中遇到过的大部分女人都不同。除此之外,在布拉卡,人们认可的男女之间交往的行为规范和模式与他生活过的那些城市里男女关系的行为方式完全不同。在这偏僻的克里特乡下,每个举动、每一句话都有人看在眼里,听在耳中。他在各种场合下见安娜时已完全体会到这一点,虽然他一直很小心,保证不越界,他还是知道自己在玩火。他在安娜身上看到一个女人的无聊与寂寞,她把自己与出生成长的村庄隔开,得到她渴望的地位,出钱请人做原本由她自己忙活的事情。她的地位提高了,却飘浮在没有友谊的社交真空里。以前,对于这样的女人,马诺利乐于满足她。一个女人的眼睛如此饥饿地寻找他的眼睛,张开嘴唇,笑得那么大方:忽视她是一种失礼。

玛丽亚很不一样。她不仅没有姐姐想嫁到村外的野心,似乎根本没有结婚的愿望。她跟鳏居的父亲住在一所小房子里,虽然早就到了适婚年龄,却一副安于现状的样子。马诺利不想承认,但实际上正是她对婚姻的毫无兴趣吸引了他。可是,他有的是时间,他会很耐心,他确信她迟早会被他征服。范多拉基斯家的男人从不缺乏自信。他们很少想到世上竟会有他们得不到的东西。

很多东西对马诺利都有利,也许最重要的是佛提妮对玛丽亚隐瞒了关于马诺利和安娜的流言蜚语。这些流传了好久的故事是从佛提妮的哥哥安东尼斯那里说开的。五年过去了,当年那个吻对安娜来说什么也不是,对安东尼斯却意味深长,被抛弃的感觉仍然让他怨恨不已。他一边瞧不起安娜,一边怀着邪恶的满足看着她丈夫的堂弟进进出出。现在埃莱夫塞里娅和亚历山德罗斯长居拿波里,很少来伊罗达,马诺利来的次数更多了。安东尼斯不论何时,只要来海边的小饭馆吃饭,就会向佛提妮报告。海边的小饭馆已成了佛提妮的家。

"他上周吃中饭时至少在那里待了两个小时。"他幸灾乐祸地说。

"我不想听你的闲话,"佛提妮为他斟上一杯梅子酒,同时粗暴地说,"而且最重要的是,我不想玛丽亚也听到这个。"

"为什么不行?她姐姐是个荡妇。难道你以为她还不知道吗?"安东尼斯突然厉声说。

"她当然不知道。你也不知道。她丈夫的堂弟来看看她又怎么样?他们是一家人,为什么不可以去?"

"偶尔去拜访是一回事,一旦天天去的话——即使一家人,彼此之间也没有这样频繁来往吧?"

"好吧，不管你怎么想。一定不许让玛丽亚知道——也不能让吉奥吉斯知道。他受的苦够多了。看到安娜嫁了个有钱人，对他来说可能是最好的事情了——所以你最好还是闭上嘴。我是说真的，安东尼斯！"

佛提妮当真了。她重重地把酒瓶掼在哥哥面前的桌上，盯着他。她保护吉奥吉斯和玛丽亚就像保护自己的亲人一样，她不想让这些恶意中伤的闲言碎语伤害他们。再说她对此也是半信半疑。自从安娜遇到安德烈亚斯的那晚开始，她的整个生活发生了巨变，为什么她会冒险抛弃这一切？这种想法难以理解，甚至十分可笑，而且，她还怀着希望，希望马诺利——安东尼斯下流谣言中的主角，有朝一日会注意到玛丽亚。在欢庆圣吉奥吉斯的圣徒日午餐以后，玛丽亚就不停地谈论着安德烈亚斯的堂弟，反复说着他们在范多拉基斯家相遇的点点滴滴。

马诺利好几次出现在村子里。由于他与吉奥吉斯的姻亲关系，他受到布拉卡男人们的热情接待。不久，他就成为酒吧里的常客，跟其他人一样，在酒吧的乌烟瘴气下玩双陆棋，给人递烈烟抽，讨论克里特岛的政局。即使在这样一个小村子，只有一条通往更小村庄的路，世界时局也是人们最重要的议事话题。尽管希腊大陆上的时势距离这里遥远，还是能燃起他们的激情与怒火。

"都怪共产党人！"里达基大声说，一拳砸在酒吧前台上。

"你怎么能这样说？"另一个声音回答道，"如果不是君主政体，大陆上不会有现在一半乱。"他们就这样说开了，有时候直说到下半夜。"两个希腊人，一场大争吵。"有句谚语这样说。这个酒吧里，一周中大部分晚上都有二十几个村民在里边坐着，争吵就和坛子里的橄榄一样多。

马诺利见过大世面，酒吧里其他人没法比——有些村民甚至没有去过比伊拉克里翁更远的地方，大部分人从没去过哈里阿——他给争论和谈话带来了新见解。他小心谨慎，从不吹牛说自己那些偶然的征服，虽然那才是他旅程中不断重复的主题。他讲的全是意大利人、南斯拉夫人，以及希腊大陆上他们同胞的乐事，以娱乐村民们。他的故事很轻松，人人都喜欢他，享受他带给酒吧的欢乐。无论何时，争论稍有停顿，马诺利就会讲上一两件逸闻趣事。人们聚在他身边，让他尽兴地讲。他讲雅典土耳其人旧时聚居区的故事，罗马西班牙台阶的故事，贝尔格莱德酒馆里的故事，把大家全给迷住了。他讲故事的时候，酒吧里除了排忧念珠偶尔会噼啪响一下，安静极了。他根本不用添油加醋，事实本身就足够精彩。他短暂的被囚经历，在地中海的一艘船上漂流，在南斯拉夫一个港口的后街与人决斗全是真的。这是一个没有责任感、起初毫无挂念的男人周游世界时发生的故事。这些故事说明他狂放不羁，但并非冷漠无情。可是实际上是马诺利在讲故事时，不想让人觉得他跟吉奥吉斯的女儿不般配，因此有意淡化了他的故事。

就连安东尼斯——以前只要他老板的潇洒堂弟一现身就躲在角落里——现在也不再躲着了，甚至还热情地招呼他。音乐是他们共同的纽带，加上他们都有几年出省的经历，虽然他们比一起喝酒的头发花白的男人要年轻上几十岁，在某些方面却比这些长辈眼界开阔。还是孩子时,马诺利就学会了七弦琴,在外旅行的那些年,七弦琴陪伴着他,给他安全。有一段时间,那玩意儿是他与饥饿之间唯一的界限。以前他经常靠自弹自唱来挣顿晚饭吃,七弦琴是他唯一没有赌掉的值钱的财产。这把珍贵的乐器现在挂在酒吧后面的墙上,当瓶里的梅子酒浅了时,他会走过去,从钩子上取下它,弹奏起来,琴弓把颤动的琴弦发出的乐音送进夜空。

安东尼斯也有支木笛,他的希亚波利,在他离开家的岁月中一直陪伴着他。圆润的笛音曾在一百多个山洞和牧羊人的窝棚里回旋,笛声安抚着同伴们的心灵,更寻常的是,笛声帮他们消磨了那些等待观望的日子。虽然马诺利与安东尼斯两个人完全不一样,可音乐是中立的,没有贫富贵贱之分。他们两人在酒吧里能合奏上一个多小时,旋律萦绕,迷住了听众。琴声越过他们飘进敞开的窗内,万籁俱寂中,也迷住了窗内的人。

虽然人人都知道马诺利父母拥有巨大财富,但也知道他早已挥霍一空,村民们觉得他跟他们一样,需要努力工作才能生活下去,他渴望讨上老婆成个家也很自然。对马诺利而言,这种相当安定的简单生活也自有其好处。虽然来这里不可能看到玛丽亚——这原本是他来这里的动机——但他发现自己居然爱上了这个村子。这里的人保持着和儿时朋友的亲密关系,对家庭忠诚,生活方式几百年来也未曾改变,这一切都吸引着他。如果他得到玛丽亚那样的女人,或者另外哪个乡村美人,他的归属感就更完整了。然而,除了在村里圣徒日上的庆祝活动,他很少有正当的机会遇见玛丽亚。

布拉卡这样的小村庄恪守的陈规陋习简直让他发疯。虽然他发现延续至今的传统正是吸引他之处,可是求婚仪式之隐晦简直可笑。他知道自己不能向安娜提起这个意图,而且,他现在也不怎么去看她了。他明白如果自己想按计划得到玛丽亚,他就必须打破这种关系。上次他去的时候,不出他所料,安娜显得尖刻暴躁。

"好啊,谢谢你来看我。"她尖酸地说。

"瞧,"马诺利说,"我觉得不该再在吃中饭的时候来了。人们开始嘀咕说我工作不尽责。"

"随便你,"她猛地说,眼睛里满是愤怒的泪水,"你跟我的把戏显然玩儿完了。我猜你现今在跟别的女人玩儿吧。"

说着,她冲出房间,门在她身后啪的一声关上了,响声有如雷鸣。

马诺利怀念他们之间的亲密,还有安娜眼中的火花,可这是他得准备付出的代价。

从那以后,家里没人再为马诺利准备饭菜,他经常去伊罗达或布拉卡的小饭馆吃饭。每个礼拜五他会去佛提妮的饭馆,她和斯特凡诺斯已经从他父母手中把它接管过来了。七月的一天,马诺利坐在那里望着大海那边的斯皮纳龙格。那座岛,形状像个半淹没在海里的大鸡蛋,他对此太过熟悉,因而很少想到它。与其他人一样,他偶尔很好奇,那边会是什么样子呢?可是他不会在那上面纠缠过久。斯皮纳龙格就在那边,那不过是一块住着麻风病人的岩石而已。

一盘小小的黑棒鲈端上来，摆在马诺利面前，当他用叉子戳着一条条鱼时，突然看到了什么。在昏暗中，一艘小船从岛那边划过来，小船划过黑黑的海水时，留下一带宽宽的三角痕迹。船上有两个人，当船驶入港口时，他看到其中有个人长得很像玛丽亚。

"斯特凡诺斯！"他叫道，"跟着吉奥吉斯的是玛丽亚吗？你们很少看见女人出海打鱼，是吗？"

"他们不是去打鱼，"斯特凡诺斯回答说，"他们是运送货物去麻风病隔离区。"

"噢，"马诺利慢慢嚼着食物，若有所思地说，"我猜总得有人做。"

"吉奥吉斯多年来一直做这个。比打鱼挣钱，也更有保障。"斯特凡诺斯把一盘炸土豆放在马诺利桌上，"可他主要是为了……"

佛提妮一直在周围走来走去，看话往哪儿说。她知道斯特凡诺斯不是故意这样做，他可能忘了吉奥吉斯不想让范多拉基斯家的人知道伊莲妮死于麻风病的悲惨事实。

"给你，马诺利！"她端着一碟茄子块冲过来，"刚刚出锅的，加了大蒜。我希望你爱吃。你能让我们单独待一会儿吗？"

她拖着丈夫的手把他拉到厨房。

"你得小心点儿！"她警告，"我们都得忘掉安娜和玛丽亚的母亲在斯皮纳龙格待过。这是唯一的办法。我们知道这没什么值得羞愧的，可是亚历山德罗斯·范多拉基斯可能不这样看。"

斯特凡诺斯一脸难为情的样子。

"我知道，我知道。有时候脑子忘了，如此而已。我真的有点儿蠢。"他咕哝着，"马诺利常来这儿，我忘了他与安娜之间的关系。"

"我考虑的不仅是安娜的地位，"佛提妮坦白地说，"玛丽亚对马诺利很有感觉。他们只见过一次，就在安娜家里，可是她一直不停地提到他，至少是对我不停地说。"

"真的吗？那个可怜的姑娘也该有个丈夫了，可是我看他有点儿游手好闲……"斯特凡诺斯说，"我猜这儿没多少选择，是吧。"

斯特凡诺斯看问题只有黑与白。他理解妻子在暗示什么，也认识到自己和佛提妮可以扮演撮合他们俩的角色。

就在那之后一周，玛丽亚和马诺利见面的机会到了。马诺利那个礼拜五又来了，佛提妮溜出侧门，拔腿向佩特基斯家跑去。吉奥吉斯吃过饭，去酒吧里玩他的双陆棋了，玛丽亚则坐在昏暗的灯光下读书。

"玛丽亚，他在那里，"佛提妮上气不接下气地说，"马诺利在饭馆里。你为什么不去看看他？"

"我不能。"玛丽亚说，"我爸爸会怎么想？"

"看在上帝的面子上，"佛提妮回答说，"你都已经二十三岁了。大胆些。你爸爸用不着知道。"

她抓起好朋友的胳膊。玛丽亚拒绝着，可只是微弱的抵抗——她内心渴望着去。

"我对他说什么呢？"她焦急地问。

"别着急，"佛提妮安慰她，"像马诺利那样的男人从来不会让你为说什么担心的，至少不会太久。他有的是话说。"

佛提妮没说错。她们一来到饭馆，马诺利顿时掌握了全局。他没问玛丽亚为什么来这里，而是邀请她坐到他这桌来，问她自从上次分手后她都做了些什么，她父亲现在怎么样。然后，比一般男人在这种场合下要大胆，他说："圣尼古劳斯有家电影院新开业。你愿意跟我一起去看电影吗？"

玛丽亚因再次见到马诺利而兴奋得脸通红，听到这句话，她的脸更红了。她低头望着膝盖，无法回答。

"那真是太好了，"最后她说，"可我们这里真的不兴这样……和一个几乎不认识的人去看电影。"

"嘿，告诉你，我还会请佛提妮和斯特凡诺斯一起去。他们就是同伴。我们礼拜一去吧。那天小饭馆正好休息，不是吗？"

结果，在她明白过来之前，在她有时间着急之前，在她想找出反对的理由之前，日期就已定好了。就在三天后，他们四人一起去圣尼古劳斯。

马诺利的计划无懈可击，他们的出游成了每周的例行约会。每个礼拜一，他们四人会在晚上七点左右出门，整个晚上看最新上映的电影，然后吃晚饭。

吉奥吉斯很高兴看到这个英俊迷人的男人追求他女儿，远在他女儿认识马诺利之前好几个月，他就开始喜欢马诺利了。尽管这是很现代的举动——在任何形式的正式约定定下来之前就一起外出游玩——但毕竟，他们是在朝一个更开明的时代前进，玛丽亚有人陪着，这能挡住村里老妇们责备的嘀咕声。

这四个人彼此很喜欢在一起，布拉卡之外的旅行改变了他们原本单调的日常生活。他们在一起的时光充满欢笑，马诺利的笑话和滑稽举止常常让他们笑弯了腰。玛丽亚开始放任自己享受起白日梦来，她想象着下半生都能对着这张线条清晰的英俊面孔，那张脸因为生活和笑得太多而满是皱纹。有时当他直直地盯着她的眼睛时，她感到脖子上的汗毛都竖了起来，手掌也潮湿了。即使在温暖的夜晚，她也能感到自己在不自觉地哆嗦。被人这样哄着、逗着真是新鲜的体验。在她苍白的人生背景中，马诺利的出现是种多么明亮的安慰啊！有时候她很好奇，他究竟能不能对什么事情认真。他总是兴高采烈，感染着周围每个人。玛丽亚从未享受过如此无忧无虑的快乐，慢慢以为这种愉悦便是爱情。

然而，一直以来让她良心不安的，便是如果她结婚，父亲会怎样。大部分姑娘结婚后便离开自己的家，与丈夫的父母住在一起。显然，在马诺利这儿不会这样，因为他早就没了父母，可让他搬过来住进他们在布拉卡的小房子也是同样不可能的。以他的身份，这是难以想象的。这个问题在她脑海里一遍又一遍地盘旋，她甚至都不去计较马诺利到现在怎么都还没吻过她。

马诺利以前从没表现得像现在这样有风度，他早就想好了，规规矩矩才是得到玛丽亚的唯一办法。他有时候觉得十分可笑，以前在国外时，双方还没交换姓名，他就可能带那姑娘上床了，而在这里，他和玛丽亚一起待了几十个小时了，却还没碰过她。他对她怀着强烈的欲望，可等待美妙而新鲜。他坚信耐心会得到回报的，这种等待只会让他更想得到她。在他们开始交往的头几个月里，他凝视着她被乌黑的秀发包围着的洁白的鹅蛋脸时，她会害羞地低下头，不敢与他对视。然而，一段日子过后，他发现她越来越大胆，敢迎着他的眼光看回来。如果他贴近点儿看，他能满意地看到她美丽的脖颈上脉搏加速跳动，美丽的五官绽放出微笑。如果他现在占有这个处女，他知道自己就得被迫离开布拉卡。虽然过去他已夺去过几十个女孩的贞操，但他不能玷污可爱的玛丽亚，更重要的是，内心有个声音在敦促他控制自己——他该安顿下来了。

安娜呢，在远处嫉妒地看着，恨恨不已。自从吉奥吉斯和玛丽亚来吃过午饭后，马诺利就很少来看她了。偶尔有家庭聚会，他也外出避而不见。他怎么敢如此对她？不久，她就从父亲那里得知马诺利在追求玛丽亚。这只是为了激怒她吗？要是她能向他显示她真的对此毫不在乎该有多好。然而没有这样的机会，因此她也没处发泄这种愤怒。她绝望着，尽量不去回想他们在一起的时候，而是让自己忙于日益铺张的家庭改造计划，借以分散自己的注意力。同时她知道布拉卡的一切还在无情地继续着。可是没有人能让她吐露心声，她体内的愤怒就像高压锅里的蒸汽。

安德烈亚斯被她奇怪的脾气弄得很是沮丧，老是追问她怎么回事，得到的回答却是别去烦她。他只好任她去。他感到刚结婚时的太平日子，连同她可爱的面容、动听的话语都一去不返了。现在他一头扎进庄园事务里，让自己越来越忙。埃莱夫塞里娅也注意到这个变化。几个月前安娜还很快乐、很活泼，现在她似乎只会生气。而安娜从小就不会掩饰自己的情绪。她想要尖叫、怒吼，想要撕扯自己的头发，将它们一把一把连根拔起，可是当父亲和玛丽亚有时来看她时，他们提都不提马诺利的名字。

出于某种直觉，玛丽亚感到自己与马诺利的感情可能踏进了姐姐的领地，也许安娜把范多拉基斯家都看成了自己的势力范围。那何必谈起这些事情让情况更糟呢？她对安娜的痛苦毫不知情，只以为她的奇怪态度，可能是到现在也没能怀上孩子惹起的。

二月的一个晚上，那时每周一次的晚间出行已经持续了六个月，马诺利到酒吧里去找吉奥吉斯。这个老头一个人坐在那儿，读着当地的报纸。马诺利走过来，他抬起头，一缕烟在他头上缭绕。

"吉奥吉斯，我能坐下吗？"马诺利礼貌地问。

"当然，"吉奥吉斯说着，继续看报纸，"这又不是我一个人的地方，对吗？"

"有件事我想跟您谈谈。我直说吧。我想娶您的女儿。您同意吗？"

吉奥吉斯仔细叠好报纸，放在桌上。马诺利觉得等他开口说话似乎等了一个世纪。

"同意？我当然同意！你追求村里最漂亮的姑娘差不多有半年了——我还以为你永远不会开口。你总算说了！"

吉奥吉斯夸张的回答掩饰了他对这场求婚的极度快乐。不止一个，而是两个女儿都嫁入省里最有影响力的家庭。吉奥吉斯绝非势利之徒，现在两个女儿的未来都有了依靠，他只有单纯的欣慰与快乐。这是当父亲的对女儿最大的希望了，特别是这样一个渔夫父亲。他透过马诺利脑后酒吧半掩的百叶窗，看到闪着点点灯光的斯皮纳龙格。要是伊莲妮能分享这一时刻该多好啊。

他握住马诺利的手,片刻间说不出话来。他的表情说明了一切。

"谢谢您。我会照顾好她,我们也会照顾您。"马诺利完全明白玛丽亚婚后吉奥吉斯的孤独处境。

"嘿!我们要你最好的奇科迪亚!"马诺利朝里达基大叫道,"我们有事情要庆祝。真是奇迹。我不再是个孤儿了!"

"你们在谈什么?"里达基拿着一瓶酒和两只杯子踱了过来。他已习惯了马诺利的噱头。

"吉奥吉斯同意做我的岳父大人了。我要娶玛丽亚。"

那天晚上酒吧里还有几个人,在被谈论的姑娘还不知情时,村里的男人们就在为她与马诺利的未来举杯庆祝了。

那晚,吉奥吉斯回到家时,玛丽亚正要上床睡觉。父亲进门后飞快地关上门,把二月的寒风挡在屋外。家里火烧得暖暖的,玛丽亚发现父亲脸上神色异常,满脸洋溢着兴奋和快乐。

"玛丽亚,"他说,伸手抓住了她的双臂,"马诺利向你求婚了。"

有一会儿,她低着头,痛并快乐着,两种情绪同样强烈。她的喉咙发紧。

"您怎么回答的?"她小声问。

"你想要的回答——同意。当然!"

在玛丽亚的一生中,从未体会过这种混杂的感情。她的心就像一口大锅,但里面各种东西抗拒被煮在一起。她胸口一阵阵发紧。这是什么？难道幸福的感觉就像作呕？就像她无法想象别人的痛苦一样，她也想象不出别人对幸福的感觉。她很肯定自己爱马诺利。他的魅力、他的机智，都很容易让人爱上他。可是她整个的未来就即将和他融合在一起了吗？许多焦虑咬啮着她的心。父亲怎么办？她立刻把自己的担忧说了出来。

"太好了，爸爸。太好了。可是您怎么办？我不能把您一个人留在这里。"

"别担心我。我可以住在这里——我不想离开布拉卡。我在这里还有很多事情做。"

"什么意思？"她问，虽然她完全明白他的意思。

"斯皮纳龙格。那座岛还需要我——只要我还能驾船去那里，我就要继续去。拉帕基斯医生指望着我，岛上其他人也是。"

麻风病隔离区与布拉卡依然有许多来往。每月都有新的病人和补给品运送，还有政府拨款翻修的建筑材料要运送。吉奥吉斯是整个工程的关键。玛丽亚理解他对这座岛的依恋。他们现在很少提起它，可是他们都认同，这就是他的使命，是他与伊莲妮保持联系的方式。

父亲与女儿那晚都睡得很踏实，第二天的早晨姗姗来迟。那天，吉奥吉斯带着玛丽亚去范多拉基斯庄园里马诺利的家。那天正好是礼拜天，马诺利在门口迎接他们。玛丽亚以前从未看过他的房子，现在这里即将成为她的家。她稍一盘算，就发现这里比他们在布拉卡的家大上四倍，在这里生活的想法让她害怕。

"欢迎欢迎。"马诺利的话让玛丽亚温暖，"进来吧，你们都进来吧。外面太冷了。"

那天确实是这一年中最冷的一天。暴风雨就要来了，四下里狂风大作，激起枯叶盘旋，绕着他们的脚踝打着圈。玛丽亚走进房间的第一印象是没有光，到处都很凌乱，她一点儿也不奇怪，只有女佣而没有女主人的房子就是这个样子。马诺利把他们领进会客室，那里稍稍整洁些，绣花蕾丝桌布和墙上的几幅相片多少显出房间还有人打理。

"我叔叔婶婶很快会来。"他解释道，几乎有点儿紧张，接着又转向玛丽亚说，"你父亲同意我的求婚了。你愿意嫁给我吗？"

她停了片刻，对他们来说仿佛过了一个世纪。他双眼乞求地看着她，片刻间有点儿疑惑。

"愿意。"她终于说。

"她说'愿意'！"马诺利吼了起来，突然找回了信心。他抱着她，吻着她的手，拥着她转啊转，直到她再三求他停下来。跟马诺利在一起总有惊喜，他的活力令她惊叹。这个男子就是一支活生生的开放圆舞曲。

"你要成为我的妻子了！"他兴奋地说，"玛丽亚，我叔叔婶婶正等着再次见你。可是吉奥吉斯，在他们来之前，我们必须谈谈有关您的一件重要事情。您愿意跟我们一起住在这里吗？"

马诺利一如既往地直接，请吉奥吉斯跟他们住在一起，他们就可以重建父母最终由子女照顾的传统生活模式。虽然马诺利知道玛丽亚想离父亲近些，可他没有与玛丽亚讨论过这事，更没想到这事的敏感性。

"你真好。可是我不能离开村子。玛丽亚明白，不是吗，玛丽亚？"吉奥吉斯说着，向玛丽亚求援。

"我当然理解，爸爸。我不介意，只要您能尽可能地多来看我们——不管怎样，我们都会经常去布拉卡看您。"

吉奥吉斯知道玛丽亚说话当真，他不必担心玛丽亚不来看望自己。她不像安娜，安娜现在几乎不写信，也不去看他了。

马诺利并不真正理解未来岳父对村里那老屋的依恋，可是他不打算再追问下去。正在这时，外面石子路上传来车轮声，接着是汽车门啪地关上的声音。亚历山德罗斯和埃莱夫塞里娅站在门口，马诺利拥着他们走进来。大家轮流热情地握手。范多拉基斯和佩特基斯两家人几个月没有见面了，他们很高兴看见对方。亚历山德罗斯作为一家之主，有责任开口说话。

"吉奥吉斯和玛丽亚，很高兴，我们再一次欢迎你们走进我们的家庭。我哥哥和他的妻子——马诺利去世的父母，会像我们一样为玛丽亚成为我们的侄媳妇而高兴。"

这些话出自他的真心，玛丽亚害羞快乐得飞红了脸。亚历山德罗斯和埃莱夫塞里娅明白，和安娜一样，这位新娘也不会有什么嫁妆，只有一些绣花蕾丝织物让他们侄子简朴的家柔和一点儿。不过他们不会纠缠于这个问题，因为让马诺利娶个本地姑娘，安定下来，得到的远比失去的多。这个结合完全能实现他们对马诺利父亲的承诺，保证他儿子安宁幸福。在这孩子消失去欧洲的那段日子，亚历山德罗斯觉得自己很失败。他对扬尼斯承诺的一切都没能兑现。马诺利不在的那段时间，亚历山德罗斯大多数时间不知道他是死是活，到底在哪个国家，可是一旦马诺利娶了玛丽亚，他就给束缚在伊罗达了，会一直在这里帮助安德烈亚斯管理范多拉基斯大庄园。

他们五人举杯互祝身体健康。

"以神的名义！"玻璃杯一齐叮当碰响时，他们齐声祝道。

不久，他们就谈到何时举行婚礼。

"我们下周就办了吧。"马诺利说。

"别傻了！"埃莱夫塞里娅吃惊地反驳道，"你不明白一场大型婚礼有多少事情要准备！至少要半年。"

当然马诺利这是在开玩笑，可是他继续说着玩："我们当然用不了那么长时间。我们去找牧师吧。来吧，我们现在就去看他愿不愿意今天就为我们证婚。"

马诺利的话半真半假。他现在像只老虎，等不及享用他的猎物。他脑子飞快地转着：玛丽亚，美丽苍白而坚强，她的头发披散在枕头上；一束月光照在床上，照亮那完美的胴体，等待着他。整整六个月的等待。我的天啊，他怎么能等那么久！

"我们必须尽量按你父母的意愿来办。"亚历山德罗斯说，"要体面！"他补上一句，完全意识到了马诺利的冲动。

马诺利看了叔叔一眼。他知道叔叔认为他需要有人管着，而他，很敬爱亚历山德罗斯，愿意消除叔叔对他的担心。

"当然，我们要办得体面，"他现在是真心真意地说，"我们要按照规矩来办。我保证。"

玛丽亚一得闲,便首先冲到佛提妮面前,第一个告诉她这个消息。

"只有一件事让我担心,"她说,"我爸爸。"

"我们会在这里照看着他的,我父母也会。"佛提妮宽慰她,"好了,玛丽亚,你也该结婚了。你父亲会理解的,我知道他会。"

玛丽亚尽量让自己安心,可是她对父亲的担心一直让她无法得到最彻底的快乐。

十四

马诺利和玛丽亚的订婚晚会是在马诺利求婚一个月后举行的,邀请了所有布拉卡村民参加。他们俩都觉得自己得到了好运。玛丽亚的一些儿时伙伴被她们的父亲嫁给了她们不爱的男人,被期待着与丈夫们培养出感情,那就像她们在坛子里栽种天竺葵似的。在那个时代,为了方便,父母包办婚姻很常见,所以自己竟嫁给了自己爱的人,这让玛丽亚很是吃惊,也颇感欣慰。她为此很感激姐姐,可是一直没有合适的时间、合适的机会来表达谢意,因为她们现在很少见面。让大家吃惊且担心的是,她根本没来参加订婚晚会。她只通过安德烈亚斯捎了个不来出席的借口,安德烈亚斯和父母一起参加了这个晚会。

马诺利喜欢结婚这个念头。他觉得自己浪子般四处流浪的生活真正、完全地结束了,他现在憧憬着被人照顾,甚至——也许还会生几个孩子。玛丽亚每周去教堂感谢上帝,与她相反,马诺利把自己的好运归功于众神,主要是阿佛洛狄忒[1],是她把这美丽的女子毫不费力地送给了他。如果没有爱,没有美,他宁愿终身不婚,他很欣慰的是现在爱与美兼而有之,同样动人。

订婚晚会十分热闹,村里广场上挤满了尽情欢乐的人们。斯特凡诺斯端出一盘盘食物,而玛丽亚和马诺利混在人群中。

马诺利把堂兄拉到一边。

"安德烈亚斯,"他几乎要大喊,声音才能越过喧闹的乐队演奏和歌唱声,让安德烈亚斯听见,"你愿意当我们的主婚人吗?"

主婚人是婚礼中的关键人物。在婚礼仪式上,他的作用几乎和牧师一样重要。如果情况允许,正常情况下,他也将是新人第一个孩子的教父。

安德烈亚斯早就等着这个邀请了。他想,如果他们不请他当主婚人,他会觉得很受伤。显然,他是最好的人选。马诺利和他不仅仅是兄弟,更像是双胞胎,由他来把他们俩联结到婚姻中是最好的选择,更何况他还是玛丽亚的姐夫。不过,他对邀请的期盼并没减少这种快乐。

"没有比这让我更高兴的了,堂弟!我很荣幸。"他说。

安德烈亚斯觉得很奇怪,他总是想要保护马诺利。他记得很清楚,伯伯去世后,马诺利被带到他们家来的那段日子。安德烈亚斯一直是个平和而有点儿严肃的孩子,马诺利比他野,不受约束,他们完全不一样。可他们跟一般兄弟不同,很少像孩子们那

---

[1] 希腊神话中爱与美德女神。

样吵嘴，彼此也不嫉妒。他们生命中有五年都是彼此的兄弟和玩伴。安德烈亚斯多少从堂弟爱冒险、不负责的性格中得到些好处，而马诺利呢，毫无疑问需要叔叔婶婶的严厉管教。安德烈亚斯比马诺利大六个月，自然觉得应担起保护他的责任。其实在十三四岁时，是马诺利领着堂兄不学好，让他更大胆放肆，在庄园里胡作非为。

玛丽亚收到了第一件嫁妆，接下来还收到更多，庆祝活动一直持续到午夜。晚会结束后，这个村子成了克里特岛上最安静的地方。在太阳高高升到天上之前，连狗都累得不叫了。

安德烈亚斯回家时，大家都睡着了。亚历山德罗斯和埃莱夫塞里娅在他之前就回来了，家里静悄悄的，黑得出奇。他摸进卧室，听到安娜翻了个身。

"你好，安娜。"他悄声说，以防安娜醒过来。

其实安娜整晚丝毫没有睡意。她翻来覆去，一想到在布拉卡举行的庆祝活动就气得发疯。她想象得出妹妹神采飞扬的笑容，马诺利乌黑的眼睛会盯着她，他的手会搂着她的腰，热切地接受所有人对他们的祝福。

安德烈亚斯拧开床头灯时，她翻了个身。

"嗯，"她说，"好玩吗？"

"盛大的庆祝。"他脱衣服时没有看妻子，所以没有发现她满脸的泪痕，"马诺利请我当主婚人！"

得知这个消息并不意外，可安娜还是没有做好准备迎接这个打击。安德烈亚斯在马诺利和玛丽亚生活中的作用现在更加重要了，他把所有人联结到一起，她将永远品尝妹妹的幸福给她带来的痛苦。在黑暗中，她的眼睛一阵刺痛，她翻身把脸埋在枕头里。

"晚安，安娜。睡个好觉。"安德烈亚斯爬上床。不到几秒钟，床就随着他的鼾声振动起来。

空气清新的三月，日子过得飞快，春天随着鲜花的绽放来到了人间，预计在秋天举行的婚礼正在紧锣密鼓地准备着。日子定在十月，婚礼上将用今年新酿的葡萄酒来庆贺。玛丽亚和马诺利继续他们的周末出游，佛提妮和斯特凡诺斯仍然陪着他们。姑娘的贞洁是婚约不言自明的前提。大家都看出了诱惑力，可大家在乎的是，婚礼之夜前，姑娘不该单独和她的未婚夫在一起。

五月的一个晚上，当他们四人在圣尼古劳斯坐下来喝点儿东西时，玛丽亚发现佛提妮看上去脸有点儿红。她看得出，她的朋友有事想说。

"什么事，佛提妮？你看起来很开心！"

"是的……我们有孩子了！"她脱口而出。

"你怀孕了？这真是好消息。"玛丽亚一把抓住佛提妮的手，"什么时候生？"

"我想还要过七个月吧——现在还太早了。"

"那就在我们结婚后几个月——那每隔一两天我就要回布拉卡看你。"玛丽亚兴高采烈地说。

他们举杯庆贺这个好消息。对两个姑娘来说，她们似乎刚才还在沙滩上堆城堡，现在，却在这里讨论结婚生子。

那个夏天快结束时，玛丽亚想到自从上次见过安娜后，很久没见过她了，而且姐姐对她即将举行的婚礼毫无兴趣也让她备感困惑，她决定去拜访一下姐姐。

那是个酷热的八月天，傍晚时分高温都未有丝毫缓解，马诺利和玛丽亚没有像往常一样与佛提妮和斯特凡诺斯一起去圣尼古劳斯，而是一道去见安娜。这有点儿唐突。没有邀请，没有接到高傲而难以捉摸的安娜想见他们的片言只语就来了。对于安娜的态度，玛丽亚很清楚。除了不同意他们的婚礼，她还有别的意思吗？玛丽亚想弄清真相。她写了几封信，一封信诉说安娜没能参加的订婚晚会，想必她是身体不舒服；另一封信告诉姐姐，自己收到了做嫁妆的漂亮内衣——全都没有回音。安娜有电话，可是玛丽亚和吉奥吉斯没有，他们之间的通信暂时中断了。

马诺利驾车开上了伊罗达外那条熟悉的路，那是通往气派的范多拉基斯家的路，他熟练地转弯，像任何一个成功驶过许多弯道的年轻人一样。玛丽亚却很紧张。勇敢点儿，她对自己说，安娜是你姐姐。她不懂为什么自己去见这个与自己血肉相连的人竟会这般紧张。

他们把车停好，玛丽亚首先走下汽车。马诺利似乎有点儿慢，他从引擎上随意拔出钥匙，又对着后视镜梳梳头。玛丽亚站在那里等他，迫不及待地等着这次短暂会面。她的未婚夫握住大而圆的门把手准备推门而入——毕竟对他而言，这也是他的家——可是门纹丝未动，他只好抓着门环，重重地敲了几下。门终于开了，开门的不是安娜，是埃莱夫塞里娅。

她看到马诺利和玛丽亚有点儿吃惊。很少有人事先不打招呼就登门拜访,可大家都知道马诺利不是那种太拘于礼节的人,她热烈地拥抱了他。

"进来,进来,"她手忙脚乱,"很高兴看到你们。我要是早点儿知道你们要来就好了,那样我们可以一起吃晚饭,不过我能给你们端点儿吃的、喝的来……"

"其实我们是来看安娜的。"马诺利打断她,"她还好吧?很久没有她的消息——几个月了。"

"是吗?噢,我知道了。我真没想到你们能来这儿。我上去叫她,告诉她你们来了。"埃莱夫塞里娅急急地走出房间。

安娜早就从卧室窗户里看到熟悉的车子停下来。她该怎么办?她尽可能地避免这种会面,她以为只要远离马诺利,就能让自己对他的情感慢慢淡去。然而,一周七天,她都能看见他。当丈夫从庄园里回来,她看到马诺利的影子;晚上,当安德烈亚斯与她做爱时,马诺利时不时地就从她半闭的眼睛里浮现出来。她热切地迷恋着这个酷似丈夫却比丈夫要有活力的人,这份感情还和当时他将一朵鲜花插在她胸间时一样浓烈,只要一想到他,就足以勾起她的欲望。她渴望见到他那灿烂的笑容,那会点燃她的激情,让她浑身颤抖,可是现在这种相会只是提醒她:马诺利已不再属于她,而只属于玛丽亚了。

她假装能控制住自己,直到今天晚上。现在她陷入了困境。世界上她最爱又最恨的两个人就在楼下等她。

埃莱夫塞里娅轻轻地敲了敲她的门。

"安娜,你妹妹和她的未婚夫来了!"她说,"你要下来见他们吗?"

安娜从来不太信任埃莱夫塞里娅,婆婆已经疑心她对马诺利的感情。婆婆最清楚马诺利曾经有多频繁地来探访她,也是唯一一个清楚地知道玛丽亚订婚那天她并未生病的人。就是现在,埃莱夫塞里娅也能觉察出儿媳不愿离开卧室。走过房间用不了这么长时间。一切都连上来,说得通了。埃莱夫塞里娅耐心地站了片刻,然后再次敲门,这次敲得更久一点儿。"安娜,你会下来吗?"

从关着的门后传来安娜尖刻的回答:"好的,我就来。我准备好后就下来。"

过了好一会儿,安娜打开卧室门,走下楼来,她嘴唇抹得鲜红,头发滑溜得像玻璃。安娜深深吸了口气,推开会客室的门。尽管这个家真正的女主人是埃莱夫塞里娅,可安娜从头到脚每一寸都像这个家中的贵妇。她穿过房间,迎接自己的妹妹,在妹妹脸颊上象征性地啄了一下。然后转过身对着马诺利,伸出苍白而纤弱的手,握住他的手。

"你好,"她笑着说,"真让人吃惊。多么大的惊喜。"

安娜一直擅长演戏。从许多方面来看,再次看到这个活生生的、令她沉迷的男子真好;可是还远不止于此,几个月来,她无时无刻不在想着他,现在他就站在这里,站在她面前,比她记忆中更粗犷、更勾起人的欲望。安娜发现自己还握着他的手,觉得仿佛过了好几分钟,可实际上只过了一两秒。她的手出了汗,湿乎乎的。她松开了手。

"我觉得好久没见你了。"玛丽亚说,"时间过得真快,你知道我们十月要结婚,是不是?"

"是的,是的,真是惊天大新闻。真是太好了。"

埃莱夫塞里娅忙忙地端着一个托盘进来了,上面摆着玻璃杯和一排小碟,碟子里是橄榄、羊乳酪块、杏仁和温热的皮塔饼。片刻之间能摆出这么多小吃真是奇迹,可埃莱夫塞里娅还抱歉未能用更丰盛的晚宴来款待他们。她又从餐具柜里取出一大瓶精心酿制的茴香酒,给每人倒上一杯。

他们各找了一个位置坐下。安娜端正地坐在椅子边上,马诺利舒服地往后靠着,完全放松。落日余晖透过镂空绣花窗帘,房间里一片温暖的橙色光芒。尽管谈话不太自然,安娜却努力让谈话继续下去。她知道这种场合下,这是她的任务。

"爸爸怎么样,他还好吗?"

很难看出安娜是不是真的关心,可是当然,玛丽亚从未想过她会不关心爸爸。

"他很好。他很高兴我们结婚。我们请他在我们婚后跟我们一起住,可他固执地要待在布拉卡的家里。"她说。

玛丽亚一直为姐姐明显缺少对父亲的关心找各种借口:她离布拉卡太远了,她刚当妻子,她在庄园里还有其他类似责任。玛丽亚知道现在自己也即将有这些变化。如果安娜愿意照顾父亲多一点儿,至少多去看看他,那会给她很大帮助。她正要开口讨论这个话题,门道里传来说话声。

亚历山德罗斯和安德烈亚斯刚检查完拉西锡高原上的田地后

回来了,其实这对堂兄弟经常见面,讨论庄园事务,可他们还是像好久不见的老朋友一样拥抱。又倒了一些酒后,家里的两个男人也坐了下来。

玛丽亚注意到气氛有些紧张,可不明白原因所在。安娜似乎聊得很高兴,但玛丽亚发现姐姐谈的大多是关于马诺利,和她没什么关系。也许与坐的位置有关。马诺利坐在安娜对面,而安德烈亚斯和玛丽亚坐在包着布套的长沙发上,各坐一边,埃莱夫塞里娅坐在他们中间。

马诺利本已忘了安娜对他的吸引力。她妖艳迷人、光彩夺目,他想起那些午餐时的幽会,竟又有点儿怀念。尽管他现在是个正式订了婚的男人,但他身上那种无赖习性又开始蠢蠢欲动。

埃莱夫塞里娅看得出安娜的不同。她平时总是阴沉着脸、寡言少语,可是今晚她神采飞扬、脸颊绯红,即使光线不太亮,也看得出她满脸笑容。她对马诺利说的一切都说好、都肯定,简直到了讨好的地步。

像往常一样,马诺利主导着谈话。他频频提到玛丽亚,还把她称作自己"美丽的未婚妻"。安娜尽量让自己不生气,断定这是马诺利故意想惹她生气。他还在逗她玩,她想,还是在玩几个月前他们玩的把戏,显然他没有忘记他们的调情。现在他旁若无人地看她的样子,往前靠着对她说话的神态说明了一切。要是房间里没人该多好啊。她跟马诺利在一起的这个晚上,她像是既在天堂,又在地狱。

大家谈的主要是婚礼,比如仪式什么时候举行,邀请些什么人，安德烈亚斯的主婚人职责。到玛丽亚和马诺利起身离开时，天差不多黑了。他们的眼睛还没适应昏暗，埃莱夫塞里娅拿着一盏昏暗的台灯走过来，免得他们走出房间时在地毯上磕磕绊绊，撞到桌边。

"安娜，还有一件事，"玛丽亚决定不完成使命就不走，"你最近可以回去看看父亲吗？我知道你很忙，可是我想他会很高兴的。"

"好的，好的，我会去。"安娜异乎寻常地顺从妹妹，"我忽略了。我太不懂规矩了。过几个礼拜我就去布拉卡。九月的第三个礼拜三怎么样？方便吗？"

那是随意的、漫不经心的一问，可不知怎么就充满恶意。安娜清楚地知道九月的某个礼拜三和四月、六月或七月的某个礼拜三，或某个礼拜一、礼拜二一样没有区别，玛丽亚一个礼拜除了礼拜天，天天都忙于家务，安娜哪天来都没有关系。再说，玛丽亚本指望安娜说个早点儿的日期。然而，她的回答无可挑剔。

"那太好了。我会告诉爸爸。"她说，"我知道他会很期待的。他通常五点钟和拉帕基斯医生一起从斯皮纳龙格回来。"

该死的，玛丽亚提到了那座岛！安娜想。她感到过去五年他们一直做得很好，没有让范多拉基斯家的人知道他们与麻风病隔离区的关系。她也知道这件事现在关乎玛丽亚的未来。为什么他们不干脆忘掉它呢？大家都知道吉奥吉斯往斯皮纳龙格运送供给品，接送岛上的医生。就算没有被不断提起，可难道那还不够丢人吗？

最后的拥抱告别后,马诺利和玛丽亚坐车走了。玛丽亚觉得也许坚冰开始融化,即使安娜时不时发发脾气。她一直尽量不去评判自己的姐姐,把对她的不满放在心里,可她毕竟不是圣人。

"安娜该来布拉卡看看了,"她对马诺利说,"如果我把爸爸一个人留在那里,她更得常来看看他。"

"如果她能这样做,我会很吃惊。"马诺利说,"她向来我行我素。事情如果不按她的意思办,她肯定不高兴。"

马诺利对安娜的这种认知让玛丽亚迷惑。他说起她姐姐时,仿佛某个十分熟悉的人。安娜并不难相处,可即使这样,马诺利能做出如此准确的判断,还是让她吃惊。

玛丽亚现在数着日子等着婚礼的到来。只剩四周了。她希望日子快点儿过去。但即将离开父亲又令她心情沉重。她决心尽可能做好一切,让这个转变轻松过渡。她能采取的最有用的办法便是在父亲今后一个人住之前,先为他整理好房子。夏天那几个月,屋内屋外一样酷热,她不得不把这活儿挨后了。现在天凉爽下来,正好干这活儿。

这天是安娜答应要来的那天。她还有些东西在家里,她这次回来,也许想要带走。有些是她儿时的玩具,也许她不久又会需要它们,玛丽亚沉思着。当然,范多拉基斯家不久就会有个孩子。

秋天里的大扫除开始了。小屋里一贯整洁——玛丽亚总是整理家务——可是还有个旧碗柜,里面塞满了很少用的碗碟,要洗一洗,家具需要再擦擦,烛台看上去没有光泽了,一些画框几个月没有擦拭灰尘了。

玛丽亚一边干活儿,一边听着收音机,跟着收音机里某个波段叽叽喳喳的音乐哼着。到下午三点钟了。

收音机里正在播放她最喜欢的米基斯·塞奥佐拉基斯的一首歌。充满活力的布祖基琴是做清洁时最好的伴奏,因而她把音量调到最高。音乐声淹没了开门声,玛丽亚背对着门,没有看到安娜进来坐下。

安娜坐在那里有十来分钟了,看着玛丽亚干活儿,她没打算帮她。早上起床时,安娜穿上了最好的白棉布绣蓝色小花的衣服。看到妹妹这样苦干,她竟得到一种反常的满足,可是玛丽亚怎么看上去那样轻松快乐?还唱着歌来擦架子,真是不可理喻。不过,当她想到玛丽亚就要嫁的那个男人,她就完全理解了。妹妹一定是世界上最快乐的女人。她是多么痛恨这一点啊。她起身离开座位,玛丽亚突然听到木头在石头地上的刮擦声,吓得跳起来。

"安娜!"她尖叫道,"你坐在这里多久了?为什么你不告诉我你来了?"

"我坐在这里几个世纪了。"安娜无精打采地说。她明白,玛丽亚知道她一直在看着她,会很生气。

玛丽亚从椅子上下来,解下围裙。

"我来做点儿柠檬汽水喝吧?"她立即原谅了姐姐。

"好的,去弄吧。"安娜说,"都九月了,怎么还这么热,不是吗?"

玛丽亚忙着削几个柠檬,用力把柠檬汁挤到罐子里,兑上水,一边加糖,一边使劲儿搅拌。她们在开口说话前各喝了两杯。

"你在做什么?"安娜问,"你就没有不干活儿的时候吗?"

"我把房子收拾好,爸爸好一个人住在这里。"玛丽亚说,"我清出了你的几样东西,也许你还要。"她指的是一小堆玩具:洋娃娃、笛子,甚至还有个儿童织布机。

"你很快就会像我一样需要了。"安娜飞快地反击说,"毫无疑问,一旦你们结婚,你和马诺利会希望延续范多拉基斯这个姓氏。"

安娜无法掩饰她对玛丽亚的嫉妒,这一句话包含了她全部的憎恨,甚至没有孩子也不再让她快乐。挤过的柠檬皮扔在桌上,摊开在她面前,干掉了,就连它们也不会有她那般无聊苦涩。

"安娜,怎么啦?"玛丽亚没法回避这个问题,即使她感到越了雷池,"一定发生了什么事,你可以跟我说,你知道。"

安娜没打算向玛丽亚吐露。那是她最不想做的事。她是来看爸爸,不是来跟妹妹说知心话的。

"没什么。"她飞快地说,"瞧,我要去看看萨维娜,过一会儿等爸爸回来后我再来。"

安娜转身离去时,玛丽亚发现姐姐后背湿了。她上好的、剪裁合身的衣服因为汗湿而变得透明。一定有什么事情困扰着她,就像岩石池里的水一样明白无误。可是玛丽亚知道自己是没法找出真相的。也许安娜更愿意向萨维娜倾诉,她便能间接地知道问题所在了。这么多年来,姐姐的情感一直很容易读懂,它们像贴在树上或墙上的海报,将音乐会的日期时间广而告之,什么东西也不隐藏。现在一切仿佛给裹起来，还裹得那样深、那样紧、那样严密。

玛丽亚继续扫着、擦着，一个多小时后，吉奥吉斯回来了。这也许是她第一次没为离开父亲而苦恼。他看上去比同年纪的人要强壮，她相信自己不在这里，他也会活下去。现在他不会太在意世俗的烦恼，她知道有村中酒吧里朋友们的陪伴，他晚上也不会太孤独，真是谢天谢地。

"安娜刚才来过，"她闲闲地说，"她很快就会回来的。"

"她去哪里了？"吉奥吉斯问。

"我想是去看萨维娜了。"

正在这时，安娜走进来。她热情地拥抱了父亲，两个人坐下来聊天，玛丽亚为他们弄喝的。他们泛泛地聊着，所有问题一带而过。安娜在忙些什么？两套房子的装修完了没有？安德烈亚斯还好吗？玛丽亚想听到父亲问的问题——安娜快乐吗？为什么很少来布拉卡——他却什么都没问。关于玛丽亚即将举行的婚礼，一个字都没提到，连最轻微的暗示也没有。一个小时飞快地过去了，安娜站起身要走。他们道别，吉奥吉斯答应一周后去伊罗达吃午饭。

晚饭后，吉奥吉斯去小酒吧了，玛丽亚决定干最后一件活儿。她踢掉鞋子，爬上一把旧椅子，这样才够得着高碗柜的后面，当她抬脚时，发现脚上有块奇怪的印记。她的心几乎停止了跳动。在有些光线下，这印记几乎看不清。粗看上去它像块阴影，可是反过来看，是块干皮，只比周围皮肤略淡点儿。看上去几乎像她在太阳下晒爆了皮后留下的轻微斑块。也许根本用不着担心,可是玛丽亚急得要命。她通常在晚上冲凉,在昏暗的灯光下,这样的斑痕几个月也很难发现。她等会儿要找佛提妮说说,她还不打算让父亲着急。此时他们要想的东西太多了。

这一晚是玛丽亚最难熬的一晚。她一直醒着躺到天明。她不能肯定,然而她对这块斑很是怀疑。她辗转反侧,烦恼恐惧,黑暗的几个小时漫长得让人痛苦。最后她断断续续地睡了一小会儿,她梦到妈妈,梦到狂风巨浪的大海,而斯皮纳龙格仿佛是一艘大船,几乎要被海浪摧毁。天终于亮了,她爬起来,一大早就去找佛提妮。她的朋友总是六点钟就起来,收拾昨天晚上的盘碟,为今天准备食物。村里没有谁比她更勤劳,尤其她现在到了妊娠的晚期,这些活儿对她来说更不容易。

"玛丽亚,你这么早来这里干什么?"佛提妮吃惊地问。她看出玛丽亚心里有事,"我们去喝点儿咖啡。"

她放下手头的活儿,两人一起在厨房里的一张大桌子前坐下。

"发生什么事了?"佛提妮问,"你看上去好像一夜没睡。是为婚礼紧张,还是有别的什么事?"

玛丽亚抬头看着佛提妮,眼圈像她那杯没碰过的咖啡一样黑。她眼里涌出泪水。

"玛丽亚,怎么回事?"佛提妮伸出手,盖在玛丽亚的手上,"你一定要告诉我。"

"是这个。"玛丽亚说。她站起来,抬脚搁在椅子上,指着那块淡淡的干皮斑痕,"你看见了吗?"

佛提妮凑过来。她立即明白为什么玛丽亚今天早上如此焦虑了。在布拉卡常常有人派发宣传单,这里人人都很熟悉麻风病的最初症状,这个就很像。

"我该怎么办?"玛丽亚很快地说,眼泪大颗大颗地滚落到脸颊上,"我不知道怎么办。"

佛提妮冷静下来。

"首先,你别让周围任何人知道。也许它什么也不是,你可不想让人们轻易下结论吧,特别是范多拉基斯家的人。你要去看诊。你爸爸不是天天带一个医生从岛上回来吗,何不让他看看?"

"拉帕基斯医生是爸爸的好朋友,可是他和村民们接触太频繁了,难免走漏风声。还有一个医生。以前,战争前他来过。我不记得他的名字了,可是我想他在伊拉克里翁上班。爸爸知道。"

"那你何不去试一下,找他看看?你有大把借口去伊拉克里翁,因为你就要结婚了。"

"可是那就得告诉爸爸。"玛丽亚哭着说。她想擦干脸上的泪水,可是它们不停地流。没法避免让爸爸知道了。即使瞒着所有其他人,吉奥吉斯也应当知道,而他是玛丽亚最想保护的人。

玛丽亚回到家。才八点钟,吉奥吉斯已经出去了。她知道自己得等到晚上才能跟他说上话。她继续做前天没做完的事情,分散自己的焦虑,她一开始干起活儿来,又有了活力,把家具擦得锃亮,用指甲把碗柜、抽屉那些最黑暗角落里的灰尘都给抠了出来。

大约十一点时,有人敲门。是安娜。玛丽亚四点就起床了,她累极了。

"你好,安娜。"她静静地说,"这么快又来了?"

"我昨天在这里落下了东西,"安娜回答说,"我的包。一定给卡在坐垫后面了。"

她穿过房间,在那里,有个坐垫下,压着一个小包,用跟她昨天穿的衣服一样的布料做的。

"好了,我知道就在这里。"

玛丽亚需要休息一下。

"你要不要来杯冷饮?"她站在一个高脚凳上居高而问。

安娜站在那里看着她,惊呆了。玛丽亚不舒服地换个姿势,从高脚凳上爬下来。安娜的眼睛跟着她,瞄准了她的赤脚。她发现了那块不祥的印记,玛丽亚想藏起来已太晚了。

"你脚上那块斑痕是什么?"安娜问。

"我不知道。"玛丽亚自卫地说,"也许没什么。"

"过来,让我看看!"安娜说。

玛丽亚没打算跟姐姐吵架,安娜弯下腰仔细看着玛丽亚的脚。

"我想没什么,不过我还是要去检查一下。"玛丽亚站在地上,坚强地说。

"你告诉爸爸了吗?马诺利看见过吗?"安娜问。

"他们都还不知道。"玛丽亚说。

"好,打算什么时候告诉他们?因为如果你不打算告诉他们,我会。我看像麻风病。"安娜说。她跟玛丽亚一样清楚麻风病的诊断意味着什么。

"瞧,"玛丽亚说,"今晚我就会告诉爸爸。但还不想让别人知道。可能什么也不是。"

"你不到一个月就要结婚了,不要拖太久,要早点儿弄明白。你一搞清楚就告诉我。"

安娜明显盛气凌人,玛丽亚的脑子里有个念头一闪——安娜一定很高兴她得了麻风病。

"如果两周内没有收到你的消息,我会再来。"

说着,她走了,门砰的一声在她身后关上了。除了玛丽亚狂跳的心,还有一丝淡淡的法国香水味说明安娜曾经来过。

那天晚上,玛丽亚把脚给父亲看。

"我们该去找克里提斯医生看看,"他说,"他在伊拉克里翁的大医院工作。我这就给他写封信。"

他没再说什么,可是他恐惧得胃里直翻腾。

十五

一周后,吉奥吉斯收到了克里提斯医生的回信。

尊敬的佩特基斯先生:

非常感谢您写信给我。很遗憾听到您对女儿的担忧,同时也很高兴能约个时间见到你们。我想在九月十七日,即礼拜一的中午见你们。

对您可爱的妻子伊莲妮去世的消息,我深感悲痛。我知道事情已过去了几年,可我还是最近才从拉帕基斯医生那里听到这个消息,我刚刚再次跟他取得联系。

致以亲切问候!

您真挚的

尼古劳斯·克里提斯

离见面只有几天了,父女俩双双松了口气,现在,他们俩除了玛丽亚脚上的那块印记,很少再想其他。

The Island

礼拜一早上吃过早饭，他们开始了去往伊拉克里翁的三个小时行程。没人觉得他们俩一起出门旅行有什么奇怪，以为他们是为了即将举行的婚礼去采购。未来的新娘得买婚纱以及各种漂亮服饰，还有什么地方比伊拉克里翁更合适呢？那晚女人们坐在门槛上闲聊着说。

沿着海岸的漫长旅程一路刮着大风，他们进了城，雄伟的威尼斯港口映入眼帘，玛丽亚但愿他们没有任何理由来这里。她一生中还没有见过这般嘈杂凌乱，卡车、建筑工地的噪声震耳欲聋。吉奥吉斯自从战争开始后也没再来过，虽然厚厚的城墙顽强地抵抗住了德国人的轰炸，但城里几乎面目全非。他们慌慌张张地开着车到处走，一眼瞥到宏伟的广场，中间还有喷泉，等过会儿重又经过这里，才恼火地发现他们在兜圈子。最终他们总算看见了医院新建的大楼，吉奥吉斯把车停在外面。

离约定的时间只有十分钟了，等他们穿过迷宫般的医院走廊，找到克里提斯所在的科室时，他们约好的见面时间早过了。吉奥吉斯特别慌张。

"我们事先多留些时间就好了。"他着急地说。

"别着急，我肯定他会理解的。这不是我们的错，这城市变得像座迷宫——或者说他们把这医院也建得像座迷宫。"玛丽亚说。

护士在那里迎接他们，他们坐在憋闷的走道上，护士做了登记。克里提斯医生很快就会过来。两人沉默地坐在那里，闻着医院独有的刺鼻的消毒水味儿。他们很少交谈，而是看着走道上护士们忙进忙出，偶尔有病人被用轮椅推出来。最后，护士把他们领进了办公室。

如果说战争改变了伊拉克里翁的容貌,那它在克里提斯医生身上留下了更明显的痕迹。虽然他修长的身形未变,浓密的黑发却成了银灰色,从前没有一丝皱纹的脸上清晰地刻下了岁月与过度劳累的印记。不论从哪个角度看,他都有四十二岁了。

"佩特基斯先生。"他从桌后走出来,握着吉奥吉斯的手。

"这是我女儿玛丽亚。"吉奥吉斯说。

"佩特基斯小姐,自从上次见你,已经十年过去了,可我还记得你小时候的样子。"克里提斯握着她的手,"请吧,来坐下,告诉我你们来这里的原因。"

玛丽亚开始描述自己的症状,起初有点儿紧张。

"两个星期前,我发现我左脚上有块印记,有点儿干,有点儿麻。想到我妈妈的过去,我没法置之不理,所以我们来这里了。"

"只有这一块吗?还有没有其他地方?"

玛丽亚望着父亲。自从发现那一块印记后,她还找到几块。从没人见过她不穿衣服的样子,她艰难地扭过头,用浴室里的小镜子检查自己的背部,可是即使是在浴室昏暗的灯光下,她也找出了几块斑痕。不光是脚上那块。

"不,"她回答说,"还有几块。"

"等一下我会检查的,如果我觉得有必要,我们还得做些皮肤刮片看看。"

克里提斯医生站起来,玛丽亚跟着他走进诊疗室,吉奥吉斯单独留在办公室里,呆望着墙上挂着的人体解剖图。克里提斯先检查了她脚上的皮肤,然后是背部皮肤。他先用羽毛,又用大头针检查皮肤受刺激时的敏感度。克里提斯心想,毫无疑问,神经末梢受到了损害,可这是不是就是麻风病,他还不敢百分之百肯定。他做了详细的笔记,然后画出一张人体草图,标记出发现斑痕的位置。

"我很抱歉,佩特基斯小姐,我得做些刮片。不会用太长时间,可是恐怕做过刮片后你的皮肤会有点儿疼。"

克里提斯和护士忙着准备涂片、收集必要器械时,玛丽亚沉默地坐着。一个月前,她还在向朋友们展示一批自己最新的嫁妆,丝袜从她们手中滑过,轻胜空气,薄如蝉翼。她穿上丝袜试了试,丝袜滑过她的皮肤,那般轻薄,仿佛她纤细的腿上什么都没有穿一般;只有腿后一道微黑的接缝才表明它们的存在。那天她还试了婚礼上穿的鞋子,可现在这只曾穿进精致的鞋中的脚就要被切开。

"佩特基斯小姐,我需要你躺在诊疗台上,请吧。"克里提斯医生的话惊破了她的白日梦。

解剖刀异常锋利。它刺穿玛丽亚的皮肤不过两毫米,可在她心中,切口被放大了好多倍,她感觉自己像案板上的肉一般被切成两半。医生从表皮下收集了足够的皮肤组织,刮在涂片上,在显微镜下检验。她惊得一颤,痛苦和恐惧让她眼里全是泪水。克里提斯又从她背上取了刮片,护士飞快地抹上消毒软膏和药棉。

血止住后,护士扶着玛丽亚从诊疗台上下来,她们又回到克里提斯医生的办公室。

"好了。"医生说,"几天之后我就会有这些涂片的结果。我会仔细检查看有没有汉森杆菌[1]，这是确诊麻风病唯一确凿的证据。我可以写信给你们，或者，如果你们愿意，可以来这里看我，我会当面告知你们。从我个人来讲，我更希望能面对面地把所有诊断结果告诉你们。"

尽管又要来一次长途旅行，可父女俩都知道他们不想通过邮局收到这种消息。

"我们来见你。"吉奥吉斯代表他们两人说。

在离开医院前，他们定好了下次见面的时间。克里提斯医生让他们在下周同一时间来。他的职业水准一流，没有透露出一丝对结果的观测。他肯定不想让他们有不必要的担心，也不希望给他们错误的希望，他的态度没有倾向性，几乎有点儿淡漠。

那是玛丽亚生命中最长的一周。她尽量让自己忙于具体的活计，可是没有什么能转移她的注意力，让她忘掉下周可能发生的事情。只有佛提妮知道她的朋友处于悬崖边缘。

他们从伊拉克里翁回来的礼拜五，安娜过来看她。她急于知道：玛丽亚有没有去做检查？结果怎么样？为什么她不知道？他们什么时候才知道？她的问题里没有一丝关心与同情。不论安娜问什么，玛丽亚只简单地用一两个字来回答。终于，安娜走了。

玛丽亚等她姐姐走得看不见了，马上冲出去找佛提妮。她察觉到姐姐对她这种处境的反应里有一丝恶意的兴奋，这让她很是不解。

---

[1] 即麻风杆菌。

"我猜她只是急于知道结果,因为可能对她有这样或那样的影响。"佛提妮紧紧地握着玛丽亚的手说,"可是我们不能老想着这个。我们得乐观点儿,玛丽亚。"

连着几天,玛丽亚躲了起来。她给马诺利送了个口信,说她不太舒服,下周才能见他。幸好,他没有生疑,当他在布拉卡的酒吧里看到吉奥吉斯——他未来的岳父时,吉奥吉斯也配合玛丽亚编了故事,让马诺利放心,他女儿不久就会好的。不能去见马诺利让玛丽亚非常痛苦。她想念他的快乐,想到他们的婚礼可能化作幻影,她痛苦不堪。

礼拜一终于到了。玛丽亚和吉奥吉斯又踏上了去伊拉克里翁的旅程,这次去医院已是轻车熟路,不久就再次坐在克里提斯医生办公室的外面了。这次是他迟到。护士走出来看他们,并为医生的迟到道歉。克里提斯医生有事耽搁了,但半小时内就会过来,她说。玛丽亚几乎发狂了。她一直尽量控制自己的焦灼情绪,可是现在她还得等上三十分钟,这几乎超出了她的忍耐极限。她在走道里来来回回地走,尽力让自己平静下来。

克里提斯医生终于来了,让他们久等,他非常抱歉,他直接把他们领进办公室。他整个态度与上次见面时相差很大。玛丽亚的病历就搁在他桌上,他打开来又合上,仿佛有什么东西他还要再核对一下。当然,什么也没有。他完全知道自己该说什么,没有理由再让这两人久等了。他开门见山地说:"佩特基斯小姐,恐怕你皮肤损害处有病菌,说明麻风病已在你体内了。我很抱歉这是个坏消息。"

他不知道这个消息对谁的打击更大,是女儿,还是父亲。那姑娘酷似她已去世的母亲,他敏感地意识到命运在残忍地重复。他恨这一时刻。当然,他可以用些缓和的言语来减轻这个打击,比如,"病情发展得还不太坏,所以我们也许可以帮到你",或者"我想我们发现得比较早"。然而,坏消息的宣布,无论怎样表达,仍是坏消息,仍是灾难性的、残酷的。

两人沉默地坐着,他们最恐惧的事情发生了。他们都想到了斯皮纳龙格,清楚地知道那将是玛丽亚的最终归宿,是她的宿命。她已经被担忧折磨得不轻,但过去这几天来她还是试着说服自己,一切会好的。想象最坏的情况将让人无法忍受。

克里提斯知道自己必须打破弥漫在房间里的寂静,当可怕的消息尘埃落定后,他说了些让他们安心的话。

"这消息对你们来说太可怕了,我也很难过。不过,你们一定得放心,麻风病的治疗已取得了很大的进展。吉奥吉斯,当你妻子佩特基斯夫人得病时,当时的治疗方法在我看来还很原始。过去几年间,治疗已取得了很大的进展,我非常希望你们可以从中受益,佩特基斯小姐。"

玛丽亚盯着地板。她听得到他说的话,但他的声音仿佛是从遥远的地方传过来。只有听到自己的名字时,她才抬起头。

"我觉得,"他还在说,"要过八九年,你的病情才会恶化。暂时看来,你的麻风病是神经性的。如果你继续保持良好的健康状态,它不会发展成结节型麻风病。"

他在说什么?玛丽亚想,实际上我被判了死刑,可还要等上这么长时间才死吗？

"那么，"她的声音简直是耳语，"接下来怎么办？"

这是打玛丽亚进了这间办公室以来，她第一次直直地看着克里提斯的眼睛。她从他坚定的目光中看到他一点儿也不怕真相，无论需要说什么，他都会告诉她。为了父亲，而不是她自己，她一定要勇敢。她不能哭泣。

"我会写信给拉帕基斯医生，向他说明一下情况，接下来这周，你得去斯皮纳龙格岛。可能没必要多说了，可是我建议，除了那些跟你最亲密的人，你尽可能不要告诉别人。人们对麻风病还有偏见，他们会以为只要与病人同处一室就会传染上。"

说到这里，吉奥吉斯开口了。"我们知道，"他说，"住在斯皮纳龙格对面这么长时间，还能不知道多数人对麻风病的看法？"

"他们的偏见完全没有科学根据，"克里提斯安慰他，"您女儿可能在任何时候，在别的什么地方染上了麻风病——可是，我得说，大多数人对此太无知了。"

"我想我们该走了，"吉奥吉斯对玛丽亚说，"医生已经告诉了我们想知道的东西。"

"是的，谢谢你。"玛丽亚现在完全恢复了平静。她知道自己接下来要做些什么，她将在哪里度过余生——不是与马诺利在伊罗达附近，而是孤零零地在斯皮纳龙格岛上。有一刻，她一阵冲动，想听天由命好了。就在上周，她还在灵薄狱[1]里，现在她知道

---

[1] 指地狱的边境，是人间和地狱的过渡地带，常处于不安定状态。

接下来会发生什么。一切都有了定数。

克里提斯为他们打开门。

"最后还有一件事,"他说,"我已经和拉帕基斯医生恢复了联系,过不了多久,我会重新开始探访斯皮纳龙格岛。因此,我也会参与对你的治疗。"

他们听着他宽慰的话。他这般关切,真是太好了。可没有用。

玛丽亚和吉奥吉斯从医院出来,走进午后灿烂的阳光中。身边的人来来往往,全忙着自己的事,对站在这里的两个人的悲痛浑然不觉。这些来来往往的生命和他们早上起来时一样,不过又是平凡的一天罢了。玛丽亚多么嫉妒他们能忙于自己的日常琐事啊,再过几天,这些忙碌她就要通通失去。在一个小时里,她的生活、父亲的生活被彻底改变。他们到达医院时还抱有的些许希望,此时已踪迹全无。

沉默似乎是最容易的躲藏方式。至少可以躲一会儿。踏上回程一个多小时后,玛丽亚才开口说话:"我们先告诉谁?"

"我们得告诉马诺利,然后是安娜,然后是范多拉基斯一家。那之后没有必要再告诉谁了。他们全会知道。"

他们谈着玛丽亚离开之前需要做些什么。要做的事很少。婚期的临近,为她的离去已做好了一切准备。

当他们回到布拉卡,安娜的车早已停在他们家门口。玛丽亚最不想见到的就是安娜。她宁愿向佛提妮寻求安慰。可是安娜还有一把钥匙,她自己在家里等着。现在天快黑了,薄暮中她坐在那里等着他们回来。没错,是坏消息。他们进门时拉长的脸说明了一切，可是安娜，像以往一般迟钝，打破了他们的沉默。

"嗯？"她问，"结果是什么？"

"结果是肯定的。"

安娜一时有点儿糊涂。肯定的？那听上去是好消息，为什么他们还阴沉着脸？她困惑不解，意识到她自己也不知道什么是最好的结果。如果妹妹没有得麻风病，就会嫁给马诺利。对她而言，那可是个讨厌的结局。如果玛丽亚的确得了麻风病，就会立即影响到她在范多拉基斯家的地位。不可避免，他们会发现玛丽亚不是佩特基斯家第一个生活在斯皮纳龙格岛上的人。两种结局都不理想，可是她无法权衡两害中哪个更轻。

"那是什么意思？"安娜问。

"我得了麻风病。"她妹妹回答。

这几个字如此刺耳，连安娜也只好任沉默继续。三人站在屋子当中，完全明白这意味着什么，已无须多问。

"我今晚要去找马诺利。"吉奥吉斯果断地说。

"明天去找亚历山德罗斯和埃莱夫塞里娅·范多拉基斯。他们全应尽早知道。"

说完，他走了。两个女儿一起坐了一会儿，虽然彼此已没有什么好说。今晚安娜还会见到自己的公婆，她烦恼着要不要在吉奥吉斯有机会告诉他们之前先对他们说。如果她去告诉他们这个消息，会不会减轻这个打击呢？

虽然天晚了，吉奥吉斯知道在村里的酒吧里还是可以找到马诺利。他大步走进去，直截了当地，甚至有些粗鲁地说："我得跟你谈谈,马诺利。单独。"

他们退到角落里的一张桌边,离人群远远的,其他人都听不到他们说话。

"恐怕我有个坏消息。玛丽亚不能嫁给你了。"

"发生什么事了?为什么不能嫁给我?告诉我!"马诺利难以置信。他知道玛丽亚这几天不舒服,可是他以为是点儿小毛病,"您必须告诉我出了什么事!"

"她得了麻风病。"

"麻风病!"他吼道。

这个词惊雷般在酒吧里炸开,人们顿时安静下来。不过,这个词在这里也常常听到,几分钟后,屋里的谈话又继续了。

"麻风病?"他重复着,这次声音轻了好多。

"是的,麻风病。后天我带她去斯皮纳龙格岛。"

"她怎么会得上的?"马诺利立即开始为自己的健康担忧。

吉奥吉斯该怎么告诉他呢?麻风病可能潜伏好多年症状才会显现出来,很可能玛丽亚是被她母亲传染的。他想到安娜,想到这对她意味着什么。虽然她患上麻风病的可能性微乎其微,可他知道也许需要花些工夫才能说服范多拉基斯家,让他们相信。

"我不知道。可是她不可能传染给任何人。"他回答说。

"我不知道说什么好。真是个可怕的消息。"

马诺利把椅子拖开,离吉奥吉斯远了一点儿。这是无意识的举动,却饱含深意。这人不会安慰别人,也不需要别人的安慰。吉奥吉斯看着他,对自己的发现很是吃惊。这不是听到自己无法迎娶梦中的女人而心碎、崩溃的男人应有的样子。马诺利很震惊，但绝没有被摧垮。

他为玛丽亚感到难过，可那不是他的世界末日。他爱她，但他也这般深情地爱过他生命中十多个其他女人，他很现实。他的情感迟早能找到另一个目标——玛丽亚不是他唯一的真爱。他不相信真爱，在他的经验里，爱是一种商品，如果你天生供应充足，那总有足够的爱留给其他女人。可怜的玛丽亚。麻风病，就他所知，以上帝的名义，这是一个人最可怕的噩运，可是，如果她发现得晚，那他也可能得上这个病。千万不要这样！

两人又聊了一会儿，吉奥吉斯起身离去。他得早起去拜访亚历山德罗斯和埃莱夫塞里娅。第二天上午，他到范多拉基斯家时，他们四人已经坐在那里等他了。神色紧张的女仆带吉奥吉斯到了昏暗的会客厅，亚历山德罗斯、埃莱夫塞里娅、安德烈亚斯和安娜，全都坐得像具蜡像，冷淡、沉默地盯着他。

考虑到家里过去的真相被揭开是迟早的事，安娜向安德烈亚斯坦白了自己的母亲死于斯皮纳龙格岛的事实。她盘算过，她的诚实在这种情况下会是一种美德。她要失望了。即使亚历山德罗斯·范多拉基斯是个明智的人，他对麻风病的了解也与众多无知的农民一样。尽管安娜坚称麻风病只有通过人体的密切接触才可能传染，而且即使那样，被传染上的机会也很小，可他还是相信古老神话的说法：这种病是遗传的，一个家族里出现这样的病是对这个家族的诅咒。没什么能改变他的这种看法。

"为什么你们要到最后一刻才把玛丽亚得了麻风病的真相告诉

我们?"他怒不可遏,"你羞辱了我们的家族!"

埃莱夫塞里娅尽量制止自己的丈夫,可是他决意说下去:"为了我们的尊严,为了范多拉基斯家的名誉,我们会让安娜留在我们家里,但是我们永远无法原谅你对我们的欺骗。我们发现,你们家不止一个人得了麻风病,而是两个!如果我的侄子马诺利娶了你女儿,情况将变得更糟。从现在起,如果你能远离我们家,我们将很高兴。安娜可以去布拉卡看你,但这里永远不再欢迎你,吉奥吉斯。"

他没有一个字对玛丽亚表示关心,片刻也没考虑过她现在的恶劣处境。范多拉基斯家人一致对外,即使最和善的埃莱夫塞里娅也沉默端坐,害怕如果自己为佩特基斯家说话,丈夫会将怒气撒在她头上。吉奥吉斯该走了。他一言不发,永远地离开了女儿家。在开车回布拉卡的路上,他悲痛欲绝,胸口随着呜咽哭号而剧烈起伏。这个家最后还是破碎了,永远毁了。

十六

吉奥吉斯回家时,发现佛提妮在帮玛丽亚的忙。她们说着话。他进门时,两人抬起头来,知道无须多问,与范多拉基斯家的会面一定很艰难。吉奥吉斯看上去比她们预料中的更苍白、更衰老。

"他们没有表示出一点儿同情吗?"玛丽亚赶紧跑过去安慰父亲。

"不要生他们的气,玛丽亚。以他们的地位,他们损失也很大。"

"是的,可是他们说什么了?"

"他们说他们觉得很抱歉,婚礼不能举行了。"

从本质上说,吉奥吉斯说的是真相。可是他还有很多没有说出来。他们永远不想再见到他,他们纡尊降贵把安娜留在家里,对他们来说,她父亲不再是这个家庭的一分子了,告诉玛丽亚这些又有何用?即使吉奥吉斯懂得尊严和名声的重要,如果亚历山德罗斯·范多拉基斯觉得佩特基斯家可能玷污他的家庭,他能有什么选择?

吉奥吉斯不咸不淡的话语几乎正好符合玛丽亚此刻的心境。过去几天仿如梦中,这些事情似乎不是发生在自己身上,而是别人身上。父亲向她描述马诺利听到这个消息时的反应。她毫不费力就读出了言外之意:他难过,可并没有伤痛欲绝。

两个女孩接着收拾东西,为玛丽亚的离去做准备。其实没什么好整理的。几周前,她还在准备嫁妆,好多箱子立在角落里,装满了她的东西。玛丽亚仔细清检物品,不想带走吉奥吉斯可能用得上的东西。此前,她本来计划往马诺利住的地方带许多让家像个家的东西,因此将许多家用器皿小心安放在箱子里:碗、木头勺子、秤、剪刀和熨斗。现在她只需要决定哪些东西要从里面拿出来。带着人们送给自己的结婚礼物去麻风病隔离区,而不是去橄榄林里的新婚之家似乎不太好,在斯皮纳龙格岛上穿那些送给她做嫁妆的睡袍、内衣又有什么意义?她把它们一件件拎出来,这些无关紧要的奢侈品似乎属于另一个生命,就如她花了那么长时间做的绣花衣物和枕套一样,都不应该是她的了。她把这些放在膝上,眼泪滴在手工精致的亚麻布上。几个月来的兴奋结束了,残酷的逆转令她痛苦不堪。

"为什么不带上它们?"佛提妮拥抱着自己的朋友,"你在岛上就不该用这些好东西吗?真没道理。"

"我想,你说得对,它们可能让生活好受些。"她重新把它们装进箱子里,"那你觉得我还要带些什么?"她勇敢地问,好像她正准备来一次愉快的长途旅行。

"嗯,你父亲一礼拜会送几次东西过去,所以你要什么,我们总能送给你。可是,你何不带上草药呢?岛上不可能一应俱全,草药一定会对那里的人有用。"

她们花了一整天再检查了一遍可能用得着的东西。这能有效地让人暂时忘掉即将到来的可怕离别。佛提妮继续跟玛丽亚不紧不慢地说着话,直到天黑。她们俩一整天都没出过门,可是现在,佛提妮得走了。小饭馆需要她,而且,她感到晚上玛丽亚和她父亲也需要单独相处。

"我不打算说再见,"她说,"不仅仅因为它让人难过,而且因为这不是再见。我会再见到你,下周和下下周。"

"怎么可能?"玛丽亚吃惊地看着她的朋友。一刹那,她以为佛提妮也得了麻风病。她想,那不可能。

"我偶尔会和你爸爸一起去送东西。"佛提妮淡淡地说。

"可是宝宝怎么办?"

"宝宝要十二月才生,即使他出生后,我过海来看你时,斯特凡诺斯也能照顾他。"

"想到你能来看我真是让人感动。"玛丽亚突然平添一股勇气。岛上有那么多人,多年来一直见不到一个亲人。她至少能定期见到父亲,甚至能见到最好的朋友。

"好,就这样。不说再见,"佛提妮表现出很勇敢的样子,"只说'下次再见'。"她没有拥抱自己的朋友,因为就连她也担心这样近距离的接触,主要担心会对未出生的孩子不利。没有人——即使是佛提妮——敢把麻风病可能通过最表面的人体接触传染的恐惧放到一边。

岛

佛提妮走后，几天来玛丽亚第一次单独待着。她又用了几个小时把母亲写给她的信细细读了一遍，边读边望望窗外，看看斯皮纳龙格岛。这座岛在等着她。不久，她所有关于麻风病隔离区是什么样的问题都会有答案。不会太久，不会。突然，她的思绪被一阵急促的敲门声打断了。她没有在等谁，当然，也没有人会这样用力地敲门。

是马诺利。

"玛丽亚，"他气喘吁吁，好像是一路跑过来的，"我只想说声再见。我太难过了，事情竟会这样结束。"

他没有伸出手，更没拥抱她。她也没有这样的期望。她本来希望的是他能表现得更悲伤点儿。他的行为举止让玛丽亚确信无疑，他不久就会为自己的激情找到下一个承受者。她嗓子眼紧紧的，觉得仿佛吞下了碎玻璃，除了哭，她说不出别的。马诺利没看着她。"再见，玛丽亚。"他喃喃地说，"再见。"转眼他走了，门再一次关上。玛丽亚感到自己和再次填满房间的寂静一样空虚。

吉奥吉斯还没有回来。他把女儿还有自由的最后一天用在平凡乏味的活动上，缝补渔网，清洁他的小船，接送拉帕基斯医生。在他与医生的回程中，他告诉了医生这个消息。他说得很随意，拉帕基斯一开始没有听明白。

"我明天会送我女儿到斯皮纳龙格来。"吉奥吉斯说，"作为一名病人。"

玛丽亚偶尔陪着父亲送物资到岛上，这很平常，所以一开始拉帕基斯医生还没反应过来，最后几个字就飘散到风中了。

"我们去看了克里提斯医生，"吉奥吉斯补充说，"他会写信给你。"

"为什么？"拉帕基斯问，现在开始注意了。

"我女儿得了麻风病。"

拉帕基斯虽然极力想掩饰，还是大吃一惊。"你女儿？玛丽亚？我的天！我没明白……怪不得你说明天要带她来斯皮纳龙格。"

吉奥吉斯点点头，集中精神把船驶进布拉卡港口。拉帕基斯走出小船。他见过几次可爱的玛丽亚，此时听到这一消息真是惊呆了。他觉得自己得说点儿什么。

"她在斯皮纳龙格会得到最好的照顾。"他说，"您是有限几个知道那地方是什么样的人，那里不像人们想象中的那样糟，可我还是很难过，竟发生了这样的事。"

"谢谢你。"吉奥吉斯说着系好船，"明天见，但我可能会迟点儿。我答应玛丽亚一大早就把她送过去，可我会尽量在平时那个时间回来接你。"

老渔夫的声音听上去不可思议地平静，正常得好像他是在安排某个普通日程。人们在失去亲人后头几天的表现就是这样子，拉帕基斯想。也许这样更好。

玛丽亚为自己和父亲做好晚饭，大约七点钟时，他们面对面坐下来。今晚要紧的是这顿饭的形式，而不在于吃，因为他们俩全无胃口。这是他们的最后一顿晚饭。他们说了些什么？他们说的全是琐碎、无关紧要的事情，比如她装了些什么东西在箱子里之类的，更重要的是，今后她在岛上还可以再见到父亲；每个礼拜，在安哲罗普洛斯家，萨维娜会有几次等他去吃晚饭。如果屋外有人偷听，还以为玛丽亚不过是要搬到别的地方去住而已呢。晚上九点，两个人都累了，便各自上床去休息了。

第二天早上六点半，吉奥吉斯已经把玛丽亚的箱子送到码头，装上了小船。他再回家来接她。他还很清楚地记得伊莲妮离去时的情形，仿佛就在昨天。他记得，五月的那天，当妻子挥手告别时，那照在朋友和学生们头上的阳光。今天早上，村子里还是死一般寂静，玛丽亚也要简单地离去了。

寒风从布拉卡狭窄的街道上吹过，凉凉的秋意裹挟着玛丽亚，令她四肢瘫软、头脑麻痹、心中麻木，可还是无法减轻酸楚悲伤。当她跌跌撞撞地走过防波堤的最后几米时，她重重地倚在父亲身上，她的步态就像老妪一样，每走一步都带来一阵刺痛。可痛苦不是来自肉体。她的身体像那些终生呼吸着克里特纯净空气的年轻姑娘一样强壮，她的肌肤和克里特岛上任何一个年轻姑娘的一样年轻，眼睛一如她们的黑亮。

小船在海上颠簸摇晃，船上的货物用细绳捆起，形状怪异。吉奥吉斯慢慢猫腰下船，一只手尽量稳住小船，另一只手伸出去帮他的女儿。待她安全上船后，他用毯子将她裹住，佑护她不受风吹雨打。她与货物唯一可辨的区别，是在风中恣意飘飞的一缕缕乌黑长发。他小心地解开缆绳——无话可说亦无事可做——他们的旅程开始了。这不是运送物资的短暂旅程的出发，这是新生活的开始，是在麻风病隔离区的生活、在斯皮纳龙格的生活的开始。是一去不回的旅程的开始。

十七

玛丽亚希望时间静止不动时,它却过得飞快,不久,她就将被卸放在那个浪涛拍岸的阴冷之处。这是她第一次希望小船的马达停止转动,可是克里特岛与这座小岛之间的海峡仅有片刻间的距离,没有回头路。她想抱着父亲,求他不要把她一个人,连同两只装着她全部家当的箱子抛在那里。她的眼泪已经流光了。自从她发现脚上的斑痕后,多少次,她把佛提妮的肩头哭湿,临行前两个悲伤的夜晚,她流的泪水把枕头都湿透了。现在不是落泪的时候。

他们俩在那里站了几分钟。吉奥吉斯不会让她一个人在这里,一直等到有人来了,他才会走。他现在像岛民一样熟悉迎接新来者的流程,他知道岛上会有人来接她。

"玛丽亚,勇敢些。"吉奥吉斯静静地说,"我明天会回来。能来的话,来看我吧。"

吉奥吉斯把玛丽亚的两只手紧紧攥在自己手里。他这些天很大胆,特别是和女儿在一起时。如果他也染上麻风病,见他妈的鬼去吧！也许那才是最完美的结局，因为他能来岛上和女儿生活在一起了。如果真是那样，岛上物资的运送会成问题。他们很难说服其他人来运送，那会给岛上生活带来难以形容的困难和痛苦。

"只要能来，我当然会来。"她回答。

"你肯定能。瞧！"吉奥吉斯指着长长地道处浮现的人影说，那人影正匆匆穿过老要塞城墙，"那是尼科斯·帕帕季米特里乌，是岛主。我昨天给他送了个信，说我今天会送你过来。你有什么事情都可以找他。"

"欢迎来到斯皮纳龙格。"帕帕季米特里乌向玛丽亚说。他的语调怎么能这样轻松？她很疑惑，片刻间有点儿走神，"你父亲昨天给我送了个信，告诉我你今天会来。你的箱子很快会送到你的住处。我们可以走了吗？"

他示意她该走几步跟上他，进入地道。几周前，在圣尼古劳斯，她看了一场好莱坞电影，影片里的女主角优雅地从豪华轿车里走出来，被领着走上红地毯，进入大酒店，门童拎着她的行李。玛丽亚尽量想象自己处在那种场景里。

"我们走之前，"她急急地说，"我能请求您同意，当我父亲送拉帕基斯医生和物资来岛上时，能让我来看看父亲吗？"

"哎呀，当然。"帕帕季米特里乌浑厚的声音说，"我想就这样说定了。我知道你并不会逃跑。有一段时间我们不得不阻止人们走出地道上码头，因为怕他们逃跑，可是现在大多数人都不想离开岛屿。"

吉奥吉斯想把父女分离的时刻抛在脑后。

"我知道他们会对你很好的，"他听到自己的声音在安慰她，"我知道他们都很好。"

他们两个人总有一个得先转身走，吉奥吉斯等着女儿先走。他一直后悔，十四年前伊莲妮来这座岛时他走得太仓促了。当时他太悲痛，结果连再见也没说就驾船先走了。可是今天，为了女儿，他一定要鼓起勇气。他现在对这座岛很熟悉，尽管这么多年来，他来岛上纯粹是为了工作，每个礼拜一到两次的实用之旅，每次都是把箱子卸到码头上，就急急地返回了。这些年，他看着小岛一点点变化，对这座小岛的看法多了点儿人情味，岛外没有人能像他这样。

自从一九四〇年选举后，佩特罗斯·肯图马里斯最终退下来，尼科斯·帕帕季米特里乌一直担任岛主，他在位的时间比前一任更长。他在斯皮纳龙格岛上已经做成了很多事，小岛也越来越强大，所以每年春天，他都几乎以全票通过一再连任，没人觉得奇怪。玛丽亚还记得那天她父亲把雅典人送上斯皮纳龙格的情形。在生活很少被这般激动打断的时代，那是这个世纪最富戏剧性的一段插曲。母亲信中经常提到这位英俊的黑发岛主，以及他给这座岛带来的变化。现在他已经头发灰白，可还留着伊莲妮信中描述的那种小髭须。

玛丽亚跟着帕帕季米特里乌进了地道。他拄着拐杖，走得很慢，身体几乎完全倚在拐杖上，他们终于看到尽头的光线。玛丽亚从地道的黑暗中走出来，走进她的另一个世界，她像任何新来者一样惊奇。尽管母亲在信里描述充分，绘声绘色，她对眼前所见还是没有准备。一条长长的路，一排店铺，所有房屋的百叶窗都重新刷过,对着窗口的花坛里全种着迟开的天竺葵,有一两户大房子还有雕花的木阳台。时间还太早,没什么人起来,只有一种人,就是面包师。新鲜烘焙的面包和馅饼的香味溢满街道。

"佩特基斯小姐,我带你去看你的新家之前,先来见见我的妻子吧。"帕帕季米特里乌说,"她为你做好了早饭。"

他们往左拐进一条僻静小街,接着就进了一户房门冲外的院落。帕帕季米特里乌打开一扇门,探头进去。房子是土耳其人建的,帕帕季米特里乌这样身材的人比当时的居民要高出一个头。

房间里明亮整洁,厨房紧挨着客厅,有楼梯通往楼上。玛丽亚甚至一眼瞥到了厨房再往里去的独立卫生间。

"让我来介绍我妻子。凯特琳娜,这是玛丽亚。"

两个女人握了握手。尽管伊莲妮在信中告诉她的跟岛外人们说得不一样,玛丽亚还是以为这地方住着的都是跛足或畸形的人。这个女人的优雅与美丽让玛丽亚非常吃惊。凯特琳娜比丈夫年轻,玛丽亚估计她约莫五十岁不到。她头发乌黑,肌肤白净,脸上几乎没有一丝皱纹。

桌上铺着白色绣花亚麻桌布,摆着图案精美的上好瓷器。他们落座后,凯特琳娜端起一把精致的银壶,一股热热的黑咖啡注满了杯子。

"隔壁有一间小房间,最近刚空出来,"帕帕季米特里乌说,"我们觉得你可能会喜欢,或者,如果你愿意,山上大家共住的公寓里还有一个房间。"

"我想我最好自己住一间房,"玛丽亚说,"如果您觉得可以的话。"

桌上摆着一盘新鲜的馅饼,玛丽亚狼吞虎咽地吃了一个,她这几天来没吃什么东西。同时她也急于得到更多信息。

"您还记得我母亲——伊莲妮·佩特基斯吗?"她问。

"我们当然记得!她是位很了不起的女士,一位好老师。"凯特琳娜回答,"人人都这么想。不管怎样,差不多每个人都这样认为。"

"那就是说还有人不这么认为?"玛丽亚说。

凯特琳娜停顿了片刻。

"有个女人在你母亲来之前是学校教师,她把你母亲看成仇人。她现在还活着,在山顶上有一所房子。有些人说她觉得是发生在她身上的苦难让她活了下来。"凯特琳娜说,"她叫克里斯蒂娜·克罗斯塔拉基斯。你得提防她点儿——她早晚会发现你的母亲是谁。"

"先说要紧事,凯特琳娜,"看到妻子让客人不安,帕帕季米特里乌很不高兴地说,"你现在最需要做的是在岛上逛一圈。我妻子会领着你四处走走,今天下午拉帕基斯医生等着见你。他要为每个新来者做初步检查。"

帕帕季米特里乌站起来。上午八点已过,岛主该去办公室了。

"我相信不久就能再见到你,佩特基斯小姐。我就把你交给能干的凯特琳娜了。"

"再见,谢谢您如此欢迎我。"玛丽亚回应说。

"我们喝完咖啡再去逛吧。"当帕帕季米特里乌走后,凯特琳娜高兴地说,"我不知道你对斯皮纳龙格了解多少——也许比大部分人要多——这里的生活挺不错。唯一的问题是你被关在这里,一辈子都跟相同的人生活在一起。我来自雅典,起初我很不习惯。"

"我长那么大一直都生活在布拉卡,"玛丽亚说,"所以对这儿应该很习惯。您来这儿有多久了?"

"十四年前,我跟尼科斯同一艘船来的。当时一共有四女、十九男。我们四个女人中有两个还活着。十九个男的中有十五个还活着。"

出门时,玛丽亚用披巾把肩膀裹紧。当她们拐上主街时,情形与她刚刚看到的完全不同。人们来来往往,忙着自己的事情,走路的、骑驴子的,还有骑骡子或推手推车的。人人看上去都很忙,都有自己的事做。有几个人抬起头,朝凯特琳娜和玛丽亚的方向点了点头,有些男人抬了抬他们的帽子。作为岛主的妻子,凯特琳娜得到人们的特别尊重。

现在,店铺开门了,凯特琳娜指着那些店铺,飞快地谈起它们的主人。玛丽亚不太可能记住所有这些信息,可是凯特琳娜热爱他们生活中的细节,热衷谈论流传于大街小巷的八卦趣事。这里有潘特波里恩,出售家里需要的一切东西,从扫帚到油灯,许多商品摆放在前门处展示,一家杂货店窗口上一罐罐橄榄油码得高高的;玛纳罗波依恩,做刀的店;有卖梅子酒的店;还有面包店,一排排新鲜面包烤得金黄,一堆堆酥脆的甜饼吸引着过路人。每间店铺都有自己手绘的标志,显示出店主的名字和里面的货物。最重要的地方是酒馆,至少对于岛上的大部分人而言是如此,它由年轻而招人喜欢的耶拉西莫·曼达基斯经营,已经有几位顾客坐在一起喝咖啡了,一堆乱糟糟的烟头在烟灰缸里冒着烟。

她们来到教堂前,那里有一幢平房,凯特琳娜告诉玛丽亚那儿是学校。她们透过窗户玻璃望进去,看到几排孩子。教室前面,一个年轻人站在那里讲话。

"那个老师是谁?"玛丽亚说,"难道您提到过的那个女人没有在我妈妈死后把学校夺回去?"

凯特琳娜笑了。"没有,即使跨过圣潘塔雷蒙的尸体也没用。孩子们不想她回来,许多大人也一样。有一阵子,我的雅典同事接管过,可是他去世了。不过,你的母亲训练了另外一名教师,他正跃跃欲试呢。他开始上课时,还很年轻,可是孩子们很喜欢他,对他言听计从。"

"他叫什么?"

"迪米特里·里莫尼亚斯。"

"迪米特里·里莫尼亚斯?我记得这个名字。他是和我母亲一同来的那个男孩。我们听说就是他让母亲感染了麻风病——他还在这里!居然还活着!"

尽管这种情况对于麻风病人来说很少有,但迪米特里自从被确诊后,症状几乎没有继续恶化,现在是他在管理学校。玛丽亚感到一股恨,母亲的运气怎么就那么差!

她们没有走进去,不想打扰课堂。凯特琳娜知道玛丽亚还有机会遇见迪米特里。

"似乎孩子们不少,"玛丽亚说,"他们全是从哪里来的?他们的父母也在这里吗?"

"总体而言,他们的父母都不在这里。他们是大陆上感染了麻风病的孩子,被送到这里来的。人们来斯皮纳龙格后,尽量不生孩子。如果孩子出生时是健康的,就会被带离父母身边,送到大陆上去让人领养。我们最近有一两个这样悲惨的例子。"

"那真是太让人难过了。可是谁来照顾这些被送来的孩子?"玛丽亚问。

"他们大部分都有人领养。尼科斯和我也领养了一个,直到他长大,搬出去住,过自己的生活。其余没人领养的孩子一起住在一间房子里,由整个社区来管理,可是他们都给照料得很好。"

两个女人继续沿着主街走下去。她们面前的山顶高高地耸立着一些建筑,所有建筑中最大的,就是医院。

"我过会儿带你去那里。"凯特琳娜说。

"从大陆上也能看到这座建筑,"玛丽亚说,"可是在近处看显得更大。"

"最近医院扩大了好多,比以前大多了。"

她们来到小岛北边,那里没有人居住,老鹰从高空呼啸而过。此处的斯皮纳龙格接受了从东北海洋上吹来的大风,浪涛冲击着下面的岩石,水花溅到空中。水的品性在此处也不同:将斯皮纳龙格与布拉卡分开的海峡里,海水普通平静,而开放的大海上,海水则像一匹疾驰的白马。希腊大陆就在远处几百英里外,中间有几十座小岛,可是从这有利位置上看,什么也看不到。只有空气、天空、猛禽。玛丽亚不是第一个站在悬崖边往下看的人,就在那时，她想，如果她纵身跳下会是什么样呢？她是先砸在海面上，还是先被锯齿状的岩石击得粉身碎骨？

天上飘起了毛毛细雨，小径开始变得滑溜溜的。

"来，"凯特琳娜说，"我们回去吧。你的箱子现在应该送到了。我带你去你的新家，如果你愿意，我帮你一起把东西拿出来。"

当她们从小路上走下来时，玛丽亚看见几十块独立的、被精心照料的田地，在恶劣的自然条件下，人们在那里种植蔬菜庄稼。洋葱、大蒜、土豆和胡萝卜在这个风吹得到的山坡上开始发芽了，它们整齐地排列成行，没有杂草，看得出为了让它们在这种岩石地形上生长，人们付出了多少努力。每片地都是希望与欣慰的标志，说明岛上的生活并非无法忍受。

她们经过一座面朝大海的小教堂，最后走到了用围墙圈起来的墓地。

"你母亲埋在这里。"凯特琳娜告诉玛丽亚，"这是斯皮纳龙格岛上所有人的归宿。"

凯特琳娜并没打算让自己的声音听上去如此生硬，可是不管怎样，玛丽亚没有反应。她一直控制着自己的情绪。仿佛是另外一个人在小岛上行走，而真正的玛丽亚远在别处，迷失在思绪里。

这里没有墓碑，因为大家是合葬的。死去的人太多了，容不得身后这般奢侈的孤独。一般的墓地都围绕着教堂而建，以提醒那些前来做礼拜的人——他们终会死去。而这片墓地不同，它是隐蔽的、秘密的。斯皮纳龙格岛上没有人真正需要一个死亡象征。他们的日子屈指可数，谁都明白。

岛

就在她们要走完一整圈时,她们经过一所这座岛上玛丽亚见过的最壮观的房子。它有大大的阳台,有前门柱廊。凯特琳娜停下来指着它说:"那是岛主的官方宅邸,不过当尼科斯接任时,他不想把前任岛主和他妻子赶出去,所以他们留在那里,而尼科斯还住在以前的地方。前任岛主去世好几年了,可是娥必达·肯图马里斯还住在这里。"

玛丽亚立即听出了这个名字。娥必达·肯图马里斯是母亲最好的朋友。母亲身边的人似乎都比她要活得长久,这真是个残酷的事实。

"她是个好女人。"凯特琳娜加了一句。

"我知道。"玛丽亚说。

"你怎么知道?"

"我母亲过去写信时总提起她。她是母亲最好的朋友。"

"可是你知道吗,在你母亲去世后,她和她丈夫收养了迪米特里。"

"不,这我不知道。她去世后,我不想再了解这里的生活,也没这个必要了。"

伊莲妮死后很长一段时间里,玛丽亚很讨厌父亲用大量时间去隔离区。母亲一去世,她对这里再无兴趣。现在,当然,她有些懊悔。

不管她走到哪里,都能清清楚楚地看到布拉卡,玛丽亚知道她必须开始约束自己不再往那边看。再看到隔海那边人们在忙什么,又有何意义?从现在开始,那边的一切都与她没有关系了,她越早适应这边越好。

现在她们回到了出发时的一片房子那里。凯特琳娜领着玛丽亚朝一扇锈迹斑斑的前门走去,她从口袋里掏出了钥匙。房间里和外面一样暗,可是开灯后,顿时显得不那么晦暗了。里面很潮湿,仿佛很久没人住了。事实是上一位住户躺在医院里,好几个月奄奄一息,最终未能恢复。可是有时候,有人在最致命的麻风热发作之后,又能戏剧性地好上一段时间。这是岛上的惯例,一直为人们保留他们的住所,直到最后。

房间里只有零星几件家具:一张黑桌子、两把椅子和一张靠着水泥墙的"沙发",上面铺着一块厚厚的织布。除了玻璃花瓶里插着一把落灰的塑料花,墙上有个搁盘子的空架子,前任住户没留下过多的痕迹。山上牧羊人的窝棚可能都比这里舒适点。

"我帮你把东西拿出来。"凯特琳娜殷勤地说。

玛丽亚决心不流露出她对这间简陋小屋的感觉,可只有让她一个人单独待着才行。她需要坚决些。

"您真是太好了,可我不想再占用您太多时间。"

"那也好,"凯特琳娜说,"我下午还会再来,看看有什么我能做的。如果你需要我帮忙,你知道我在哪里。"

说着,她走了。玛丽亚很高兴能一个人待着想心事。凯特琳娜一片好心,可她也觉察到一丝急躁,意识到自己喋喋不休的声音让人有点儿不舒服。玛丽亚最不需要的便是别人告诉她如何整理房间。她会把这间凄惨的房间变成一个家,她愿意自己来做。

玛丽亚第一件事便是把可怜的塑料玫瑰花瓶扔进垃圾箱。就在这时,绝望、沮丧齐齐涌上心头。在这间充满着腐烂气味、装着死人潮湿物品的房间里,她一直控制着自己的情绪,可是现在她崩溃了。这么多个小时控制着自己,假模假样的快乐,做给父亲、帕帕季米特里乌夫妇和自己看,她一直绷得紧紧的,现在这可怕的变故吞噬了她。这样小小的一段行程宣告着她在布拉卡生活的终结,可这是她走过的最漫长的路程。她感到离家好远,离一切熟悉的事物好远。她想念父亲和朋友,比任何时候更难过,她与马诺利的灿烂未来就这样被夺走了。在这间黑暗的屋子里,她希望自己已经死了。有一刻,她觉得自己可能是死了,因为地狱也不会比这里更阴暗、更不受欢迎。

她来到楼上的卧室。除了粗糙的墙上歪歪斜斜钉着一幅木头圣母像,只有一张硬床和一床草垫,上面铺着脏兮兮的床单,那就是房间里全部的东西。玛丽亚躺下来,两膝蜷到胸前,哭了。也不知道她这样子有多久,最后断断续续地做起了噩梦。

在那黑暗深沉的睡梦中,她听到远处传来隆隆的鼓声,感到自己慢慢给拉出水面。现在她听到不停的敲击声,那根本不是鼓点,而是有人在楼下不停地敲门。她睁开眼,好长时间身体不想动。寒冷中她四肢全冻僵了,她用尽一切意志才从床上抬起身体,站起来。这一觉睡得这样沉,她左颊上还印着两个清晰的床垫纽扣印记。

她从窄窄的楼梯上走下来,抽开门闩,打开门,迷迷糊糊中,看到两个女人站在薄暮中:一个是凯特琳娜,另一个是个上了年纪的女人。

"玛丽亚！你还好吗？"凯特琳娜大叫道，"我们担心死你了。我们一直敲门，差不多敲了一小时。我以为你可能……可能……对自己做了什么危险的事。"

最后的话脱口而出，她几乎是不自觉的，可是这样说有足够的理由。过去有一些新来的人企图自杀，有些还成功了。

"是的，我很好。真的，我很好——谢谢你们，为我操心了。我一定睡得很熟……别站在雨里了，进来吧。"

玛丽亚把门开大点儿，站在一边，让两个女人进来。

"我一定得给你介绍。这是娥必达·肯图马里斯。"

"肯图马里斯夫人，我太熟悉您的名字了，我知道您是我妈妈最好的朋友。"

两个女人伸手握住对方的手。

"你很像你母亲，"娥必达说，"你跟她手头照片上的没多大不同，虽然那是很久以前的照片。我爱你的母亲，她曾是我最好的朋友之一。"

凯特琳娜观察了一下房间，看起来跟几个小时前一样，玛丽亚的箱子还在那里没动过。显然，她还没打算打开它们。这里还像是死人的房子。娥必达·肯图马里斯看到的是一个茫然的年轻女子站在一间空荡荡、冷冰冰的屋子里，而此时人们正要开始热气腾腾的晚餐，等着他们自己熟悉的床铺的抚慰。

"瞧，为什么今晚你不来跟我一起住呢？"她和蔼地问，"我有间空房，一点儿也不麻烦。"

玛丽亚不自觉地哆嗦了一下。眼下的境遇让人心寒，房间里又这样寒冷潮湿,她毫不犹豫地答应了。女人天生眼尖,她记得早先经过娥必达的家时,她看到了精致的蕾丝窗帘遮着窗户。是的,她今晚想住在那里。

接下来的几个晚上,玛丽亚都住在娥必达·肯图马里斯家里,白天则回到将成为自己家的地方。她努力改变它,刷白墙壁,用明亮、鲜艳的绿色重新刷了一遍前门,提醒自己现在春天来了,而不是深秋。她拿出书、照片,以及挑选来的一些小画,把画挂在墙上,熨好她的绣花棉布,把它们铺在桌子和几把舒服的椅子上,那些椅子都是娥必达觉得用不着的东西。她搭起架子,安置好装着干草药的坛坛罐罐。把之前肮脏的厨房擦洗得锃亮,使细菌无法生存。

最初那悲观、绝望的黑暗日子被抛在了身后,虽然最初的几个礼拜玛丽亚一直想着她失去的东西,可她开始看到了希望。和马诺利在一起的日子会是什么样,她想了很多,开始怀疑在艰难时刻他会如何反应。尽管她想念他的轻松随意,想念他不管何时总能讲笑话的本事,可她无法想象,如果不幸降临到他们头上,他如何接受这不幸。玛丽亚只尝过一次香槟的味道,那是在她姐姐的婚礼上。抿过嘶嘶作响的第一口后,泡沫消失了。嫁给马诺利的婚姻会不会也像那样呢?她现在无从知道。慢慢地,她越来越少地想到他,她几乎对自己感到失望,她的爱似乎就这样逐渐消散在空气中。他不是她现在世界中的一分子。

她向娥必达讲述母亲离开后她的生活:她怎么照料父亲,姐姐嫁入豪门，她自己跟马诺利恋爱、订婚。她向娥必达倾诉，仿佛面对的是自己的母亲，这个老妇人让她感觉温暖。而这个女孩，娥必达很多年前就从伊莲娜的描述中认识了。

第一天下午睡过了头，错过了见医生，玛丽亚这礼拜稍晚时候去见拉帕基斯。他给她的症状做了记录，画了一幅身体草图，标记出皮肤损伤的地方，将他观察到的与克里提斯寄给他的资料对比，发现她背部又多了一块印记。这令他很惊慌，现在玛丽亚的身体状况还好，若有什么变化，那他起初设想的她很有可能活下去的希望也许就要成为幻影。

三天后，玛丽亚去见父亲。她知道他会准时在九点差十分时出发，送拉帕基斯过海，只要五分钟她就可以看清他的船。她看到船上有三个人。这有点儿不同寻常。一刹那，她以为那是马诺利冲破一切禁令来看她。可是，一看清那个人影，她就知道那是克里提斯。那一刻，她的心飞扬起来，仿佛一看见那个纤瘦、银灰色头发的医生，就看见了治愈的希望。

当小船轻轻撞上浮标，吉奥吉斯把绳子扔给玛丽亚，她很专业地将绳子系在柱子上，跟以前无数次做过的一样。虽然他为女儿着急，他还是小心地掩饰着。

"玛丽亚……我很高兴看见你……瞧谁来了，是克里提斯医生。"

"我看到了，爸爸。"玛丽亚柔和地说。

"你好吗，玛丽亚？"克里提斯说着敏捷地跳下船。

"我绝对百分之百感觉良好，克里提斯医生。我从没有别的感觉。"她回答说。

他停下来看着她。这个年轻女子看起来不属于这里。她是这么美好，与这里这么不协调。

尼科斯·帕帕季米特里乌来到码头上迎接两位医生，当玛丽亚停下来和父亲说话时，三个男人消失在地道里。尼古劳斯·克里提斯上次来这里还是十四年前，岛上的变化令他吃惊。旧房子的翻修那时就已开始，可是结果超出他的想象。当他们到达医院时，他更惊奇了。以前的那幢房子还在那里，可是扩建部分，几乎和整个原建筑面积一样大，也已经建好了。克里提斯记得多年前拉帕基斯办公室墙上的计划，立即看出他已实现了雄心。

"真叫人吃惊！"他叹道，"全在这里。就像你想要的一样。"

"只是经过了大量的血汗、泪水，我向你保证——这一切来自这位先生。"他说着，朝帕帕季米特里乌点头致意。

岛主离去后，拉帕基斯骄傲地领着克里提斯参观他的新医院。新医院里房间高大，窗户从地板直到天花板。冬天，结实的百叶窗和厚实的墙壁为病人抵挡住淅淅沥沥的雨和咆哮的风；夏天，窗户打开，从下面海上盘旋而上的风习习吹来。每间病房里只有两三张床，整个病房也区分成男女两个病区，到处一尘不染，克里提斯注意到每间病房有自己的沐浴间和洗手间。许多床上有病人，可是医院的气氛还是很平静。只有几个病人在床上翻来覆去，有个人疼得轻声呻吟。

"我终于有个可以把病人当人看的医院了。"他们回到他的办公室后，拉帕基斯说，"而且，在这里他们还有自尊。"

"太感人了，赫里斯托斯，"克里提斯说，"你一定是拼了命才取得这样的成果。看起来异常整洁舒适——完全与我记忆中的不一样。"

"是啊，可是好条件并不是他们要的一切。他们最想要的是好起来，离开这个地方。我的天啊，他们多想离开这里。"拉帕基斯疲惫地说。

许多岛民知道药物治疗刚开始使用，可很少给他们用。有些人相信在他们有生之年这个病能治好，可对那些手脚、脸已被疾病折磨得变形的人而言，这只是个梦想。有几个人自愿做些小手术，减轻脚上的残疾，或把主要的受损部位切除，可是除此之外，他们不敢奢求其他。

"瞧，我们要乐观点儿。"克里提斯说，"现在有些药物正在试验阶段。它们不会一夜之间起效，可是你觉得这儿会有病人愿意尝试吗？"

"我肯定他们愿意，尼古劳斯。我认为有人什么都愿意尝试。一些有钱人不顾价格高昂，不顾注射的痛苦，一直坚持注射大风子油。如果有新药可试，他们会失去些什么吗？"

"实际上，在这个阶段会失去很多……"克里提斯想了想回答，"这些药全含有硫黄，你可能知道，除非病人健康状况一直良好，药的副作用还是很可怕。"

"什么意思？"

"嗯，从贫血到肝炎，皆有可能——甚至精神错乱。我最近去马德里参加麻风病大会，甚至听到试用这种新药时有自杀的病例。"

"好，那我们得仔细想想，如果有的话，哪些病人可以充当试验鼠。如果他们在第一阶段就需要足够强壮的体魄，那会有很多人不能胜任此事。"

"不会那么快。我们得先列出一张合适的候选人名单，然后再跟他们讨论试药的可能性。这可不是一个短期工程——可能要几个月后才会开始注射。你觉得怎么样？"

"我认为这是取得进展的最好办法。起码有个计划就有点儿进展。你还记得上次我们列的那张名单吗？似乎是很久以前了，那上面许多人现在都死了。"拉帕基斯沉郁地说。

"可是今天情况不同了。那时候我们谈论的不是真实的、看得见摸得着的治愈可能，我们只是试着改善阻止病情传染的方法。"

"是的，我知道。我只是觉得自己一直在这里白费力气，就这样。"

"我能理解你的想法，可是我真的相信有些人可以展望未来。不管怎样，我一礼拜后会再来，我们那时再看看那些名单，好吗？"

克里提斯自己回到码头。现在是中午，吉奥吉斯按约定在那里等他回来。当他一路走过街道，经过教堂、店铺和小饭馆时，有几个人扭头看着他。这些人看到的陌生人只有岛上新来的麻风病人。没有哪个新来者能像这人一样目标明确地昂首阔步。当医生从地道里走出来时，十月末波浪滔滔的大海映入眼帘，他看到小船在离岸边一百米左右的海上起伏漂摇，一个女子站在码头上，眺望着远处的大海。听到他的脚步声后，她回过身来。转身时，长发飘起，拂到脸上，一双大大的杏眼凝视着他，充满希望。

许多年前，还是战争前，克里提斯去过佛罗伦萨，看过波提切利迷人的画作《维纳斯的诞生》。玛丽亚身后灰绿色的大海，被风吹起的长发强烈地唤起了他对这幅名画的印象——他在伊拉克里翁家中的墙上还挂着此画。在这个年轻女子身上，他看到了同样羞涩的微笑，同样略带疑问的侧头，同样初生般的纯洁。以前，他还从未在现实中见到这样美丽的女人。他停下脚步。此时在他眼里，她不是病人，只是女人。他觉得她比他曾见过的任何人都要美丽。

"克里提斯医生，"她把他从思绪中唤醒，"克里提斯医生，我父亲在这里。"

"是的，是的，谢谢你。"他匆匆说着，突然意识到自己一定在盯着她看。

医生上船时，玛丽亚把船抓得紧紧的，待他上船后再松开，把绳子抛给他。当克里提斯抓住绳子时，抬头看了看她。他要再看一眼，只为确定自己不是在做梦。不是。维纳斯的面庞也不可能比她更完美。

十八

日子悄悄地从秋天挪到了冬天,整个斯皮纳龙格岛上弥漫着木头燃烧的烟味。人们忙着自己的日常事务,用羊毛衣物把自己从头到脚一层层裹得紧紧的,抵御严寒,因为风无论从哪个方向吹来,整座小岛都要承受它全部的威力。

在玛丽亚的房间里,过去住在这里的人的亡灵被赶了出去。每幅画、每件衣服和每件家具全是她的,桌子当中摆着一个玻璃盘,里面装着薰衣草和玫瑰花瓣,甜美的香味飘散在空中。

让玛丽亚奇怪的是,在岛上头几个礼拜过得很快。只有一次让她感到明显不安,那是她刚从娥必达温暖而精美的家里搬进自己更熟悉的环境中的时候。当她从小巷里转到主街上买些日用品时,与一个女人撞到了一起。她比玛丽亚矮小得多,她们各自退后一步,玛丽亚看到她比自己老得多,满脸皱纹,枯瘦如柴,在这样的身形样貌映衬下,因麻风病变得肥大的耳垂更显可怕。老妇人的拐杖飞到了街道当中。

"我很抱歉。"玛丽亚气喘吁吁地说。她扶着那女人的手,帮她站稳。

那双黑亮的眼睛盯着玛丽亚的眼睛。

"要小心点儿。"那女人突然说,"不过,你是谁?我以前从来没见过你。"

"我是玛丽亚·佩特基斯。"

"佩特基斯!"她吐出这个姓氏,仿佛刚吃了从树上摘的酸橄榄一样,"我以前认识一个姓佩特基斯的人。她已经死了。"

她声音里有种胜利的调子,玛丽亚立即意识到这个驼背老妇人就是母亲的宿敌克罗斯塔拉基斯夫人。

两个女人各走各路。玛丽亚继续上山去面包店,当她回头想看克罗斯塔拉基斯夫人走到哪里时,看到她还站在街尽头盯着她。玛丽亚赶快移开视线。她哆嗦了一下。

"别担心,"她身后一个声音说,"她真的没有任何危险性了。"

是凯特琳娜,她刚才看到玛丽亚和她母亲的宿敌撞到一起。

"她只是个腌泡在自己苦汁里的老巫婆,一条失去毒液的毒蛇。"

"我相信你说得对,可是她让人觉得,蛇还是要咬人的。"玛丽亚的心跳得比平时快。

"嗯,相信我吧,她不会了。可是她很善于让人不快——她的确在你身上成功达到了目的。"

两个女人一起沿着街道继续往前走,玛丽亚决定不再想克里斯蒂娜·克罗斯塔拉基斯。她已经看到岛上很多人顺应了环境,他们最不需要的便是破坏它的人。

岛

第一次碰到迪米特里·里莫尼亚斯，比与母亲的宿敌相遇要愉快。一天晚上，娥必达邀请他们到她家来，两人都忐忑不安地来了。

"你母亲对我太好了。"喝了点儿饮料后，两人都坐下。迪米特里开始说，"她待我像待自己的儿子一样。"

"那是因为她爱你就像爱她自己的孩子。"玛丽亚说。

"我觉得在某种程度上说，我应该道歉。我知道大家都认为她得这病，我该负责任。"迪米特里犹豫着说，"可是我跟拉帕基斯医生详细讨论过此事，他认为我基本不可能把病菌传染给你母亲。我的症状发展得如此缓慢，他觉得我们是从不同地方被感染的。"

"我现在不再相信这件事的任何说法了。"玛丽亚说，"我不是来责备你的。我只觉得见见面是个不错的主意。毕竟，你就像我们的兄弟一般。"

"你这样说真是宽宏大量。"他说，"我觉得自己早就没有家了。父母都去世了，我的兄弟姐妹从没有写信的习惯。不用说，他们觉得我让他们抬不起头。天知道，我真的能理解。"

几个小时过去了，他们俩谈着这座岛、学校和伊莲妮。迪米特里很幸运。他在斯皮纳龙格岛上，先是享受到了伊莲妮的爱，然后是娥必达的。一个是有经验的母亲，一个把他视若一直想要的宝贝，给他的爱和关心有时能把他淹没。玛丽亚很高兴遇见这位准兄弟，两人经常见面一起喝咖啡，甚至吃晚饭，当迪米特里一心忙于工作时，玛丽亚会给他做饭。现在他学校里有十四个孩子，他准备到他们七岁时教他们读书。与热爱工作的人在一起，玛丽亚意识到自己是个麻风病人这件事不能主宰她清醒时的每一刻。两礼拜一次的就医，打扫整理小房子，照料一小块地，跟父亲见面，这些就基本是她孤身一人、无儿无女的生活的全部了。

一开始，玛丽亚很紧张地告诉父亲与迪米特里的友谊。它好像一种背叛，因为家里一直认为是这个男孩感染了伊莲妮。吉奥吉斯跟拉帕基斯待的时间很长，知道情况并非如此，所以当玛丽亚承认她现在与迪米特里成了朋友时，父亲的反应出乎她的意料。

"那他怎么样？"他问。

"他跟母亲以前一样敬业，"她回答说，"他也是个好伙伴。图书馆里的每本书他都读过。"

这很不简单。图书馆里有五百本书，大部分是从雅典寄来的，可是吉奥吉斯对此没有感觉，他想知道其他事情。

"他提起过你妈妈吗？"

"不太多。他可能觉得那样太无情了。可他有一次跟我说，如果他没来斯皮纳龙格，生活肯定还不如他在这里的好。"

"那样说确实奇怪。"吉奥吉斯说。

"他让我觉得，他父母的生活确实很艰难，如果他没来岛上，他肯定当不成老师……不管怎样，安娜还好吗？"

"我真的说不上来，我想还好吧。她本该在圣格里格奥节来看看我的，可是她派人捎了个信，说她不太舒服。我真的不知道她哪里不舒服。"

总是这样，玛丽亚想。答应见面，最后一分钟又取消。吉奥吉斯早就料到了，可是身在远方的玛丽亚还是很生气，姐姐居然这样冷漠地对待含辛茹苦把她们抚养长大的父亲。

不到一个月,玛丽亚知道她得找点儿事情让自己忙起来,她从架子上拿起一本破旧的笔记本,里面是她手写的各种药草的使用方法。在封皮上,她用学生气的笔迹工整地写下"治疗及治愈"。对于身患麻风病的人来说,这些字看起来那样天真,那样乐观,完全牵强不可信。然而,除了麻风病,从胃病到感冒,还有许多疾病折磨着斯皮纳龙格岛上的人,如果玛丽亚能让他们摆脱这些痛苦,就像她以前做到的那样,那会是相当有意义的奉献。

佛提妮来看玛丽亚时,她正为自己的新计划激动不已,她告诉佛提妮,她打算在春天来时,去岛上那些无人居住的岩石区搜寻草药。

"即使在那些泛着盐碱的石灰石悬崖上,也显然有很多鼠尾草、岩蔷薇、牛至、迷迭香和百里香。这些药草最起码能治疗常见病,我还要在我那块地里试着种一些其他有用的植物。可是我先要从拉帕基斯医生那里得到批准,一旦我获得准许,我就要在《斯皮纳龙格星报》上登广告。"她告诉佛提妮。而佛提妮,在这样寒冷的冬天,看到她亲爱的朋友充满火一般的热情,觉得十分温暖。

"告诉我布拉卡发生了些什么。"玛丽亚紧接着问起来,不想自己一个人说个不停。

"真的没什么。我母亲说,安东尼斯脾气还像以前一样坏,他真是该找个老婆了,可是上礼拜安哲罗斯在伊罗达遇到一个女孩,他好像很喜欢。所以，谁知道，也许我的某个单身汉哥哥就快要结婚了。"

"马诺利怎么样了？"玛丽亚静静地问，"他还来吗？"

"嗯，安东尼斯很少在庄园里看到他……你在为他难过吗，玛丽亚？"

"听起来可能很不好，可是我没有像我以为的那般想念他。我真的只是在我们坐到一起谈到布拉卡时才想起他。我对他不再有感觉了，真让我觉得有点儿内疚。你觉得奇怪吗？"

"不，我不觉得。我觉得这可能是件好事。"因为佛提妮这几个月来一直从安东尼斯那里听到关于马诺利的闲言碎语，她从没完全信任马诺利，她知道从长期来看，玛丽亚把他抛到脑后更好。毕竟，她再无可能嫁给他了。

佛提妮该走了。玛丽亚低头看着她朋友隆起的肚子。

"宝宝在踢你吗？"她问。

"是的，"佛提妮回答，"现在经常这样。"

佛提妮很快要临盆了，她开始担心自己过海来看玛丽亚时的滔天巨浪。

"可能你不该过来了，"玛丽亚说，"如果你不小心，你会在我父亲的船上生孩子的。"

"等我一生完孩子就来看你。"佛提妮宽慰她，"我还会写信。我保证。"

现在吉奥吉斯来斯皮纳龙格看他的女儿已成了一条固定的路线。虽然玛丽亚想到父亲有时候一天来回几次，觉得很受安慰，可是她觉得没必要每次都见他。她知道，见得太频繁对他们俩都不好；会给人假象，以为生活还像以前一样，只是换了个场景而已。他们决定限制见面的次数，一礼拜只见三次，礼拜一、礼拜三、礼拜五。这几天是她生活中的亮点。礼拜一是佛提妮来看她的日子，礼拜三克里提斯医生来，礼拜五她只见父亲一个人。

一月中旬，吉奥吉斯带来令人兴奋的消息，佛提妮生了个儿子。玛丽亚想要知道详细情况。

"他叫什么名字？长得像谁？多重？"她兴奋地问。

"叫马特奥斯。"吉奥吉斯回答说，"还是个婴儿，看不出像谁。我不知道他多重，大约跟一袋面粉一样重，我猜。"

接下来这周，玛丽亚绣了个小枕套，绣上宝宝的名字和出生日期，用干薰衣草装满。"把它放进宝宝摇篮里，"她写了张纸条给佛提妮，"它会让他睡得好。"

四月，佛提妮恢复了来看玛丽亚的行程。即使她新添了当母亲的责任，但她对布拉卡发生的一切，事无巨细全都知道。她说起了布拉卡村民的点点滴滴，玛丽亚喜欢听这些闲话，可是更想听佛提妮描述她作为新手妈妈的磨难与快乐。玛丽亚也说说斯皮纳龙格发生的事，两人总是一说便是一个多小时，中间几乎不停歇。

礼拜三与克里提斯医生的会面又是完全不同的感觉。玛丽亚发现医生有点儿令她不安。想到他，玛丽亚就老是想到他宣布诊断结果的那个时刻，他的话还在她脑海中回响："……麻风病已在你体内。"他判了她一个活死刑，然而他也是那个向她做出微弱保证，说有一天她会痊愈的人。最坏和可能最好的事情全与他连在一起，真令人迷惑。

"他太清高了。"一天，玛丽亚和佛提妮坐在矮石头墙上聊天时，她对佛提妮说。那墙靠着码头，围着一圈有浓荫的大树，"还有点儿冷冰冰，像他的头发一样。"

"你说得好像你不喜欢他似的。"佛提妮说。

"我不知道我喜不喜欢。"玛丽亚回答说，"他似乎一直盯着我看，然而他看我的样子又好像我不在那里似的。不过，他似乎让我爸爸很开心。所以我想这是件好事。"

真奇怪，佛提妮想，玛丽亚怎么老是谈到这个男子，特别是如果她不喜欢他的话。

克里提斯第一次来访后的几周内，两位医生列了个简短的名单，他们会监测这些人是否适合做药物治疗。玛丽亚的名字在这些人中间。她年轻、健康、刚刚来，各方面都是理想人选，然而，出于某种克里提斯自己也无法解释的理由，他不想让她在第一组里，这一组从现在开始就要连续几个月注射药物。他在与这不理智行为搏斗。多年来，他总是把不受欢迎的诊断结果通报给那些本该有更好结果的人，他把自己训练得从不轻易流露自己的感情。这种客观让他沉着冷静，有时候甚至面无表情。虽然总的来说，克里提斯医生对人们十分关心，可人们还是觉得他很冷淡。

克里提斯决定把名单从二十人减到十五人，这些病例他几个月内会密切监视，以决定用药剂量和是否适合。他把玛丽亚的名字从最终名单里删除了。他不需要向任何人证明这样是否合理，可是他知道这也许是他在整个职业生涯中做出的第一个缺乏理性的举动。

他告诉自己，这是为了她好。现在对这些药的副作用的了解还不够，他不想让她第一批接受试验。她可能受不了。

初夏的一天清晨，从大陆到对岸的路途中，克里提斯问吉奥吉斯是否曾踏进斯皮纳龙格的大门。

"当然没有！"吉奥吉斯有点儿吃惊地回答，"我从未想过。那是不允许的。"

"可是您可以去玛丽亚自己的家里看她，"他说，"几乎完全没有危险。"

克里提斯现在对玛丽亚的症状很了解，知道吉奥吉斯从女儿那里传染麻风病的可能性微乎其微。玛丽亚光滑的皮肤表面并没有病菌，除非吉奥吉斯直接接触她破损的皮肤，否则他根本不可能被感染。

吉奥吉斯若有所思地看着克里提斯。他也好，玛丽亚也好，从来没想过他们可以一起在玛丽亚的房子里待上一段时间。这绝对比在码头上见面要文雅多了，码头上冬天大风，夏天暴晒。没什么比这建议更棒的了。

"我会跟尼科斯·帕帕季米特里乌说这件事的，并征求拉帕基斯医生的意见，不过我不认为他们会对此表示反对。"

"但是回布拉卡后人们会怎么想呢？如果他们知道我进过隔离区，而不是只把物资送到码头上。"

"如果我是您，我什么也不会说的。您跟我一样清楚，那里的人们对这里的生活是什么看法。人们全都以为与感染者握握手，或同处一室就会传染上麻风病。如果他们知道您在麻风病人待的房间里喝咖啡，我想您知道结果会是什么。"

吉奥吉斯比谁都明白克里提斯说的是对的。他太熟悉那些针对麻风病人的偏见了，多年来就这个问题，他一直被迫听着一些无知的看法，有些甚至来自那些他称为朋友的人。然而，他再一次和自己可爱的女儿坐在一起，同喝一壶咖啡或品上一杯茴香酒，是多美的一个梦啊。它真的能实现吗？

那天克里提斯向岛主提出请求，并征求了拉帕基斯的意见。晚上他看到吉奥吉斯时，告诉吉奥吉斯他的参观请求被正式批准了。

"现在您可以穿过地道了。"他说。

吉奥吉斯几乎不相信自己的耳朵。他不记得有多久没有这种兴奋感了，他迫不及待地要见玛丽亚，这样可以告诉她克里提斯的建议。礼拜五一大清早，当他踏出小船时，玛丽亚就知道发生了什么事。父亲的神色说明了一切。

"我可以去你那里了！"他脱口而出，"你可以给我煮咖啡喝。"

"什么？怎么可能？我不相信……你肯定吗？"玛丽亚难以置信地说。

这样简单的一件事，对吉奥吉斯来说却宝贵得不得了。和他的妻子、女儿一样，他颤抖着走进黑暗的地道，穿过厚厚的城墙。六月初的日子已经很暖和了，虽然清晰的光线不久就化成一团雾，吉奥吉斯面对的场景中强烈的色彩几乎让他头晕目眩。一簇簇鲜红的天竺葵从大花坛里瀑布般垂下，粉红的夹竹桃给一窝花猫幼仔遮阴，五金店宝蓝色的大门边深绿色的棕榈树轻柔地摇动。闪闪发光的银盘用细线吊下来，在阳光中闪烁。几乎每家门前都有口大缸，里面种着绿油油的罗勒，即便再无味的饭菜也因此增添了滋味。当他站在麻风病隔离区明媚的阳光中，这种新发现对他和对麻风病人一般无二。不，这跟他原来想象中的完全不一样。

玛丽亚和父亲一样兴奋，可是同时，对父亲的到来还是有点儿紧张。她不想让他在麻风病隔离区里走得太远，不只是因为他会招来异样的目光，也因为他的出现可能会招致其他麻风病人的嫉妒与憎恨。她想让父亲留在她身边。

"这边，爸爸。"她催促着，领着他离开主街，进入小广场，她的房子就在那里。她打开门，在前面领路。不久，小房间里就飘起了咖啡香味，咖啡在炉子上冒着泡泡，一盘果仁蜜饼摆在桌上。

"欢迎。"玛丽亚说。

吉奥吉斯真的不知道他原本想象的岛上生活是什么样子，反正不是这样。这里就是他们在布拉卡的家的复制品。他认识那些照片、圣像和一些瓷器，瓷器跟家里的是一套。他模糊地记得伊莲妮曾从家里的那套餐具中带了些盘子、杯子来，这样她可以用和家里一样的器皿来吃饭。后来，这些瓷器到了娥必达手里，在伊莲妮死后，娥必达一直保存着她的一些东西，现在它们传到了玛丽亚手中。他还看到那些衣服和头巾，玛丽亚曾花了好些个月才绣好。他突然觉得难过,想起马诺利在橄榄林的家,如果一切按计划不变,那本是她该生活的地方。

他们在桌前坐下来,品着咖啡。

"我从未想过我会再跟你一道坐在桌前,玛丽亚。"他说。

"我也是。"玛丽亚说。

"多亏了克里提斯医生。"吉奥吉斯说,"他有许多非常现代的观点,我喜欢这一点。"

"若您告诉布拉卡的朋友,您进过隔离区,他们会说什么?"

"我不会告诉他们。你知道他们会说什么。他们现在对斯皮纳龙格的观念还和从前一样顽固。虽然有一道水把隔离区和他们分开,他们还是以为麻风病会通过空气感染他们。如果他们知道我进过你的家,可能不会再让我进酒吧!"

最后一句话可能有点儿夸张,可是玛丽亚还是觉得担心。

"那最好是谁也不告诉。不用说,您经常到这边来已足够让他们担心的了。"

"你说得对。你知道有些人甚至认为是我从这边带了些病菌给你,在布拉卡把你给传染上了。"

玛丽亚觉得这个想法很恐怖,她的麻风病可能引燃大陆上的种种恐惧,让她担心父亲会面临老朋友们的偏见,那些与他一起长大的人的偏见。要是他们现在能看到他们俩多好啊:父亲和女儿,坐在桌边,吃着能买得到的最甜的馅饼。没有什么比这样的场面与传统的麻风病隔离区图片反差更大、更加相左的了。即使她一想起大陆上所有无知的话语就感到愤怒无比,也不足以破坏这一刻的安宁。

他们喝完咖啡，吉奥吉斯该走了。

"爸爸，您觉得有一天佛提妮是不是也可以来？"

"我肯定她会。她下礼拜一来的时候，你可以问问她。"

"只是……这太像正常生活了。与别人一同喝咖啡。我说不出这对我意味着什么。"

玛丽亚通常能坚定地控制自己的情绪，现在她的声音里也有一丝哽咽。吉奥吉斯站起来要走了。

"别担心，玛丽亚。"他说，"我肯定她会来的——我也会。"

他们俩走回小船，玛丽亚朝他挥手道别。

吉奥吉斯一回到布拉卡，便立即告诉佛提妮他去过玛丽亚的家了，女儿最好的朋友没有丝毫迟疑，马上问她是不是也可以去。有些人会觉得这太鲁莽了，可是在麻风病到底是以什么方式传染的这个问题上，佛提妮比其他人更开明。在她下一次来访时，她一下船，就抓着玛丽亚的胳膊。

"快点儿，"她说，"我想看看你的家。"玛丽亚满脸是笑。两个女人钻进地道，不久就到了玛丽亚的门前。房间里很阴凉、很舒服，她们没有喝浓咖啡，而是喝起了卡那拉达，小时候她们最爱的冰镇肉桂饮料。

"你真好，能来这里看我。"玛丽亚说，"你知道，我以前想象这里只有孤独。可是有客人来让这里是如此不同。"

"这比坐在那堵矮墙上热得要命好多了，"佛提妮说，"现在我可以想象得到你住的地方真正什么样了。"

"有什么新闻？小马特奥斯怎么样？"

"他好极了，我还能说什么？他吃得多，个头长得比同龄人大。"

"他喜欢吃倒好，毕竟他生活在饭馆里。"玛丽亚笑着说，"布拉卡发生了些什么事？最近你看见我姐姐了吗？"

"没有，好久没看见过了。"佛提妮欲言又止。

吉奥吉斯告诉玛丽亚，安娜经常去看他，可是现在她怀疑是不是真的。如果安娜总是从她那锃亮的车里下来，佛提妮应该会知道。范多拉基斯家听到玛丽亚得麻风病的消息，气得要命，玛丽亚一点儿也不吃惊，自从她来斯皮纳龙格后，安娜从未写过一封信。如果父亲说安娜经常去看他是撒谎，玛丽亚也不会真的奇怪。

两个女人沉默着。

"不过，安东尼斯时不时能看到她，在他工作时。"佛提妮终于说。

"他有没有说她看起来怎么样？"

"很好，我想。"

佛提妮知道玛丽亚真的想问什么。她姐姐怀孕了吗？结婚这么多年，安娜真该要个孩子了。如果不是这样，那一定有问题。安娜没有怀孕，可是她生活中还发生了一些事情，佛提妮想了很久，想得很苦，不知道要不要告诉玛丽亚。

"你看，我可能不该告诉你这个，安东尼斯曾看见马诺利在安娜家里进进出出。"

"那是容许的，不是吗？他们是一家人。"

"是的,他们是一家人,可即使是家里人也不需要每隔一天来一次。"

"也许是跟安德烈亚斯讨论庄园事务。"玛丽亚觉得这理所当然。

"可是他不是在安德烈亚斯在家的时候去!"佛提妮说,"他白天去,在安德烈亚斯出门之后去。"

玛丽亚发现自己在为马诺利辩护。

"嗯,听上去安东尼斯像在窥探什么。"

"他不是在窥探,玛丽亚。我想你姐姐和马诺利关系太密切了。"

"好吧,如果他们真是这样,为什么安德烈亚斯不做点儿什么?"

"因为他绝对想不到他们会这样,"佛提妮说,"他甚至想都没想过。他既没看到也没想到,他就不需要知道。"

两个女人沉默地坐了一会儿,直到玛丽亚站起来。她假装忙着洗杯子,可是无法让自己从佛提妮刚才所言中走出来。她极为不安,突然想起几个月前自己和马诺利去看安娜时,姐姐的怪异举止。那很可能是他们中间发生过什么。她了解姐姐,安娜完全有可能做出这种不贞之事。

她恼怒地在玻璃杯里一圈一圈拧着抹布,直到玻璃杯吱吱响。像以往一样,她想到了父亲。她敏锐地感到,即使是猜测,这也会加深他的耻辱。至于安娜,难道她不是佩特基斯家三个女人中唯一一个有着正常幸福生活的吗?现在听上去,她做的一切仿佛是想把这幸福生活彻底打碎。玛丽亚眼里全是愤怒和沮丧的泪水。她不希望佛提妮以为她在吃醋。她知道马诺利不会是她的,可还是很难接受他和她姐姐在一起的事实。

"你知道,我不想你以为我还关心马诺利,因为我已经不在乎他了,可是我关心我姐姐的行为。她以后会怎么样?难道她真的以为安德烈亚斯永远不会发现吗?"

"显然她认为他不会的。或者即使她觉得他会发现,她也不在乎。我相信整个事情会慢慢淡下去的。"

"那可能太乐观了,佛提妮。"玛丽亚说,"可是我们什么也做不了,是不是?"

两人沉默地坐了一会儿,玛丽亚才改变话题。

"我又开始用草药治病了,"她说,"有点儿效果。人们开始来我这里,白鲜草几乎马上治好了一位老年绅士的胃病。"

她们继续聊着,可是佛提妮透露的有关安娜的情况一直困扰在她们心里。

安娜和马诺利之间的关系没有像佛提妮说的那样淡下去,相反,他们之间的火花又重新点燃了,不久就熊熊燃烧起来。马诺利在与玛丽亚订婚期间,一度完全忠实于玛丽亚。她那么完美,一个处女,他的圣母玛利亚,毫无疑问,她会让他成为一个快乐的男人。现在她却只是个美好的回忆。玛丽亚去斯皮纳龙格后的最初几个礼拜,他无精打采,情绪低落,可是哀悼失去未婚妻的日子很快就过去了。生活还得继续,他暗自思量。

像飞蛾扑火一般，他又被安娜重新吸引了。她还在那幢房子里，这样近，这般充满渴望，她裹在带滚边的紧身衣服里的身体，不知怎么就像个礼物。

一天午饭时间，按照老习惯的拜访时间，马诺利走进庄园大宅里的厨房。

"你好，马诺利。"安娜迎接着他，没有一丝惊奇，热情得足以融化迪克提山上的雪。

他自信安娜会很高兴见到他，他的自信跟她的傲慢旗鼓相当。她知道他会来的，迟早的事。

亚历山德罗斯·范多拉基斯最近把庄园全交给儿子打理。安德烈亚斯肩上的担子越发重了，留在家里的时间益发少了。没多久，人们看到马诺利又频繁地出入他堂兄的家，都不是隔天一次，而是天天在那里。不止安东尼斯一个人注意到这件事，庄园里许多工人也知道了。安娜和马诺利有双重保险网可以依靠：安德烈亚斯太忙了，他自己不会注意到什么；走到老板身边说老板妻子的风流事，这足以让任何人丢掉饭碗。有了这些理由，他们两人尽情享受，毫不担心会受到惩罚。

玛丽亚什么也做不了，佛提妮唯一可做的是敦促她哥哥保密。如果安东尼斯向帕夫罗思提到此事，那肯定会传到吉奥吉斯耳朵里，因为这两个男人一直是好朋友。

在佛提妮没来的那些日子里，玛丽亚尽量把姐姐的事抛到脑后。她在此事上无能为力，不仅是她们之间距离的阻隔，玛丽亚知道即使她在家里，安娜还是会做她想做的事情。

玛丽亚开始盼望克里提斯来的日子，她总是站在码头上，迎接父亲和这个灰白头发的医生。一个美丽的夏日，克里提斯停下来跟她说话。他从拉帕基斯医生那里听到玛丽亚有用药草和药酒治病的本事。他一直对现代医药抱有坚定的信念，对这些生长在山边的甜美柔和的花草的药力总是感到怀疑。与二十世纪的药物相比，它们能有些什么优势呢？然而，他在斯皮纳龙格岛上听到许多病人谈起，在用了玛丽亚调配的药物之后，他们感觉病情减轻了好多。他准备放弃自己对草药的蔑视，并把自己的想法告诉她。

"看了后，我知道我会相信。"他说，"我在岛上也看到了一些证据，说明这些草药真的管用。我不用再怀疑了，对吗？"

"是的，你用不着怀疑。我很高兴你认可了它们。"玛丽亚略带自豪地说，她意识到自己成功地说服了这个男子，让他改变了看法，她异常满足。她看着他，看着他的脸上慢慢绽放出笑容。她更加开心了。他变了。

十九

医生的笑容改变了周围的气氛。过去克里提斯从不笑。别人的悲惨与焦虑是他生活的基础，很少给他轻松愉快的理由。他孤身住在伊拉克里翁，在医院里工作很长时间，医院之外为数不多的清醒时间全用在读书和睡觉上了。现在，他的生活中终于出现了别的东西：一个女子美丽的容颜。对于伊拉克里翁的医院同事、拉帕基斯和他的常规麻风病人，他表现得还是一如既往地敬业、坚定，让人畏惧的严肃——有人会说是缺乏幽默感，一位真正的医生。对玛丽亚来说，他却是不一样的，她不知道他会不会是她身体疾病的最终救星，可是他以小小的方式解救了她，他每次过海而来都令她心跳加速。她又成了一个女人，而不仅仅是个在岩石上等死的病人。

虽然初秋气温下降，玛丽亚却感到尼古劳斯·克里提斯身上不断增加的温暖。当他每个礼拜三到小岛上来的时候，他会停下来跟她说话。起初只有五分钟，可是慢慢地，每次说话时间越来越长。最后，由于他谨慎守时，需要按时赶赴医院会见病人，他开始提早到达小岛，让自己有足够时间见玛丽亚。吉奥吉斯一贯六点钟起床，很乐意八点半而非九点送医生过海，他察觉到礼拜三玛丽亚来跟他说话的日子结束了。她还来接船，可不是来看她的父亲。

克里提斯平常是个寡言少语的人，现在却跟玛丽亚聊起了他在伊拉克里翁的工作，向她解释他现在参与的研究。他描述战争是怎样把一切打乱，告诉她那些年他一直在做什么，为她描绘出一幅被战争摧毁的城市画面，在那里，每一个受过医学训练的人都必须一天二十四小时工作，照料病人和伤员。他告诉玛丽亚自己在埃及和西班牙参加的国际会议，全世界麻风病治疗专家会聚一堂，分享他们的想法，提交他们最新研究的论文。他告诉她最近在试验的不同治疗方法，以及他对这些疗法的真正看法。偶尔，他不得不提醒自己，这个女子是个病人，最后可能也要接受现今在斯皮纳龙格试验的药物治疗。多奇怪，他自己有时候也会想，在这个小岛上竟然找到了这种情谊。不仅有他的老朋友赫里斯托斯·拉帕基斯，还有这个年轻女子。

玛丽亚呢，她看着他，听他说话，可是很少说到自己的生活。她觉得自己没有什么可说的。她的生活圈太小、太有限、太狭窄。

在克里提斯看来，斯皮纳龙格的居民几乎过着令他羡慕的生活。他们忙自己的事情：坐在小饭馆里聊天，看最新的电影，去教堂，朋友间你来我往。他们生活的社区里人们彼此认识，往来密切。在伊拉克里翁，克里提斯即使一个礼拜天天走在繁忙的大街上，也不会碰到一张熟悉的面孔。

对玛丽亚来说，跟与克里提斯谈话一样重要的是每周一次与佛提妮见面，可是这些天来与佛提妮的会面让她有些恐惧。

"那么，这礼拜还是有人看到他从那房子里出来？"当吉奥吉斯听不到时，她马上就问。

"一两次吧。"佛提妮回答说，"可是只有当安德烈亚斯也在时他才去。橄榄收割已经开始了，所以他较往常去得多一些。马诺利和安德烈亚斯监督压榨机，他们显然都回大房子里吃饭。"

"那可能全是你哥哥的想象。显然，如果马诺利和安娜是情人，他不会和安德烈亚斯一起去那里吃饭吧？"

"为什么不？如果他不，那更容易引起人的怀疑。"

佛提妮是对的。安娜整个晚上都用来打理头发、包头巾、修剪指甲，把自己套进完美合身的衣服里，同时在丈夫面前扮演好妻子，在他堂弟面前扮演好主妇两个角色。她做的准备与安德烈亚斯期待中的一样。她应付这种局面不费吹灰之力。要她说错话、把真正的想法以表情呈现出来是不可能的。对安娜来说，暗流只会让她想象自己站在了舞台上而更加兴奋，她公公婆婆在这里的那些天里更是额外紧张，让她更加兴奋，陶醉于隐瞒带来的极度快感中。

"这个晚上你过得好吗？"后来，他们躺在宽敞的床上，在一片漆黑中，她问安德烈亚斯。

"好，为什么这么问？"

"我只是问一下罢了。"她说。当他们开始做爱时，她感到的是马诺利的体重，听到的是马诺利的低吟。为什么安德烈亚斯要怀疑这种快乐呢？事后，他躺在关得严实黑暗的房间里，一声不吭，气喘吁吁。这是个没有疑心的人，是她与另一个男人情欲的受害者。她只能在白天与那人做爱。

这种情形丝毫不会让安娜心里有什么挣扎不安。因为她对马诺利的激情别无选择，她的不贞几乎情有可原。他突然出现在她的生活中，她的反应是一种本能冲动。自制力在她对他的回应中没起任何作用，她也从未想过能有用。马诺利的出现使她如遭电击，震惊不已，她全身汗毛直竖，每一寸肌肤都渴望被抚摸。别无他法。清晨，她坐在镜前梳头，对自己说，我身不由己。那天安德烈亚斯要去庄园最远的地方，她盼望着马诺利在午饭时出现在厨房里。没有办法，马诺利是丈夫的至亲。她用尽一切意志也不能赶他走。她是个深陷其中却毫无抱怨的受害者。而安德烈亚斯，即使事情就发生在自家屋顶下，他也没有丝毫察觉。她在他床上背叛了他，那个框起来的婚礼花环，目睹了她的不忠行为。

对马诺利，安德烈亚斯没有想太多。安德烈亚斯很高兴，他周游后能回家。可是他把对马诺利的担忧留给了母亲，埃莱夫塞里娅着急侄子已经三十岁还没有结婚。安德烈亚斯很遗憾，马诺利与他妻妹的婚姻遇到这样无法克服的障碍，可是他想，堂弟迟早会找到另一个合适的女人，并把她带进这个家族。而埃莱夫塞里娅，她很难过侄子这么甜美的新娘被夺走了，可是更让人难过的是，她怀疑马诺利和她儿媳妇之间有某种亲密关系，这一疑虑困扰着她，让她疑心。她无法说清楚，实际上，有时候她对自己说，这不过是想象罢了，就像云朵的形状一样稍纵即逝。

玛丽亚想到安娜可能的行径就不禁浑身颤抖。姐姐从来不会为任何事谨慎劳神，现在也没什么可以改变她了。然而，她真正担心的不是安娜，而是这行为对她们父亲的影响。她想，那个亲爱的父亲一生中没有一点儿安全感。

"她不羞愧吗？"她喃喃自语。

"我相信她不。"佛提妮说。

两个女人想说点儿别的，可是谈话总是以安娜开始，以安娜结束。她们谈论她的不忠，猜想不知什么时候安娜一时疏忽向马诺利投去的那一眼就会引起安德烈亚斯的怀疑。慢慢地，玛丽亚对马诺利残留的一丝情感也消散了。她唯一确定的是她对阻止这件事无能为力。

现在是十月末了。冬天的寒风越来越有力，不久就能穿透最厚的外套，以及最重的羊毛毯。玛丽亚开始感到站在冷风里和克里提斯医生说话似乎不太得体，可是放弃谈话，她简直无法接受。她喜欢和这个男子说话。即使她觉得没多少有意思的事情跟他说，他们也似乎有说不完的话。她禁不住拿他对她说话的方式和马诺利的比较。马诺利的每句话都轻松幽默，可是克里提斯和她说话，却没有一丝挑逗的意味。

"我想知道住在这里真正的感觉。"一天，他对她说，正好有一阵阵大风吹着他们。

"可是你每个礼拜都来这个小岛。你一定和我一样熟悉它。"她对他的话迷惑不解。

"我看着它，可是我没看见它。"他说，"我是经过这里的局外人。那完全不同。"

"你愿意到我家里喝点儿咖啡吗？"玛丽亚私下里练习过这句话好多次，可是当它们最终被说出口时，她几乎听不见自己的声音。

"咖啡？"克里提斯听得很清楚，他重复了这个词，是因为不知道怎么回答。

"你愿意吗？"

好像她惊扰了他的白日梦。

"是的，我想我愿意。"

他们一起走过地道。虽然他是医生，她是病人，但他们并肩走着，像同一类人。他们俩穿过威尼斯城墙儿百次了，可这次是一趟完全不同的旅程。克里提斯多年没有同一个女人一起走过街道。而玛丽亚，与一个不是她父亲的男人一同走着，令她像儿时一样有点儿难为情。想到有人可能看到他们并妄下结论，她甚至想大叫"这是医生！"，尽可能地想让自己免于流言蜚语。

走出地道后，她领着医生很快走进小巷，进了自己的家。她开始煮咖啡。她知道克里提斯不会待太久，他要准时去见他的第一个病人。

当玛丽亚忙着找糖、杯子和茶碟时，克里提斯在房间里四处看看。这里比他自己在伊拉克里翁的小公寓要舒适得多、丰富得多。他注意到那些绣花的桌布，墙上挂着年轻的佩特基斯夫人和玛丽亚以及另一个女孩的合影。他看到一排整齐的书，看到罐子里装着多叶的小橄榄枝，一束束干枯的薰衣草和药草从天花板上吊下来。他看到整洁，感受到了家的气息，这一切让他觉得温暖。

现在他们是在玛丽亚的地盘上，他觉得该让玛丽亚多说说她自己。这可是他极想问的。他太了解麻风病了，它的症状、传染与否、病理原因，可是他不知道得了麻风病到底是什么感觉，直到刚才，他也从没想过问问他的某个病人。

"得麻风病……"他鼓起勇气，"是什么感觉？"

这个问题很私人，可是玛丽亚毫不犹疑地回答了。"在某种程度上，我觉得与我一年前的生活没有区别。可还是不一样了，因为我被送到了这里。"她说，"对像我这样并没有被疾病天天折磨的人来说，有点儿像在监狱里，除了这里的门上没有锁、没有铁条。"

玛丽亚这样说着时，脑海里回想起那个秋天的早晨，她离开布拉卡来到斯皮纳龙格。在麻风病隔离区的生活肯定不是她希望的，可是她停了片刻，想，如果她嫁给马诺利，生活会是什么样子？那会不会是另一座监狱？什么样的男人会背叛自己的家庭？什么样的犹大会去亵渎对他的仁慈与盛情？她一直被他的魅力欺骗，可是现在发现这种情况反而救了她。她与这个男人除了谈论橄榄收割、米基斯·塞奥佐拉基斯的音乐或是否参加伊罗达的圣徒日庆祝，没有任何更深入、更宽广的谈话内容。这种"生活之乐"一开始让她着迷，可是她意识到他可能也就只有这一点能够吸引她。与马诺利共同生活也许是另一种终身监禁，不会比她现在被判到斯皮纳龙格好多少。

"不过，也有很多好的方面。"她补充道，"像娥必达·肯图马里斯、帕帕季米特里乌和迪米特里这样的好人，他们有这样一种精神，你知道吗，即使他们在这里的时间比我长得多，他们却从来没有抱怨过。"

玛丽亚说完，倒了一杯咖啡，递给克里提斯。他的手颤抖得厉害，她发现时已太晚，克里提斯接过咖啡时，杯子哐当一声掉在地上。一摊黑色水渍在石头地板上蔓延开来。片刻尴尬后，玛丽亚冲到水池边拿起一块布。她觉得他非常窘迫，急着想安慰他。

"别担心，没事。"她说着用布擦起来，收拾碎瓷片，放进垃圾箱中，"只要你没烫伤自己。"

"我太抱歉了。"他说，"把你的茶杯打碎，真是不好意思。我真是笨手笨脚。"

"别担心。一个茶杯算什么。"

实际上，那是个特别的茶杯，是她母亲从布拉卡带来的那套瓷器中的一件，可是玛丽亚知道自己根本不介意。克里提斯不像他在外面表现出来的那样完美无缺，这对她来说几乎是种解脱。

"也许我不该来。"克里提斯嗫嚅着。在他心中，这是一种征兆，意味着他不该打破自己一直坚信的职业操守。出于日常社交的需要，他走进了玛丽亚的房间，这便跨过了与病人之间的界限。

"你当然应该来。我请的你，如果你不来，我会很难过。"

玛丽亚脱口而出的话是无心的，可是比她自己真正想说的话更加热情，让克里提斯大吃一惊，也让她自己大吃一惊。现在他们扯平了。他们都失去了镇静。

"请再坐会儿，再喝点儿咖啡。"

玛丽亚看着医生的眼睛，哀求着说。除了接受，他别无他法。她从架子上取下另一个杯子，这次，倒好咖啡后，她把茶杯放在桌上，他自己好安全地去拿。

他们俩啜着咖啡，都没有说话。有时候沉默相向会让人感到尴尬，但现在的情境里不会。最后，玛丽亚打破了这段沉默。

"我听到有人开始用药物治疗了。那有用吗？"这是她一直想问的问题。

"现在还太早，玛丽亚，"他回答，"可是我们得保留一些希望。我们发现在这个治疗上有些禁忌症，所以现在这个阶段还很谨慎。"

"它是种什么药？"

"全称是二氨基二苯砜，通常把它叫作氨苯砜。里面主要成分是硫黄，可能有毒。然而，关键是，一般要过很长时间后才会有进展。"

"这样说来，它并不是什么灵丹妙药。"玛丽亚尽量掩饰声音里的失望。

"是的，我想恐怕是这样。"克里提斯说，"可能还要一段时间，我们才能知道是否有人能真正痊愈。现在还没有人能离开。"

"所以，那意味着你还可以再来这里喝咖啡喽？"

"我很希望如此。你煮的咖啡很香。"

克里提斯医生知道他的回答有点儿笨拙，那意味着他是为了咖啡香才来的。那根本不是他想说的。

"好了，我现在最好还是走吧。"他尽量掩饰自己的窘迫，"谢谢你。"随着那声硬邦邦的道别，克里提斯走了。

当玛丽亚洗干净茶杯、扫走地上的碎瓷片时，她听到自己在哼歌。只能把那种情绪描述为心情轻松，这是在灰色地带的一种陌生感觉，可她很享受，几乎没有理由地期待这感情永远陪着她。一天下来，她觉得自己好似脚不沾地，飘在空中。她有很多事要做，可每件事情都让她愉快。整理完房间，她把几个装着药草的小瓶扎在一起，放进粗糙的篮子里，动身去看娥必达·肯图马里斯。

老太太很少锁门，玛丽亚自己进去。她发现娥必达躺在床上，面色苍白，倚在枕头上。

"娥必达，您今天觉得怎样？"

"我真的觉得好多了。"她说，"谢谢你。"

"要谢就谢大自然，别谢我。"玛丽亚纠正她，"我打算再给您熬一些。显然有用。您现在喝一杯，三个小时后再喝一杯，今天晚上我再来看您，给您第三剂。"

几个礼拜以来，娥必达·肯图马里斯第一次感觉好一些。她胃部的剧痛终于慢慢消退了，毫无疑问，她想，这是玛丽亚为她准备的镇静草药起了作用。虽然衰老的脸上皮肤皱巴巴，身上的衣服软塌塌的像破布一样，她的胃口却开始复苏了，她现在想象着她又可以正常吃饭的时候。

玛丽亚确信娥必达舒服一些后就走了。晚上她还会回来，确保她的病人再服一剂药，可是白天她愿意在"街区"里转悠，虽然它缺乏情感，大大的公寓楼立在主街两旁，很少有人光顾。从山顶上往下看，它令人感到孤独和绝望。人们更喜欢土耳其和意大利式的小房子的舒适。这些老房子彼此相邻，增进了归属感，对岛民来说，这比明亮的条形日光灯和现代化百叶窗更重要。

今天，玛丽亚要去那里，因为有四套公寓里的麻风病人无法照料他们自己了。这些人中，有的因脚部溃烂被截了肢，有的手变形得像爪子，连最简单的家务活儿也无法做，还有的脸都扭曲到面目全非。要是在别的情形下，这些变形人的生活早已惨不忍睹、苦不堪言。即便现在有些人已生活在绝望边缘，可是玛丽亚和其他几个女人还是努力着，不让他们放弃。

这些人最看重的莫过于他们的隐私。一个年轻女子，鼻子让麻风病给毁了，眼睛由于面瘫而无法闭上，病友们的目光让她受不了。偶尔，她在晚上出来走走，溜进教堂，在黑暗中跟圣像待在一起，让熔化的蜡烛散发出的气味安慰自己。此外她不再出门，除了每日一次要走上很短一段路去医院。拉帕基斯医生会标出她皮肤上的损害变化，给她开一些药，让她能摆脱失眠，睡上一小会儿，就是有福了。另一个年纪稍大的女人，失去了一只手。几个月前，她还没被送到岛上来时，给家人做饭时被严重烧伤，付出了一只手的惨痛代价。为治疗这溃烂的伤口，拉帕基斯医生做了他所能做的一切，可是感染打败了他们。他唯一的选择只有切除这只手，剩下的手臂部分接上一只钳子。她现在只能抓住叉子，可无法打开罐子或扣上纽扣。

住在那里的十几名极端病例，每人都有着可怕的伤疤。许多人是在一种严重衰老的状态下来到斯皮纳龙格的。尽管医院竭尽全力，不让这个病的麻木作用对身体造成永久不可逆的损害，但无法做到有效控制。他们正合了《圣经》里麻风病人的形象，走上了毁容变形的地狱之路，只能看出一点点人形。

玛丽亚为这些晚期病人买东西、做饭，帮助他们吃午饭，有时候甚至要喂他们。不过，她几乎不会再在意他们毁了容的面庞。在她脑海里，她想母亲可能也是这样。没人曾真正跟她说过，可是当她举起一勺米饭放到他们唇边时，她希望母亲从来没有受过他们这种苦。她认为自己还算是幸运的。无论新药是否起作用，这些人受损变形的身体是永远无法复原了。

大陆上许多人想象所有麻风病人都会被这疾病摧残得像这些极端病人一样，他们排斥与病人接近。他们为自己和孩子担忧，对感染岛上人们的这些芽孢杆菌能通过空气传播到他们家中的看法深信不疑，甚至在布拉卡，也有人有这样的误解。过去几年里，另一个憎恨这个隔离区的原因也在不断发酵。关于岛上雅典人巨富的夸张故事把人们逼进越来越强烈的敌对情绪里，特别是在那些比较贫困的山区，如塞莱斯和维若哈斯，这些村庄不像布拉卡能从打鱼中获得稳定的收入。人们前一分钟还在害怕可能会被送到斯皮纳龙格，紧接着，转念一想岛上的人可能比他们过得还舒服，又嫉妒、愤怒不已。他们的恐惧没有理由，却根深蒂固。

二月的一天，谣言开始到处流传。起初只是一个男人的闲言闲语，顷刻之间，谣言就以燎原之势席卷了附近整个村庄，从南边的伊罗达直到北部海湾的维哈迪亚。据说塞莱斯的村长带他十岁的儿子去了伊拉克里翁医院。他怀疑儿子得了麻风病，要做检查。疾病也许是从小岛传到大陆上来的。一天之内，反应过度的人群聚集到一起。每个村子里有个为首的人煽动，加上长期酝酿的恐惧、嫌恶让人们怒不可遏。大家陆续来到布拉卡，想毁灭对岸这座岛。他们的理由很荒唐。他们猜想，如果斯皮纳龙格被洗劫，希腊政府将被迫把隔离区搬到别处，那么麻风病人就不再会被送到这里来。他们也考虑过，有势力的雅典人一旦受到威胁，会要求被送去别的地方。无论哪一种结果，他们都可以去掉他们土地上的污点。

暴徒们计划驾着手头上所有的渔船，在夜幕下登陆斯皮纳龙格。星期三下午五点钟，两百多人聚集到布拉卡码头边，大部分是男人。吉奥吉斯看见第一批卡车驶过来，听到骚乱声，人们纷纷涌来，一路往码头走去。像布拉卡其他村民一样，他吓了一大跳。是去接克里提斯的时候了，可是他首先得从人群中杀出一条路，找到自己的小船。他听到断断续续的谈话声。

"一条船上我们可以放多少东西？"

"谁带了汽油？"

"要保证够用！"

一个为首的人看到这个老人跳进他的小船，挑衅地冲他发话："你要去哪里？"

"我去对岸接医生。"他回答。

"什么医生？"

"在那边工作的一个医生。"吉奥吉斯回答。

"医生能帮麻风病人做什么？"为首的人嘲笑道，迎合着人群。

当人群笑骂、嘲弄时，吉奥吉斯推着小船离开码头。他恐惧得浑身发抖，手哆嗦得厉害，握不住舵柄。小船与滔天大浪搏斗着，这段旅程从没有这么漫长过。不远处，他看得到克里提斯的黑影，最后他总算把船靠到石头墙边。

医生懒得麻烦，没等船系上，就直接跳进船里。一天的辛苦后，他急于回家。在昏暗中，他几乎看不清帽子下吉奥吉斯的脸，可是老人的声音听上去跟平常不一样。

"克里提斯医生，"他几乎哽住说不出话来，"那边有群人，我想他们打算进攻斯皮纳龙格。"

"什么意思？"

"他们来了几百人。我不知道是从哪里来的。他们搞了一些船，还搞了很多汽油。他们现在可能已经上路了。"

这些人的愚蠢和为岛民的担忧把克里提斯吓呆了。没多少时间了。他得赶紧做决定。如果回到城墙里警告麻风病人就浪费了宝贵的时间。他得到大陆上劝说这些疯子打消他们的念头。

"我们要赶紧回去——要快！"他催促吉奥吉斯。

吉奥吉斯摇着小船，掉个头。这次是顺风，小船飞快地驶过小岛与大陆之间的海面。现在码头上的人群点燃了火把，小船靠岸时，另外一卡车人也运到了。吉奥吉斯把船驶进港，引起一阵骚动。克里提斯下船时，人群分开，给一个高个子、宽肩膀的男人让出路来，显然这是他们的发言人。

"你是谁？"他嘲弄道，"居然能自由地来往于隔离区？"

嘈杂的人群安静下来，听他们对话。

"我是克里提斯医生。目前我在岛上用一种新疗法治疗一些病人。有迹象显示这种病有希望治愈。"

"噢!"那人讽刺地笑了,"大家听着!你们听到了吗?麻风病人正在好转。"

"很有可能。"

"好吧,假设我们不相信呢?"

"你们不信也没有关系。"克里提斯的腔调也很夸张。他盯着头目。他看得出这个暴徒没有手下那群人帮衬着就什么也不是了。

"那又是为什么?"那人轻蔑地说,巡视着期待地站在码头上的人群,他们的脸被熊熊燃烧的火把照亮。现在他想把他们给煽动起来。他错误地估计了瘦弱的医生,医生个头虽然不高,却比他想象中的更能吸引大家的注意。

"如果你们敢动那些麻风病人一根汗毛,"克里提斯说,"你会发现自己要坐牢,牢狱可比你最恐怖的噩梦还要黑、还要深。如果有一个麻风病人因你们而死,你们就会以谋杀罪被判死刑。我以个人名义保证。"

人群中一阵骚动,接着又归于沉寂。领头的人感觉出自己失去了拥护者。克里提斯坚定的声音打破了沉寂。

"现在你们打算怎么做?是安静地回家去,还是去干坏事?"

人们面面相觑,逐渐形成一小群一小群。火把一支接一支地灭了,整个码头几乎沉入黑暗。人群陆续安静地回到他们的交通工具旁边。他们毁灭斯皮纳龙格的决心消失了。

当为首的人独自一人走回主街时,他回头瞪了医生一眼。

"我们会关注治疗的进展。"他嚷道,"但如果没有用,我们会回来。你记着我的话。"

刚才这幕对抗发生时,吉奥吉斯·佩特基斯一直待在自己的船里,开始是惊恐地看着,当克里提斯医生解散了暴徒,吉奥吉斯对他佩服不已。一个人单枪匹马地阻止这群暴徒几乎不可能,更何况他们看上去要为毁灭这个麻风病隔离区而拼命。

克里提斯似乎完全控制着一切,可是内心里也为自己的安危担心。不仅如此,他还为隔离区里每个患者的生命担心。有一刻,他紧张得心脏几乎停止了跳动,觉得胸口胀得就要裂开来。他意识到还有某样特别的东西给他勇气站在人群面前——他爱的女人也身处险境。他不能对自己否认。他不顾一切要救的人——是玛丽亚。

二十

随着小岛的危险被平息的消息传遍斯皮纳龙格,不久人人都知道,克里提斯医生单枪匹马驱散了叫嚣的暴徒。他立即成了大英雄。克里提斯第二个礼拜三像平时一样来小岛时,比以前更渴望见到玛丽亚。自己竟对她怀有如此强烈的感情,医生本人也吓了一跳。那一个礼拜,他很少想别的。玛丽亚在码头上接他,看到穿着绿色外套的熟悉身影,今天她脸上露出了灿烂的笑容。

"谢谢你,克里提斯医生。"他还没跳下小船,她就说,"我父亲跟我讲了你如何抵抗那些人,大家十分感激你为我们所做的一切。"

现在克里提斯站在干燥的陆地上。他全副身心都想把她拥在怀中,向她宣布他的爱,可是这种自然而然的举动被他一生习惯了的沉默寡言所阻,他知道自己不能这么做。

"谁都会这么做的,这没什么。"他安静地说,"我是为你而做。"

他说出的话是这般没有防备,即使他知道他该更谨慎点儿。

"也是为这个岛上每个人。"他赶紧加上一句。

玛丽亚没说什么，克里提斯不知道她有没有听到。像往常一样，他们一起穿过地道，鞋子踩在碎石路面上嘎吱嘎吱响，两个人都没有说话，却默认了先去她那里喝咖啡，然后再去医院。但当他们走到转弯处，他立刻看出今天跟往常有点儿不同。出口处黑黑的，往常在那里能看见斯皮纳龙格的主街，现在也模糊了。原因很快就清楚了——一大群人，可能有两百人，聚集在那里。岛上所有能从家里走出来的居民几乎都出来迎接医生。孩子们、青年人和拄着拐杖的老人戴着帽子、竖起领子，全出现在这个清冷的早晨，来表达他们的感激。当克里提斯出现时，他们热烈地鼓起掌来。他停下来，因为成为众人注目的焦点而吓了一跳。掌声平息后，帕帕季米特里乌走出来。

"克里提斯医生，我代表岛上每一位居民，向你上个礼拜的行为表示感谢。我们知道你救了我们大家，让我们免遭侵略、伤害或死亡。大家将永远感激你。"

一双双期待的眼睛看着他。他们想听听他的声音。

"你们大家和大陆上的任何人一样拥有同等的生活权利。只要我还是这里的医生，就会竭尽所能地保护这里。"

岛民们又一次热烈鼓掌，然后陆续散去，做各自该做的事去了。克里提斯一直淹没在大家的热烈欢迎里，待他不再为众人关注后，方如释重负。帕帕季米特里乌现在来到他身边，陪着他一同走。

"我陪你去医院吧。"他没有意识到自己剥夺了医生与玛丽亚相处的宝贵时间。玛丽亚看着四散的人群，知道自己不可能指望克里提斯去她家了。这种情境下太不合适了。她看着他远去的背影，回到自己家。两只茶杯摆在小桌子当中，她倒了一杯已煮好的咖啡坐下来喝，对着桌子对面想象中的人影说："好啊，克里提斯医生，现在你是个英雄了。"

同时，克里提斯也在想念玛丽亚。他怎么可能等到下个礼拜三再见她呢？七天啊！一百六十八个小时！然而，这里有大量事情让他分神。医院正面临压力。几十个麻风病人需要紧急护理，整个医院只有两个人管理，拉帕基斯和玛娜基斯看到他来，大大地松了一口气。

"早上好，尼古劳斯！"拉帕基斯取笑地大叫，"克里特最好的医生，斯皮纳龙格的圣人！"

"噢，得了吧，赫里斯托斯。"克里提斯有点儿不好意思，"要知道换作你，你也会这样。"

"我不敢保证，你知道。不管怎样，他们很粗暴。"

"行了，那都是上周的事了。"克里提斯匆匆结束了这个话题，"我们要继续做完今天的事。试验的病人怎么样？"

"一起去我办公室吧，我把基本情况和你说说。"

拉帕基斯桌上堆着一大摞文件。他一份份拿起来，把每位接受药物治疗的病人的近况向他的朋友兼同事做了简短描述，十五人中大部分都有些反应，但不是所有人都有。

"有两个人反应很强烈，"拉帕基斯说，"一个自从你上礼拜走后体温高达四十摄氏度。阿西娜刚才告诉我,另一个病人晚上的尖叫声让整个小岛上的人都没睡着。她不断问我,她的手和腿怎么没有感觉,可又能感到可怕的疼痛。我也无法回答。"

"我等会儿就去看看,可是我想现在最好还是中止治疗。自行痊愈的可能性很大,如果是这样,则说明氨苯砜有破坏作用。"

简单浏览了一遍病历,两位医生该巡查病房了。这是一项残酷的工作。有个病人,全身到处是充满脓汁的肿块,当拉帕基斯用三氯乙酸擦洗溃烂部位时,他疼得直流眼泪。另一个静静地听着克里提斯医生的截肢建议,这是处理手上坏死骨的最好办法,一个简单的手术,甚至不需要麻醉剂,因为身体的那部分已失去知觉。还有一个病人,听到拉帕基斯说打算给他的脚做肌腱移植,这样他就能站起来后,十分乐观。在每个病床边,医生们与病人商量下一步该如何做。有些病人要注射止痛药,另一些病人可能要切除感染的皮肤。

第一批门诊病人来了。有些只是来给他们溃烂的脚重新包扎一下,可是有些治疗很累人,特别是有个女人来要求把她鼻子上的麻风结节切掉,手术中用了许多肾上腺素药棉,防止出血。

这些事一直忙到中午,然后又该查看接受新疗法的病人。有件事很明了——试验以来的这几个月里,新药物疗法产生了令人振奋的结果,大部分病人身上没有出现克里提斯担心的副作用。他每周都注意观察有没有贫血、肝炎和精神错乱的症状,其他用过氨苯砜的医生的报告说可能会出现这些副作用,可是现在这里没有出现过一例,这令他十分欣慰。

"我们已经把氨苯砜剂量从二十五毫克上升到三百毫克,每周两次。"拉帕基斯说,"我最多只能给他们用这么多,对吧。"

"我肯定不建议再提高剂量。如果现有剂量产生这样的结果,我想我们应该把这看作剂量的上限,特别是考虑到他们一直要注射这个药的时间。最新指导是病人身上的病菌停止活动后,还应该继续注射氨苯砜几年。"克里提斯说,停了停后又加上一句,"那要拖很久,不过如果能治好,我想不出他们有什么好抱怨的。"

"接着开始为下一组病人治疗怎么样?"

拉帕基斯很兴奋,又迫不及待。没人能大胆宣称这些麻风病人已经痊愈,还要过几个月,待他们真的能通过检查,体内再也检测不到麻风杆菌后,才能如此宣布。他从内心里感到,经过这么多年的研究,错误的开始、对治愈缺乏信心后,转折点终于来了!希望取代了放弃和绝望!

"是的,等待没意义。我想我们应该尽可能再选十五人。像以前一样,他们应该健康状况良好。"克里提斯说。

他全副身心都想确保玛丽亚在这个名单里,可是他知道掺入自己的影响不符合职业操守。他的思绪从讨论新的治疗方案飘到了什么时候才能再见到玛丽亚。每天都过得像一个世纪。

接下来的礼拜一,佛提妮像往常一样来小岛。玛丽亚想告诉她上礼拜克里提斯医生受到的英雄般接待,可是玛丽亚看得出她带来了爆炸性的新闻。她几乎没进玛丽亚的家门就说出来了:"安娜怀孕了!"

"谢天谢地,总算!"玛丽亚拿不准这消息到底是好还是坏,

"我爸爸知道吗?"

"他不可能知道,要不然他会跟你说起,是不是?"

"我猜他会的。"她若有所思地说,"那你是怎么知道的?"

"当然是通过安东尼斯,不管怎样,庄园里好几周来一直流传着这种推测。"

"那跟我说说,告诉我他们都在说什么。"玛丽亚迫不及待地想知道具体情况。

"好吧,连着好几周,屋外看不到安娜的影子,有人说她生病了,然后上周有一天她终于又重新出现在大家面前——明显胖了好多。"

"可是那并不一定意味着她怀孕了呀?"玛丽亚说。

"噢,是的,是怀孕了,因为他们宣布了:她怀孕三个半月了。"

在怀孕最初的几个月里,安娜一直被难受折磨着。每天从早晨开始,整整一天她都呕吐、恶心,吃的东西没法在体内留存,一连几周,她的医生都怀疑这个孩子究竟能不能存活下来。他从没见过一个女人妊娠反应这般强烈,被怀孕弄得如此虚弱。待呕吐过去后,新问题又来了——她开始流血。保住宝宝唯一的办法是绝对卧床休息。然而,那个孩子似乎决心牢牢抓着她不放。直到怀孕十四周时,一切稳定下来。令安德烈亚斯宽心的是,安娜能从床上起来了。

安娜看着镜子里一个月前还很憔悴的脸现在又圆润了回来,当她侧着身子时,能清楚地看到肚子隆起来了。她标志性的紧身的衣服、裙子全被收进衣柜里，现在穿的是宽松衣服，衣服下的肚子日益隆起。

这成了庄园里庆祝的理由。一天傍晚，安德烈亚斯打开他的酒窖，所有工人都聚到屋外树下，喝着上一年最好的葡萄酒。马诺利也在那里，当人们为即将出生的孩子举杯祝贺时，他的嗓门最大。

玛丽亚听着佛提妮描述最近发生的事情，觉得难以置信。

"我相信她根本没把去看爸爸放在心上。"她说，"她除了自己，从不考虑别人，是不是？是我去告诉爸爸，还是等到她腾出时间自己去说？"

"如果我是你，我会告诉他。否则他肯定会从别的地方听到的。"

她们沉默着坐了一会儿。对孩子的期盼通常最让人兴奋，特别是在女人们和这么亲的亲戚之间。可是，这次不是这样。

"应该是安德烈亚斯的吧？"

玛丽亚把这说不出口的话说了出来。

"我不知道。我觉得安娜自己也不知道，可是安东尼斯说那些流言蜚语还在传着。他们全都很高兴，为预祝这个新生儿的安全降临而干杯，可是在安德烈亚斯身后，还有很多人在嚼舌根。"

"那并不奇怪，是吧？"

两个女人又谈了一会儿。这个家庭的重要新动向把其他事情扫到一边，暂时让玛丽亚的注意力从对克里提斯的思念和上周的英勇行为上转移开来，这是她们好几个礼拜以来的见面中，佛提妮第一次发现玛丽亚没有喋喋不休地谈论医生了。"克里提斯医生这,克里提斯医生那!"她嘲笑玛丽亚,点明玛丽亚愈发浓烈的迷恋之情,玛丽亚的脸顿时红得像高山罂粟一样。

"我得尽快告诉爸爸安娜的情况。"玛丽亚说,"我要当个好消息告诉他,说安娜病得太厉害,没办法去看他。再说,这也是真的。"

她们回到码头上,吉奥吉斯把他运过来的所有箱子都已卸下来,正坐在树下的矮墙上,静静地抽烟,看着风景。

虽然他坐在那里有一千次了,可天气和光线的配合令每天都有不同的景象。有时候布拉卡后面浮现的光秃秃的山成了蓝色,有时是淡黄色,有时又是灰色。今天,天边有些低低的云层,山根本看不太清。大风抽打着海面,海面上有些地方卷起浪花,四下里飞溅。海洋仿佛化成一口嘶嘶作响的锅炉,里面煮着沸腾的海水,可是实际上它冷得像冰。

女人们的声音把他从沉思中惊醒,他站起来,备好小船准备动身。他女儿加快了脚步。

"爸爸,别急着走。有个消息!真正的好消息!"她尽量让声音听上去开心。吉奥吉斯停下来。他唯一希望听到的好消息是玛丽亚有朝一日说她可以回家了。那是世上唯一让他祈祷的事情。

"安娜怀了孩子。"她简单地说。

"安娜?"他模糊地说,好像忘了她是谁,"安娜。"他盯着地面重复道。事实上,他大约有一年没见过大女儿了。自从那天玛丽亚开始在斯皮纳龙格岛上生活以来,安娜一次也没来看过他,由于吉奥吉斯在范多拉基斯家是个不受欢迎的人，联系由此中断。起初吉奥吉斯十分悲痛，但是随着时间的流逝，尽管他知道父女亲情永远都在，他还是逐渐忘了有这么个女儿。偶尔他会想，这两个女儿是同一父母生养，自打她们出生开始就同样养大，差别怎么会如此之大？可这便是最近他想到的关于安娜的全部了。

"那很好。"他最后说，努力想做出点儿反应，"什么时候生？"

"我们估计应该是在八月。"玛丽亚回答说，"为什么您不写封信给她呢？"

"是的，也许我该写封信。那是取得联系的好借口。"

听到第一个外孙即将出生，他该如何反应呢？他见过自己的几个朋友当了祖父之后欣喜若狂的样子。就在一年前，他最好的朋友帕夫罗思·安哲罗普洛斯庆祝佛提妮的孩子出生时，即席喝酒跳舞，似乎全布拉卡的人都涌到了小酒馆，和他一起庆祝。吉奥吉斯想象不出自己在安娜的孩子降生后喝酒庆祝的样子，不过，这是给她写信的借口。那周晚些时候，他会让玛丽亚帮着写信，可是用不着那么急。

两天后是克里提斯来访的日子。每到要来斯皮纳龙格的日子，他早上五点就会起床，经过从伊拉克里翁长长的旅程后，在最后的几英里路上，他就开始期待嘴唇上浓咖啡的味道。他看得出玛丽亚在等他，今天他在心里排练了好多遍打算向她说的话。在他脑海里，他看到一个能言善辩、充满激情的自己，镇定却感情如火，可是当他下了船，迎面看到他爱的那美丽女子的容颜时，却知道自己不该那么着急。虽然她看他的眼神像朋友，可跟他说话的口气还是病人,作为她的医生,他认识到向她表白的梦想到底不过是梦想罢了。他不可能越过身份上的障碍。

他们像平时一样穿过地道,可是这次,让他舒了一口气的是,地道尽头没有人在欢呼迎接。像往常一样,杯子放在桌上,玛丽亚为了节约时间,在他来之前就已煮好了咖啡。

"人们还在谈论你是如何救了我们。"她说,把咖啡壶从炉子上端下来。

"他们真好,这样感激,可是我肯定他们不久会忘了的。我只希望那些制造麻烦的人今后离远点儿。"

"噢,我想他们会的。佛提妮告诉我,这是由一个谣传引起的,人们以为当地一个男孩被带到伊拉克里翁的医院做麻风病检查去了。可是,那男孩和他父亲上周回来了。他们只是去哈里阿看望男孩的奶奶,决定在那里住几天。他根本没病。"

克里提斯专心地听着玛丽亚说话,决心控制自己的感情。否则那是错的,有违他的身份。

"药物治疗的结果振奋人心。"他换了个话题,"有些病人真的在好转。"

"我知道。"她说,"迪米特里·里莫尼亚斯就是其中一个,我昨天还和他说话来着。他说他已经感觉到变化。"

"很可能是心理作用,"克里提斯说,"接受这种治疗很容易鼓舞病人。拉帕基斯医生正在编制一份人员清单,我们将从中再选一组人员。我希望所有岛民最终都能用上这种新药。"

他想说他希望她在那份名单之上。他想说如果她得救了,那

岛

这些年来的研究与试验都值得。他想说他爱她。可是他什么也没有说。

尽管他很想在玛丽亚漂亮的房间中多停留一会儿,可还是得走了。再次见到她之前,还得艰难地熬过又一个七天,可他无法容忍自己或他人的不守时,他知道医院里人人都在等着他。礼拜三像一束阳光照亮了拉帕基斯医生和玛娜基斯护士辛苦而超负荷工作的黑暗一周,他的勤勉守时显得更加重要。由于使用药物疗法,过度工作让两位医生的忍耐力到了极限。他们不仅得照顾出现麻风病一般反应的病人,现在还得照顾那些因药物产生副作用的病人。连续好多个晚上,拉帕基斯十点钟之前没有离开过小岛,有时候第二天早上七点又回来了。不久,克里提斯不得不考虑增加来访小岛的次数,从一周一次变成一周两次,甚至三次。

两周内,拉帕基斯医生列出了第二组新疗法的最后候选名单。玛丽亚也在其中。三月中旬的一个礼拜三,斯皮纳龙格北面山坡的野花开得漫山遍野,杏树上裹得紧紧的蓓蕾也绽放了,克里提斯来玛丽亚的家里找她。那时正是六点钟,她很吃惊地听到有人敲门。看到医生站在门外,她更加惊奇,她知道这时他通常急于与她父亲会合,好开始踏上回伊拉克里翁的漫长旅程。

"克里提斯医生,进来吧……我能为你做点儿什么?"

黄昏的光线从薄纱窗中透进来,洒下琥珀色的光芒,仿佛外面整个村庄都在燃烧一般,此刻克里提斯的心思全在玛丽亚身上,可能以为村庄真的在燃烧。让玛丽亚吃惊的是,他抓住了她的双手。

"你下周要开始治疗了。"他直直地盯着她的眼睛,十分肯定地加上一句,"有一天,你会离开这座岛。"

许多话,他练习过许多次,可是当这一刻真的来临时,他只能用无声的手势表达自己的情意。而对玛丽亚来说,这双握着她的手,这轻轻地握着她冰凉手指的手,比任何言语都更亲密,都更明白地表达了爱。肌肤相连带来的焕发生命的情感几乎淹没了她。

当玛丽亚和克里提斯坐下来讨论那些抽象事情时,即使在沉默的间隙中,她也感觉到完整和满足。她找到遗失的钱包或钥匙时就是这种感觉,疯狂搜寻后才有的发现,便是这种平和与完整——跟克里提斯医生在一起就是这种感觉。

她忍不住拿克里提斯医生和马诺利比较,马诺利浮夸的谈话、轻浮的举止总是无拘无束地从他身上流露出来,像爆裂的水管里喷出的水。他们在范多拉基斯家第一次见面时,他就抓住她的手,吻它,仿佛他已坠入情网。是的,就是那样:她能够肯定马诺利那时并没有真正爱上她,他只有坠入情网的这个想法。而此刻的克里提斯,从他的各种表现来看,他并没有意识到自己的情感。他太忙了,太专注于工作,反而没有认识到爱的迹象或表现。

玛丽亚抬起头。他们的眼睛、他们的手现在紧紧地交织在一起。他的眼神充满了善意与同情。他们俩不知道站了多久,长得仿佛过了一个世纪,足以让他们的生命结束,让他们获得新生。

"下礼拜我会来看你,"克里提斯终于说,"到那时我希望拉帕基斯医生已给你定好了开始新疗法的日期。再见,玛丽亚。"

岛

他离开了她的家。她看着他瘦削的身影消失在街角。她觉得自己早就了解他。其实早在她的前半生，当他在德国人占领之前来斯皮纳龙格时，她就认识他了。虽然他那时没给她留下什么印象，可现在她发现自己想不出不爱他会是什么感觉。在她心中，克里提斯现在占据的那个大空间里，原来住着的是什么呢？

虽然玛丽亚和医生之间的爱没有明说，可是玛丽亚有很多话想和佛提妮说。当佛提妮礼拜一来的时候，就发现老朋友身上明显发生了什么变化。她们的友谊让她可以发现玛丽亚情感变化的蛛丝马迹。如果一个人头发看上去有点儿干，皮肤发黄或眼睛无神，总是能泄露情绪或生病的迹象。女人互相注意对方的这些东西，就像她们能注意到眼睛里的光芒或久不消逝的笑容一样。今天的玛丽亚容光焕发。

"你看上去好像病已治好了。"佛提妮把包往桌上一放，取笑她，"快点儿告诉我，发生什么了？"

"克里提斯医生——"玛丽亚开始说。

"好像我猜不到似的，"佛提妮逗她，"继续说……"

"我不知道怎么跟你说，真的。他甚至什么也没说。"

"可是他有做什么吗？"佛提妮催促着，她急切地想知道所有的细节。

"他握了我的手，就那样，可是那一定意味着什么。我肯定。"

玛丽亚知道握手对生活在外面广阔世界里的人来说平淡无奇，可是即使在克里特岛上，未婚男女之间也得保持距离。

"他说我不久就要开始新的疗法，他说有一天我会离开这座岛……他说得好像他很在意。"

所有这些听上去都只是很微弱的爱的迹象。佛提妮从未正式见过克里提斯，她怎么判断呢？可是，在她面前，她看到自己最要好的朋友充满快乐。这真而又真。

"如果这里的人们知道你和医生之间有什么，他们会怎么想？"佛提妮很实际。她知道小地方的人是怎么说话的，斯皮纳龙格与布拉卡无异，那里医生和病人的关系，会让人们在门口闲扯到深夜。

"不能让任何人知道。我相信有人已注意到他每个礼拜三清晨从我家出来，可是没人说什么。至少没当着我的面说。"

她是对的。有些爱嚼舌根的人想散播谣言，可是岛上的人们很喜欢玛丽亚，恶毒的流言蜚语只会粘在那些已经不太受欢迎的人身上。玛丽亚最担心的是人们以为她受到了优先治疗，比如，在排队等候注射时排在前面，或得到某种其他的小特权，不管有多微不足道，也足以惹人嫉妒。那会对克里提斯造成恶劣影响，她决心确保他不受别人指责。像凯特琳娜·帕帕季米特里乌，她就相当爱管闲事，她好多次看见克里提斯离开玛丽亚的房子，对于想要掌控一切的凯特琳娜来说，这令人十分好奇。岛主的妻子想尽一切办法想从玛丽亚那里探听克里提斯去她那里做什么，可是玛丽亚有意避而不答。她有权保密。另一个麻烦便是克里斯蒂娜·克罗斯塔拉基斯，她是非官方信息的公告人，过去一年里，她坚持不懈地以无情手段败坏玛丽亚的名誉。每天傍晚，她都要走进小饭馆，毫无证据，却逢人便说玛丽亚·佩特基斯不值得大家信任。

"她跟那个医生调情,你们知道,"她小声说,"你们记着我的话吧,她会在我们之前先被治好,离开这座岛。"

挑起人们的愤怒与不满的任务支撑着她活下去。她曾经试过对玛丽亚的母亲做同样的事情,可失败了;现在她要尽全力扰乱她女儿宁静的心灵。可是玛丽亚内心的坚强足以抵制这种行径,因为与医生深深相爱,她的快乐不会轻易受到侵扰。

玛丽亚的治疗从那个月开始。自从她来到斯皮纳龙格,病症发展很慢,过去一年半中,她皮肤上麻木的斑块很少。和多数岛民不同,她的脚底、手掌没有麻木感,那意味着她不容易受到疼痛和腐烂的影响,而正是疼痛和腐烂让许多麻风病人丧失行走能力,需要别人照料。如果有块小石子进了她的鞋子,她很快就感觉得到;在街区里帮助病人时,她柔软的手可以毫不费力地握住那口大大的煮菜锅的耳子,就跟以前一样灵活。这让她成为一个幸运儿,可是,尽管如此,总算可以做点儿什么来抗击疾病了,她感到十分宽慰。虽然疾病没有吞噬她的身体,可已让她失去了很多。

春天的季风从南边吹来,从高山之间穿梭而过,来到米拉贝洛海湾,抽打着大海,掀起白色的波涛。与此同时,陆地上的树木已是枝繁叶茂、蓓蕾初放,在风中飒飒作响。什么声音都比干枯、光秃秃的树枝咔嗒直响好听。现在快要到五月了,阳光明亮而刺眼，给大地增添了一抹亮色，单调的天空和岩石消失了，世界披上了蓝色、金色、绿色、黄色和紫色。初夏，鸟儿快乐鸣啭，接下来的两个月里，大自然安静下来，仿佛停顿不动。没有一丝微风，玫瑰、芙蓉的香味飘散在空气里。树叶和花朵努力从冬天休眠的树里显露出来，六七月间一直盛开，随后便在炽热的阳光下卷曲干枯。

克里提斯医生继续每周一次来玛丽亚家里看她。对彼此的情感，他们一句话也不提。沉默也有某种魔力，就像最漂亮、脆弱的肥皂泡升到空中时，清晰可见，五彩斑斓，可最好是不要去碰它。有一天，玛丽亚想着父母嘴边是否经常挂着爱呢。她猜得很准，他们很少说；在他们幸福的婚姻中，无须提起如此肯定、毋庸置疑的那份情感。

整个夏天，玛丽亚以及一半的岛民使用着氨苯砜治疗。他们知道这并不意味着一夜之间就可以痊愈。或者，像那些爱挖苦的人所说，这是场"绞刑架下的白日梦"。可是至少给他们带来了希望，甚至连那些还在等待治疗的人们都开始沉浸在乐观之中。然而，并不是所有人都健康无事。七月，娥必达·肯图马里斯的疗程开始两周后，麻风病反应发作。医生们不敢肯定是不是药物治疗的后果，可是他们立即停止注射，想尽一切办法缓解她的痛苦。她的体温高得失去控制，连续十天没有低于四十一度。她遍身腐烂疼痛，每一根神经都脆弱不堪；玛丽亚不顾医院的一切规定，坚持去看她。拉帕基斯医生允许她进入老太太的小病房，娥必达躺在那儿，一会儿哭泣，一会儿出汗。

她从半闭的眼睛里,看见了玛丽亚。

"玛丽亚,"她沙哑地小声说,"他们帮不了我什么。"

"您的身体在与疾病搏斗。您绝对不能放弃希望,"玛丽亚鼓励她,"特别是现在!医生们对治疗有着极大的信心。"

"不,听我说,"隔着燃烧着的无法控制的痛苦之墙,娥必达向玛丽亚请求,"我病了这么久,我现在只想走了。我想和佩特罗斯在一起……请告诉他们,让我走吧。"

玛丽亚坐在床边的一把旧木椅上,握住老太太虚弱的手。她想,母亲经过了同样的死亡过程吗?同样惨烈的战斗,疲惫的身体发现自己没有任何防备地遭到攻击?她没能在这里跟母亲道别,可是她要留在娥必达身边,直到最后。

在酷热的漫漫长夜里,有时候,阿西娜·玛娜基斯会过来安慰一下她。

"走吧,去休息一下。"她说,"如果你整晚坐在这里,不吃不喝,对自己没有好处。我留下来陪娥必达一会儿。"

现在,娥必达的呼吸很微弱。她似乎是第一次没有感到痛苦。玛丽亚知道她可能活不了多久了,她不想错过娥必达离去的时刻。

"我要留下来,"她坚定地说,"我一定要留下来。"

玛丽亚的直觉是对的。没有多久,深夜最静谧的时候,人们结束了所有的活动,娥必达在叹息了一声后离开了这个世界,终于从饱受蹂躏的身体里解脱出来。玛丽亚哭干了眼泪,哭得没了力气。她不仅为这个从她踏上这个岛的第一天开始就给了她那么多友谊的老太太难过,她还为自己的母亲而哭,母亲最终的日子一定和娥必达同样痛苦。

葬礼是件大事，岛上所有人都涌进圣潘塔雷蒙小教堂，牧师在门口举行仪式，站在被太阳炙烤的街道上的几百人可以和那些已挤进比较凉爽的教堂的人同来参加。当圣歌和祈祷结束后，撒满鲜花的棺木抬出，行进在队伍最前头，队伍蜿蜒经过医院、街区，绕过岛上无人居住的地方，岩石从那里落入阴森森的地狱之水中。

这是七月的最后一周，圣潘塔雷蒙的圣徒节就在本月的二十七日。此时举行这样的庆祝似乎既好又不好。一方面，这位深受爱戴的岛民的离去，显得治病的守护圣徒没有做好本职工作；另一方面，斯皮纳龙格岛上一些接受药物治疗的人们开始显出一些恢复的迹象。有些人皮肤的感染不再扩散；有些人的血液重新回到几乎已坏死的器官里，瘫痪似乎好了。至少对几个人来说，他们觉得奇迹就要降临了。圣潘塔雷蒙的诞辰庆祝会必须如期举行，尽管人们想到他们应该悼念失去的朋友。

特别为节日而做的面包和馅饼前天晚上就烘烤好了。白天，人们列队来到教堂，点燃蜡烛，诵念祈祷文。晚上跳舞，唱马提那，以往节日庆祝中出现的那种心不在焉的情况也消失了。当风朝着布拉卡刮去时，那边的人们不时听得到隔海飘过来的七弦琴和布祖基琴的乐声。

"人们需要未来，"接下来那周，克里提斯坐在玛丽亚桌前时，她对他说，"即使他们没把握这会带来什么。"

"你听到他们说什么了？"克里提斯问。玛丽亚是他在麻风病隔离区这个真实世界里的耳目。

"还没人说要离开这里。"她说,"我想我们全都知道现在还为时过早。可是人们的情绪变了。那些还没接受治疗的人开始不安。他们知道这很重要。"

"确实是这样。治疗的进展可能十分缓慢,但我向你保证,这次真的会不同。"

"会有多慢?"她问。还要多久的问题玛丽亚还从没开口问过。

"即使病情不再活跃,我们也需要继续治疗一到两年,具体时间取决于病情的严重程度。"

对于这个古老的、最早为人类所知的疾病,一两年不过是眨眼之间的事。可是当克里提斯看着玛丽亚,他知道那对自己而言仿佛永生。对她亦是如此,虽然他们俩都不会明言。

似乎要用生来平衡死,八月末传来安娜的孩子出生的消息。吉奥吉斯一个礼拜五来的时候告诉了玛丽亚。是个女儿,但他没有看到那个孩子,是礼拜四晚上安东尼斯火急火燎地回布拉卡告诉他的。生产很不容易,安娜怀孕的最后一段日子里,病了好几周,分娩很痛苦,拖了很长时间。虽然她还很虚弱,不过医生向她保证,她会很快恢复,可以准备再生一个。但这可是安娜最不想做的事。幸运的是,那个孩子很健康,现在长得很快。

孩子的出生缓和了亚历山德罗斯对吉奥吉斯·佩特基斯的态度,他觉得现在是和解的好时候。这个老人被冷落得够久了。几天后邀请吉奥吉斯参加洗礼的信送到了他手上。洗礼定于下周举行,还有盛宴款待和庆祝活动,这对克里特人来说不需要什么借口。范多拉基斯家经过十年的等待才有孩子出生,足以成为整个家庭和整个周围地区感恩和庆祝的理由。大家都不喜欢这种被打乱的自然秩序——拥有土地、为人提供工作机会的人却没有子嗣。现在安娜·范多拉基斯生了一个孩子,人人都相信她还会再生一个,下次应该是个男孩。那就能坚决保证这种古老模式会延续到下一代。

洗礼在安娜和安德烈亚斯九年前举行婚礼的同一座伊罗达教堂举行。吉奥吉斯坐在教堂后面的硬木板凳上等着。他想,从那以后变化多大啊。教堂里还有几十人,一起在等着他的女儿和女婿带着孩子来。吉奥吉斯尽量来得晚些,现在坐在那儿,缩在外套里,只想避开同范多拉基斯家其他人的交谈,他已有两年没见过那些人了。他来的时候,亚历山德罗斯和埃莱夫塞里娅已经坐在教堂前排,挨着他们坐的是马诺利,他正兴致勃勃地和后面一排人说话,他在讲什么趣闻,手舞足蹈,让听的人忍不住哈哈大笑。马诺利还和以前一样英俊,黑发比吉奥吉斯记忆中的要长些,洁白的牙齿在黝黑的皮肤映衬下闪着光。他一定还在想着玛丽亚,吉奥吉斯沉思着,因为他没有再找个姑娘结婚。这时众人站起来。牧师进来了,行经走道,后面跟着安德烈亚斯和安娜。她抱着一个小小的白色蕾丝襁褓。

吉奥吉斯立即被女儿的出现惊醒了。他以为会见到母爱的光芒,可实际只见到一个憔悴的人影飘过他身边。他回想起伊莲妮在他们两个女儿出生后的样子,那时伊莲妮健康丰满,这对连着好些个月一直怀着孩子的人来说似乎很自然,可安娜却纤弱得像根幼藤。吉奥吉斯好久没有见到安娜了，可是没想到她现在这个样子。安德烈亚斯看起来还是老样子，那么僵硬、笔直，吉奥吉斯想，安德烈亚斯一如既往地以自己在这个世界上的地位为傲。

闹哄哄的谈话声停了下来，人群里发出一片嘘声，大家安静下来，似乎没人想吵醒孩子。这是一个孩子最重要的时刻，虽然她只知道母亲温暖的手抱着她，幸福得根本意识不到现在是在做什么。洗礼之前，索菲娅——这是她今后的名字——可能会受到"凶眼"的伤害，可是一旦仪式举行，她的灵魂就将得到保护。

在其他人再次坐下后，马诺利走上前。除了牧师和孩子，他是洗礼上最关键的人物——教父。根据克里特人的习俗，孩子要指定一位教父，他是孩子生命中除了父母，最重要的人。人们看着、听着牧师念着经文，看到清水洗去孩子尚不存在的罪恶，马诺利和索菲娅就此建立了精神联结。他双手接过孩子，吻她的前额。这时，一股任何语言也无法描述的新生婴儿的香味包围了他。要珍爱这轻若无物的小生命，这再自然不过。

仪式的最后，牧师用一条洁白的缎带绕过马诺利的肩膀，绕着这个男人与孩子一圈，象征性地打了个结。马诺利低头看着孩子甜美的脸，笑了。她现在醒了，漆黑的、天真无邪的眼睛茫然地看着他。在他脸上，她只看到了宠爱。人们深信不疑，他会永远爱她，会珍爱他的教女、他亲爱的干女儿。

二十一

洗礼之后,人群涌出教堂,走进外面的阳光里,吉奥吉斯落在最后。他想走近看看自己的外孙女,也想和她的妈妈说说话。直到现在,安娜还不知道父亲也在这里,可是当她转身准备离开教堂时,她看见了他。她越过吉奥吉斯身旁汹涌的人群,热情地朝他挥手。人们继续着仪式开始前的话题。她仿佛用了一个世纪才走到他身边。

"爸爸!"她高兴地说,"您能来我很开心。"

安娜对吉奥吉斯说话的样子,仿佛他是位很久没有联系的老朋友或远房亲戚,现在她很高兴跟他重新取得了联系。

"如果你真的这么高兴我来,为什么这一年多你也不来看看我呢?我哪里都没去,"他尖锐地说,"除了斯皮纳龙格。"

"我很抱歉,爸爸。可是我刚怀孕那会儿和要生的时候,身体都不太好,夏天这几个月天气又太热,让人不舒服。"

批评安娜没有意义。从来如此。她总是有办法把对自己的批评扭转过来,让指责她的人感到内疚。他唯一可预料得到的,是她的不真诚。

"我能看看我的外孙女吗?"

马诺利在教堂前面徘徊,一群人围着他,恭喜他的教女。孩子仍然被那根白色缎带跟他捆在一起,看起来他似乎无意放她走。他把孩子抱得这么紧,出于爱,也出于某种占有欲。最后,他穿过过道,朝那个差一点儿成为他岳父大人的男人走去。他们彼此打了个招呼。吉奥吉斯端详着小外孙女,她被裹在层层叠叠的蕾丝里,又睡着了。

"她很美,对吗?"马诺利笑着说。

"在我看来,是的,她很美。"吉奥吉斯说。

"就像她母亲。"马诺利继续说,瞟了一眼安娜,眼里满是笑意。

他好长时间没有想起过玛丽亚了,可是觉得应该礼节性地问候一下。

"玛丽亚怎么样?"他的声音充满关心,足以愚弄那些可能无意中听到的人,他们会以为他还在关心她呢。这个问题本该由安娜问的,她现在安静地站在那里,等着听他回答,好奇地想马诺利是否还对她妹妹存有一丝热情。吉奥吉斯更乐意谈谈他的小女儿。

"她很好,她去那里后,病情并没有恶化。"他说,"她大部分时间在帮助那些不能照料自己的病人。如果他们需要帮手,要去买东西、煮饭,她就帮他们做,她还用她的药草给人治病。"

他没有提到现在岛上的人都在接受治疗。说太多也无益,因为连他自己也不知道这意味着什么。他明白他们接受的注射可以减轻症状，仅此而已。他肯定不相信麻风病能完全治愈。世界上最古老的疾病竟然可以根除，这简直是幻想，他不能让自己沉迷于这样的梦里。

他刚说完，安德烈亚斯走过来了。

"晚上好，吉奥吉斯。您好吗？"他很正式地问。双方得体地相互问候后，他们全该离开教堂了。亚历山德罗斯和埃莱夫塞里娅·范多拉基斯在后面踌躇着。埃莱夫塞里娅还在为他们与吉奥吉斯·佩特基斯之间的隔膜而惭愧，私底下，她很同情这个老人。然而，她没有勇气说出来，这意味着公然违抗自己的丈夫，他依然觉得自己竟然与麻风病隔离区有这样密切的联系，是一种奇耻大辱。

这家人离开了教堂。满脸胡须的牧师，穿着镶红边的袍子，戴着高高的黑色帽子，显得十分庄严，他站在阳光下，一群人笑着跟着。在他周围，女人们穿着花衣服叽叽喳喳，孩子们跑来跑去，躲开大人，钻着、挤着，互相追逐。今天晚上还有个晚会，空气像带上了电荷一样弥漫着兴奋。

吉奥吉斯从圣吉奥吉斯教堂大理石的阴凉里走出来，热浪像一堵墙似的迎面扑来，让他有点儿头晕。他在强光中眯缝着眼，汗珠从脸颊上滑落，像冰冷的泪水，羊毛外套的领子不舒服地戳着他的后脖子。是留在这里跟人群一起通宵庆祝，还是回村里去？那里每一条蜿蜒的街道、每一扇破旧的大门，他都熟悉，让他自在。他正打算悄悄溜走时，安娜出现在身边。

"爸爸,您一定要来跟我们喝一杯。我一定要您来。"她说,"如果您不来,那会给孩子带来不幸的。"

吉奥吉斯十分信命,相信挡开恶灵和邪恶力量的重要性,正如他虔诚地信仰上帝一般。他不希望给这个无辜的孩子带来厄运,因此无法拒绝女儿的邀请。

当他把车停在通往范多拉基斯家长长的车道边的一棵柠檬树下时,晚会已达高潮。在户外台阶上,乐师正在演奏。笛子、七弦琴、曼陀铃和克里特风笛的声音彼此交织,虽然跳舞还没开始,但可以感觉到那种热切的期待。一条长长的桌子上摆着成排的玻璃杯,人们自己从葡萄酒桶里倒酒喝,吃着盘子里的莫泽[1]、小块的菲达奶酪、圆鼓鼓的橄榄、刚刚出炉的多玛纳兹[2]。吉奥吉斯站了一会儿,然后去找点儿吃的。他认识一两个人,和他们礼貌地说了会儿话。

跳舞开始了,那些想跳舞的人开始跳了,其他人站在旁边看着。吉奥吉斯端着玻璃酒杯,看马诺利跳舞。他自然优雅的身形、活泼有力的脚步使他成为舞会中心,他笑着、跳着,喊着口号。跳第一支舞时,他把舞伴转啊转,直转到看的人都眼晕。有节奏的鼓点和激情澎湃的七弦琴有种迷人的力量,可是让观众最着迷的是一个人对音乐节奏欣喜若狂的模样,他们看着面前这个男子,他有着只为此刻而活的非凡才能,那种狂热奔放说明他根本不在乎别人的想法。

---

[1] 希腊的一种煎菜。
[2] 葡萄叶柠檬饭卷,中东和北非地区的一种食物。

吉奥吉斯发现安娜站到了他身边。他能感受到她体内散发的热度，甚至在她还没来到他身边时他就感受到了。可是在音乐结束前，他们没法交谈。太吵了。安娜抱着胳膊，又放下，吉奥吉斯感觉得到她的兴奋。她是多么不顾一切地想要加入舞蹈中去啊，当音乐停下，有些人加入跳舞圈子，有些人不急不忙地退出时，她飞快地滑进去，占了个位置，紧挨着马诺利。

又一支曲子响起来。这次的音乐要和缓凝重些，跳舞的人们高高地抬起头，前后左右摇着。吉奥吉斯看了一会儿，从手臂、旋转的身体丛林中看到安娜，她很放松，笑着跟她的同伴在说话。

安娜沉浸在舞蹈中，吉奥吉斯趁这个机会离开了。他的小卡车突突突地顺着这条道开了好久，驶到公路上后，他还听得到远处的音乐。回到布拉卡后，他在酒吧里停了一会儿。在那里他很容易能找到老朋友的陪伴，找到安静的地方坐下来，想想今天的一切。

后来，吉奥吉斯倒没有向玛丽亚描述洗礼的情形，佛提妮的哥哥安东尼斯跟她详细说了整个洗礼的过程，佛提妮又将一切转述给了玛丽亚。

"很明显，他一刻都不愿把孩子放下来！"佛提妮大声吼着，对这个家伙的厚颜无耻痛恨不已。

"你觉得这让安德烈亚斯生气吗？"

"为什么会？"佛提妮说，"他显然一点儿也没起疑心。再说了，他这才有时间应酬他的邻居和客人。你知道他对庄园事务有多关注——他最爱谈论的就是庄稼的产量和橄榄的吨数。"

"可是难道你不觉得安娜想抱孩子吗？"

"老实讲，我觉得她才没那么多母爱呢。马特奥斯刚出生那会儿，要是他离开我的怀抱，我一刻也受不了。可是人和人不同，孩子没在手上似乎一点儿也不影响她。"

"我猜马诺利有最好的借口独占她。人人都认为那是教父的举动。"玛丽亚说，"如果索菲娅是他的孩子，那么他一生中也只有那天，可以对孩子那样在乎和关切而不引起别人的怀疑了。"

两个女人沉默了。她们小口小口地品着咖啡，最后玛丽亚说话了。

"你真的以为索菲娅是马诺利的孩子吗？"

"我真的不知道，"佛提妮回答说，"可是他肯定感受到了自己与孩子之间的强烈关系。"

索菲娅的出生让安德烈亚斯很开心，可是接下来几个月，他开始为妻子忧心。她看起来好像生病了，没有力气，但只要马诺利来访，她便精神振奋。在洗礼上，安德烈亚斯并没注意到妻子与堂弟之间涌动的暗流，可是随后几个月，他慢慢疑心堂弟在自己家的时间太多了。他是这个家庭的一员，现在又是索菲娅的教父，但这是一码事，而过分频繁地出入家中又是另一码事。安德烈亚斯开始观察马诺利离开那一刻安娜的情绪，从轻佻到皱眉，从高兴到暴躁，发现她把最热情的笑容留给了堂弟。大部分时候，安德烈亚斯尽量把这些想法抛到脑后，可是又有别的事情惹他生疑。一天晚上，他从庄园回家，发现床没有整理。这已经发生过好几次了，还有两次，他注意到床单只是随便抚平了事。

"女仆是怎么回事?"他问,"如果她不认真干活儿,就该解雇她。"

安娜保证她会跟仆人说。有一段时间里,安德烈亚斯找不到什么理由可抱怨的。

斯皮纳龙格岛上的生活还像以前一样。拉帕基斯医生每天来来回回,克里提斯医生得到伊拉克里翁医院的批准,来这里的次数从一周一次增加到三次。一个秋日傍晚,他从斯皮纳龙格回布拉卡的路上,受到了强烈的震撼。当时夜幕降临,太阳落山,夺去了整个海岸线的光亮,让它几乎沉入黑暗。然而仔细环顾四周,克里提斯看到斯皮纳龙格还被笼罩在夕阳的最后一抹金色里,在他看来,这景色真美。

布拉卡拥有很多只有岛屿才有的品质——孤立、内敛、与外界隔绝,而斯皮纳龙格却充满生机与活力。它的报纸《斯皮纳龙格星报》还是由扬尼斯·所罗门尼季斯主编,刊载世界新闻摘要,并加上评论和观点。还有下个月将要上映的新片影评,尼科斯·卡赞扎基斯作品的选登。一周接一周,他们连载了他的理想主义作品《自由或死亡》。隔离区的居民如饥似渴地读着每一个字,每周都期待下一次连载,然后在小饭馆里讨论。是年六月,当这位克里特作家得到国际和平奖时,他们翻印了他的领奖词。"如果我们不想让世界陷入混乱,我们就要释放困于人类心灵中的爱。"卡赞扎基斯说。这些话语在斯皮纳龙格的读者中引发了共鸣,他们深刻地意识到,是他们在这座小岛上的监禁使他们免于希腊大陆上的痛苦伤害和战火之灾。有些人很珍惜这个锻炼他们智力的机会,一连几个小时坐在那里反复咀嚼着这位文学和政治歌利亚[1]的最新言论,以及其他作家的作品。有几个雅典人每月都送些书给规模本已不小的岛上图书馆,如今它的规模更大了,人人都能免费使用。也许是他们梦想着离开,他们不只关注现在生活的地方,也一直关注外面世界。

小酒馆和小饭馆一到晚上就顾客爆满,现在甚至还有第二家小饭馆开始了竞争。小岛后面的一块块土地看起来好像会在夏天迎来大丰收,两周一次的集市上有大量东西可以买卖。小岛从来没有这样繁荣过,即使土耳其人在这里安家时也没有这样舒服。

有时,玛丽亚会向佛提妮发泄一下。

"现在我知道我们可能有机会痊愈,但我好像更烦了。"她两手紧紧绞在一起,"我们能有梦想吗,还是安于现状就好了?"

"知足常乐并不是坏事。"佛提妮说。

玛丽亚知道佛提妮说得对。如果满足于现状,她不会失去什么。可是,有一件事咬啮着她的心,那便是她若痊愈,以后该怎么办。

"那会发生什么?"她问。

"你会跟我们回布拉卡,你不愿意吗?就像我们以前那样。"

佛提妮似乎没有领会。玛丽亚低头盯着自己的手,然后又抬起头看着自己的朋友,她们说话时,佛提妮正用钩针给宝宝的衣

---

[1]《圣经·旧约》里的腓力斯巨人勇士。

服钩边。她又怀孕了。

"可是如果我离开斯皮纳龙格,我就再也看不到克里提斯医生了。"她说。

"你当然还可以看到。如果你不住在这里,他就不再是你的医生,情况就不同了。"

"我知道你是对的,可我很害怕。"玛丽亚说。她指着桌上摊开的报纸,打开的刚好是卡赞扎基斯书中节选的连载文字,"看这里,"她说,"《自由或死亡》。这就是我的处境最准确的总结。我可能得到自由,可是如果我得到自由,却再也看不到克里提斯医生,我还不如死掉。"

"他还没对你说什么吗?"

"没有,什么也没有说。"玛丽亚确认说。

"可是他每周来看你,难道那还不够吗?"

"不够。"玛丽亚直白地说,"虽然我明白他为何什么也不说。可那样做不对。"

可当玛丽亚看见克里提斯时,她丝毫没有流露出焦虑,相反,她花时间请教医生如何护理那些街区的病人。这些人急需从他们每日遭受的痛苦中解脱出来。有些人的病情已无法逆转,可是另外一些人用正确的物理疗法是可以减轻痛苦的。玛丽亚想确保自己建议他们锻炼身体是正确的,因为他们有些人很少去看医生。她比以前更加精力旺盛地投入工作。她不打算再纠缠于离开斯皮纳龙格的遥远可能上。遭返,不只对她,对大部分人都会带来十分复杂的感情。斯皮纳龙格是他们的安全网，离开这里的想法真是苦乐参半。即使他们不再会传染给别人，许多人身上还是会留下伤疤，皮肤上会留下奇怪的色素沉淀，扭曲的手，变形的脚。这些的复原只能寄希望于来世。

玛丽亚不知道，医生们正在不断检查和复查一年前第一批接受治疗的病人。他们中有五个人的杆状病菌看起来完全消失了。这当中便有迪米特里·里莫尼亚斯；另一个是塞奥佐罗斯·马基里达基斯。自从多年前帕帕季米特里乌击败他赢得领导人位置以来，他在政治立场上一直反对雅典人，他们毫不费力地成了管理阶层。现在他发福了，头发也白了，但仍然坚持参加选举。可是每年帕帕季米特里乌的支持者都会越来越多，马基里达基斯的选票则越来越少。他却毫不在意，为什么要介意呢？自从帕帕季米特里乌来到这个岛后，大家的生活条件呈指数式地改善，他和大家一样清楚，这主要得归功于他的雅典朋友们。他对他们的态度慢慢地缓和了，但他还是保持反对立场，这样才能在小酒馆里跟雅典人一起滔滔雄辩。

经过漫长而劳累的一天后，克里提斯和拉帕基斯坐下来回顾检查结果。有些东西显而易见。

"你知道，要不了多久，我们就完全有理由让这些病人离去，是不是？"克里提斯说着，露出难得一见的笑容。

"是的。"拉帕基斯回答说，"可是我们首先需要政府的批准，他们可能不愿意这么快就同意。"

"我会向政府提出申请，只要在那之后他们继续接受几个月的治疗，然后一年内再体检几次。"

"同意。一旦我们得到政府授权，我们就可以告诉病人，不过这之前还不能告诉他们。"

几周后，他们收到了一封信，信上说病人们只有整整一年的检查结果都为阴性，才能离开斯皮纳龙格。克里提斯对这种拖延颇为失望，可尽管这样，他一直追求的目标终于曙光初现。又过了几个月，检查结果仍然为阴性，看来第一批病人可以在圣诞节前离开了。

"我们可以告诉他们了吗？"一天清晨，拉帕基斯问，"有些病人一直在问什么时候可以离开，我很难再搪塞他们了。"

"是啊，我想时候到了。我相信这些病人现在不会再有复发的危险了。"

几个第一批接受治疗的病人接到了他们康复的健康报告，流下了喜悦的泪水。虽然他们保证几天内不告诉别人，但拉帕基斯和克里提斯对他们能做到片刻的保密都不抱幻想。

四点钟，迪米特里到了，坐在那里等着。他前面的病人，一个在面包店里工作的女人出来了，她满脸泪水，用一大块白手帕捂着她有伤疤的脸。医生一定跟她说了什么坏消息，迪米特里想。四点过两分时，克里提斯把头探出门外，叫他进去。

"请坐，迪米特里，"医生说，"我们有个消息告诉你。"

拉帕基斯身子往前倾，他的脸笑开了花。"我们获得批准，同意让你离开隔离区。"

迪米特里知道他应该有什么感觉，可是似乎曾经折磨他双手的麻木又来了,只不过这次折磨的是他的舌头。他已不太记得来斯皮纳龙格之前的生活。这里就是他的家,隔离区的人就是他的亲人。他真正的家早就与他断了联系,他不知道如何找到他们。他有一边脸已严重变形,在这里没人会觉得他有问题,可在外面的世界里,这副样子只会让他惹人注目。如果他离开这里,他能做什么?谁又会来管理这个学校呢?

一百个问题和疑虑在他脑海里盘旋,几分钟过去,他才能开口说话。"我宁愿留在这里,在这里我还有用,"他对克里提斯说,"我不想抛下这里的一切,到一个未知的世界里去。"

他不是唯一一个不愿走的。其他人也害怕这个疾病留下的看得见的残迹会一直跟着他们,把他们从人群里区分出来,他们需要被保证能重新融入社会。那就像又当一次试验鼠。

尽管这些病人有这样的疑惧,可这还是这座岛历史上最重要的时刻。大约五十年了,麻风病人不断地来,却从无人离开!教堂里举行了感恩仪式,小酒馆里在庆祝。塞奥佐罗斯·马基里达基斯和帕诺思·斯科拉沃尼斯——经营着欣欣向荣的电影院的那个雅典人,是第一批离去的人。一小群人聚集在地道入口处和他们道别,他们俩都拼命忍住眼泪,但没有成功。他们和这里的男男女女握手,他们是这么多年来的朋友和伙伴,复杂的感情重重地压在他们心头。当他们俩踏上吉奥吉斯等在那里的小船,从已知走向未知时,谁也不知道在这道水域的那边有什么样的生活在等着他们。他们俩最远能同路到伊拉克里翁,在那里,马基里达基斯会试着重新开始以前的生活,而斯科拉沃尼斯会搭上去雅典的船，他早已知道以他现在的外表，恢复以前的演员生涯是不可能的了。两人都紧紧地攥着诊断报告，报告上宣布他们是"干净"的；今后几周内有些场合下，他们会被迫出示它们，以证明他们已完全康复。

几个月后，吉奥吉斯给斯皮纳龙格带来了这两个人写的信。他们的信上都描述了试着重新融入社会的艰难，他们一旦被人发觉曾在麻风病隔离区生活过，就受到驱逐。这不是让人振奋的故事，帕帕季米特里乌收到信后，没有告诉别人。第一批接受治疗的其他人现在也走了。他们全都是克里特人，会受到家人的欢迎，并找到新工作。

第二年，康复模式继续着。医生们保留着每个人从第一天开始接受新疗法的详细记录，有多少个月的检查显示为阴性。

"到今年年底，我们就要失业了。"拉帕基斯自嘲地说。

"我从没想过失业会是我人生的目标，"阿西娜·玛娜基斯回答说，"可现在成真的了。"

到暮春时节，除了几十个病人对新疗法反应严重而被迫中断治疗，以及一些根本没有任何反应的病人，很明显，到夏天又会有一大批"干净"的名单。到七月时，斯皮纳龙格的医生们和尼科斯·帕帕季米特里乌开始讨论该如何管理这一切。

吉奥吉斯把第一批痊愈的男女从斯皮纳龙格渡到了对岸，现在数着日子，等着玛丽亚可以再坐上他的船的那一天。不可思议的事情居然成了现实，然而他害怕会有变故，会有某种直到现在都不曾预料到的问题。

他把兴奋与焦虑独自藏在心里,在酒吧里听到往常那种不得体的笑话时,他好几次忍住没说。

"好,拿我来说,我就不会插上彩条旗欢迎他们回来。"一个渔夫说。

"噢,算了吧。"另一个说,"对他们有点儿同情心吧。"

一直对麻风病隔离区公开怀有敌意的那些人,内疚地想起了那个晚上,他们计划袭击那座岛,局面差点儿失控。

一天晚上,在拉帕基斯的办公室里,岛主和三位医生讨论该如何公布此事。

"我想要全世界知道我们的离开,因为我们痊愈了。"帕帕季米特里乌说,"如果人们三三两两地离开,在晚上偷偷地溜走,等于给大陆上的人们发出了错误信息,他们为什么要开溜呢?他们会问。我想让人人都知道真相。"

"可是您想让我们怎么做?"克里提斯平静地问。

"我想我们该一起离开。我想举办一个庆祝仪式。我想在大陆上举办一场感恩盛宴。这要求应该不算太高。"

"我们还要考虑那些没有治愈的病人,"玛娜基斯说,"他们没什么好庆祝的。"

"他们面临着长期治疗。"克里提斯很老练地说,"我们希望,他们也将离开这座小岛。"

"什么意思?"帕帕季米特里乌问。

"我目前等着政府批准,让他们转到雅典的医院去。"克里提斯说,"他们在那里会受到更好的治疗。我担心这里患者太少,政府不再拨款给斯皮纳龙格。"

"那样的话，"拉帕基斯说，"我能建议这些病人比治愈的人先离开小岛吗？我想那样对他们来说好受些。"

大家都表示同意。帕帕季米特里乌会去公布自由的来临，那些还没有痊愈的病人将会被巧妙地转到雅典的圣芭芭拉医院。现在只需要做好相关安排就行了。这要花上几周时间，可是日子最后定了下来：八月二十五日，圣提托斯节。圣提托斯是全克里特岛的守护圣徒。斯皮纳龙格作为麻风病隔离区的日子屈指可数了，人们中唯一对此感到害怕的人是克里提斯。

他可能再也见不到玛丽亚了。

二十二

1957

　　布拉卡的居民像往年一样，为圣徒日做准备。然而，今年与往年又有不同，他们会与斯皮纳龙格的居民，与这么多年来一直存在于他们想象中的近邻一起欢庆这个节日。对有些人而言，那意味着欢迎快要被遗忘的老朋友回家；对另一些人来说，意味着面对他们深深的偏见，并且要尽量抑制这些偏见。他们会与迄今为止未曾谋面的邻居一起坐在桌前，分享食物。

　　吉奥吉斯是仅有的几个知道隔离区真相的人。对大陆上大多数人来说，多年来，由于海那边有这样一个地方，他们可以挣些钱，因为可以为岛上的人提供消费品，现在隔离区即将关闭，意味着他们生意受损。还有些人承认，他们一想到斯皮纳龙格被关闭，就觉得如释重负。海那边生活着一群病人，一直令他们担忧，尽管他们知道这种疾病的传染性不如其他的传染病强，但仍然心生恐惧，就如同害怕黑死病一样。这些人心里还是不肯承认麻风病可以治愈的事实。

在那个历史性的晚上，还有些人热切地盼着他们的客人。佛提妮的母亲萨维娜·安哲罗普洛斯还怀念着她的朋友伊莲妮，伊莲妮的去世让她悲痛了好些年，看到玛丽亚重获自由，她非常快乐。这意味着悲剧没有在玛丽亚身上重演。除了吉奥吉斯，佛提妮比任何人都开心。她就要与自己最好的朋友团聚了。她们不用再在斯皮纳龙格玛丽亚昏暗的房间里相见了。现在，她们可以坐在明亮的餐馆台阶上，在太阳下山、月亮出来时，轻松地聊着一天发生的事情。

在这个盛夏的八月下午，在餐馆厨房里，斯特凡诺斯正做着大餐，炖羊肉、煎鱼和炒饭，还有酥皮点心和馅饼，炉子上正在烘烤着一盘盘蜜甜的巴克拉瓦[1]和凯特菲[2]。这将是一场凭借极度奢侈的食物终结所有盛宴的一次超级盛宴。

万杰利斯·里达基很喜欢这样的活动。他享受这与众不同的一天带来的融融暖意，也知道那对吉奥吉斯意味着什么，吉奥吉斯是他的一位话不多的老主顾。他也想到斯皮纳龙格的某些居民可能成为布拉卡的新成员，人口增加，他的生意也会好起来。里达基依据每天旧柳条箱里的空啤酒瓶和空梅子酒酒瓶的数量来判断经营成功与否，他希望空瓶子的数量也会增加。

麻风病人和要接受他们的人们一样感情复杂。有些隔离区居民自己也不敢承认，离去让他们像来这里时一样充满了恐惧。这

---

[1] 一种酥皮加核桃制成的甜点，是希腊和土耳其的传统食品。
[2] 一种奶油酥皮点心。

岛

座小岛给了他们意想不到的安全感,很多人都害怕失去它。有些岛民,虽然身上没有印记、没有色斑,看不出他们曾得过麻风病,仍战战兢兢地担心他们永远无法像从前那样过正常生活。迪米特里不是岛上唯一的年轻岛民,这批年轻人除了斯皮纳龙格,对别的地方没有丝毫记忆。这里就是他们的世界,外面世界的真实性跟书里的图画差不多,甚至每天隔海相望的村庄于他们来说也不过是海市蜃楼。

毫无疑问,玛丽亚还记得大陆上的生活,虽然她回顾过去也觉得那似乎是别人的生活,而不是她自己的。一个在二十多岁的大半时间都患有麻风病的女人会怎么样呢?回到大陆后她会不会被看成老处女呢?她隔着波涛翻滚的海水所看到的全是未知。

斯皮纳龙格的有些人在离开前一个月就开始清理东西,仔细包好每一件要带走的物品。有些人写信给家里,告知他们即将被释放回家的好消息,盼望着收到温暖的回音,并受到热情欢迎。他们知道会有地方可让他们拿出他们的衣服、他们的锅、他们珍贵的毛毯。也有些人对即将发生的事不闻不问,继续过着日常生活直到最后一分钟,好像一切一成不变。这个八月异常炎热,地中海特有的强风梅尔特姆把玫瑰吹倒了,衬衣从晾衣绳上给吹飞到空中,像巨大的白色海鸥。到下午,风把一切都制服了。风继续敲打着门,弄得窗户哐当直响,人们睡在关着窗的房间里,躲避太阳的炽热。

出发的日子到了,无论人们有没有准备好,也都该离开了。这次,吉奥吉斯和村里的六位渔夫会一起来。他们终于相信他们不用害怕，也愿意帮助人们带着他们的财产离开斯皮纳龙格。八月二十五日下午一点钟，人们看见一支小型船队从布拉卡出发了。

前一天在小教堂圣潘塔雷蒙举行过最后的仪式，其实人们在那之前好多天就已列队来教堂点燃蜡烛，默念经文。他们来这里表示感谢，同时也做深呼吸以平静他们颤抖的神经，他们吸进教堂蜡烛醉人而甜蜜的味道，烛光在身旁闪烁，无论这道狭窄的水域那边的世界带给他们的是什么，他们都祈祷上帝给予自己勇气来面对。

老人和病人得到照顾，首先上船。那天运货的驴子们累坏了。它们驮着人们的东西，或是拖着箱子码得老高的车子，缓缓地往返于地道。码头上堆成山的行李把关于离开的长期幻想变成看得见摸得着的现实。直到现在，有些人才相信旧生活真的结束了，新生活就要开始了。当他们走过地道时，他们想象着听到了自己的心跳，仿佛心脏在敲打着围墙。

克里提斯在布拉卡行使着自己的职责，确保那些还没治愈的人被安全地送回雅典继续治疗。

最后离开小岛的几个人中，有拉帕基斯和玛丽亚。拉帕基斯医生要最后清理文件，把所有必要的文件装进盒子里。这些医疗记录为他的病人提供了"干净"的健康诊断，将被一直保存在保险柜里，直到每个人都到达对岸，到那时，他才会把它们分发给各自的主人。它们是岛民们获得自由的护照。

玛丽亚最后一次出了家门，离开这条小巷。她抬起头看着医院方向的小山,看到拉帕基斯正一路走下山来,努力护着那些笨重的箱子,于是动身去帮他。她周围全是仓促离去的痕迹。直到最后一小时,有些人还不愿相信他们真的可以离开。有人家里窗户没有闩紧,此刻在风里砰砰作响;不知谁家的几扇百叶窗从窗钩上松落,窗帘像风帆一样绕着窗户飘扬。小酒馆里,茶杯、茶碟扔了一桌。学校教室里,一本书摊开在课桌上,黑板上还有粉笔写的代数公式。在那些店铺里,一排罐子还摆在架子上,好似老板想着以后某天他可能还要打开一样。鲜艳的天竺葵种在装橄榄油的旧圆桶里,现在已经枯萎了。今天晚上不会有人给它们浇水了。

"不用管我,玛丽亚,"医生红着脸说,"你还有很多事情要考虑。"

"不,让我来帮你。没道理再让你为我们把腰折断。"她说着,拿下一个小一点儿的档案盒,"我们全都是健康的了,不是吗?"

"你肯定是的。"他回答说,"你们中有些人可以走了,可以把这段经历抛在脑后。"

拉帕基斯话一出口便知道要做到这点有多难,他为自己说出这种有欠考虑的话感到很不好意思。他结结巴巴地找着想要说的词,想给她最大的安慰。"一个新的开始。我是这个意思……你可以有个新的开始。"

可是拉帕基斯不会知道,新的开始正好是玛丽亚最不想要的。它意味着她在岛上的生活将被一扫而空。为什么他该知道呢,所有这些最宝贵的东西,要不是她被驱逐到这座岛上来,她永远也不会找到。而且，她一点儿也不想把自己在斯皮纳龙格的生活抛下，她想把这些最美好的带走。

当她最后看一眼这条主街，强烈的不舍之情几乎令她晕倒。回忆一桩连着一桩在她脑海里翻滚、交叠、碰撞。她建立的最特别的友谊，洗衣岁月里的同志情谊，节日里的庆祝活动，观看最新电影的快乐，帮助那些真正需要她帮助的人带来的满足，还有小酒馆里，雅典人突然爆发的激烈争论带来的没理由的恐惧——其实大多话题与现实生活无关。从当初她第一次踏进这里到现在，时间仿佛静止不动。四年前她恨透了斯皮纳龙格。那时，死亡似乎也绝对好过在这座岛上的无期徒刑，可是现在，她在这里，忽然很不想走。还有几秒钟，另一种生活就要开始了，她不知道那生活里有什么。

拉帕基斯从她脸上读出了一切。对他而言，生活也迎来新的不确定性，因为他在斯皮纳龙格的工作结束了。他会去雅典，在那里与麻风病人待上几个月，他们被送到了圣芭芭拉医院，还是需要接受治疗。可是，在那之后，他自己的生活就要像月亮一样在地图上没有标记了。

"来吧，"他说，"我想我们该走了。你父亲一定在等我们。"

他们转身走过地道。脚步声回响在他们周围。吉奥吉斯正在另一头等着。他坐在合欢树荫下的矮墙上，大口抽着烟，等着他的女儿从地道出来。她似乎不会再出来了，除了玛丽亚和拉帕基斯，岛上的人们全走了。像挪亚方舟中的画面重现一般，连驴子、山羊和猫也被渡到对岸去了。除了这条小船，最后一艘船十分钟前也已走了,码头上现已空无一人。近处,一个小的金属盒子、一捆信、一整条香烟被丢下了,到处都是这群人匆忙撤离时留下的痕迹。也许有什么事耽搁了,吉奥吉斯惊慌地想,也许玛丽亚还是无法离开,也许是医生不签署她的健康诊断书。

就在这些模糊想法好像要变成令人不安的现实时,玛丽亚从黑黑的半圆形地道里出来了,向他跑来。她伸开双手拥抱吉奥吉斯时,他关于小岛的所有其他想法与疑虑通通消失了。他无言地感受着她丝一般光滑的头发拂过他粗糙的皮肤。

"我们可以走了吗?"玛丽亚最终问道。

她的东西已经放到船上去了。拉帕基斯首先上去,转身拉起玛丽亚的手。她一只脚踏上了船,就在这一瞬间,她提起另一只还在石头地上的脚。

她在斯皮纳龙格的生活结束了。

吉奥吉斯解开旧帆船,把它推离岸边。然后,以他这种年纪难得的敏捷,跳上船,掉转船头。不久,船离开小岛,朝着大陆驶去。他的乘客迎向前方。他们看着船首那尖尖一点,像一支箭,朝目标飞驶而去。吉奥吉斯没有浪费时间。他还能清楚地看到斯皮纳龙格。窗户黑黑的形状对着他,像空洞无光的眼睛,它们难以忍受的空虚让他想起了那些麻风病人,那些被失明折磨、在小岛度过余生的病人。吉奥吉斯突然想起了伊莲妮,想起他最后一次见她时,她站在码头上的样子;那一刻他是那么怀念伊莲妮,连女儿在他身边带来的快乐也全忘了。

只有几分钟,他们就要到岸了。布拉卡的小码头上挤满了人。

一些岛民受到家人和朋友的欢迎；还有些人被隔绝二十五年后第一次踏上故乡土地，彼此拥抱在一起。最嘈杂的一队人要属雅典人。有些人的朋友甚至同事也从雅典赶来庆祝这划时代的一天。今晚是个不眠之夜，明天一大早他们全要返回伊拉克里翁，然后从那里踏上回雅典的旅程。现在，他们会教布拉卡一两样寻欢作乐的方法，那些都是在岛上用过的。他们中的有些人是音乐家，那天早晨这些人和当地人已经开始了排练，组成了一支壮观的管弦乐队，乐器从七弦琴、鲁特琴到曼陀铃和布祖基琴、风笛以及牧羊人的长笛，无所不有。

佛提妮和斯特凡诺斯抱着他们刚出生不久的孩子佩特罗斯站在岸边迎接他们，旁边是马特奥斯——他们褐色眼睛的小男孩，他在这兴奋气氛下开心得直跳舞，完全不知道这个日子的重要意义，只是为空气中狂欢的氛围高兴不已。

"欢迎回家，玛丽亚。"斯特凡诺斯说。他妻子拥抱她最好的朋友时，他退后一步，等着迎接她，"我们都很高兴你回来了。"

他开始把玛丽亚的箱子从船上卸下来，放在他的皮卡车上。到佩特基斯家很近，可是如果手提这些东西走路的话又嫌太远。两个女人步行回家，穿过广场，留下吉奥吉斯系好小船。长条桌已摆好了，椅子也摆成一组一组的。鲜艳的小旗子插满广场四边，快乐地沿着对角线招展。不用多久，晚会就要开始了。

玛丽亚和佛提妮到家时，斯特凡诺斯已把箱子都卸下来，摆到了屋里。当玛丽亚进门时，后脊梁一阵发麻。从她走的那天起，这里一切都没变，一切还和从前那样待在原处，未曾动过：挂在进门的墙上的,还是母亲结婚时绣的那件刺绣样品——写着问候语"早上好"——迎接着客人,那些盘子还挂在壁炉附近,那套熟悉的花枝瓷盘仍然摆在架子上。她的箱子里还找得到同套的一些盘子,这套餐具终要团圆了。

即使在这样阳光灿烂的日子里,房间里还是有些阴郁。所有熟悉的旧家具全在原处未曾动过,可是墙壁却好似吸取了一直萦绕它们的痛苦,散发出父亲这些年的孤独。一切看似相同,一切又与原先大不一样。

过了一会儿,吉奥吉斯进来,他发现斯特凡诺斯、佛提妮、佩特罗斯和马特奥斯以及玛丽亚全挤在小房子里,马特奥斯手里握着一小束花。终于,他生活中的某些碎片粘到一起了。现在他美丽的女儿,他日日夜夜看着的相框中三个女人中的一个,终于站到了他面前。在他眼里,她比以前更加可爱了。

"好了,"佛提妮说,"我不该待太久——还有很多吃的东西要准备。我们等会儿在广场见吧。"

"谢谢你们做的这一切。我太幸运了,能回到你这样的老朋友身边,还有一个新朋友……"玛丽亚说着,看了一眼马特奥斯。他鼓起勇气走上前来,送给她一束花。

玛丽亚笑了。自从四年前,在她去检查麻风病前一周,马诺利送她花以来,这是她收到的第一束花。小男孩的姿态感动了她。

半小时后,玛丽亚换了套衣服,把头发梳得比镜子还要亮滑。她觉得准备好了,可以走出门面对布拉卡居民投来的好奇目光了。尽管有些邻居欢迎她,她知道还是有人会仔细审视她,试图寻找疾病的痕迹。他们只会失望。玛丽亚没有留下一丝痕迹。有些人因为疾病付出了巨大的代价，会因为残脚而终身跛行，有些不幸的人永远失明，只能依靠家人。然而，对大多数人而言，感染部位痊愈了，丑陋的皮肤色斑也淡化得看不见了，以前那些失去知觉的部位重又有了感觉。

玛丽亚和父亲一起走向广场。

"眼见为实，"吉奥吉斯说，"你姐姐说她今晚可能会来。我昨天收到她的信了。"

"安娜？"玛丽亚吃惊地说，"安德烈亚斯也来吗？"

"她在信上是这么说的。我猜她想欢迎你回来。"

像任何父母一样，他渴望一家人团圆，以为安娜觉得这是弥补她过去几年的冷淡和疏忽的最好时机。如果他的两个女儿——而不只是一个——全都回到他身边，那比什么都令他幸福。而玛丽亚没想到今晚要与安娜见面。今天的目的是庆祝而非和解：斯皮纳龙格的每一位麻风病人终于获得了自由。

安娜正在伊罗达的家里，在为布拉卡的晚会做准备。她仔细地别着头发，小心地抹口红，精确地画好唇线。索菲娅坐在奶奶膝盖上，热切地看着妈妈描画她的脸。

安德烈亚斯没理会他母亲与女儿，径直进来。

"你还没准备好？"他冷冷地问安娜。

"差不多了。"她回答说，对着镜子整理着重重的绿宝石项链，抬起下巴欣赏效果，然后往身上喷了些浓郁的法国香水。

"我们可以走了吗?"他厉声说。

安娜似乎对丈夫冰冷的语调浑然不觉,埃莱夫塞里娅却不然。她对儿子向安娜说话的态度很困惑,以前还从没听到过这样冰冷的语调,也没见过他这样怒视她。她想安德烈亚斯终于对他妻子和马诺利的亲密有所醒悟了。埃莱夫塞里娅以前向亚历山德罗斯提过一次。这是一个错误的决定。亚历山德罗斯的反应异常激烈,他怒不可遏,发誓说,如果马诺利敢越界,他就要把"那个无用的唐璜"轰出去。那之后,埃莱夫塞里娅只好偷偷地担忧。

"晚安,宝贝。"安娜对女儿说。索菲娅圆鼓鼓的胳膊伸向她。"要乖点儿。"她在索菲娅的前额上留下最完美的唇印后,出了房间。

安德烈亚斯已经在车里等候,引擎已发动。他知道妻子为什么那般在意她的外表,那不是为他。

一件非常小的事最终让安德烈亚斯发现了妻子的不忠——他枕头下的耳环。安娜从来都是上床前小心取下首饰,放在梳妆台上一个天鹅绒盒子里,如果她前一天晚上戴着镶钻的金耳环上床,他一定会知道。他从一尘不染的床单上爬起来时,看到白色床单上闪闪的金光,他什么也没说,可是心一下子凉了。那一瞬间,他的菲罗特摩[1],那种让他成为男人的荣耀与骄傲受到了致命伤害。

两天后的一个下午,安德烈亚斯提早回来,他把车停在远处,步行最后五十米回家。看到马诺利的卡车停在外面,他毫不奇怪。他知道它会在那里。安德烈亚斯轻轻打开前门,走进门廊。除了

---

[1] 希腊文化中一套关于价值观与态度的复杂系统,包含作为群体成员的个体所拥有的荣誉、义务、自我认同和恰当的行为举止。

嘀嗒的钟声，房间里一片寂静。突然，沉默被打破，传来一个女人欢快的叫声。安德烈亚斯紧紧抓住楼梯栏杆，妻子高潮时发出的声音令他厌恶、恶心。他本能地想一步两级地冲上楼，冲进卧室，把他们纠缠在一起的四肢扯开，可是有东西阻止了他。他是安德烈亚斯·范多拉基斯。他得采取更理智的方法。他需要时间思考。

当玛丽亚来到广场，这里已经是人山人海。她看到迪米特里站在一小群人中间。还有耶拉西莫·曼达基斯，他是隔离区小酒馆的老板。还有克里斯蒂娜·克罗斯塔拉基斯，她笑着，简直认不出她来了。到处是兴奋的嗡嗡说话声，街那头有人弹的布祖基琴的微弱琴声也传了过来。她走进广场中的那块空地时，左右都是问候。她碰到一些吵吵嚷嚷的雅典人，他们将她作为圣玛丽亚或"草药魔术师"介绍给家人和朋友。"草药魔术师"这个名号让她很开心，可这绝非一种神化。

过去的几个小时这般重要，她甚至没有想起克里提斯医生。他们没有说再见，所以她相信他们会再见。只是越快越好。走进密密的人群时，玛丽亚的心猛地跳了一下，仿佛要从胸腔跳出来。他就在那儿，坐在一张长桌前，和拉帕基斯一起。在混乱的人群里，她只看到了他，他银灰色的头发在薄暮中几乎闪着光。两位医生在热烈地交谈，终于，拉帕基斯抬起头，看见了她。

"玛丽亚！"他喊道，站起来，"这是你的好日子。这么长时间后回到家，有什么感觉？"

还好,并没人真的等着她回答这个问题,如果真要回答,她可不知道从何说起、从何结束。这时,帕帕季米特里乌和他妻子走了过来,还有两个跟他长得很像的男人,不用说,是他的兄弟。岛主想要他的家人见见给他们新生活的人。接下来会有成千上万的祝酒与干杯,可是他们想第一个说感谢。

克里提斯往后站,可玛丽亚能感觉得到他目光的压力,当拉帕基斯跟帕帕季米特里乌他们说话时,他把玛丽亚拉到一边。

"我能占用你一点点时间吗?"他礼貌地问,可是声音得大得超过人群发出的噪声才听得清,"在比这里更清静点儿的地方。"他加上一句。

"我们可以沿着这里走下去,去教堂。"她回答说,"我想到里面点根蜡烛。"

他们离开挤满了人的广场,那里人声鼎沸,震耳欲聋。当他们沿着空空的街道走向教堂,人群发出的声音听上去有点儿像背景的嗡鸣声。克里提斯迫不及待,决定采取下一步行动。疾病夺走了这个女人生命中够多的时间,每一秒都很珍贵,不能浪费。他把拘谨的医生姿态暂时抛到一边,勇气占了上风。在教堂门口,他转身面对她。

"我有话要说。实际上很简单。"他说,"我想你嫁给我。"

这是一声宣言,而不是个问题。仿佛没有必要回答。此前一段时间,玛丽亚脑海里没有怀疑过克里提斯对她的爱,可是她命令自己不要幻想这爱有多坚定。过去几年里,她一旦发现自己要开始做白日梦了,就立即驱赶它们,生活在没有幻想的当下更安全，不用担心失望。

有一刻，她什么也没说，只是抬起头看他，他两臂打开，抓住了她的肩膀，仿佛想要劝说她，他是认真的，他的声音填满了她的沉默。

"从来没有人像你这样打动我。如果你不想嫁给我，我会走开，你也不用再想我。"他放在她肩膀上的手抓得更紧了，"可是不管是哪种结果，我现在都需要知道。给我一个结果。"

所以这是个问题喽。她嘴里干涩，用尽全力才能重新控制住舌头。

"好的。"她只能发出这个沙哑的单音节词，"好的。"

"你愿意？"克里提斯似乎很吃惊。这个黑头发的女子——他的病人，他觉得很了解她，其实还是了解太少。她同意成为他的妻子。他绽放出笑容，玛丽亚也露出了灿烂的微笑。他一开始还不太肯定，接着随着一阵激动，他吻了她。他们突然意识到站在空无一人的街道上有多奇怪，于是分开了。

"我们得回去参加庆祝。"克里提斯说。他的责任感和是非观念比她更强，"人们可能会想我们去哪里了。"

他是对的：他们得回去，因为那晚大家在一起庆祝，第二天就要各奔东西了。他们返回广场时，舞会已经开始了。人群组成一个巨大的圆圈，正随着开放圆舞曲翩翩起舞，甚至连吉奥吉斯也加入进去。以前任何活动从来都是坐在阴影里的他走上前来，全身心投入欢庆之中。

佛提妮第一个发现她的朋友在医生的陪伴下回来，她确信无疑，玛丽亚的幸福终于来了。这对恋人决定今晚什么也不说——即使他们想让吉奥吉斯第一个知道，圣徒日的狂欢氛围也不适宜他们立刻告诉他这个消息。

跳舞结束后，当吉奥吉斯找到他们时，他只有一个问题问玛丽亚。"你看见安娜了吗？她在这里吗？"

过去几年中，他差不多放弃了家庭团圆的希望，可今天团圆在望。他很迷惑，安娜一直没有出现——毕竟她答应过要来的啊。

"我肯定她会来的。爸爸，她说她会来。"玛丽亚让父亲宽心，虽然他们俩都觉得这些话听上去是那么空洞，"为什么我们不再去跳个舞呢？"她提议，"您看起来很有活力。"她领着父亲走回到人群中，加入了刚刚开始的舞蹈。

佛提妮忙着把一盘盘食物摆到桌上去。她注意到医生在看玛丽亚跳舞，更开心了，她最亲爱的朋友找到这么一个好男人。现在天黑了、风停了，海面上没有一丝波纹。从无风的下午到现在，温度似乎没有下降一度。人们在跳舞的间隙里坐下来，他们饥渴地大口吞着一杯杯清洌的葡萄酒，许多酒溢出来洒在沙地上。玛丽亚跳完舞回来，坐在克里提斯身边。他们同时举起杯子，默默地庆祝。

这时安娜和安德烈亚斯到了布拉卡。两人一路上都没说话，各自想着自己的心事。安德烈亚斯想马诺利可能会恢复与玛丽亚的婚约，因为玛丽亚现在回来了，当他们到达村子，看见涌动的人群时，他打破了沉默，用这个建议刺激了一下妻子。

"马诺利？娶玛丽亚？除非跨过我的尸体！"她激动地尖叫道。他从未见过她激动成这样子。现在谁也不用遮遮掩掩了,"你为什么这样说？"安娜不依不饶。

"他为什么不能？他们订过婚,之前正要结婚。"他嘲弄着。

"闭嘴,闭嘴！"安德烈亚斯停车时,她用力地打他。

安娜强烈的反应令安德烈亚斯震惊。

"我的天！"他咆哮道,躲闪着不让安娜雨点般的拳头打到自己,"你爱他,是不是！"

"你怎么敢这样说！"她尖叫着。

"说吧,为什么不承认,安娜！我不是个大傻瓜,你知道。"他试图控制自己的声音。

安娜沉默,她的愤怒仿佛瞬间消退了。

"我知道是真的。"安德烈亚斯现在很平静,"上个礼拜有一天我回来得很早,他和你……你们有多久了？"

安娜现在又哭又笑,歇斯底里。"很多年了,"她语无伦次地说,"很多很多年了……"

在安德烈亚斯看来,安娜猩红的嘴唇在微笑,她仿佛迷失在极乐世界里。如果她否认,那他还有个台阶下,可能只是他弄错了。她的承认却是最大的嘲弄。他不得不阻止她合不拢嘴的大笑。

就在那一瞬间,他把手伸进外套口袋里,掏出手枪。安娜看都没看。她的头往后仰,项链上滚圆的珠子随着她的笑声抖动着。她神志不清了。

"我从来没有……"她喘着气,因为说出真相而兴奋得发了疯，"我从来没有像爱马诺利那样爱过谁。"她的话像一记鞭子抽打着他，震裂了周围的空气。

广场上，克里提斯在观看焰火，第一批焰火升到了宁静的空中。午夜前每小时会放一次焰火，每一记都会随着一声巨响在空中绽放，星星点点的火花像宝石般洒落到宁静的大海里。第一轮焰火齐发后是片刻的宁静，乐队正打算再次演奏，还没来得及开始，就听到更大的两声巨响，让人意外。克里提斯朝天上看了看，以为又有炫目的火花从天上洒落，可是很显然，天上什么也没有。

广场附近一辆车里爆发出骚动。有人几分钟前看见这辆车停下来，一个女人趴在乘客座位上。克里提斯开始往那边跑。片刻之间，人们似乎惊呆了。这样的暴行发生在这个庆祝晚会上，他们难以置信，吓得不知所措。人们清开了一条路，让克里提斯过去。

克里提斯摸了摸那个女人的脉搏。虽然很微弱，但还有一丝生命迹象。

"我们要把她移走。"他对一旁的拉帕基斯医生说。地毯和枕头神奇地从附近一户人家处被拿了过来，两个男子小心地抬起女人，把她放到地上。在他们的要求下，围观的人群后退出一块空地，让他们救人。

玛丽亚费力地走到前面，看看自己能帮点儿什么忙。当他们把那个女人放在地毯上时，她认出倒在血泊里、被人拥着的是谁。许多人都认出来那女人了，大家一齐惊恐得叫出了声。

大家没有认错。乌黑的头发、丰满的胸部,她的裙子浸在血泊里,晚会上没有人能为庆祝活动买得起那么贵的衣服。是的,毫无疑问,这是安娜·范多拉基斯。玛丽亚跪在地毯上,跪在她的身边。

"姐姐!"她抽泣着低声对克里提斯说,"我姐姐。"

人群中有人大声喊道:"快去找吉奥吉斯!"几分钟之后,吉奥吉斯也跪到玛丽亚的身边,默默地流泪,看着自己的大女儿,她的生命在他们面前慢慢消逝了。

几分钟内一切都结束了。安娜再也没能恢复意识,可是她死去时最爱她的两个人陪在她身旁,为她能得到拯救而热诚地祈祷。

"为什么?为什么?"吉奥吉斯边哭边说。

玛丽亚知道答案,可她不打算告诉父亲。那只会增加他的痛苦。此时无知才能帮助他,而他不久就会获知真相。以后永远萦绕在他心头的是:就在同一个晚上,他刚庆祝一个女儿的回来,却永远失去了另外一个女儿。

二十三

目击者不久就从人群里走出来。开枪前几分钟有个路人正好经过这里,透过开着的车窗听到一对夫妇在争吵。有个女人声称随后看见一个男子顺着这条街跑下去了。听到这个消息,一小队男人朝着教堂方向跑去,十分钟内,他们带着嫌疑人回来了。武器还在他手上,没有丝毫抵抗。不用说,玛丽亚也知道他是谁。他是安德烈亚斯。

整个布拉卡被深深震动了。本来这是个值得纪念的晚上,但不该以这样的事件被铭记。人们三五成群地站在那里,小声议论着。没有多久,消息传开:玛丽亚的姐姐安娜被枪杀,安娜的丈夫因谋杀被捕。这场特别的晚会过早结束了。除了料理好这个晚上、各走各路,别无选择。乐师们离去,没吃完的食物扔了;大家无言道别,雅典人跟着家人朋友离去,开始新生活。当地人给那些短途的人提供了床铺过夜,他们要等明天再开始踏上往克里特其他乡村和城市的回家之旅。安德烈亚斯·范多拉基斯被警察带走了,整晚关在伊罗达的监狱里,安娜的尸体被送到海边的小教堂里，下葬前会一直停放在那里。

白天的温度还没降下来。即使现在，夜晚快要过去、黎明就要来临时，还是热得令人透不过气来。一天之内，吉奥吉斯的小房子内第二次挤满了人。上次他的客人盼望着庆祝活动。这次他们来准备哀悼。牧师来了，但当他看到小小的安慰对这样的悲痛根本无济于事时，就离开了。

凌晨四点钟，吉奥吉斯精疲力竭地回到了自己的卧室。他麻木了，也许这是悲伤，也许是他已经失去了对痛苦的感知。即使终于在长久的等待后盼回了玛丽亚，他也没什么感觉了。

克里提斯留在那里一个多小时，可是今晚他再没什么可做。明天——其实已是今天了——他会帮助他们安排葬礼，也会在佛提妮和斯特凡诺斯的小饭馆的一间空屋子里抽空睡几个小时。

在极度无聊时，村民们喜欢流言蜚语，现在更是忙得没时间呼吸了。只有安东尼斯能对安娜被杀说出个所以然来。一大早，几个男人还在酒吧里围着一张桌子坐着。安东尼斯把看到的都说了出来。几周前，他发现马诺利总是在中午溜出去几小时。虽然那只是间接证据，但多少也可以解释是什么驱使安德烈亚斯杀死自己妻子的。在那段日子里，安德烈亚斯的情绪越来越阴沉。他冲身边的人乱发脾气，工人开始怕他。即使密集的雷电也不会让人这般紧张。很长时间安德烈亚斯都蒙在鼓里，没有意识到妻子的出轨，还兴高采烈，可是一旦他明白真相，便只有一种举动。酒吧里喝酒的人无不同情，有些人同意被人戴绿帽子会让他们去杀人。希腊人的男子气概绝不能容忍这种奇耻大辱。

里达基似乎是最后一个见到马诺利的人,马诺利现在消失得无影无踪了,只有他珍贵的七弦琴还挂在酒吧后面的墙上。

"昨天晚上大约六点钟他进来过,"里达基说,"像平时一样快乐,让人觉得他会留下来参加庆祝。"

"那之后似乎就没人见过他了,"安哲罗斯说,"我以为他是不好意思见到玛丽亚。"

"他当然不觉得自己还有义务要娶玛丽亚。"另一个声音插嘴道。

"我很怀疑,你知道马诺利这个人,这可能会让他一直躲着不露面。"里达基说。

"我个人觉得这跟玛丽亚没有任何关系。"安东尼斯说,"我觉得他知道自己的大限到了。"

那天上午,安东尼斯去马诺利家。他什么也没拿就去找这个有魅力却软弱的人;他是个好伙伴、好酒友。安东尼斯瞬间想到马诺利可能在自己家中,倒在一摊血泊里,这也并非没有可能。如果安德烈亚斯能杀死妻子,杀死堂弟也会在情理之中。

安东尼斯从窗户往里看,一切看似正常:单身汉乱糟糟的房间,锅、盘子乱堆一气,窗帘一半落下来,桌上有面包屑和一瓶拔了瓶塞、喝了三分之二的酒。看到的一切都不出他预料。

安东尼斯推了推门,发现门没锁,他冒险进去。楼上的卧室里,房间里的景象除了证实住在这里的人不注重整洁,还有一种仓皇离开的迹象。抽屉全开着,衣服像火山爆发似的摊了一地。衣柜张着大口,看得到里面的横杆空空的。床没有整理,床单皱成一团，枕头被压得平平的。安东尼斯对于眼前这些并不觉得意外，可是真正让他明白房间里的空洞将是永远的，是正面朝下扑倒在窗口前五斗柜上的相框，似乎有人敲碎了它们。有两个相框是空的，相片被急急忙忙地剥走。所有迹象都在这里。马诺利的卡车不见了。现在他可能在希腊的某个地方，但没人会去找他。

    安娜的葬礼没有在布拉卡的大教堂里举行（安德烈亚斯当初就躲避在此），而是在村外一个小礼拜堂里举行。小小的建筑俯视着大海，不受打扰地看着对面的斯皮纳龙格。在小礼拜堂的墓地和麻风病人最终安息地之间只有咸咸的海水，别无其他。安娜母亲的遗骨就安葬在对面。

    安娜死后不到两天，一小群身穿黑衣的人聚集到这所潮湿的小礼拜堂里。范多拉基斯家没人前来。自从谋杀案后，他们一直死死地待在伊罗达那所房子的四堵墙里。牧师为死者诵念经文时，玛丽亚、吉奥吉斯、克里提斯、佛提妮、萨维娜和帕夫罗思垂着头站在那里。熏香从香炉里翻滚飘散出来，长长的祈祷文祈求原谅罪过，主祷文里安慰的话语，他们几乎都听不见。到下葬的时候了，他们走到外面，太阳无情地炙烤着大地。眼泪和汗水混在一起，顺着他们的脸颊流下。他们不相信这个马上要埋到黑暗里去的木头盒子中装着安娜。

    棺材缓缓下放到挖好的墓穴里，牧师抓起一把尘土，撒在棺木上。

    "全部的土地都属于主，"他说，"那居住其上的也属于主。"

香炉里的灰飘下来混在尘土里，牧师继续念道："正义之灵惠及死亡，赐安息于你的仆人之灵……"

牧师诵念的样子像在唱歌。这些话说过上千次了，当它们从牧师两片开合的嘴唇倾泻出来时，这一小群人仿佛给镇住了。

"纯洁无瑕的圣母，请为你仆人的亡灵获得拯救而求情……"

佛提妮默默想着纯洁无瑕的圣母为安娜说情的说法。哪怕安娜稍微检点一些，他们可能都不会站在这里了，她想。

仪式快结束时，牧师仿佛在与上千只知了比赛嗓门，当他说出最后一句话时，知了无情的噪声达到了最高潮。

"让她在亚伯拉罕的怀抱里安息……愿你的记忆长存，我们的姐妹，恩赐幸福。"

"求主怜悯，求主怜悯，求主怜悯。"

几分钟后，人们开始离去。玛丽亚最先开口说话，感谢牧师主持这个仪式，然后该回村里了。玛丽亚和父亲一道回家。他想睡觉，他说。那就是他想要的。佛提妮和她的父母回小饭馆找斯特凡诺斯，他一直带着佩特罗斯和无忧无虑的马特奥斯在沙滩上玩耍。正是中午时分，万籁俱静，没有一个灵魂受到惊扰。

克里提斯坐在广场上的一张旧长椅上等候玛丽亚。玛丽亚得暂时离开布拉卡几个小时，他们计划开车去伊罗达。除了那次短暂的从大陆到斯皮纳龙格的行程，这是四年来她第一次旅行。她想要一个小时左右的私人时间。

她记得在伊罗达的海边有间小酒馆。无须否认，她以前曾和马诺利去过多次，可是现在全成了过去。她不愿再去想他。他们

The Island

被领到一张桌前，大海就在他们脚下，海水拍打着岩石，过去两天的事情仿佛很遥远了，仿佛它们发生在别的什么地方的别的什么人身上。然而，当她望向大海对面，她清楚地看到了斯皮纳龙格。从这里，空空的岛屿看着还和以前一样，难以相信现在那里已经不见人迹了。布拉卡藏身于海岬岩石之后，反而看不见了。

节日那晚在教堂门口见面后，玛丽亚和克里提斯还是第一次有机会单独在一起。也许她生命中曾有一个小时有过这样一个承诺、这样的未来，可是现在她感到这向前的一大步被一些挫折给抵消了。她甚至从没叫过自己爱着的这个男子的教名。

当克里提斯几周后再回顾那个时刻时，他责备自己太冲动。他过度兴奋地展望他们共同的未来，激动地谈起他在伊拉克里翁的公寓，他多希望房子够大、够他们住。

"它不是太宽敞，可是有个书房，还有个独立的会客室。"他说，"如果我们需要，我们以后总可以搬的，不过它离医院很近。"

他隔着桌子抓住她的手，握在自己手里。她看起来很烦恼。她当然烦恼。他们刚刚埋葬了她姐姐，而这里，他却像个孩子似的，迫不及待地想要谈谈他们一起生活的实际情况。很明显，玛丽亚需要更多时间。

多么令人安慰，他的手握着她的手，那感觉又温暖，又宽大，她想。为什么他们不能永远待在这张桌子边上呢？没人知道他们在哪里。没什么能打扰他们。只有她的良心跟着他们一路来到这里，现在还困扰着她。

"我不能嫁给你。"她突然说，"我得留在家里，照顾我的父亲。"

这话对克里提斯来说无异于晴天霹雳。他呆住了。然而几分钟后,他又觉得这很在理。是的,就在前两天发生了那戏剧性的事件后,他怎能指望一切还在原来的轨道上运行呢?他是个傻瓜。这个女人,他曾经被她的正直、无私、美丽深深吸引,他怎么能指望她扔下失去亲人、哀痛不已的父亲?他的一生从来都很理智,就只有这么一次让情感占了上风,却足以让他后悔不已。

他有点儿想抗议,可当下只是握着玛丽亚的手,温柔地紧握着。然后他带着理解、带着宽容开口了,他的话简直让她的心都碎了。

"留在这里,你是对的。"他说,"这便是我爱你的地方,玛丽亚。因为你知道什么是对的,你就会去做。"

那是真的,可是接下来他说的话更是真而又真。

"我再也不会爱别人了。"

小酒馆的老板远远看着他们这张桌子。他意识到那个女子崩溃了,她泪如雨下。他不喜欢干涉客人们的隐私。他们俩说话时没有一句高声,如果这是争吵,那太不寻常了。可就在此时,他发现他们服色深暗。除了年老的寡妇,夏天穿黑色衣服是不寻常的,他顿时明白了,他们可能在服丧。

玛丽亚从克里提斯的掌中抽出她的手,埋头坐在那里,任她的眼泪流淌,滚落到手臂上、脖子上、胸前。她无法止住泪水。在墓地上克制的悲伤只是给暂时压抑了,那压倒一切的悲哀现在像决了堤的洪水,直到每一颗泪珠都涌出来,直到泪水干涸,也无法减轻这伤痛。克里提斯如此理智也更令她恸哭，让她的决定更可悲。

克里提斯坐在那里看着玛丽亚低垂的头顶。当战栗退去后，他轻轻地碰了碰她的肩膀。

"玛丽亚，"他低声说，"我们走吧，好吗？"

他们从桌边走开，手牵着手，玛丽亚的头靠在克里提斯的肩上。当他们开车回布拉卡时，一路沉默，只有蓝宝石般的水面还在闪烁。可是天空开始变了，不易觉察地从碧蓝变成了粉红，连岩石上也披上同样温暖的色彩。最后，这可怕的一天要消逝了。

当他们快到村子时，医生开口了。

"我不能说再见。"他说。

他是对的。"再见"这个词包含着太多的结局意味。还没真正开始，怎么就能结束呢？

"我也不能。"玛丽亚说，现在她已能控制自己的情绪了。

"你会给我写信，告诉我你过得怎么样吗？会告诉我你在做什么，告诉我生活在自由的世界是怎么样的吗？"克里提斯强作热情地问。

玛丽亚点点头。

拖延此刻已无意义。克里提斯走得越早，对他们双方越好。他把车停在玛丽亚家外，走出来，为玛丽亚打开车门。他们面对面站着，然后拥抱了几秒钟。与其说是在拥抱，还不如说是面贴面站着，像孩子们在雷雨中那样。接着，凭着强大的意志力，他们同时松开对方。玛丽亚立即转身进了家门。克里提斯回到车里，开车走了。他不想停留,一直开到伊拉克里翁。

家里的沉默让人难以忍受,玛丽亚跑回街上。她需要知了的叫声、狗吠声、踏板车的轰鸣、孩子们的尖叫。她朝村中心走去时,这一切迎接着她,她不由自主地扫了一眼大街,看看还能不能看到克里提斯的车子,可是他的车早已经绝尘而去了。

玛丽亚需要佛提妮。她快步走向小饭馆,她的朋友正在那里铺桌布、摆桌子,绕着桌子啪的一声扣上橡皮带,防止风把桌布吹起。

"玛丽亚!"佛提妮很高兴看到朋友,可是看到朋友死灰一般的脸色,她很惊慌。当然,玛丽亚看起来脸色苍白并不奇怪。在过去两天中,她从流放中回来,又看到姐姐被杀害、下葬。"来,坐下。"佛提妮拖出一把椅子,让玛丽亚坐下,"我给你倒点儿喝的——我打赌你一整天没吃东西了。"

佛提妮没说错。玛丽亚过去二十四小时没吃东西了,可她现在没有胃口。

"不,我很好。真的,我很好。"

佛提妮不信。她把那张写有晚上第一批客人来前需要准备的东西的清单扔到脑后去了。那些都可以等。佛提妮又拖过来一把椅子,挨着玛丽亚坐下,抱着她。

"我能帮你什么吗?"她温和地问,"什么都行。"

她的声音里有种仁慈,让玛丽亚一阵颤抖,哭了起来,透过泪水,佛提妮能听清几个词,明白了她朋友为什么如此悲伤。

"他走了……我不能走……不能离开我爸爸。"

"瞧,告诉我发生什么了。"

玛丽亚慢慢冷静下来。

"在安娜被杀之前,克里提斯医生向我求婚了。可是现在我没法离开——我不能那样做。嫁给他,我就得离开我爸爸。我不能那样做。"

"所以他走了,是不是?"佛提妮温和地问。

"是的。"

"什么时候你能再见到他呢?"

玛丽亚深深地吸了口气。

"我不知道。我真的不知道。也许再也见不到了。"

她很坚强地说出来。直到今天,命运对她都如此不公,可是每一次打击,只会让玛丽亚更顽强地抵抗下一次。

两个朋友坐了一会儿,最后斯特凡诺斯出来,劝玛丽亚吃点儿东西。如果她打算为父亲做出如此牺牲,那她最好还是要坚强点儿、有用点儿。如果她自己生病了,那便毫无意义。

夜幕降临了,玛丽亚站起来要走。当她回到家里,一切还是那样沉寂。玛丽亚溜进空空的卧室,这卧室现在又归她了。她躺在床上,一觉睡到第二天上午。

安娜的死留下了一串不安和被破坏的生命。不仅是她妹妹、她父亲和她丈夫,还有她女儿。索菲娅还不到两岁,没多久就发现父母不在了。爷爷奶奶告诉她,他们要离开一段时间。开始她只会大哭,不久也开始忘记父母的消失。至于亚历山德罗斯和埃莱夫塞里娅，他们一夜之间失去了儿子——他们未来的希望，还有家族的名誉。对安德烈亚斯娶了一位地位卑微女子的担忧，现在完全成了现实。埃莱夫塞里娅，她一直愿意接纳安娜·佩特基斯，现在只好面对最苦涩的失望。马诺利失踪了，他们自然明白是什么引发了这个可怕事件。那个女人给他们带来最深的羞辱，一想到他们的儿子在监狱里日渐憔悴，那真是对他们每日的折磨。

  对安德烈亚斯的审判在圣尼古劳斯持续了三天。玛丽亚、佛提妮和另外几个村民被传唤为证人，克里提斯医生也从伊拉克里翁前来做证。埃莱夫塞里娅和亚历山德罗斯冷漠地坐在旁听席上，他们俩为出现在这样的公众场合而备感焦虑和羞辱。谋杀的详情被公开，传遍了整个克里特岛。大家津津乐道，口水都说干了，报纸每天刊登出耸人听闻的细节。吉奥吉斯全程出席。虽然他想让安娜得到公正对待，但他从不怀疑是安娜自己的行为导致安德烈亚斯的暴力反应。十四年来第一次，他很高兴伊莲妮不在场。

二十四

1958

几个月来,范多拉基斯和佩特基斯两家没有往来。然而,考虑到索菲娅,为了她,即使这是个冰川世纪也要度过。埃莱夫塞里娅想改变主意加快和解,就连亚历山德罗斯,也开始反省受伤害的不仅是自己的家庭。他明白持续的伤害一直重重地压在两个家庭之上,他用几乎是数学般的精准来衡量他们各自的损失。在范多拉基斯家这边——一个坐牢的儿子,一个可耻的侄子,家族的名誉被毁了。在佩特基斯这边——一个死去的女儿,一个因谋杀而消失的家庭,而在此之前这个家庭早已因麻风病而脆弱不堪。经过他的计算,双方扯平了。站在双方中间的是索菲娅,他们大家有责任一起为这个小女孩营造一种生活。

终于,亚历山德罗斯写信给吉奥吉斯。

我们之间有分歧,可是该结束了。索菲娅正在长大,父母不在身边，我们能给她最好的东西便是爱，还有其他家庭成员的陪伴。如果下个礼拜六你和玛丽亚能来吃午饭，埃莱夫塞里娅和我会很高兴。

吉奥吉斯家里没有电话，于是他急急地跑到酒吧使用那里的电话。他想让亚历山德罗斯立即知道他们接受了邀请，很高兴去吃午饭，他给范多拉基斯家的管家留下口信，请他这样转告。然而，玛丽亚读了这封信后，感情很复杂。

"我们的分歧！"她嘲笑地说，"他是什么意思？他怎么能把他儿子杀害您女儿的事实描述成'我们的分歧'？"

玛丽亚怒不可遏。

"难道他没有责任？愧疚在哪里？道歉在哪里？"她嚷道，挥舞着那封信。

"玛丽亚，听着，冷静下来。他不用承担责任，因为他没有责任。"吉奥吉斯说，"一个父亲不能为他子女的所有行为承担责任，你说是不是？"

玛丽亚想了一会儿。她知道父亲是对的。如果父母要为子女的错误承担责任，那这会是个不同的世界。那意味着吉奥吉斯的大女儿因自己不计后果的不忠行为，害得丈夫杀死她，吉奥吉斯也有错。那显然很荒唐。她只得勉强承认这点，尽管不太情愿。

"您是对的，爸爸，"她说，"您是对的。真正唯一重要的是索菲娅。"

这之后，两个家庭达成了某种和睦，默认了那场灾难中双方都有错，那场灾难把他们都毁了。从一开始起，索菲娅就受到很好的保护。她与爷爷奶奶生活在一起，可是每周她会去布拉卡，在那里与外公和姨妈过上一天，他们想尽一切办法来招待她。坐船出海、捕鱼、捞蟹、抓海胆，在海里划桨，沿着悬崖小路走上一会儿。六点钟，他们送索菲娅回伊罗达附近的爷爷奶奶家时，大家都已筋疲力尽了。索菲娅得到爷爷奶奶和外公的宠爱，从某种程度上来说，她很幸运。

春天慢慢变成了初夏，克里提斯算着——自从安娜下葬，他开车带玛丽亚去伊罗达那天起，两百天过去了，他明白他们未来根本不可能在一起。每天他努力让自己不再想本来会怎么样。他的生活还是像以前那样有规律：早上七点三十分准时走进医院，大约晚上八点离开，孤独地过完晚上，或读书，或学习，或回信。这也让他很忙，许多人羡慕他的专注，他做什么都那样专心。

在麻风病人从斯皮纳龙格大批离去的那几周里，这座岛将不再是麻风病隔离区的消息传遍了克里特。很多以前害怕别人知道自己可能患有麻风病的人从他们的村子里现身，来寻求帮助。现在他们知道治疗并不意味着被监禁在麻风病隔离区，便不再害怕让别人知道，于是成群结队地来找这个人所共知、治愈了克里特岛麻风病的医生。克里提斯医生很谦虚，并没有沉浸在荣耀中，可他的名声却广为传播。一旦确诊后，病人就来找他，要求定期注射氨苯砜，通常，随着剂量的逐渐加大，几个月内疗效就会显现。

一连好些个月,克里提斯继续着自己的工作,在伊拉克里翁重要而繁忙的医院里担任部门主任。看着自己的病人痊愈、出院、离开他,对他本该是最好的奖励。然而,他感到的只有可怕的空虚。他在医院里觉得空虚,在家里觉得空虚,每天要用最大的努力才能从床上爬起来回到医院。他甚至开始问是否真的要亲自开药?别人能不能取代他的位置?人们真的需要他吗?

就在他觉得在医院里可有可无,在医院外空虚无比时,他收到了拉帕基斯医生的信。自从斯皮纳龙格关闭后,他结了婚,现在是圣尼古劳斯总医院皮肤病科主任。

我亲爱的尼古劳斯:

我想知道你好吗?自从我们离开斯皮纳龙格,时间过得飞快,一直以来,我很想跟你联系。回到圣尼古劳斯后生活太忙了,由于我全部时间都在这里工作,医院扩展得很快。来看看我们吧,如果你愿意离开伊拉克里翁休息一下的话。我妻子久仰你的大名,非常想见见你。

你的

赫里斯托斯

克里提斯思索起来,如果像他佩服的赫里斯托斯·拉帕基斯这样的人都觉得在圣尼古劳斯工作很满足,也许他也该选择去那里。如果玛丽亚不能到他这里来,他可以去她那里啊。每个礼拜二,《克里特日报》会刊登医院招聘广告,每周他都会浏览一遍,希望找到一份离他爱的女人近点儿的工作。过去好多个星期了，哈里阿那边有几份合适的工作，可全都离他向往的目标更远。一天，他又从拉帕基斯那里收到一封信，他终于醒悟了。

亲爱的尼古劳斯：

我希望你一切都好。你肯定以为我惧内，我相信，可是我打算放弃我在这里的工作。我妻子想离雷西姆农的父母近点儿，所以我们过几个月会搬去那里。我只是想起你可能有兴趣接手我的部门。这个医院发展得很快，以后会有更大的机会。再说，我觉得我应该让你知道我的打算。

你的

赫里斯托斯

尽管没有被明确告知，拉帕基斯还是知道他的同事和玛丽亚·佩特基斯之间有某种关系，当他听到克里提斯独自回到伊拉克里翁后，觉得很扫兴。他猜想是玛丽亚觉得有义务留下来陪父亲。整个事情太可惜了。

克里提斯读了一遍又一遍，才把信插进白大褂上面的口袋里去，白天他又拿出来看了几次，他一次又一次地读着那些话。虽然在圣尼古劳斯的工作可能会令他职业生涯中的所有大门关闭，可是生活中有一扇门会打开——那样的话，就有可能离玛丽亚近点儿。那天晚上他写信给老朋友，问他该如何抓住这个机会。有一些手续要办，还有几个应聘者要面试等，拉帕基斯回答说，不过如果这周内克里提斯能写一封正式的申请信,医院很可能会考虑由他来接任这个职位。其实,他们都很清楚,克里提斯的能力远远胜过这个职位的要求。一家城市医院的部门主任来到一家小医院担任同样的部门主任,没人会怀疑他能否胜任。医院很高兴,虽然有些疑惑,像他这样有才干和名气的人竟会来申请这个职位。他被通知面试,几天后他就收到确认信,表示他可以得到这个职位。

克里提斯打算先处理好自己的新生活,再联系玛丽亚。他不想让她反对他职业生涯上的倒退,待一切既成事实后再告诉她。一个月不到,他在医院附近的一所小房子里安定下来后,动身去了布拉卡,这里离布拉卡只有二十五分钟车程。这是五月的一个礼拜天下午,当玛丽亚打开前门,看见克里提斯站在那里,她苍白的脸上全是惊讶。

"尼古劳斯!"她喘着气说。

一个小小的声音讲起话来,似乎是从玛丽亚的裙子下发出来的,一张小脸从她身后露出来。

"他是谁,玛丽亚姨妈?"

"是克里提斯医生,索菲娅。"她的回答几乎听不到。

玛丽亚让到一边,克里提斯跨过门槛。当他经过时,她看着他的背影,还是那样整洁、那样挺直。在斯皮纳龙格,当他离开她的家,走上主街去医院时,她曾看过这个背影那么多次。突然,玛丽亚觉得自己仿佛刚刚从岛上回来,还对未来充满期待。

玛丽亚摆出茶杯和茶碟时,手颤抖得厉害,茶杯叮当乱响。

然后，她和克里提斯舒服地坐在硬木椅上，品着咖啡，就像他们过去在斯皮纳龙格一样。玛丽亚想找点儿话说，然而只是徒劳。还是克里提斯直截了当地开口了。

"我搬家了。"他说。

"搬到哪里？"玛丽亚礼貌地问。

"圣尼古劳斯。"

"圣尼古劳斯？"

她几乎被这句话呛到。吃惊与快乐交织在一起，她努力想着他这番话中的含义。

"索菲娅，"她对坐在桌前画画的小女孩说，"为什么你不上楼去，把那个新洋娃娃拿下来给克里提斯医生看看呢……"

小女孩上楼去拿她的玩具，克里提斯倾身向前。这是玛丽亚生命中第三次听到这句话："嫁给我。"

吉奥吉斯现在能够照料自己。他们终于接受了安娜离去的事实，索菲娅给他们的生活带来了快乐。圣尼古劳斯离这里并不远，玛丽亚每个礼拜能来看父亲几次，也可以去看索菲娅。不出一秒钟，这些念头便在她头脑里转了一遍，她还没来得及呼吸，便给了他答案。

不久，吉奥吉斯回来了。从知道玛丽亚痊愈的那天后，他还没这样快乐过。到第二天，消息传遍了布拉卡，玛丽亚·佩特基斯要嫁给那位治好她病的男士了，婚礼马上开始筹备。佛提妮对玛丽亚和克里提斯终能走到一起始终抱有希望，现在更是全身心投入准备工作之中。在婚礼仪式开始前，她和斯特凡诺斯会办个晚会；仪式结束后，朋友们可以聚在小饭馆里开始盛宴。

他们与牧师定好两个礼拜后的一天举办婚礼。没理由再等了。这对夫妇已有一套房子可以随时入住，他们互相了解了多年，玛丽亚已经有了嫁妆，也有婚礼礼服——当时买了准备跟马诺利结婚时穿的。五年来它一直躺在箱子底下，用层层皱纸包着。克里提斯求婚一两天后，玛丽亚打开它，抖开折痕，试穿起来。

还是那样合身，跟买的那天一样美丽。她的身材一点儿没变。

"太完美了。"佛提妮说。

婚礼前的晚上，两个女人在佛提妮家里，讨论玛丽亚应该梳什么样的发型。

"你觉得这会不会带来坏运气？我穿着本来为另一个婚礼准备的婚纱，一场永远没有举行的婚礼。"

"坏运气？"佛提妮说，"我想你的坏运气已经用光了，玛丽亚。我必须说实话，我觉得你的命真是太不好了，可是现在不会了。"

玛丽亚举着婚纱站在佛提妮卧室的长镜前。泡泡纱还很蓬松，花边裙绕着她像瀑布一样撒开，面料摩擦着她的脚踝发出沙沙声。她的头往后一仰，像个孩子似的转起来。

"你是对的……你是对的……你是对的……"她有节奏地唱着，上气不接下气，"你是对的……你是对的……你是对的……"

直转得头晕，玛丽亚才停下来，仰面倒在身后的床上。

"我觉得，"她说，"我是世上最幸运的女人。全世界再也没人能像我这样快乐。"

"你应得的,玛丽亚,这真是你应得的。"她的老朋友回答说。

有人敲卧室的门,斯特凡诺斯探头进来。

"抱歉打扰你们,"他快活地说,"我们明天有个婚礼,我在准备婚宴,我真的需要帮手。"

两个女人笑了。玛丽亚从床上跳起来,把婚纱扔在椅子上。她们跟着斯特凡诺斯跑下楼梯,像小时候那样咯咯笑着,空气中全是她们盼着大喜日子的兴奋。

一觉醒来是个明媚的五月天。村里所有人都来了,跟着婚礼队伍走过从玛丽亚家到村那头教堂的短短一段路。他们全想确保这个身穿白纱的美丽黑发女子的婚礼能平安结束,这次,再不要有什么东西阻挡她,阻挡她的幸福婚姻。教堂大门在婚礼仪式期间一直开着,人们伸长脖子,可以看到走道尽头婚礼的全过程。拉帕基斯医生是主婚人,布拉卡的人都很熟悉他。人们记得他每天来往于斯皮纳龙格,可是没几个人记得克里提斯。他在布拉卡总是来去匆匆,虽然他们全都知道他在撤销麻风病隔离区上的重要功劳。

这对新人站到祭坛上,牧师给他们戴上花冠。教堂里一片寂静,站在外面太阳地里的人们被要求安静下来,好听见里面的说话。

"主的仆人,玛丽亚,主的仆人,尼古劳斯正式结为夫妻……以圣父、圣子、圣灵之名,直到永远。噢,主啊,我们的主,以你的荣耀为他们加冕。"

大家安静地听着牧师诵读熟悉的婚礼致辞,圣保罗致以弗所、致圣约翰的信。整个仪式没有丝毫匆忙与马虎。这是最庄严的仪式，仪式的过程让站在祭坛上的两个人觉得更有意义。一个小时后，牧师结束了仪式。

"让我们为新娘新郎祈祷吧，愿他们仁慈、平安、宁静、健康，得到拯救。愿基督，我们真正的主，在加利利的迦拿现身，赞同婚礼的尊严，怜悯我们，主啊，耶稣基督，请怜悯我们。"

"阿门"之声回响在教堂里，仪式结束了。杏仁糖被分发给教堂里的宾客和站在外面的人们。杏仁糖是大家祝福玛丽亚和克里提斯能享受富有与快乐的象征。没有谁不这样祝愿他们。

吉奥吉斯坐在教堂第一排长椅上，旁边是埃莱夫塞里娅和亚历山德罗斯·范多拉基斯，这是向公众表示他们的和解。中间坐着小索菲娅，婚礼的壮观华丽与多姿多彩迷住了她，令她兴奋不已。对吉奥吉斯而言，他强烈地感到，一切又重新开始了，他确信所有的悲哀都成过去，多年来他第一次感到了平静。

玛丽亚出来了，头戴花冠，和新郎一起，人群欢呼着，跟着他们走到太阳下，前往小饭馆，那里的狂欢即将开始。斯特凡诺斯已摆好婚宴，慷慨地招待当晚的客人。整个晚上，葡萄酒不停地倾倒，奇科迪亚酒瓶的瓶塞不停地拔出。星空下，乐师们不断地弹奏着，直到跳舞的人们脚跳麻了。只不过没有焰火。

婚后的头两晚，他们住在可以俯视圣尼古劳斯海港的大酒店里，可是两人都急切地想开始他们人生的新阶段。婚礼前两周时，玛丽亚去过几次婚后的家。这是她第一次生活在繁忙的市镇里，她体验着这种美好的变化。家在一处陡峭的小山上，紧临医院，像街上其他人家一样，有雕花铸铁露台和落地窗。这是幢高而窄的房子，有两层楼梯，墙漆是浅浅的碧玉色。

克里提斯医生自己也是新来乍到，所以他带着新娘住进新家时并没有招来什么闲言，那里离玛丽亚以前的家也还有那么远，足以让她开始新生活。这里除了她丈夫，没人知道她以往的病史。

佛提妮和马特奥斯、佩特罗斯宝宝是第一批客人，玛丽亚很骄傲地带他们参观房子。

"看看这些巨大的窗户！"佛提妮叹着，"能看到那边的大海。看，孩子们，这里还有个花园！"

房子很大，比布拉卡的任何房子都要大得多，家具是现成的，也比此时大部分人用的乡村款式精美。厨房也比玛丽亚成长过程中用过的厨房要精致、复杂得多：她生活中第一次有了冰箱，有了现代化的炊具，也不会事先没有通知就突然停电。

一连好几个月，玛丽亚觉得生活简直不能再完美了。她爱她靠近医院山顶的新家，不久就按自己的品位装修了房屋，挂上自己的刺绣样品，还有家人的相框。然而，九月的一个清晨，她听到他们新装的电话响起来。是吉奥吉斯打来的，他很少给她打电话，她知道一定出了什么事。

"是埃莱夫塞里娅，"他一贯不怎么会转弯抹角，"今天早晨，她去世了。"

过去的几个月里，吉奥吉斯与范多拉基斯夫妇来往密切，玛丽亚听得出他声音里的悲伤。没有任何疾病的征兆，事先也没有中风的迹象，可中风突然就把这个上了年纪的女人出人意料地带走了。葬礼几天后举行,在仪式快要结束时,玛丽亚看到小外甥女跟爷爷、外公手牵手时,她慢慢想清了现状——索菲娅需要妈妈。

玛丽亚无法摆脱这个念头,这想法一直萦绕在她心上,像粘在羊毛里的一根棘刺。小女孩还只有三岁——接下来她会遇到什么?假设亚历山德罗斯也突然去世了呢?他至少比埃莱夫塞里娅大十岁,这是很可能的。她知道吉奥吉斯无法独自照顾好她。至于索菲娅的父亲,虽然他在审判时请求宽大处理,法官还是处以严刑,他至少在索菲娅十六岁时才能出狱。

葬礼后,他们坐在伊罗达的范多拉基斯家昏暗的起居室里喝着咖啡,这间房子,连同肃穆的家族肖像画、笨重的家具,简直就像专做哀悼之用的——简直太适合了。现在跟谁讨论都不是时候,虽然她渴望跟人说。墙壁好像也发出喃喃声,人们声调低沉、压抑,觉得甚至连玻璃杯的叮当声也可能破坏严肃、冷静的气氛。玛丽亚一直想站到椅子上,把自己的想法大声公布出来,可是她等了一个多小时,直到离开后,才能向克里提斯说。他们还没上车,她就一把抓住了他的胳膊。

"我有个想法,"她冲口而出,"关于索菲娅。"

她无须再说什么。克里提斯也正考虑同样的问题。

"我知道。"他回答说,"这小女孩失去了母亲和外婆,经过这么多事,谁知道亚历山德罗斯还能活多久?"

"他深爱着埃莱夫塞里娅,他的心都碎了。我想象不出,没有她,他的生活会是什么样。"

"我们要仔细考虑。现在不是去提让索菲娅跟我们一起生活的时候,但跟着她爷爷一起生活也不是长久之计,对吗?"

"为什么过几天我们不去跟他谈谈呢?"

两天后,玛丽亚和尼古劳斯·克里提斯提前给亚历山德罗斯打电话,告诉他,他们会过来。

他们又一次坐在了亚历山德罗斯·范多拉基斯家的起居室里。自从葬礼之后,这个伟岸的男子似乎缩小了,虽然在整个葬礼中他还努力把头抬得高高的,显得很有尊严。

"索菲娅已经上床睡觉了。"他拿起餐具柜上的一瓶酒,给他们俩各倒了一杯,"否则她会来这里向你们问好的。"

"我们来就是为了索菲娅。"玛丽亚说。

"我想也是,"范多拉基斯说,"这事情根本不用讨论。"

玛丽亚脸色白了。也许他们这次来犯了可怕的错。

"我和埃莱夫塞里娅几个月前就讨论过这个问题。"范多拉基斯说,"我们谈起过,如果我们中有一个死了——当然我们假设是我先走——索菲娅怎么办。我们俩都觉得,如果我们中谁走了,由某个更年轻的人来照顾我们的孙女才是最妥当的安排。"

虽然亚历山德罗斯·范多拉基斯几十年一直发号施令,可是即使如此,现在他完全控制了局面,还是令他们很吃惊。他们无须再多说一个字。

"关于索菲娅最好的解决办法,就是让她跟你们生活。"他对他们俩说,"你们考虑过吗?我知道你很喜欢她,玛丽亚,作为她的姨妈,你是她最亲的亲人了。"

片刻间，玛丽亚努力想说点儿什么，可是克里提斯把应该说的一切都说了。

次日，克里提斯处理完医院里的工作，和玛丽亚回到范多拉基斯家，他们开始准备索菲娅的新生活。这周末，她就会搬进圣尼古劳斯的家。

一开始，玛丽亚很紧张。离开斯皮纳龙格后不到一年，她做了妻子，现在，几乎一夜之间，她又成了一个三岁女孩的妈妈。不过，她不需要害怕。索菲娅很高兴能跟这对夫妇一起生活，他们比爷爷奶奶更年轻、更有活力。尽管她生命之初就有这么多创伤，可她显然在无忧无虑中长大了，她很喜欢跟别的孩子一起玩，不久她就在他们住的这条街上找到好多小伙伴。

克里提斯初为人父也有点儿焦虑。虽然他的病人中也有孩子，可是他过去跟索菲娅这样小的孩子接触真是少之又少。一开始时索菲娅对他也很谨慎，可是不久就发现，只要对他逗弄一二，就能让他严肃的脸绽现笑容。克里提斯越来越宠爱她，不久就常常被妻子批评。

"你太惯着她了。"看见索菲娅绕着克里提斯跑圈圈时，玛丽亚责备道。

索菲娅上学后，玛丽亚开始接受培训，在医院药房里工作。似乎与她的天然草药在一起的工作才是最完美的，她还在继续用它们给人治病。每周玛丽亚会带着索菲娅去爷爷家一次，如今亚历山德罗斯就好像玛丽亚自己的父亲了。玛丽亚婚后学会了开车。索菲娅会在爷爷那里睡上一晚，那儿保留着她的卧房。第二天，玛丽亚来接她，通常她们会接着去布拉卡看望吉奥吉斯。几乎每次去那里，她们都会去看佛提妮，索菲娅在小饭馆下面的海滩上跟马特奥斯和佩特罗斯一起玩耍，两个女人说说各自最近的生活琐事。

这样快乐安定地生活了一段时间。索菲娅很喜欢一周一次去看望爷爷和外公，也很喜欢在一个繁忙的港口小镇生活长大。玛丽亚和尼古劳斯不是她真正父母的事被她慢慢忘掉了。他们在圣尼古劳斯的房子成了她小时候的唯一记忆。生活中的唯一缺陷就是索菲娅没有兄弟姐妹。他们很少提起这个话题，可是它重重地压在玛丽亚的心上——她自己没能生一个孩子。

索菲娅九岁那年，亚历山德罗斯·范多拉基斯去世了。他在睡梦中平静地走了，遗嘱中的每一个细节早已安排好。他把庄园留给自己的两个女儿和她们的家庭，为索菲娅留了一大笔现金，交由信托委员会管理。

三年后，吉奥吉斯胸部感染，卧床不起，搬到了圣尼古劳斯玛丽亚的家里，由玛丽亚照料。接下来两年多，他十多岁的外孙女每天坐在床上，和他玩上几个小时的双陆棋。一个秋日，索菲娅还没放学回家，他便走了。他生命中最重要的两个女人都极其伤心。看到那么多人来参加葬礼，她们稍感宽慰。葬礼在布拉卡这个他终生生活的地方举行，一百多位村民挤满了教堂，他们怀着深厚的感情悼念这位沉默寡言的渔夫，他一生遭受了那么多不幸，却从未抱怨。

次年一个寒冷的早晨,来了一封信,信封是用打字机打出的,上面盖着伊拉克里翁的邮戳,收信人是"索菲娅·范多拉基斯的监护人"。玛丽亚看到这个名字,十分紧张。索菲娅从来不曾怀疑她的监护人是谁。玛丽亚从门垫上抓起这封信,立刻把它藏在抽屉后面。这样写的信只有可能来自一个地方,玛丽亚吓得要命,她打算等丈夫回来,再看看自己的恐惧是否有道理。

晚上十点左右,尼古劳斯在医院上了长长一天班后回家了。索菲娅一小时前已上床睡觉。尼古劳斯很审慎地用他的银质裁信刀裁开了信封,抽出一张硬硬的信纸——

敬启者

他们坐在长靠椅上,腿挨着腿,尼古劳斯展开信。两个人读信时,他的手有点儿抖。

我很遗憾地通知你们,一月七日,安德烈亚斯·范多拉基斯死于肺炎。葬礼将于一月十四日举行。请确认收到此信。
您忠诚的
伊拉克里翁监狱长

他们俩好长时间没说话。可是他们一遍又一遍地读着那封官方短笺。安德烈亚斯·范多拉基斯。这个名字曾包含着多少财富与希望。即使多年前发生了那件可怕的事情,还是很难相信这个有着这么多特权的人的生命最终会在阴冷潮湿的牢房里结束。尼古劳斯什么也没说，站起来，把信装回信封，穿过房间，把信锁在自己的办公桌里。索菲娅不可能找到它。

两天后，当安德烈亚斯的棺材被放入贫民公墓时，玛丽亚是唯一前来哀悼的人。他的两个姐姐都没有来。她们甚至想都没想过要来。在她们看来，很早之前她们的弟弟就和死了没两样。

现在是二十世纪六十年代末了，第一拨旅游热潮开始席卷克里特，许多人来圣尼古劳斯观光，这里吸引着北欧人，阳光、温暖的大海、便宜的葡萄酒，能让他们快乐地消磨时间。索菲娅十四岁了，很任性。她的父母是社会的栋梁，却保守拘谨。不久，索菲娅发现反抗他们的有效办法是与法国、德国来的男孩们在街上闲逛。有这么漂亮、体态丰盈、长发齐腰的希腊女孩陪伴，那些人太开心了。虽然尼古劳斯讨厌与索菲娅争吵，可是夏天那几个月，他们几乎每天都要吵上一次。

"她长得很像她母亲。"玛丽亚绝望地说。那天索菲娅深夜未归，"可是现在看上去好像性格也一样。"

"嗯，我想我现在终于知道，本性与教养，到底哪个管用。"克里提斯难过地说。

虽然索菲娅在其他方面很叛逆，可是她在学校还是十分用功，到她十八岁时，该考虑上大学了。玛丽亚从来没有机会上大学，她和尼古劳斯都希望索菲娅能上。玛丽亚以为索菲娅会去伊拉克里翁上大学，可是她让他们失望了。从孩提时代起，索菲娅就看着大船从希腊大陆来来往往。她知道雅典是尼古劳斯读书的地方，也是她想去的地方。玛丽亚从未离开过克里特岛，一想到索菲娅热情万丈地要走那么远就害怕。

"可是伊拉克里翁的大学和大陆上的一样好。"她恳求索菲娅。

"我相信是一样好，"索菲娅回答说，"可是走远一点儿有什么错呢？"

"没有任何错。"玛丽亚辩解道，"可是在我看来，克里特就是个大地方了。它有自己的历史、自己的习俗。"

"这正是关键。"索菲娅斩钉截铁地说，显示出钢铁一般无法被扭转的决心，"它被自己的文化裹得太严实，有时候好像与世隔绝了一般。我想去雅典或塞萨洛尼基——至少它们与世界其他地方有联系。那里发生那么多事情，我们在这里却无法接触到。"

她对旅行的热望不过是她这个年龄的女孩的自然反应。现在她这个年龄的人，全都想远走高飞，多看看世界。可是玛丽亚害怕，害怕失去索菲娅，同时心里又怀疑起索菲娅亲生父亲的身份。马诺利曾经就这样说过，克里特是大星球上的一座小岛，岛外的种种可能令人兴奋。这种旅行癖好奇怪地相同。

六月到来时，索菲娅做了决定。她打算去雅典，父母不能动摇她的决心。八月底，她动身上路。

在索菲娅要坐船去比雷埃夫斯的前一个晚上，玛丽亚和尼古劳斯坐在花园里一棵老葡萄架下，上面已挂满了一串串熟透了的紫色葡萄。索菲娅出去了。尼古劳斯品着最后几滴迈塔克瑟酒。

"我们得告诉她，告诉索菲娅。"他说。

没有回答。过去几个月里，两人对要不要告诉索菲娅他们不是她真正的父母这事，讨论了又讨论。当玛丽亚最终承认马诺利有可能是索菲娅的父亲时，克里提斯下定决心，这女孩必须知道真相。现在她的父亲因为那件事可能就在雅典或其他什么地方生活、工作，她得知道真相。玛丽亚知道尼古劳斯是对的，必须在索菲娅去雅典之前告诉她，可是她一天天拖延着时间。

"瞧，我不介意去跟她说。"尼古劳斯说，"我只是觉得不能再耽搁了。"

"是的，是的。我知道你是对的。"玛丽亚深深吸了一口气，"我们今天晚上告诉她吧。"

他们坐在燠热的夏夜里，看着飞蛾像芭蕾舞娘似的绕着烛光翩翩起舞。沉默偶尔被壁虎爬过的沙沙声打破，它急急地爬上房屋墙壁时，尾巴碰到了枯叶。那些明亮的星星在等着她家即将发生的事情吗？玛丽亚想。它们总是看着，在她做之前就知道接下来会发生什么。夜很深了，可索菲娅还没回来，可是他们没打算放弃，也不准备上床休息。他们不能把要做的事再推到明天了。十一点过一刻时，夜凉了，玛丽亚有点儿发抖。

"我们回房间去吗？"她说。

时间慢慢又过了十五分钟，终于听到前门砰的一声关上。索菲娅回来了。

第四部 走出孤岛

二十五

当佛提妮讲到这里时,她突然感到描述别人的情感责任重大——倒不如让当事人亲自来讲述她自己的事。虽然佛提妮像其他在世的人一样知道索菲娅会有什么感觉,但索菲娅自己受到了真相的打击,谁还能比她讲得更好呢?那个八月的晚上,当她的父母告诉她,他们根本不是她的生身父母时,索菲娅拼命想呼吸,可呼吸不了。她不得不面对这个真相——她真正的母亲早已不在人世,她的生父身份不明。从那以后,她什么都不再相信了。即使克里特岛被地震撼动,脚下的地摇晃不已,她觉得也不会比这更不安全。

佛提妮认识到只有一件事可做,那就是给伦敦的索菲娅打个电话。她悄悄地走出去,任阿丽克西斯兀自凝视着现在已经熟悉了的斯皮纳龙格。

索菲娅一拿起电话,就知道是谁打来的。

"佛提妮,是您吗?"

"是我。你好吗,索菲娅?"

"很好,谢谢您。我女儿阿丽克西斯去看您了吗?我给您写了一封信,让她交给您。"

"当然来了,现在她还在这里。我们度过了一段很有收获的时光,你要我做的我都做了。"

电话那头有片刻的停顿。佛提妮觉得情况紧急。

"索菲娅,你来这里得用多少时间?我尽我所能把一切告诉了阿丽克西斯,可是还有些东西我觉得告诉她不合适。她不久就要走了,去与男朋友会合,可是如果你能在她走之前赶到这里,我们能一起待上几天。你觉得如何?"

电话那头再一次沉默。

"索菲娅?你还在听吗?"

"是的,我在听……"

这是个多么自然的邀请。索菲娅有一千个理由说无法放下手中的事情飞来希腊,可是也有足够的理由来克里特。她几乎无须思索,就决定把反对意见放在一边。接下来几天不管发生什么事,她都要去克里特。

"听着,我要看看我是不是能赶上飞机。过了这么久能重回布拉卡真是太好了。"

"好。我不会告诉阿丽克西斯,我求神保佑你能平安到达这里。"

索菲娅搭上了一班飞往雅典的飞机。这个时候是去希腊的淡季,那天下午正好希思罗机场有班飞机。她匆忙收拾好一个小包,给马库斯的语音电话留了个口信,解释她去哪里了。飞机按时起飞,那天晚上八点钟,她坐上出租车,飞快地赶往比雷埃夫斯,在那里搭上去伊拉克里翁的夜班航船。当渡船斜着靠过来,一路向南时,索菲娅还有足够的时间担心自己如何面对一切。她简直不相信自己的决定。布拉卡之旅是一次满载回忆、令她自己吃惊的旅程,可是佛提妮那样坚持。也许真的是面对自己过去的时候了。

第二天清晨,距两个女人电话交谈不到二十四小时,佛提妮看到一辆小车挨着小饭馆的路边停下。一个身材丰满的金发女人走了出来。虽然有二十年没见过索菲娅了,一头金发也让她产生错觉,可是佛提妮还是立即意识到来人是谁。她急忙出去迎接。

"索菲娅,你来了。我简直不敢相信!"她说,"我不敢相信你真会来!"

"我当然会来。我这么多年来都想回来,只是没找到合适的机会。再说,您也没邀请我。"她顽皮地说。

"你知道用不着等人邀请。你想什么时候来都可以。"

"我知道。"索菲娅停了一下,四周打量一番,"看起来还和从前一样。"

"没多大变化。"佛提妮说,"你了解这些村子。哪怕当地商店换一种油漆刷窗户,都会招来抗议。"

佛提妮向索菲娅保证过,不对阿丽克西斯提一个字说她的母亲会来。所以,当年轻的姑娘睡眼惺忪地站在台阶上看到自己的母亲时,她惊呆了,开始还以为是昨晚喝多了白兰地而产生的幻觉。

"妈?"她说的只有这个。

"是的,是我。"索菲娅回答,"佛提妮邀请我来,看来这是来这里的好机会。"

"真没想到!"她女儿说。

三个女人坐在遮阳棚下的一张桌前,喝着冰咖啡。

"你的旅行怎么样?"索菲娅问。

"噢,就那样。"阿丽克西斯不置可否地耸耸肩,"直到来了这里,才觉得有意思。我在布拉卡过得好极了。"

"埃德没有和你在一起?"索菲娅问。

"没有。我把他留在哈里阿了。"阿丽克西斯说,低头看着咖啡。她这几天很少想到埃德,突然感到有点儿内疚。她把他扔下了那么长时间,"可是我打算明天就走。"她加上一句。

"那么快?"索菲娅叫道,"可我刚来。"

"嗯。"佛提妮又拿了咖啡过来,"那我们没多少时间了。"

三个女人全知道时间紧迫。索菲娅还为什么别的而来吗?过去几天,佛提妮说的一切让阿丽克西斯头晕目眩,可是她知道有最后的结局。母亲就是为这而来的。

二十六

这是索菲娅要去雅典开始她的大学新生活的前一天晚上。她的箱子只需要运到几百米外的港口，装上渡船。它的下一站，和她的一样，是三百公里远的北方——希腊的首都。索菲娅展翅高飞的决心和远方带给她的焦虑、恐惧一样多。那天早些时候，她差点儿想把每件东西——衣服、书、笔、闹钟、收音机、相片——都拿出来，放回原处。离开熟悉走向陌生很难，她把雅典视为通往冒险或灾难的大门。十八岁的索菲娅想象不出还有什么别的可能。她一想起以后会想家就痛苦得要命，可是没有回头路了。六点钟时，她出去见自己的朋友们，跟她要离开的那些人道别。那还可以减轻一些惶惑。

索菲娅回家时，已经十一点，发现父亲在房间里来回踱着步。母亲坐在椅子边上，手紧紧地攥在一起，指关节拧得发白，脸上的每块肌肉都绷得紧紧的。

"你们还没睡？很抱歉我回来晚了。"索菲娅说，"可是你们不用等我。"

"索菲娅,我们想和你谈谈。"父亲柔和地说。

"为什么你不坐下来?"母亲建议道。

索菲娅立刻不安起来。

"看来有点儿正式。"她说着坐到椅子上。

"我们觉得在你明天去雅典之前,有一两件事应该让你知道。"父亲说。

母亲接过话头。毕竟,大部分都是她的故事。

"不知道从哪里开始讲起,"她说,"可是,关于我们家,有几件事情我们想告诉你……"

那晚,他们向她讲了一切,就像佛提妮讲给阿丽克西斯听的一样。索菲娅没有丝毫疑心,也没有任何防备,面前一下子展开了这么多秘密。她看见自己站在高山上,几千年来的秘密就在脚下,岩石一层叠一层,一层比一层坚硬。他们瞒着她一切,好像一个阴谋。索菲娅回想起来,一定有好几十个人知道她母亲是被杀死的,而这些年来每个人都保持沉默。那些随之而来的揣测与流言又怎样呢?也许当她经过时,认识她的人们在她背后窃窃私语:"可怜的姑娘。不知道她能不能弄清楚到底谁是她父亲?"她可以想象得出那些流言蜚语,关于麻风病的窃窃私语。"想想看,"他们一定会说,"她家有不止一个,而是两个麻风病人!"这么多年,她一直愉快地成长着,对她背负着的这些耻辱,压根儿就没意识到。毁容的疾病、不道德的母亲、身为杀人凶手的父亲,她完全震惊了。她此前的无知完全是种福气。

她从没怀疑过自己是坐在她面前的这两个人生的。为什么她要怀疑？她一直以为自己长得既像玛丽亚，又像克里提斯，甚至大家也这么说。可是她与这个她一直叫爸爸的人没有一点儿血缘关系，无关得跟大街上随便碰到的某个路人一样。毋庸置疑，她爱她的父母，可是现在他们不再是她的父母，她对他们的感情会不同吗？一个小时内，她的生活完全变了，过去消失在她身后，当她回望，只有一个真空。一片空白。虚无。

她默默地听着这些，感到恶心。她从来没有想过，玛丽亚和克里提斯可能有什么感觉，是什么让他们在这么久之后来告诉她真相。不，这是他们编造的她的故事、她的生活。她愤怒了。

"为什么你们以前不告诉我？！"她尖声说。

"我们想保护你。"克里提斯坚定地说，"以前似乎没必要告诉你。"

"我们像你的亲生父母一样爱你。"玛丽亚祈求地说。

唯一的孩子因为要去读大学而离家就已够让玛丽亚失落的了，可是更令她沮丧的是，这个女孩站在她面前看着她的样子，好似陌生人，这孩子已不再把她当成母亲了。索菲娅不是他们的血肉早就无关紧要，多少年过去了，他们因没有孩子而更加爱她。

然而，此刻，索菲娅只把他们看成一对欺骗她的人。她十八岁，没有理性，一心要按自己的想法去开创未来，开创一个自己能掌控的未来。她的愤怒变成了冷冰冰的态度，她控制住自己的感情，寒了世界上最爱她的人的心。

"我明天早上来看你们，"她说着站起来，"船九点开。"

说完，她转身走了。

第二天索菲娅天一亮就起来了，最后收拾一下她的行李，八点时，她和克里提斯把行李装到车上。他们谁也没说话，三个人开车去了码头。分别时，索菲娅只象征性地做了道别。

她吻了吻他们的脸颊。

"再见。"她说，"我会写信的。"

她的告别带有一丝决绝的意味，没有短期内再团聚的许诺。他们相信她会写信来的，可是他们也知道期待这封信没有意义。看着渡船从码头上慢慢驶出去，玛丽亚确信生活中没有比这再坏的了。站在玛丽亚身边的人们在挥手，向所爱的人热烈道别，可是她看不到索菲娅。她甚至没出现在甲板上。

玛丽亚和克里提斯站在那里，直到船变成了天边的一个黑点，他们才转身离开。空虚让人难以忍受。

而索菲娅，前往雅典让她逃离了过去，从麻风病的耻辱、父母身份的不定中逃离出来。第一个学期过了几个月，她准备写信。

亲爱的妈妈爸爸（也许我该叫你们姨妈姨父？无论哪种叫法似乎都不再合适）：

我很难过，我走时情况那样难处理。我太震惊了，甚至无法诉诸文字，一想起这些，我还觉得很恶心。不管怎样，我写信只是告诉你们，我在这里很好。我很喜欢上课，虽然雅典比圣尼古劳斯要大得多、脏得多，但我正慢慢习惯。

我会再写信的。我保证。

爱你们的
索菲娅

信里说了一切,又什么也没说。他们继续收到一些描述性的、常常很热情的短信,可她的心里话却很少提及。第一年结束时,他们不能说完全绝望,但心中至少也是苦涩而失望——假期索菲娅不回来了。

过去令索菲娅困扰,她决定在夏天寻找马诺利。一开始,这种寻找似乎还很温暖,她在雅典找到几条线索,甚至还有几处线索出现在希腊别的地方。可是不久,她的线索就变得模糊,比如,电话簿和税务局。她只好去敲那些碰巧也姓范多拉基斯的陌生人的门;与对方尴尬地站着,索菲娅会简短地解释一下,为打扰他们而道歉。她对于寻找的热情也慢慢冷却下来。一天早上,她在塞萨洛尼基的酒店里醒来,想自己究竟在做什么。即使她找到这个男人,她也不敢肯定他是不是她的父亲。再说,她是宁愿要一个谋杀母亲的杀人犯父亲,还是要一个遗弃她的通奸犯父亲呢?没有答案。难道她不应该把过去的这些不确定抛到一边,开创一个未来?

大学第二年,不管父亲是谁,索菲娅遇到了后来在她生活中比父亲更重要的人。他是个英国人,名叫马库斯·菲尔丁,他在大学里休学一年。索菲娅从未遇见过像他这样的人。他大块头、笨拙、脸色苍白,当害羞或发热时,脸上会有些斑斑点点。湛蓝的眼睛在希腊这边很少见到。他看上去总带着些英国人才有的那种拘谨。

马库斯从没交过真正的女朋友。他总是埋头于学习，或者是因太害羞而追不到女人。他觉得二十世纪七十年代伦敦的性解放十分可怕，而这时的雅典还没有这种革命。他来大学里的第一个月，就在一群学生中遇到了索菲娅，马库斯觉得她是他见过的最美丽的女子。虽然她似乎话不多，但也不是难以亲近。当索菲娅接受了他的邀请时，他很是吃惊。

几周内，他们就难舍难分了，到马库斯要回英国时，索菲娅做出决定，她要放弃学业，跟他一起走。

"我无牵无挂，"一天晚上她说，"我是个孤儿。"

当马库斯表示怀疑时，她向他保证这是真的。

"是的，是真的，我是个孤儿。"她说，"我有姨妈姨父，是他们把我养大的，可是他们在克里特。我去伦敦他们不会介意。"

她没再说什么自己的成长经历，马库斯也没再追问。但是他坚持他们应该结婚，对此索菲娅用不着劝说。她全身心地、狂热地爱上了这个男人，坚信他不会令她失望。

一个寒冷的二月天，那是种到中午寒霜也不会融化的天气，他们在伦敦南部一个婚姻注册处登记了。一份邀请，随意的邀请，竖在玛丽亚和尼古劳斯家壁炉上的高架上好几个礼拜了。自从索菲娅离开了他们的生活，那是他们第一次见到她。刚开始被抛弃的那种剧痛痛彻心扉，可是慢慢接受后，就成了一种钝痛。他们俩去参加了婚礼，恐惧与兴奋兼而有之。

玛丽亚和尼古劳斯立即喜欢上了马库斯。索菲娅再也找不到比马库斯更好、更可靠的人了。看到她这样满意、这样安全，就像他们希望的那样，他们很放心，即使他们想到她因此更加不可能回克里特岛定居了。他们很喜欢英国婚礼，虽然看似缺少了传统仪式。除了有几份致辞，它就像个普通的派对，最奇怪的是，新娘穿着红色裤装，与客人们并无多大区别。玛丽亚一点儿英语也不会，以索菲娅的姨妈的身份被介绍给大家，而英语说得极为流利的尼古劳斯则作为索菲娅的姨父出席。他们一直待在一起，克里提斯像是妻子的翻译。

婚礼后，他们在伦敦待了两个晚上，特别是玛丽亚，对索菲娅选择生活的城市感到很困惑。对她来说，这里好像一个外星球，它永不停止跳动，充斥着汽车引擎的声音、怪物一样的红色巴士发出的声音，密密麻麻的人群一队队经过里面摆着苗条模特的橱窗。在这个城市里，即使你不是游客，而是其中的一员，碰上某个熟人的机会也绝不存在。这是玛丽亚第一次，也是最后一次离开故乡——克里特岛。

即使在与丈夫之间，索菲娅也开拓了一片秘密与谎言的无人之地。她说服自己，隐瞒，不讲出某事，这与讲假话不同。甚至当她自己的孩子——阿丽克西斯，他们的第一个孩子，结婚一年后生的——出生后，她也发誓绝不向他们提起她在克里特的家。他们要受到保护，不能让他们知道自己的根，永远不要受过去那奇耻大辱的伤害。

一九九〇年，克里提斯医生八十岁时，去世了。几则不到十行的讣告被登在英国报纸上,以赞扬他对麻风病研究的贡献,索菲娅仔细把它们剪下来,并保存好。虽然玛丽亚比他年轻了差不多二十岁,但只比他多活了五年。索菲娅飞到克里特参加姨妈的葬礼,只待了短短两天。她为失去亲人难过不已,同时感到内疚。她这才发现,许多年前,十八岁的自己离开克里特的方式太自私、太忘恩负义了,可是现在晚了,再也无法弥补。太晚太晚了。

自此以后,索菲娅决定把她的过去一笔勾销。她处理掉装在衣柜后盒子里母亲和姨妈的几件纪念品,一天下午,在孩子们放学回家前,她把一叠盖着希腊邮戳的黄色信封一把火全烧掉了,然后把姨妈姨父的相框后背打开,小心地把那几份剪报插到相片后面,那上面用几句话精确地描述了她姨父的一生。这张记录了他们过去幸福岁月的相片立在索菲娅的床边,是她全部的往昔。

索菲娅毁掉过去的一切物证,她想抖掉过去,可是怕被人发现的恐惧像疾病一样蚕食着她。随着时间流逝,她那样对待姨妈姨父,让她十分内疚,这感觉越来越强烈,像石头一样硌着她的胃,她意识到再也无法补救,有时甚至后悔得生病。到她自己的孩子也离开家时,懊悔之痛更甚以前,她才完全明白,这种无法原谅的痛苦乃是自己一手所铸。

马库斯知道最好不要问太多问题,于是顺从索菲娅的意愿,避免提及她的过去。可是孩子们长大了,克里特人的特征也越来越明显:阿丽克西斯,一头美丽的黑发;尼克,黑色的睫毛。索菲娅一直担心自己的孩子们终有一天会发现他们的长辈是些什么人,想到这里,她的胃就一阵翻腾。看看面前的阿丽克西斯,索菲娅希望自己以前能更开明点儿。她的女儿审视着她，好像以前从未见过她一样。这是她自己的错。是她让自己在孩子们和丈夫面前像个陌生人。

"我很抱歉，"她对阿丽克西斯说，"我以前从未跟你说过这些。"

"可是你为什么会觉得那么丢人呢？"阿丽克西斯向前靠过来问，"这是你的故事，某种程度上是，可同时你又无能为力。"

"这些人都是我的至亲，阿丽克西斯。麻风病人、通奸犯、谋杀犯……"

"看在上帝的分上，妈，这些人里还有英雄。拿你姨妈姨父来说——他们的爱与世长存，你姨父挽救的人，没有几千的话，也有几百。还有你的外公！他是现在人们的榜样，从来不抱怨，从来不否定谁，只是默默地承受痛苦。"

"可是我母亲呢？"

"好吧，我很庆幸她不是我的母亲，可是我不想完全指责她。她虽然意志薄弱，可她一直有叛逆的性格，不是吗？听上去她好像总是很难像玛丽亚那样，去做自己应该做的事情。她的天性就是那样子的。"

"你很宽容，阿丽克西斯。她肯定有缺陷，可是她难道就不能更努力地战胜自己的本性？"

"我们全都应该这样，我想。可并不是人人都有这样的力量。听上去是马诺利尽一切可能利用了安娜的弱点——就像那种人常做的一样。"

她们的谈话暂停了下来。索菲娅神经质地摆弄着自己的耳环,好像想说什么,却又无法说出口。

"可是你知道谁的行为更恶劣?"她终于脱口而出,"是我。我背弃了这两个好人、这两个了不起的人。他们给了我一切,可我却拒绝了他们!"

阿丽克西斯被母亲的直白倾诉吓了一跳。

"我就那样背弃了他们。"索菲娅重复说,"现在说抱歉太晚了。"

眼泪从索菲娅眼中涌出。阿丽克西斯还从未见过母亲哭泣。

"你不用对自己太严厉,"阿丽克西斯把椅子拉近了些,抱住母亲悄声说,"如果你和爸爸在我十八岁时给我扔一颗这样的炸弹,我可能也会这样。你那样生气、那样难过,完全可以理解。"

"可是我还是觉得很内疚,这么多年我一直这样。"索菲娅静静地说。

"好,我觉得你现在不用了。都过去了,妈。"阿丽克西斯把她抱得更紧了,"根据我听到的关于玛丽亚的一切,我想她可能原谅你了。你们不是互相通信吗?他们不是来参加了你的婚礼吗?我相信玛丽亚不会怀恨——我想她不是爱记仇的人。"

"我希望你说得对。"索菲娅努力想要忍住眼泪,她的声音听不太清。她看着远处的小岛,慢慢恢复了平静。

佛提妮静静地听着母女之间的对话。她看得出,是阿丽克西斯让索菲娅从一个新的角度看待过去那段历史。她决定让她们俩单独待一会儿。

岛

范多拉基斯家的悲剧,就像大家知道的那样,在布拉卡仍广为流传,这个没有父母的小女孩并没有被目睹过那个夏日夜晚那桩惨剧的人忘记。有些人还生活在布拉卡。佛提妮踅到酒馆里,与耶拉西莫说了几句,耶拉西莫正在朝妻子疯狂地比画着什么。他们放下手中的活儿,过来了,让儿子在柜台后招呼一会儿。他们忙快步朝小饭馆走来。

一开始,索菲娅并没认出坐在她和阿丽克西斯旁边桌上的那两人是谁,可当她发现那个老人是个哑巴时,她知道他是谁了。

"耶拉西莫!"她叫道,"我记起您来了。您不是在我以前经常去的小酒馆里工作吗?"

耶拉西莫点点头,笑了。他是个哑巴,给小索菲娅留下了深刻的印象。她记得小时候有点儿怕他,也记得当她和玛丽亚去酒馆时,他特地为她做的冰镇柠檬汽水她很爱喝。她们经常在那里找她外公。她不太记得安德里亚娜了,安德里亚娜现在很臃肿,还有可怕的静脉曲张,厚厚的丝袜也遮不住。安德里亚娜提醒索菲娅,以前索菲娅来布拉卡时,她才十多岁。索菲娅模糊地记得一个漂亮但懒洋洋的女孩,常常坐在酒馆外面跟她的朋友们聊天,成群的小伙子在周围转悠,若无其事地斜靠在他们的脚踏车上。佛提妮又找到了那个褐色牛皮信封,相片再一次在桌上摊开来,索菲娅、阿丽克西斯和她们的长辈那么像,真让人惊异。

小饭馆那晚关门了,可是马特奥斯回来了,他不久就要接手父母的生意,现在长得像山一般强壮。索菲娅热情地拥抱了他。

"看见你真高兴,索菲娅。"他热情地说,"好长一段时间没见了。"

马特奥斯开始摆开长桌。还有一个客人要来。那天早些时候,佛提妮打电话通知了自己的哥哥安东尼斯。九点钟时,他从拉西锡来了。现在他头发灰白,背也有点儿驼,可是他那双深沉而浪漫的眼睛——许多年前曾吸引过安娜的眼睛,还是没变。他坐在索菲娅和阿丽克西斯中间,喝了几杯酒后,他不再害羞了,开始说起这么多年没说过的英语。

"你母亲是我见过的最漂亮的女人。"他对索菲娅说,想了想又加上一句,"当然,除了我妻子。"

他沉默地坐了一会儿,又开口说话了。

"她的美既是天赐,也是诅咒,像她那样的女人,总是会让某些男人做出极端之举。那不是她的错,你知道。"

阿丽克西斯看着母亲的脸,看得出她理解了。

"谢谢你。"索菲娅静静地说。

午夜已过,蜡烛淌了很久的泪后,熄灭了。桌边的人这才起身离去。几个小时后,阿丽克西斯和索菲娅就要上路,阿丽克西斯回哈里阿去与埃德会合,索菲娅搭渡船回比雷埃夫斯。对阿丽克西斯来说,从她来到这里,仿佛已经过了一个月,可实际上才几天而已。而索菲娅呢,尽管她只是短暂地停留一下,其意义却无法估量。她们热烈地拥抱彼此,信誓旦旦地说明年一定会来待得更长些、更从容些。

阿丽克西斯开车送母亲去伊拉克里翁,索菲娅要搭晚班渡轮回雅典。她们一路上说个不停,没有片刻安静。阿丽克西斯把母亲放下，索菲娅很高兴能在伊拉克里翁参观一下博物馆，晚上再搭轮渡。阿丽克西斯继续赶往哈里阿。她已了解了神秘的过去，未来才是她此刻关心的。

差不多三小时后，她回到酒店。那是一段长长的、热得流汗的旅程，她迫不及待地想要喝点儿东西。她走到街对面最近的酒吧，酒吧俯瞰着海滩。埃德在那里，独自坐着，凝视着大海。阿丽克西斯悄悄朝他走去，在他桌前找把椅子坐下。她拖椅子的声音惊动了他，他被吓了一跳，环顾四周。

"你到什么鬼地方去了？"他嚷道。

阿丽克西斯除了四天前给他留了个短信，说她会在布拉卡待上几晚，便没再联系过他，手机也一直关机。

"瞧，"她说，知道失去联系是她的错，"我真的很抱歉。发生了很多事情，我有点儿忘记时间了。而且我妈过来了，还有……"

"什么意思？你妈过来了？所以你们家要团聚什么的，只是忘了告诉我！太谢谢了！"

"听着……"阿丽克西斯开始说，"真是很重要。"

"看在上帝的分上，阿丽克西斯！"他讽刺地咆哮，"什么更重要？是把我扔在一边去见你的母亲重要，还是跟我在一起度假更重要？你在家里时，一周想见她几次就见几次！"

埃德没等她回答，径自走到吧台那边再喝一杯去了，他背对着阿丽克西斯。她从他肩膀的线条上看得出他的愤怒与憎恨，没等他转过身来，她就悄悄地溜走了。她花了几分钟收拾自己的东西，全塞到一个袋子里，抓起床头柜上的几本书，给他草草地写了张纸条。

  抱歉这样结束。你从不倾听我所说。

  没有"爱你的阿丽克西斯",没有一排排的吻。结束了。她自己承认了。没有爱。

二十七

阿丽克西斯很快踏上了回伊拉克里翁的路。已经下午四点了。她得猛踩油门,争取在七点钟前赶到,及时搭上汽车,赶上八点钟的渡轮。

阿丽克西斯在平坦的公路上开着,公路将大海拥在怀里,她可以观赏连绵不断的大海美景,心情愉快。她的左边除了蓝色,别无其他:蔚蓝的大海,宝石蓝的天空。为什么把悲伤的情绪叫"蓝色"呢?阿丽克西斯想。这明亮的天空、闪闪发光的海水,似乎就是她极度的幸福中的一部分。

车窗摇下来后,暖暖的空气灌了进来,她的头发像黑色的瀑布飘扬在脑后,汽车简易的磁带卡座里播放着歌曲《褐色眼睛的姑娘》,阿丽克西斯跟着大声唱着。那是埃德讨厌的范·莫里森的音乐。

这趟快乐的行程用了两个多小时,她一路风急火燎,担心错过渡轮,脚一直紧紧地踩着油门,再也没什么比自己开车更尽兴的了。

时间不多了,她耐着性子办完麻烦的退票手续,买了渡轮船票,登上通往船舱的踏板。希腊渡轮上迎接乘客的那种浓烈的汽油味,她太熟悉了,一两个小时后就会适应。汽车正开上来,货物正装到甲板上,到处乱糟糟的。一群黑发男子互相叫着,说着她很惭愧听不懂的语言。在这种特殊情况下,听不懂可能还好。她看到一扇门上写着"步行乘客",感激地穿过去。

阿丽克西斯知道,在这艘船的什么地方,她能找到母亲。有两个休息室,一个是抽烟乘客用的,另一个更大些的给不抽烟的乘客用。一群美国学生占据了后者,而前者里面,有几个家庭,是去克里特看望亲戚后回雅典的。他们全都在大声喊叫,全都像在发表长篇大论,其实他们可能只是在商量现在是吃烤三明治,还是等会儿再吃。阿丽克西斯在这一层没有找到母亲,她上到甲板上。

在昏暗的光线中,她看见了索菲娅,她在船那头,靠近船头。她独自坐着,小旅行包在脚边,她望着伊拉克里翁的点点灯火,以及威尼斯人建造的大型军火库的拱顶。这座十六世纪的坚固要塞站在那里守卫着海港,质朴的外墙好似昨天才建成。

一天前,阿丽克西斯吃惊地看见了母亲。这一次轮到索菲娅吃惊地看着女儿。

"阿丽克西斯!你在这里做什么?"她惊道,"我以为你打算回哈里阿呢。"

"我原本是打算来着。"

"可是你为什么在这里?埃德在哪儿?"

"还在哈里阿。我把他留在那里了。"

不用再解释,可是阿丽克西斯想说。"都结束了。我觉得没意思,没什么热情。"她说,"当我坐在那里听佛提妮描述你的家庭时,他们经历的事情,让我那么震撼。可真正打动我的是他们对彼此的爱那么强烈,经过了疾病与健康,顺境与逆境,到死才能分离……我知道我对埃德没有那种感觉——十年,甚至二十年以后,我也不可能对他产生那种感觉。"

过去几十年里,当索菲娅抛弃了把她抚养成人的那些人、那些地方时,她从来没这样清楚地意识到过。女儿让她像看电影中的人物那样看待她的长辈。最后,她看不到耻辱,只看到英雄主义;没有不忠,只有激情;没有麻风病,只有爱。

现在一切真相大白,伤口暴露在空气里,但最终都会痊愈。它们不再羞耻。索菲娅不再有东西需要隐瞒,二十五年来她第一次任眼泪尽情流淌。

笨重的渡船慢慢驶出港口,在宁静的夜空中拉响了汽笛。阿丽克西斯和索菲娅靠着栏杆站着,海风吹拂着她们的面庞,她们手挽着手,回头望着墨黑的海水。克里特的灯光逐渐消失在远方。